危机四伏

刘猛 著

军事作品

北京联合出版公司
Beijing United Publishing Co.,Ltd.

致谢

1

感谢美国国防部特种作战指挥中心（United States Special Operations Command Central）华裔中士 McCurry 提供美军游骑兵 75 团的第一手训练资料、秃鹫雇佣兵小队背景设定以及巴格达作战战术想定与行动方案的共同研究、巴黎雇佣兵小队突击营救作战战术想定以及行动方案的共同研究、美国特种部队 SERE 学校第一手训练资料等无私援助。

尤为值得称道的是，为了国内读者可以感受美军特种部队训练的氛围，他还将大量的中文对话翻译成英语口语。

这是一个艰难的工作，因为我的写作是纯中文的，没有考虑英语口语习惯。所以他要在不损害原文的基础上，按照美军习惯进行翻译，需要大量的时间和精力。

2

公安部某局某处 L 处长

北京市公安局刑事侦查总队情报支队某侦查队 Q 队长

北京市公安局 110 指挥中心 J 小妹

在小说构思和写作过程当中，他们一直在不断给予公安方面的意见和帮助。

以及很多不方便透露身份和姓名的朋友，对于你们的无私援助，我表示深深的感谢。

第一章

1

人人都羡慕赵小柱。

赵小柱自己也羡慕自己。

不是吗？橘子胡同派出所的片警赵小柱，要去巴黎旅行结婚了！

去巴黎旅行结婚也就算了，问题是他一分钱都不用花，是买可乐中了大奖。话说这买可乐的人中国上亿，但是就是赵小柱一开盖中了这唯一的一个大奖。半开玩笑地一打电话兑换，嘿，人还真的立即邀请他前去登记，并且告诉他获得了法国双人七日游的机会，而且是可乐公司全程埋单！

不花钱去巴黎旅行结婚也就算了，问题是他的老婆还是半个公安局的大众情人，市政治处宣传干事，也是市电视台《警视窗》节目的主持人盖晓岚！虽然他俩是警校的师兄妹，但是谁也没想到蔫不吭声的赵小柱怎么会泡上伶牙俐齿的盖晓岚！还是一等一的警界美女！他拿着结婚报告找到高所长签字的时候，高所长差点没被噎着！

"好你小子啊！没看出来啊！"高所长再看看报告，"是那个盖晓岚吗？不会是重名吧？"

"是是，就是。"赵小柱嘿嘿笑着。

"你保密工作做得那么好啊？"高所长苦笑，"我们怎么一点儿风声都没有听到？"

"她工作忙，我也瞎忙。"赵小柱笑着说。

这倒是实话，盖晓岚忙就不用说了。公安局大大小小的活动，她都是主持人，跟其余单位的联谊，她也是主持人。再加上本职的宣传干事工作、电视台的节目主持工作，盖晓岚可以说是除了局长、政委之外的公安局机关第三大"陀螺"——来回转，不闲着。

赵小柱也忙，忙着橘子胡同的管片工作。按说他不用这么忙，因为橘子胡同派出所也有八个民警二十多个协勤。但是赵小柱恰恰是个孤儿出身，福利院长大的，国家培养他当了兵，还进了警校。赵小柱能有今天确实他自己也没想到，所以他也带着一颗感恩的心，把橘子胡同派出所当作了家——他本来也就没有家啊！里里外外什么事儿都忙，从户籍到巡逻，从治安到刑侦，没有他不忙的事儿！甚至连打扫卫生都成了赵小柱的本职工作之一，每天大家来上班的时候，屋里院子都是干干净净的，水壶也都是满满的热水。开始大家还不好意思，叮嘱赵小柱别这样，因为值日制度是规定好的。但是赵小柱笑："反正我起得也早，习惯了。你们住得远近都有，这样可以多跟老婆孩子待会儿！"

高所长为此很认真地跟赵小柱谈话，但是赵小柱还是继续坚持每一天都打扫卫生倒开水——逐渐地，这也成为习惯了。高所长也再没说什么。所以赵小柱真的成为橘子胡同派出所一个离不了的人物，除了高所长之外的第二大"陀螺"。

有事没事，都是赵小柱的事儿。而赵小柱也真的从来没烦过，帮着每个兄弟去干活。渐渐地连高所长都差点儿忘了赵小柱仅仅是个片警，赵小柱也成为高所长随时都会点击的网站。

所以高所长一方面是纳闷儿，一方面是理解——这样穷忙，难怪大家都不知道！人家也得有时间见面啊！

签字以后，这个消息没十分钟就传遍了橘子胡同派出所。大家都很羡慕，都说赵小柱这辈子是傻人有傻福。赵小柱也嘿嘿乐，他也觉得自己特别有福气。盖晓岚也特意在今天录播完以后，拐到橘子胡同派出所给大家发了喜糖。相比亭亭玉立大方得体的盖晓岚，赵小柱显得是那么的憨厚，那么的腼腆，以至于大家都觉得他倒是像个新娘子了!

兄弟们老在电视上见盖晓岚,这一次是见到活的,兴奋就别提了,都一个劲儿地跟盖晓岚握手再握手。赵小柱也不生气,他本来就是个没脾气的片警,甚至管片的小孩都敢喊他名字:"赵小柱——我妈说帮我家搬蜂窝煤让你八点过去——"赵小柱就:"哎——知道了,告诉你妈我一准过去!"

盖晓岚笑着跟大家握手,发喜糖。大白就问:"赵小柱是怎么骗你到手的?他满身都傻气啊!"

"我啊——"盖晓岚笑得很漂亮,"就是喜欢他傻——"

赵小柱就嘿嘿笑,一米八二的大个子在娇小玲珑的盖晓岚跟前显得特别的乖顺,活脱脱就是一条驯好的警犬。大家就很羡慕,也很眼红,但是都没办法。谁让自己没这个福气,没能跟盖晓岚是警校的师兄妹呢?

高所长把他们都轰到了一边:"滚滚滚!人两口子好不容易见一面,你们凑什么热闹!——赵小柱,给你放假了!"

"高所,这还没下班呢!"赵小柱赶紧说。

"你还上什么班啊?"高所长说,"你来这儿三年了都没下过班!——今天你下班了,三年的假我一次给你补齐了!跟媳妇回家,好好伺候媳妇去!"

大家就笑。

盖晓岚也不好意思地笑,毕竟是没出阁的大闺女。

"房子买了吗?"高所长又问。

"买了,是我们俩一起买的。"盖晓岚说,"都装修好了,我妈给帮忙看着的。"

"看看看看,什么叫作保密工作。"高所长感叹地拍了赵小柱肩膀一下,"你小子,害怕我们去闹洞房怎么着?学会金屋藏娇了?"

"什么金屋啊?六十平的一个一居!"盖晓岚笑,"在北郊呢,挺远。"

"那也是有个窝了啊!"高所长指着赵小柱的鼻子说,"这么着——今天开始,你不许再住在派出所了!"

"高所,我……我不住派出所住哪儿啊?"

"住家里啊！"高所长哭笑不得。

"我、我们还没登记呢！"赵小柱一本正经地说，"那不合适！"

盖晓岚就脸红了，民警们一阵起哄。

高所长严肃地说："赵小柱同志，虽然你是民警，但是民警也是人啊！"

民警们就一阵嗷嗷叫，闹着让赵小柱和盖晓岚亲嘴。那个热闹劲儿，好像是提前闹洞房了。大白带着兄弟们就把赵小柱的东西往车上扔，然后开着两辆面包警车就给他"押送"到北郊的小窝里面去了。

高所长心情特别好，就留下来替他们值班。

赵小柱就这么着，被高所长安排未婚同居了。

而且，是和半个公安局的大众情人——盖晓岚——未婚同居了。

2

"懒虫，起床！懒虫，起床！……"

闹钟在早上六点准时响起。

盖晓岚揉着眼从卧室走出来，只穿着睡裙。沙发上已经不见了赵小柱，被子叠得整整齐齐的。盖晓岚打了个哈欠，自然地走到厨房门口。狭小的厨房内，赵小柱正在摊鸡蛋，小锅里热着牛奶。

盖晓岚走进去，从后面抱住了赵小柱。赵小柱嘿嘿一笑："起来了？先洗脸刷牙，早饭这就得！"

盖晓岚懒洋洋地抱着赵小柱撒娇："嗯……你亲我……"

"我这正忙着呢，怎么亲？"赵小柱笑，"快去快去，洗脸刷牙！"

"不嘛——你亲我！"盖晓岚还撒娇。

赵小柱无奈，只好转身亲了盖晓岚脸颊一下。盖晓岚不依不饶抱着赵小柱的脖子，舌头就伸进赵小柱的嘴里。赵小柱急忙推她："我这摊鸡蛋呢！"盖晓岚还是吻他，赵小柱推了几下没推开，只好跟被强迫似的让盖晓岚吻。他的呼吸也开始急促起来，但是双手还是在空中不敢乱动。

"跟谁要强奸你似的！"

盖晓岚白了他一眼，笑了笑出去了。赵小柱看着她白皙的长腿和柔弱的腰肢，心跳得厉害，但是他赶紧转身继续摊鸡蛋。鸡蛋果然煳了，他急忙刷锅。其实高所说得没错，民警也是人啊！但是谁让他是赵小柱呢？！换了别人可能早就把盖晓岚给办了，哪还能天天睡沙发？！

赵小柱面对这种情况的办法就是继续做早饭，因为他要伺候盖晓岚去上班啊！

盖晓岚洗脸刷牙，从洗手间探头："我跟你说啊，晚上局政治处赵主任说请咱俩吃饭，你收拾一下啊，别穿制服……"

"赵主任？"端着鸡蛋和牛奶出来的赵小柱有点傻，"局政治处的？"

"哎呀，你那个表情干什么？老头儿挺好的，吃不了你！"盖晓岚漱口，"他说光听说基层民警有个热心的赵小柱，群众反映过好多次了！没想到是我老公，当然要见见了！"

"我……"赵小柱有点蒙，局政治处主任在他眼里可是大领导啊！

"你什么啊？"盖晓岚笑，"你们高所不还请我吃饭呢吗？我们主任就是我的直接领导，他请你吃饭不也是一个意思吗？"

"我……还是算了吧。"赵小柱苦笑，"我见了大领导就发蒙。我们分局的政治处主任，我见了都不敢说话，还去见局政治处主任？"

"你就把他当作我的领导不得了？"盖晓岚一点都不意外，她了解赵小柱。

"可他是我的……大领导啊！"

"嗯，是——因为他是你老婆的领导，对吧？"盖晓岚接过牛奶喝了一口，"你别傻站着啊！哎呀，没事儿！我跟他天天见，老头儿真的人挺好的！再说了，这又不是说要把你树成新时代雷锋好民警，只是吃顿饭！你怕什么啊！"

赵小柱坐下来笑笑："鸡蛋有点嫩——你尝尝。我真的怕见领导……"

"领导又不是三只眼的二郎神！"盖晓岚笑，"你一不贪污二不受贿三不包二奶——你怕什么啊？"

"我？！"赵小柱吓得站起来，"你你你听谁说的啊？我一个小破民警，我我我……我也得有那个本事啊！"

"瞧你那没出息的样儿！"盖晓岚拽他坐下，"你啊——谁让我就喜欢你傻呢！听话啊，晚上去局里接我。主任会安排好的，到时候我们政治处的姐妹可也来啊！你可别给我丢人，穿帅一点！"

"我今天先去所里看看。"赵小柱拿起面包给盖晓岚抹果酱，"好几天没去了，这心里不踏实……也不知道王奶奶想我没有……"

"去吧，不用跟我汇报了！"盖晓岚笑，"你啊——住在自己家里不踏实，住橘子胡同派出所就睡得比猪还香！知道你，去吧去吧！"

赵小柱也笑："这不……后天咱们就去法国了嘛，我也得跟街坊们说一声，我不在这段时间，他们会想我的……"

"你也会想他们的！"盖晓岚一句道破。

"嗯。"赵小柱笑着承认，"我……三年了，他们都跟我家里人一样。"

"也是我家里人啊！"盖晓岚说，"这么着，明天我就休息了！我明天也陪你去看看街坊们，去看看你常常念叨的赵奶奶啊李大婶啊！这三年他们都挺照顾你的，我怎么着也得表示表示——我请他们吃饭吧！"

"可别可别！"赵小柱急忙说，"第一，人太多了，咱们可真的请不起；第二，他们会给咱们带礼物的，我……我不能要，但是不要他们又不高兴……我看，还是给他们发点糖吧。"

"行，随你！"盖晓岚笑，"你的地盘你做主！"

"嗯！"赵小柱也很高兴。盖晓岚一直都很尊重他、理解他，他也觉得这样的媳妇真的很难找。

盖晓岚喝完牛奶吃完面包就换警服，还是当着赵小柱的面。赵小柱埋头收拾桌子，跟没看见似的。其实怎么可能没看见呢？但是他就是不敢看，明天才拿结婚证呢！今天怎么能看岚岚换衣服呢？

赵小柱爱盖晓岚，爱这个小家，也珍惜盖晓岚，珍惜这个小家。

因为，他什么都没有。

是盖晓岚给了他爱，给了他这个小家。

盖晓岚很自然地换衣服，她了解赵小柱。在赵小柱跟前，她也没有什么不自然的。虽然追求她的优秀警官非常多，但是她还是喜欢赵小柱。不为别的，因为赵小柱会给她绝对的安全感。她知道赵小柱是全心全意对自己好的，而自己也真的很疼赵小柱。人都说同情是女人的弱点，这个弱点盖晓岚也认了——其实很多优秀的女人要的很简单，就是希望有这样一个全心全意对自己好的男人，只要他心地善良，为人上进，还求什么呢？

何况盖晓岚本来也没什么更大的抱负，她也满意这样的生活。

盖晓岚仰起脸蛋，让赵小柱亲了一下。她笑笑换上鞋子："我走了！"戴上帽子出去了。赵小柱把她随脚乱踢的拖鞋摆好，然后收拾桌子，洗碗擦地。最后来到洗手间，拿起盖晓岚昨天换下的内裤乳罩，很自然地搓洗干净晾了出去。

这就是家。

赵小柱很满意，他看着自己收拾干净一尘不染的家，长出一口气。他换上了警服，今天要去所里面看看。虽然高所没收了他的工作手机，让他全心全意休假，但他还是不放心管片的那些街坊。

自己不在，不知道他们到底怎么样了。他一边换警服，一边看着镜子里面的自己。

赵小柱，孤儿，福利院长大……在部队当了炊事员，退伍就被区委送上警校，现在是派出所民警，还马上要结婚了，老婆是大美人，全心全意爱自己、疼自己……

求什么呢？

是啊，他还能求什么呢？

赵小柱自己都很羡慕自己，他对镜子里面的民警赵小柱笑笑。今天要回橘子胡同好好转转，看看那些街坊到底怎么样了，看看所里弟兄们到底怎么样了。这三天没见，真的很想他们，想橘子胡同派出所。

一路上，赵小柱哼着歌儿，不紧不慢地开着自己的小摩托。

3

"赵小柱回来了！"

戴着红箍的李大婶在胡同口一声喊。

原本平静的橘子胡同仿佛在一瞬间冒出来无数人头，比电影里面的速度还快。赵小柱笑着跟大家摆手，老太太老头子跟蜜蜂一样飞舞过来，蜂拥而至，握着赵小柱的手：

"你可回来了！""小柱啊，去家吃饭！今天中午专门给你包饺子！不许不来！""新娘子呢？怎么没跟着一起来啊？""你结婚了怎么也不告诉奶奶啊……"

赵小柱跟街坊们笑着打着招呼："我这不也是突然决定的吗！杨奶奶，您的腿脚还好吧？炉子该掏了，我一会儿给您掏去！牛大爷，牛大爷！您老还好吧？"

"哎哎！"牛大爷戴着助听器，竖耳朵听赵小柱说话："好！好！好着呢！我还惦记给你介绍对象呢！你这兔崽子，怎么一转眼就结婚了？听说你媳妇是电视里面的人儿？是《新闻联播》的？那敢情好！"

"不是不是！"赵小柱赶紧笑着说，"是《警视窗》的主持人！"

"什么？"牛大爷听不太清楚，"《东方时空》的？那不都是男的吗？"

"不是，是——警——视——窗！"赵小柱重复。

"哦，《鲁豫有约》啊，那丫头不错！"牛大爷很满意，"有眼力！"

赵小柱哭笑不得，知道跟牛大爷没办法解释："您老回去歇着吧！儿子上班去了，回去看看孙子！我一会儿去您家去！"

"好好，我跟家等你啊！"牛大爷这句话听得最清楚，"等你来了咱爷俩杀一局！我把象棋准备好，这次你可不许耍赖！"

"赵小柱赵小柱！"放寒假的孩子们跑过来，"快快快，跟我们玩警察抓小偷去！你不来，我们玩得没意思！就你当小偷最地道！"

"都散了都散了！"李大婶叉腰指着这帮孩子的鼻子，"你们小柱哥刚回来，你们自己玩去！"

孩子们看见李大婶，都使鬼脸，转身跑了。赵小柱笑，带孩子玩警察抓小偷是他的独创，也被分局政治处当作典型事迹传达给各个派出所，让基层民警去学习。赵小柱带着孩子们玩，他装小偷，把各种真实案例都引用进来，教孩子们怎么发现小偷，怎么预防小偷，如何报警，以及如何配合警方调查。他的这招还真的管用，橘子胡同管片自从他带孩子们玩，盗窃案件直线下降。市局政治处专门把这个材料汇报到部里面去，得到了领导的肯定。

赵小柱对孩子们挥挥手："等我回来啊，我带你们玩！"

李大婶把街坊邻居们都劝回去，对赵小柱说："你看，这老街坊们都想你呢！你可不能出门了就忘了咱们娘家，你可是咱们橘子胡同的人！"

"怎么不见秦奶奶啊？"赵小柱纳闷儿。

"病了。"

"病了？什么病？"赵小柱赶紧问。

"被她孙子给气的！"李大婶说。

"啊？！他又复吸了？！"赵小柱急了，"他人呢？"

"谁知道啊，跑了。"李大婶说，"搬了家里的电视，跑了两天了！"

"我去看看秦奶奶！"赵小柱说，"这么大的事儿，怎么没人告诉我啊？"

"你们高所已经在调查了，秦奶奶要找你，听说你休婚假了，就说不能打扰你了。"李大婶说，"小柱，你还是交给高所他们吧！你这三年了，没日没夜的，结婚可是大事儿！你别管了！"

"我管不管也得去看看秦奶奶啊！"赵小柱说时，已经向胡同尽头秦奶奶的家走去。

秦奶奶是个孤寡老人，只带着十五岁的孙子过。儿子早年因为杀人被判了死刑，儿媳妇也丢下当时只有三岁的孙子跑了。赵小柱来橘子胡同派出所报到的时候，正赶上秦奶奶的孙子秦小明因为抢劫小学生被大白臭骂。

"你学不学好啊你？"大白问。

秦小明抬头看他一眼，不吭声。

"说你你还不服啊？"大白哭笑不得，"你说说你啊，打架闹事偷鸡摸狗什么没干？你才十二岁啊，就学会人家抢劫了？为了五毛钱，至于吗？你奶奶多辛苦啊，带你容易吗？"

"是是，不容易。"秦奶奶在旁边赶紧颤巍巍地说，"大白啊，小明其实是个好孩子，是我没教育好……"

"秦奶奶，这孩子啊不能溺爱。"大白也是苦口婆心，"他这刚刚十二，就老跟我们打交道。这要十七八了还怎么得了？今天啊，我替你教育教育他——秦小明，我很严肃地跟你说啊！你这样下去真的很危险，我们派出所都管不了你了！到那个时候，你奶奶去说情就真的不管用了！法律可是无情的，你只要触犯法律，就得受到法律的制裁……"

秦小明很倔强，错开脸不吭声。

"哟，我这是跟你谈心呢，你还挺倔？"大白苦笑，"去，院子里面树边站着反省反省。一会儿再跟我聊聊，你觉得我是闲的还是怎么着，啊？"

秦小明就走出办公室，到树边站着看蚂蚁在树上打架。

赵小柱这个时候插嘴了："请问……高所长在吗？"

"不在，去分局了。"大白抬头，看着这个学员。

"我是来报到的。"赵小柱拿出派遣信。

大白看看，笑："赵小柱？我白力，都叫我大白。你坐坐，我这就给高所挂电话。"

"白师傅。"赵小柱毕恭毕敬。

"咳！什么师傅不师傅的！"大白就笑，"我也就比你早来一年，你先坐。到这儿就别客气了，喝水自己倒。我这儿还忙着，就不跟你客气了——高所？赵小柱来报到了。赵——小柱！对对对，市局分来的，新学员。哦……行，我安排。"

他挂了电话，起身："秦奶奶，你先坐啊，我安排一下这个新来的同志，他就住我们所里面。"

"你先忙，你先忙。"秦奶奶急忙说。

大白就带着赵小柱到后面宿舍安顿。里面有两张上下铺，大白指着靠暖气的一张下铺："那张就是你的床了，这是值班宿舍。平时值班的同志在这儿休息，你先自己收拾吧。高所一会儿回来，到这儿就当自己家。"

"嗯，谢谢白师傅。"赵小柱还是毕恭毕敬。

"别这么客套了，以后叫我大白。"大白笑着说，"我去了啊，你先休息。"

赵小柱把自己的东西收拾好，看窗外。秦小明还在那儿站着，抠树皮。赵小柱起身出去，站在秦小明旁边看他。秦小明脸上很脏，赵小柱拿出自己的手绢给他擦脸。秦小明一下子躲开了，带着敌意看着赵小柱。

"你多大了？"赵小柱笑道。

"你谁啊？"秦小明问。

"我？赵小柱。"

"新来的吧？"

"嗯。"

"一看就是新来的。"秦小明鄙夷地说，"连我都不认识。"

赵小柱有点诧异地看着这个小孩子，坐在他旁边的花坛子边上："你很有名吗？"

"那当然，这块儿的小孩都知道我。"秦小明骄傲地说，"他们十五六的孩子都怕我，怕我揍他们。"

赵小柱看着他，想想："那你为什么要揍他们？"

"他们欺负我。"

"他们欺负你，有学校，有家长啊。"赵小柱说，"还有派出所，有警察——你也不能揍他们啊！"

"我恨警察。"秦小明的话很冷酷。

赵小柱愣住了，这完全不像一个小孩子的话。他小心地问："为什么？"

"警察枪毙了我爸爸，我妈不要我了。"秦小明说，"所以他们都欺负我。"

赵小柱看着他，半天："那时候你多大？"

"三岁。"

"三岁？你对他有印象吗？"

秦小明不吭声。

"我不知道你叫什么，可能你现在也不愿意告诉我。"赵小柱看着秦小明说，"我跟你说个故事。有个小孩子，生下来就没有见过爸爸，也没见过妈妈。他被丢在了医院的走廊里面，后来被送到了福利院。他在福利院长大了，就要去外面上学。他也被人欺负，因为他自己都不知道爸爸妈妈是谁。他也伤心过，但是没有绝望过——因为，他心里有一个梦。"

秦小明看他。

"他心里的梦就是——长大了，有一个属于自己的家。"赵小柱缓缓地说，"这个家里面，有他，有他的老婆，还有他们的孩子。可笑吗？一个小孩子，从小就有这个梦。可是这个梦对他很重要，支持他上学，当兵，再上学……他希望可以有这个家，有爱，有温暖。"

秦小明吧嗒吧嗒地掉眼泪了。

赵小柱握住他的手，看着他的眼睛："当你心里有梦的时候，你会感觉到温暖。"

秦小明不说话，就是掉泪。

"一个人，可以什么都没有，但是不能没有梦想。"赵小柱说得很诚恳，"我不知道你能不能听懂，但是我想告诉你——苦难不是你学坏的借口。因为很多人比你更不幸，但是都没学坏。"

秦小明错开脸，不看他。

"你想知道那个小孩子是谁吗？"

秦小明问："是谁？"

"是我。"

秦小明愣住了，转脸看他。

赵小柱说得很诚恳："我没有爸爸妈妈，我还不如你——那是你奶奶吧？我连奶奶都没有。你有奶奶照顾你，疼你，为什么要放弃呢？"

秦小明低下头。

赵小柱笑笑，拿出手绢给他擦小花脸："去吧，去跟你奶奶承认错误。"

秦小明看着他，眼泪汪汪："我叫秦小明。"

"秦小明……我记住了。"赵小柱笑笑，"你也记住我的话——要有梦！"

秦小明点点头。

"去吧。"赵小柱挥挥手。

秦小明看看赵小柱，起步走向办公室。不一会儿，秦奶奶拉着秦小明出了办公室。秦奶奶抹着眼泪给大白鞠躬，大白急忙说："您可别您可别！这是小孩子，承认错误就得了！您回去再跟他好好谈谈，趁热打铁！"

大白送走了秦奶奶和秦小明，转身走回派出所。他看着坐在树下花坛发呆的赵小柱，笑："你跟他说了什么？他进去就承认错误了，我第一次见他这么乖。"

赵小柱笑笑："我跟他说——要有梦。"

"梦？什么梦？"

"没事，白师傅。"赵小柱起身说，"我想了解这个孩子的情况，可以吗？"

"可以啊！这么快就进入情况了？"大白笑，"走走走，进屋！我跟你说说咱们橘子胡同派出所的辖区情况……"

……此刻，赵小柱走进秦奶奶家徒四壁的家里。秦奶奶躺在床上，看见赵小柱在门口站着，眼泪吧嗒吧嗒掉下来。赵小柱急忙进去，握住秦奶奶的手："秦奶奶，对不起，我不在……"

"小柱啊，小明是不是个好孩子？"秦奶奶眼巴巴看着他。

"嗯。"赵小柱点头，"是个好孩子。"

"他说过……他长大后要孝顺我……"秦奶奶说。

"嗯。"赵小柱低下头，"是我的工作没做好。"

"小柱啊，小明……"秦奶奶说不下去了。

"我去找他回来。"赵小柱低声说，"秦奶奶，你等我。"

"嗯。"秦奶奶点头，眼巴巴看着赵小柱。

赵小柱起身给秦奶奶换上热水，转身走到门口："李大婶，麻烦你照顾一下秦奶奶。我今天就把秦小明给找回来。"

李大婶抹着眼泪："哎……这个孩子啊……"

赵小柱脸色凝重，没有了刚回橘子胡同的喜悦。他戴上警帽，大步走出门去。秦奶奶躺在床上眼巴巴地看着他，"吧嗒"又掉下眼泪来。

4

盖晓岚把汇总来的材料一一在桌子上分好，开始挑选今天录播的内容。她的桌上放着一束鲜花，不用看都知道是谁送的。盖晓岚也压根儿连看都不看，只是随手把鲜花放到窗户上不碍事的地方，进行自己的日常工作。

苏雅在对面笑："你都要结婚了，还给你送花啊？这人够执着的啊？"

"喜欢我是他的自由，拒绝他是我的权利。"盖晓岚看着材料，拿红笔画着重点。

"哎——我就没有你身边这种浪漫的追求者了！"苏雅夸张地哀叹，"我们家那孙守江一天到晚在外面跑，哪儿顾得上这个啊。他追我的时候也是几句话就到手了！他倒是经常去巴黎，但问题是一次也没带我去啊！我现在是人老珠黄咯！"

"得了吧，苏雅姐。"盖晓岚眨巴眨巴眼，"你可是咱们警队第一胸啊！你在走廊里面一过，无数男人眼珠子吧嗒吧嗒掉一地啊！我不行，太平——公主！"

"死丫头！"苏雅笑，"现在流行骨感美了，我啊——过时了！"

"今天下午咱们录播，主题就是青少年犯罪。"盖晓岚选择好了内容，"现在因为吸毒、上网等因素导致的青少年恶性犯罪案件越来越多，我跟情报支队核实了一下，今年的上升趋势可不得了了！"

"主任同意吗？"苏雅犹豫着说，"现在可是在强调和谐社会……"

"和谐社会,也得一点一点去努力啊!"盖晓岚说,"我去找主任,你准备一下材料,一会儿咱俩加工这些材料。你把分局报上来的录像资料调出来,送到机房去。今天我们无论如何要做这个节目,不然我们这个栏目还有什么意义?"

"嗯,就知道你肯定这么说!"苏雅笑道,"你去吧,这儿交给我!哎——我怎么听说你们家那赵小柱跟我和老孙还是一个部队出来的?他是哪个特战连的?闹不好我们还见过呢!"

"他啊?"盖晓岚笑道,"还特战连呢?——炊事班!大厨!"

"啊?"苏雅夸张地说,"我们警队第一美女,居然找了个炊事员?"

"做得一手好菜,难道不是女人的福分吗?"盖晓岚起身,"并不是只有嫁给英雄的女人才幸福的!"

"哎——"苏雅感叹,"我要是在你这个年龄,有你这么聪明就好了!也不用到现在还天天提心吊胆的……"

"好了,我走了!"盖晓岚出去找主任在计划表上签字。

走廊里面,盖晓岚径直走向主任办公室。人事科的门开了,年轻的科长崔枫站在门口:"晓岚!"

"崔科长啊?"盖晓岚回头笑,"怎么了?有事吗?"

崔枫看着她,笑了一下:"恭喜你。"

"谢谢!"盖晓岚笑。

"怎么你们不办典礼吗?"崔枫问,"我还给你们准备了结婚礼物呢!"

"我们响应号召,一切从简了!"盖晓岚笑道,"工作太忙,顾不上了!等我们从法国回来,局机关的一起吃一顿就算典礼了!"

崔枫笑着点点头:"今天的花还喜欢吗?"

盖晓岚笑道:"嗯,谢谢。我要去找主任了,回头再说。"

崔枫看着她的背影,怅然若失。他不知道自己到底是在哪里比不过那个片警了,无论是年龄相貌、家庭背景,还是学历级别、工作能力,他都是整个警队的佼佼者。知道盖晓岚要结婚的消息,他很诧异,而当得知她要嫁给一个片警的时候,他的反应就不能用诧异来形容了,简直是震惊。如果说对方比自己强，也还能聊以自慰，但是万万没想到，盖晓岚这样出色的女人，居然会嫁给一个其貌不扬的片警！

难道盖晓岚的眼瞎了？

当他悄悄借助自己的职权，调出那个赵小柱的档案，用他人事干部的专业眼光进行分析的时候——他意识到，自己真的不了解盖晓岚。毫无疑问，赵小柱不是什么警队精英，但是却是一个受到人们喜爱的片警。那些并不惊天动地的事迹，甚至都可以说得上琐碎，却体现出来了自己所不具备的细心和爱心。可以想象，盖晓岚想要的并不是自己所拥有的仕途上的一帆风顺，而是一种平实的生活，一种温暖的生活。这些，自己是给不了的……

崔枫默默祝福盖晓岚，也并不觉得沮丧。他并没有把坚持两年的送花给她的传统取消，因为喜欢一个人是自己的自由，至于她接受不接受是她的自由。喜欢一个人是没有罪的，何况自己的个性也绝对不是会插足他人家庭的男人。至于这送花要什么时候结束，崔枫还没想好。他会选择一个合适的时机，因为他送花给盖晓岚是整个政治处机关公开的秘密，戛然而止会让他很没面子。崔枫是看面子比什么都重的人，所以一定要选择一个合适的时机。

至于是什么时机，他只能随机应变了。好在他不缺乏这个能力。盖晓岚的生活不会富足，但是会幸福。这一点是崔枫的判断，他对人的判断是从来不会错的。在三十岁的年纪，可以当上市局的人事科长，除了家庭背景以外，他绝对是有着他人所不具备的能力的。

崔枫回到自己的办公室，转换自己的思路，开始研究自己今天要做的工作。赵小柱……这个名字反复在脑海出现。他苦笑，一个市公安局的人事科长，脑子里面反复出现一个基层民警的名字——不知道对于这个民警，是好事还是坏事。但是崔枫绝对会坚守作为警队人事干部的原则，不会帮他也不会害他。

主任对于盖晓岚的汇报倒是没有多大的不良反应，只是强调要注意不要把血腥案情暴露给观众，注意保护未成年人——要建设和谐社会，警队工作更要加强宣传。盖晓岚很高兴，没想到快退休的主任这么开通。赵主任就笑："正因为我快退休了，所以很多事情我都看开了。你的工作对的地方，我要支持，错的我会提醒，去吧，好好准备——你要一个月不亮相呢，我相信很多人会想你的。"

盖晓岚笑："主任，怕是你暗自庆幸吧——这个刺儿头，终于可以休息一个月了！"

"我是替赵小柱同志担心啊！"赵主任开玩笑，"你还不知道怎么呲儿我那个小本家呢！"

"他啊，整个一个没脾气！"盖晓岚说，"我跟他，还真急不起来！"

5

高所把饭卡插进打卡机，没反应。他一愣："昨天刚充的 200 块钱啊！"

大师傅笑："你拿出来，搓搓。"

高所把饭卡拿出来搓搓，再插进去——好了！大师傅给他打饭，高所伸着脖子看："鸡蛋，红烧肉……那什么，土豆多来点……好……"

大师傅按下价格，高所眼睛就直了："怎么变贵了？"

"你不知道啊，猪肉涨价了。"大师傅说，"高所，这可不是我想涨价的啊！"

高所苦笑，只好认命。猪肉涨价是每个民警好几天前讨论过的事儿，前天大白办了个案子，居然是拦路抢劫运生猪的卡车的。说明新时代"新气象"，以后这卖猪肉的也成为治安防范的重点了。他拿着自己的饭盒回到座位上，刚刚坐下，赵小柱就进来了。

"哟，小柱来了？"高所吃着东西，"怎么今儿跑回来了？没吃呢吧？拿我的卡，去打点儿去！"

"高所，"赵小柱却没拿饭卡，"秦小明……"

"哦，大白已经找了很多次了。"高所知道他来的目的了，"这次又复吸了，强戒了两次都不行。大白在辖区内没找到，已经报给分局了。缉毒支队事儿多，不太可能为了一个吸毒的小孩去布置力量。"

"我去找找看。"赵小柱说，"我没想到，三天没在，秦奶奶……出了这么大的事儿。"

"你回去休假去！"高所严肃地说，"咱们这工作也不是你一个人的事儿，你别什么责任都背在自己头上。秦小明听你的我知道，但是这吸了毒，谁的都听不进去了！吸毒的就整个是疯子，没有什么理智。你啊——别管了，回去吧。"

"高所，我去换衣服。"赵小柱闷声说，"现在我休假，我去找他不影响咱们所工作吧？"

高所苦笑："不影响，但是你能不能别这么拼命？"

"这是感情问题，不是工作问题。"赵小柱说，"我不信秦小明能混到那个地步，他以前不是这样的……"

"你啊，接触毒品案子还是少。"高所感叹，"回头你休假回来，让分局缉毒支队的跟你说说就知道了——只要沾染上毒品，那就不能用正常人的情感和理智去衡量，个个都是疯子！亲爹亲妈都不认，何况你是个不沾亲不带故的片警？"

"我去了。"赵小柱说。

"去吧去吧。"高所说，"有情况赶紧给我打电话。"

"嗯。"赵小柱回宿舍去换衣服，他把警服挂好换上了便装。因为他着急出去，所以警服里面的东西没掏干净。走出所门口发现警官证没带，但是也不想回去拿了。片警有个习惯，只要出所办事，就不走回头路，哪怕东西没带也是打电话让人带出去，回头进派出所兆头不好。他也就没再回去拿，反正也是去找人，就骑上小摩托走了。

6

锡纸在酒精灯上烤着，秦小明眼巴巴看着那些白色的粉末化成液体。

他的身体都神经质地抽搐着，嗅着这股神秘的味道。

"想要吗？"豹哥面带笑意看着秦小明。秦小明疯狂点头，哈喇子都要出来了。豹哥笑笑："想要，以后就跟着我混。帮我发货，你想要这个还不简单？"

"豹哥……"秦小明含糊不清地说，恨不得一下子扑上去。

豹哥拿出注射器，针头在液体上抽取着。他把注射器举起来，秦小明眼巴巴看着，一下子跪下了：

"豹哥——你说怎么干我就怎么干！求求你，给我吧！"

豹哥笑笑，把注射器丢在地上。秦小明一下子抢起来，拿起皮管扎住自己的左胳膊拍打着。他的血管在瘦弱的胳膊上显现出来，秦小明举起针管扎进去。他的眼睛发亮，逐渐把液体推进去……

楼下，距离楼道二十米外的一辆面包车里面。市局刑侦总队缉毒支队的侦查队长林涛涛看着监视器："这小孩新来的吗？"

"新来的，今天刚来。"正在吃方便面的侦查员回答，"以前没见过，估计是刚刚被拉下水的。"

"不能等了。"林涛涛说，"跟温总汇报，我们今天动手。这帮孙子的证据已经掌握得够多的了，再等下去我们又得看着小孩们下水。"

"明白了，林队。"侦查员拿起电台，"这浑蛋也是坏得流油，专门找中学生下手，在中学校园卖毒品。他妈的我早就想弄他了！"

"通知特警派突击小组过来。"林涛涛说，"一个小时以后我们动手。"

"好的。"侦查员说，"葡萄，葡萄，这是哈密瓜。我们准备一个小时以后动手，让核桃过来支援一下。完毕。"

"葡萄收到，核桃马上就到。完毕。"

侦查员继续吃方便面，突然看着一个监视器愣住了。林涛涛也发现了，监视器上有个小摩托在开过来。车上有两个人，一个是小伙子，一个是染着黄毛的小男孩。那个小伙子剃着短发，个儿挺高，满脸都是愤怒。

"这谁啊？"林涛涛问。

"那黄毛我见过，也是吸毒的小孩。"侦查员说，"那平头没见过。"

"什么来路？"林涛涛纳闷儿。

"他们在楼道口停下了。"侦查员说，"看来是要进去。"

林涛涛紧张地看着监视器。

赵小柱到楼道口停车，后面的黄毛下车。黄毛害怕地说："大哥，我就知道这儿……我不敢上去了，我走了……"

"你怕什么？有我呢！"赵小柱抓着他的衣服，"带我上去！"

"我可不敢！"黄毛害怕地说，"豹哥……"

"什么他妈的豹哥马哥的！"赵小柱怒了，"我看看他们谁敢动我！"

"是不敢动你，你是条子。"黄毛说，"但是我不行啊……你就放了我吧，我带你到楼底下已经胆子够大了！"

赵小柱看看他："行，你去吧——记住，别再吸毒了！"

黄毛答应着跑了。赵小柱四处看看，抬头看楼上，起步进去了。面包车里面的警察紧张注视着他上楼，林涛涛纳闷儿："这是他们的人吗，新手吧？以前资料没见过。"

"按说不应该。"侦查员说，"这个点儿除了那个什么豹哥，都是小孩。他们集团的人不会来这儿，这些都是单线联系的。他们狡猾得很，一点都不比境外的贩毒集团简单。"

"继续监视。"林涛涛拿出对讲机，"各单位注意，有新情况。不知道他是否携带武器，一定要注意安全！核桃，现在里面有两个成年人，你们要准备应急方案。完毕。"

"核桃收到，我们在路上。完毕。"

林涛涛看着监视器，赵小柱在敲门。

里面的人问："谁啊？"

"开门！"赵小柱捶门，"我找秦小明！"

里面忙乱片刻。豹哥拿着手枪躲在门后："你谁啊？"

"我是他哥！"

豹哥转脸看秦小明："你还有个哥？"

秦小明刚吸完毒品，正在眩晕。他露出笑容："现在我就是大爷，所有人的大爷……"

"这儿没什么秦小明！"豹哥说，"你找错人了！"

"开门！不开门我报警了！"

豹哥握紧手枪，想想。他使了个眼色。一个小孩开门，赵小柱站在门口怒喝："秦小明！"

豹哥一把把赵小柱拽进来，手枪顶住他的脑袋按在地上。赵小柱没想到，吓了一跳。豹哥恶狠狠地说："你他妈的到底是谁？"

"我，我是秦小明他哥……"赵小柱知道脑袋后面是手枪，舌头有点颤。

"你他妈的怎么找到这儿来了？！"豹哥眼露凶光，"谁告诉你的？"

秦小明抬眼，看见了赵小柱。他还在头晕，笑："你找我……找我干什么？你不是结婚去了吗？"

"跟我回去，"赵小柱说，"奶奶病了……"

"我不回去……"秦小明靠在肮脏的沙发上，"这儿好，这儿有药……"

听到他俩的对话，豹哥放心一点。他顶着赵小柱的脑袋："我跟你说，你弟弟跟了我了。你聪明就现在滚蛋，别管这事儿。要是不识相，动手的可是你弟弟啊！别怪我没提醒你……"

"他不会对我动手的！"赵小柱看着秦小明咬牙。

"秦小明！"豹哥抬头，"过来！"

秦小明听话得跟狗一样，连滚带爬过来："豹哥。"

"捅他。"豹哥使眼色。一个小孩把刀子塞给秦小明，秦小明抓着刀子看着地上的赵小柱怪异地笑。

赵小柱着急地喊："小明，把刀子放下！别忘了——你有梦！"

秦小明的眼一下子闪过什么东西，随即又是怪笑："我没梦了，我就要药……你别管我了，你管不了我了……"

"捅他！"豹哥怒吼，"我给你药，要多少有多少！"

秦小明看着赵小柱，怪笑着举起了刀子。赵小柱满脸是汗，哆嗦着嘴唇："小明，你醒醒！我是谁，你知道吗？"

"知道，片警赵小柱。"秦小明怪笑着。

豹哥一下子呆住了："警察啊？！"

"咣！"大门被一下子粗暴地撞开。

穿着黑衣的特警戴着面罩冲进来："警察——不许动！"

豹哥刚刚举起手枪，就被两个特警直接按倒，一枪托砸晕。其余的小孩根本没有战斗力，都被特警按住了。赵小柱也被特警按住搜身，他着急地喊："误会！误会！我也是警察……"

7

公安局对面的湘鄂情酒家一号大包房外的走廊，换了便装的盖晓岚拿着手机在拨打。

"对不起，您拨打的电话已关机。"

盖晓岚拿着电话，纳闷儿："这个人，关什么机啊？"

苏雅出来："怎么了？你那大厨还没来啊？"

"不知道干吗去了，手机也关了。"盖晓岚说，"他说他回所里看看，到现在都没人了。"

"不会吧？他不知道今天是赵主任做东吗？"

"知道啊，我专门跟他叮嘱过的。"盖晓岚纳闷儿地说。

"兴许是所里面有事吧？"

"那也不该关机啊？"盖晓岚想着。

"先进去吧。"苏雅说，"他可能一会儿就来了。"

盖晓岚跟着苏雅推门进去，一屋子的女警在笑闹着。赵主任坐在首席的位置，他身边的位置空着，是给赵小柱预备的。除了政治处的女警，机关其余跟盖晓岚关系不错的女警也都来了。盖晓岚是个热心人，所以人缘特别好，来的也有十多朵警花。大家一半是高兴，一半是好奇——这个小片警到底是哪里吸引了盖晓岚的芳心呢？

带着这个好奇，大家都来得很早。刚下班，这个包房就陆续来了换了衣服的警花们，赵主任是最后跟盖晓岚和苏雅来的。他进来就乐："今天咱们公安局机关群芳荟萃啊！可别传出去啊，不知道到别人耳朵里面，变成什么了！"女孩们就笑，赵主任是个脾气很好的小老头，也是个正派人。大家都不害怕赵主任，所以在他跟前也都很放肆，抢着拿手机跟他"亲密合影"。赵主任来者不拒，哈哈大笑："我再说一次啊，不许外传！"

但是这玩笑不能持续太久啊，半小时以后大家都坐下了，等着赵小柱。

一个小时过去了，赵小柱还是没出现，电话也关机了。

赵主任还沉得住气，笑眯眯地跟女警们聊着家常。盖晓岚脸上可真的挂不住了，这个死人死到哪里去了？她打了几次电话都是关机以后，灵机一动拨了高所的电话。

"喂？"高所的声音很急促。

"高所，我盖晓岚啊！"盖晓岚问，"赵小柱呢？他在所里没？"

"他在刑总呢，我还没来得及给你打电话！"高所的声音匆匆。

"他去刑总干吗去了？"盖晓岚纳闷儿，"他不是休息了吗？有什么大案子要他协助吗？"

"他被刑总给抓了，我去领人。"

"啊？！"盖晓岚一下子站起来，"他被刑总抓了？！"

屋子里笑闹的警花们都安静下来，赵主任也愣住了，看着盖晓岚。盖晓岚匆匆问："到底怎么回事啊？"

"我跟你一句话说不清楚！"高所说，"你要是没事，就去刑总大院吧！他在缉毒支队关着呢，我正往那儿赶呢！先挂了啊！"

盖晓岚拿着电话发傻。

警花们都看着她，赵主任也看着她。片刻之后，盖晓岚抓起自己的皮包："不好意思啊，我去一下刑总……对不起啊，主任。"

"怎么回事？"赵主任关切地说，"是不是有误会？"

"肯定是误会，他胆子特别小！"盖晓岚的眼泪都要出来了，"他怎么会被缉毒支队抓了呢？"

"你别着急。"赵主任起身说，"这样，苏雅！"

"到！"苏雅急忙起身。

"你陪她去刑总大院，我给老温打电话看看是怎么回事。"赵主任说，"要是误会，让他们尽快调查清楚，先放人！"

"好。"苏雅急忙跟着盖晓岚跑出去。

"今天的事情，谁都不许往外说！"赵主任很严肃地对一屋子女警说，"任何人往外说半个字，当心我不客气！咱们局五万多民警，发生误会是很正常的事情！别什么都不知道，就在机关传小话！"

女警察们小心翼翼答话。

宴席还没开始就不欢而散。盖晓岚上了出租车，苏雅也跟上来："去刑侦总队！"

"啊？"司机听着有点傻，回头看这两个女人。

"半步桥，刑侦总队！"苏雅掏出警官证，"快！"

司机急忙踩油门："要多快？"

"不能违反交通规则，你爱多快就多快！"苏雅没好气地说。

盖晓岚着急地想哭："苏雅姐……我……"

"没事！"苏雅安慰她，"赵主任不是外人，姐妹们也不会往外说的！再说你都肯定这是误会了，别那么担心了！"

"打死我都不信……他会被缉毒支队给抓去啊！"盖晓岚哭着说。

苏雅抱住她："没事没事！工作误会，很正常的事情！你别哭了——司机，走二环！别跟我绕路，我老公以前就是刑总的！地方我熟得很！"

盖晓岚哭着："这次我丢了多大的人啊……"

8

林涛涛跟高所坐在办公桌前面抽烟，聊着天。高所穿着警服，林涛涛还穿着便服，俩人是老熟人了。

"你们那赵小柱也真够各的，单枪匹马就敢闯去找人。"林涛涛说，"连证件都没带！这要是特警晚进去一秒钟，他不就出事了吗？"

"回去我得好好说说他。"高所苦笑，"他跟那孩子有感情，三年了一直当亲弟弟看。那孩子也是不争气，十四岁就吸毒了。这不，强戒两次了，又吸了！"

"吸毒的人啊，沾不得。"林涛涛推心置腹，"老高我跟你说，我办这种案子都办恶心了！这孩子也就偷了家里的电视卖了，我还见过爹妈不给钱，拿刀就把爹妈给砍死的！我们抓住他的时候，他还在那儿吸呢！全身都是爹妈的血啊！"

高所也很沉重："没办法，那孩子是我们管片的。这也是我们的工作，赵小柱于公于私，他都得管。"

"理解。"林涛涛说，"片警，就是最基层跟老百姓打交道的。不过你得提醒赵小柱，吸毒的孩子不能当正常孩子看待——是疯子，没理智。他得小心点！"

"我会的。"高所点头，"赵小柱是个热心人，他对社区的老百姓是拿真心换真心。这是他的优点，也是他的弱点——不是所有人都会跟你换真心的，好心当驴肝肺也不是没有……"

赵小柱灰头土脸地出现在门口："高所……"

高所起身，笑："怎么？体验了一把缉毒支队的小黑屋？"

林涛涛起身拍拍赵小柱的肩膀："误会！别介意啊，缉毒行动动不动就动枪动弹，我们也是怕了。受委屈了，没伤着吧？"

"没有没有，是我不好。"赵小柱诚恳地说，"我只想去找秦小明，没想到你们会有行动。差点坏了你们的事儿，我会写个检讨送过来。"

"检讨什么啊？"林涛涛挥挥手，"自家人不说两家话。你跟高所回去吧，到门口签个字领你自己的东西——下次记住，带证件啊！"

"嗯。"赵小柱点头。

"走吧，打算在小黑屋过夜啊？"高所笑，"林队，我带他走了啊！"

"去吧去吧。"林涛涛笑道，"赵小柱——不打不成交，以后咱们就是认识了！有事儿多打招呼！"

赵小柱跟着高所走到门口，签字领自己的东西。盖晓岚心急火燎地跑出电梯："赵小柱！"

赵小柱看着盖晓岚，苦笑一下："晓岚……"

"你搞什么呢！"盖晓岚本来一肚子火气，但是看见赵小柱脸上有青肿浑身脏兮兮，马上口气就软了："没受伤吧？让我看看让我看看！哎呀，你怎么被缉毒支队给抓回来了啊？你没带证件吗？"

"没带。"赵小柱说，"我太着急了……换衣服忘在警服里面了。"

苏雅跟着出了电梯就笑："哟！这就是我们宣传科的大姑爷啊？"

"你好。"赵小柱赶紧说，"我是赵小柱。"

"这是苏雅姐！"盖晓岚哭笑不得，"你也得叫姐姐！"

"姐姐……"赵小柱很老实。

苏雅被逗乐了，前仰后合："得了得了，我还没那么老！怎么回事啊？大水冲了龙王庙，缉毒警抓了片警？你没事跑人缉毒支队的圈套里面干吗去了？"

"我去找人。"赵小柱叹息一声，"我没想到，他会……"

"谁啊？"盖晓岚小心地问。

"秦小明。"赵小柱说，"就是我跟你说过的那个孩子，他……又吸毒了……"

"哦。"盖晓岚明白过来了。

"对不起，请问秦小明……关在哪儿？"赵小柱转身问值班警察。

值班警察正盯着盖晓岚看呢，一听，笑笑："在刚才你那小黑屋边上呢，已经审完了。"

"我能见见他吗？"赵小柱问。

"哎呀，跟你说了，你现在休假！"高所赶紧说，"人家盖晓岚都来了，你还不赶紧跟着回家去！还忙工作？"

"这不算工作，高所。"赵小柱一本正经，"秦小明……是我弟弟，我把他当家里人。"

"你啊！"高所哭笑不得，"我说你什么好啊？回去回去！"

"没事，高所。"盖晓岚笑笑，"我了解他，你就让他去吧。我等他就是了，赵小柱就是这么个人！"

赵小柱看看盖晓岚，笑了一下转向值班警察："我能去见见他吗？"

"能，当然能了！"值班警察拿起电话："我跟里面说一声就得！你去吧！"

赵小柱转身去了。

高所感叹："要不说这个傻人就有傻福呢！我们片警，能赶上你这么个老婆！真的是八辈子烧高香了！"

"谁说不是呢！"苏雅笑着说，"你可得好好看着你们这个赵小柱，可不能欺负了我们晓岚！不然，我们全体女警要去声讨你们橘子胡同派出所！"

"欢迎欢迎！"高所急忙说，"我们那儿还有三个年轻干警没对象呢！我举双手欢迎！赶紧，要不这周末就组织一下？"

两个女警哈哈大笑。

值班警察拿着自己的笔记本："盖……盖主持，我能请你给我签个名吗？"

9

秦小明两眼失神，坐在小黑屋的角落。门开了，警察在门口说："秦小明，出来。"

秦小明就站起来，低着头出去，站在走廊上不吭声。赵小柱站在他的对面，心很疼："小明……"

秦小明不抬头，也不说话。

"你们去那边屋里聊吧。"警察说，"五分钟时间够吗？"

"够了。"赵小柱赶紧说，"同志，谢谢你啊！"

"没事，你不是外人。"警察说，"相信你不会跟他串供，去吧。"

赵小柱把秦小明领进旁边的讯问室。这是个封闭的空间，只有一张桌子和几把椅子。赵小柱把秦小明按在椅子上，拉着一把椅子坐在他的对面。墙上的摄像头转向他们俩，赵小柱抬眼看看，知道这是规矩。

秦小明低着头不说话。

"告诉我，吸毒比什么都重要吗？"赵小柱问。

"赵小柱，你别管我了，我就这样了。"秦小明低头说，"我知道你对我好，没用了。我沾上毒品，也就是个废人了。现在我还算清醒的，你走吧。"

"你才十五岁。"赵小柱盯着他，"我像你这么大的时候……"

"你别管我！"秦小明爆发出来，站起来："我没梦了！我没梦了！所有的都是梦，都碎了！我是吸毒的，你管不了！"

"我不信！"赵小柱也站起来，"我不信你就戒不了！你看见你奶奶想你了吗？你看见你奶奶哭了吗？她都七十岁了，秦小明！她活不了几天了，你怎么就不能让她安心去世呢？她吃的苦还不够多吗？她把你拉扯这么大，你就一点也不感恩吗？"

秦小明流着眼泪："……赵小柱，你说的我都明白。但是晚了，真的晚了。你不吸毒不知道，这个戒不了的。"

"没有不可能的事，就看你去不去做！"赵小柱厉声说，"你就不能想想你奶奶？你知道你奶奶病了吗？！"

秦小明抬头。

"你奶奶……病了，她哭着跟我说……小明说了，长大要孝顺我……"

秦小明低头，眼泪直往下掉。

赵小柱缓和语气："相信自己，你能戒掉的。"

秦小明摇头："我已经废了，你别管我了……你们都别管我了……每天活着，满脑子都是药……我现在就是为了这个活着了，真的……我想不了更多的……"

赵小柱抓住秦小明的手："你还把我当哥哥看吗？"

秦小明不说话。

"我还把你当弟弟看。"赵小柱诚恳地说，"相信自己，也相信我——你能戒掉的！你才十五岁，我像你这么大的时候，也迷茫过！但是我走出来了，你也一定能走出来的！毒品不是不可战胜的，关键是你的心里——要有梦！"

秦小明抬起泪眼。

"要有梦！"赵小柱看着他的眼，"无论在什么情况下，都不要放弃！未来会变好的，会的！只要你去努力，一天会比一天好！不要放弃自己，不要放弃！"

秦小明看着赵小柱，张着嘴没说话。

"相信自己，也相信我！"赵小柱的眼睛非常诚恳，"为了你奶奶，为了你的未来——你会戒掉的！"

秦小明哭出声音来："为什么你对我这么好……"

赵小柱看着他："因为，我把你当弟弟……"

"哥——"

秦小明扑在赵小柱的怀里，大哭起来。赵小柱抱着他，拍着他的肩膀："相信自己，也相信我——你会戒掉的！"

监视室里面，盖晓岚在擦眼泪。苏雅拿着手绢捂住嘴，哽咽着："我现在知道，你为什么会嫁给这个炊事员了……"

高所感叹一声，没说出来自己的担心。按照他的经验，这……基本上是没用的。

10

回到家里已经很晚了，盖晓岚破天荒地给赵小柱拿来拖鞋。赵小柱坐在门口换鞋的椅子上还在愣神，盖晓岚已经解开他皮鞋的鞋带。赵小柱反应过来，急忙笑着挡住她："我自己来……饿了吧？都是我不好，我去给你做俩菜去！"

"别忙活了，我下点挂面就得了。"盖晓岚起身说，"你去洗澡吧，看你这一身脏的！衣服脱了，我扔洗衣机里面去。"

赵小柱说："没事，你别管了。你去看会儿电视，我去洗手做饭。"

"你啊，我又不是瓷娃娃！"盖晓岚笑，"怎么，怕我做的挂面没办法吃？"

"不是不是！"赵小柱急忙说，"我不是在部队就是二级厨师吗？咱家有一个二级厨师，总不能闲着吧？你等我，我很快就好！"

"那我先去洗澡。"

赵小柱飞快地炒好了木耳鸡蛋和宫爆鸡丁，这是盖晓岚平时最爱吃的菜。他把菜放在桌子上，米饭还在电饭煲里面焖着。

"你先吃两口，米饭一会儿就好。"赵小柱对坐在沙发上看电视的盖晓岚说。

盖晓岚裹着浴巾，没穿睡衣，心不在焉地看电视。她的头发湿漉漉的，盘在头上。听苏雅说长期用吹风机对脑子不好，所以盖晓岚自从参加工作以后就没再用过吹风机，都是先擦然后晾干。因为她的头发盘在头顶，所以露出了白皙修长的脖子和滑润细腻的肩膀，修长的胳膊白嫩如藕。

赵小柱呆了一下，急忙错开眼。这一错开不要紧，就看见了盖晓岚叠在一起放在茶几上的腿。还有两只白嫩的脚丫，俏皮地活动着脚指头。赵小柱的内心深处仿佛被什么东西电了一下，呼吸粗壮起来。但是他还是再次错开眼，声音变得颤抖起来："吃饭了，晓岚。"

盖晓岚好像在想什么心事，撑着自己的脸颊，换着台。

赵小柱走过去，轻柔地："吃饭了。"

盖晓岚突然伸出胳膊抱住了赵小柱的脖子，把赵小柱拉在了自己的身上。赵小柱还没反应过来，已经被盖晓岚拽在了沙发上。盖晓岚的头发一下子散开了，披散在赵小柱的脸上，于是赵小柱就闻到了一股熟悉的清香——这是盖晓岚的味道。但是此刻盖晓岚的眼，却是陌生的，带着幽幽的光芒。赵小柱扶着盖晓岚的胳膊："怎么了？吃……"

"饭"字还没说出口，盖晓岚的嘴唇已经覆盖上来，舌头也伸进赵小柱的嘴里。赵小柱被盖晓岚的疯狂惊呆了，在他的印象当中盖晓岚不曾这样疯狂过。盖晓岚吻着赵小柱的嘴唇，脖子，于是身上的浴巾也自然滑落，露出一片耀眼的白……

赵小柱急忙闭上眼睛，盖晓岚却睁着眼睛。

"要我……"

盖晓岚的声音颤抖，幽幽地看着赵小柱。

赵小柱不敢睁开眼，扶着盖晓岚的胳膊："我们还没结婚……"

"明天就登记了。"

"明天我们才算结婚。"赵小柱努力让自己平静下来，睁开眼只是盯着盖晓岚美丽的脸，"晓岚，你了解我……明天，好吗？"

"我不——"盖晓岚撒娇地抱住了赵小柱的脖子。

赵小柱也抱住了她，手在她的后背上却没有动。

真滑啊——赵小柱从心底里感叹。

"要我——"盖晓岚撒娇地在赵小柱耳边吹气。

"……明天，好吗？"赵小柱回答得也很颤抖。

盖晓岚盯着赵小柱的眼："你不会是……"

"你说什么呢！"赵小柱苦笑。

盖晓岚伸手抓住了，咯咯乐了："还好还好！你这样，我还真的担心自己守活寡呢！"

"哎呀，别乱抓！"赵小柱急忙起身，"快快快，吃饭！你是警察代言人啊，可别在我们基层民警跟前损失了自己的形象！"

"警察怎么了？警察就不是女人了？"盖晓岚脸红扑扑，咯咯地笑。

赵小柱也笑，气氛没刚才那么紧张了："我去给你拿睡衣去！"

"你啊——傻！"盖晓岚说。

"我就是傻啊，你早就知道了。"赵小柱出了卧室把睡裙给她还是不敢看她。

"唉，谁让我就喜欢你傻呢！"盖晓岚穿上了。赵小柱拉她去吃饭，盖晓岚却把赵小柱拉在沙发上，很认真地对赵小柱说：

"我跟你说件事儿。"

"你说。"赵小柱纳闷儿。

"我……谈过男朋友，你知道吧？"盖晓岚说。

"你跟我说过的啊！"

"我跟他有过……有过那什么。"盖晓岚看着赵小柱的眼睛说，"你介意吗？"

赵小柱纳闷儿："介意什么？"

"你真的不介意？"

赵小柱笑："光说我傻——你更傻！"

"我怎么傻了？"

"跟我有关系吗？"赵小柱问。

"我不是你老婆嘛……"

"那时候你是我老婆吗？"赵小柱问。

"不是啊。"

"那不就得了。"赵小柱刮刮她的鼻子，"傻帽！你啊，胡思乱想什么呢？我娶你，是要一辈子疼你，照顾你……我管那些干什么？再说也跟我没关系，那时候我们不还没在一起吗？"

"如果是我们在一起以后呢？"盖晓岚追问。

赵小柱想想，笑："那你为什么不嫁给他？"

"因为……他不娶我！"

"我娶你。"赵小柱说。

"为什么？"盖晓岚眼泪汪汪。

"因为——我爱你。"赵小柱笑，"起来起来，吃饭了！"

盖晓岚拉住赵小柱："我还没说完呢！"

"还有什么事儿啊？"

盖晓岚看着赵小柱的眼睛："我有个孩子。"

"别逗了！"赵小柱大笑。

"真的！"盖晓岚认真地说，"三岁了！是我考警校以前生的，现在在我小姨家。"

赵小柱这次不笑了，也很认真地看盖晓岚。

"没事，反正咱俩没登记呢！"盖晓岚的眼神暗淡了，"我明天就走！"

赵小柱一把拽住她，盖晓岚不看他。

"真的？"赵小柱追问。

"真的。"盖晓岚低头说，"对不起，我骗了你。是个女孩，我舍不得打掉……"

赵小柱沉默了一会儿，对她说："明天，把她接来吧。别让她觉得自己没有爸爸妈妈，小孩子的心很脆弱的。"

盖晓岚抬头，眼泪吧嗒吧嗒下来。

"接来吧，我知道没有爸爸妈妈的滋味。"赵小柱说得也很认真，"小孩子的心，真的很脆弱。我疼她，疼你，疼你们两个……"

盖晓岚一把抱住赵小柱哇哇大哭。

赵小柱抱着盖晓岚，脸色凝重："我会疼她的，你放心。"

"我……"盖晓岚抬起头满脸笑容，"我是考验你的！"

赵小柱愣了一下，苦笑："我还以为，我要提前当爹了呢！"

"哟！那么想当别人孩子的爹啊？"盖晓岚故意说，"那好，明天我就去找男人生一个！"

"别别……"赵小柱赶紧说。

"哈哈哈哈！"盖晓岚笑着踹他，"你真傻！你真傻！我太爱你了——"

赵小柱笑着看着她："爱就爱吧，还踹人。"

"怎么了？踹你不行了，我还咬你呢！"

"哎呀！真的动嘴啊！"

……

晚上，盖晓岚躺在赵小柱的怀里："你真的……不想现在要我？那我睡了，不许骚扰我啊！"

"嗯。"赵小柱闷闷回答。

盖晓岚打个哈欠，懒洋洋躺在赵小柱怀里睡着了。赵小柱抱着盖晓岚，盯着天花板，想着自己的心事。

他不知道，自己走的这段时间……秦小明，能不能记住自己的话。

第二章

—— ★ ——

1

第二天上午八点半，出了东城区民政局结婚登记处的盖晓岚觉得腿发软，扶着大门脸发白："我这就把自己给嫁了？"

赵小柱在后面急忙搀扶住她："怎么了？你又贫血了？"

盖晓岚的脸确实很白，满头是汗："我这就把自己给嫁了？"

赵小柱眨巴眼，不敢说话。

"你……你……不许欺负我！"盖晓岚的眼泪一下子出来，"不许欺负我……我这就把自己嫁给你了！你不许欺负我！"

"我……我也得敢啊！"赵小柱苦笑。

"家里都是我说了算！"盖晓岚眼泪汪汪，"你必须听我的！"

"我不一直都听你的吗？"赵小柱认真地说。

"不许变了！"盖晓岚哭着说，"苏雅姐说了，男人结婚就变了！变得不会疼女人了，变得脾气不好了，变得不爱跟女人说话了……变得不喜欢自己的女人了……"

"我不会变的。"

"你发誓！"

"我发誓！"赵小柱举起右手放在心口，"我发誓——我不会变的！"

"赵小柱，我可把什么都给你了，你可不许欺负我……"盖晓岚扑在赵小柱怀里哭着，"你要对我好……"

赵小柱抱住盖晓岚，这个时候自己也回过味来。原来，自己真的有了一个家了，有媳妇了……

一个属于自己的家，属于自己的媳妇。

回到家里，盖晓岚还在抹泪。赵小柱看着她，目光很怪异。盖晓岚害怕了，退后一步："你……你干吗？"

赵小柱突然一把抱起来她，盖晓岚在空中踢着腿，踢飞了一只高跟鞋："哎呀你干吗啊？！……嗯，嗯……我这衣服新买的，贵着呢！哎呀我自己脱，别撕啊……内衣是法国的——嗯，嗯——啊——"

……

盖晓岚在抹泪，赵小柱在旁边胆战心惊拿着纸巾预备着："还疼吗？"

"你刚刚发誓不欺负我的……"盖晓岚哭着说，"人家还没准备好呢……"

"我错了……"赵小柱小心翼翼地说。

"你色憋的啊你？给你你不要，没准备好你跟强奸犯似的！"盖晓岚哭着说，"臭流氓！大色鬼！以前怎么没看出来你这么流氓啊？说，你跟几个女孩耍过流氓了？"

"没有没有，你是第一个……"赵小柱内疚地说，"我……"

"你什么啊你？你真能装！"盖晓岚拿枕头砸他，"你把自己装得老实着呢！暴露了吧？你就是个臭流氓——我要打110，我要警察抓你！呜呜呜……"

赵小柱小心翼翼地递过去纸巾。

盖晓岚一把抓住吸溜鼻涕："连窗户都不关，我感冒了！"

"啊？！"赵小柱是真急了，急忙起身光屁股关窗户，然后到处找药。盖晓岚在床上看着，扑哧笑了。赵小柱回头看，盖晓岚又哭起来："臭流氓——"

几分钟后，盖晓岚穿着睡裙从马桶上起来，还扶着腰。赵小柱急忙扶着她，很小心。盖晓岚皱着眉头，走一步就疼一下，钻心地疼。赵小柱内疚得恨不得撞墙去死，盖晓岚被他搀扶到沙发上坐下。

屁股一挨着沙发就"啊"叫了一声，疼得呲牙咧嘴。

赵小柱站在边上，跟罪人似的："真的……很疼吗？"

"废话！我拿个棍子把你劈开试试！"盖晓岚满脸痛楚地扶着腰，伤心地哭起来，"我都流血了……"

赵小柱站在旁边局促不安。

两个小时后。赵小柱抚摸着盖晓岚，盖晓岚眼神迷离："我还想要一次……"

"已经第三次了……我怕你疼……"

"早就不疼了……"盖晓岚抱着赵小柱，"我要你……"

四个小时后。赵小柱伺候盖晓岚穿警服，盖晓岚看着镜子里面的自己，往嘴唇上抹口红。她抬头看见自己脖子上的吻痕："都是你，看我脖子！人会笑话我的！"

赵小柱在后面给盖晓岚整理好警衔："我错了……"

"晚了！"盖晓岚哼了一声，"人要笑话我，我就说你是臭流氓！"

"嗯，我是……"

"你是大色狼！"

"嗯，我是……"

"你是混进人民警察内部的败类！"

"啊，我不是……"

"你就是！"盖晓岚说，"我说了算！"

"是，我是！"赵小柱一本正经，"我是混进人民警察内部的败类！"

盖晓岚笑了，亲他一口："傻样！"

2

"赵小柱带着媳妇回来了！"

戴着红箍的李大婶在胡同口又一声喊。

原本平静的橘子胡同再次仿佛一瞬间冒出来无数人头。跟赵小柱站在一起的盖晓岚吓了一跳，赵小柱则对这已经司空见惯。他笑着跟老奶奶老大爷们握手，大家都看着漂亮的盖晓岚赞不绝口：

"哎呀！这闺女真漂亮！比电视里面还漂亮！""咱们小柱啊，就是有福气！""这闺女也有福气，跟了咱们小柱这么好的人！"……

盖晓岚反应过来，也笑着跟街坊们打招呼，分喜糖："杨奶奶吧？小柱常常念叨你！牛大爷？牛大爷？我是盖晓岚！"

"你就是鲁豫？怎么跟电视上看着不一样啊？"牛大爷竖起耳朵听着。

"我是盖——晓——岚！"盖晓岚笑着说，"赵小柱的媳妇！听说您爱下棋，等我哪天有时间，陪您杀两局！"

"好好！"牛大爷听这个最清楚，"我回家准备去！我老了，你得让我一个炮！"

赵小柱和盖晓岚笑着给大家分着喜糖。在他短暂的三年片警生涯当中，这是给他带来温情和亲情的一条胡同。人人都喜欢片警赵小柱，赵小柱也喜欢他们每一个人。对于赵小柱来说，没有什么比这份亲情更重要。盖晓岚也深深明白这一点，因为她知道——赵小柱的内心深处，藏着一个梦。这个梦不仅包括她和他们的小家，也包括这条胡同，这些也许本来素不相识的老百姓。他们是赵小柱的亲人，也是她的亲人。

大家最后热热闹闹地走到了秦奶奶的家门口。其他的人没有进去，因为现在进去不合适。李大婶在门口犹豫了一会儿："小柱啊，市局的同志刚刚来过。你……你进去得好好劝劝秦奶奶……"

"嗯。"

赵小柱推开门，带着盖晓岚进去了。

秦奶奶还躺在床上，眼巴巴看着门口。门一开就坐了起来："小明回来了？"

"是我，秦奶奶。"赵小柱轻声说，"我带媳妇来看您了。"

"哦。"秦奶奶失望地靠在枕头上。

"秦奶奶，我跟小柱来看看您。"盖晓岚走过去扶着秦奶奶躺下，"您老躺下，烧退了吗？您想吃点什么，让小柱给您做。别想那么多，小明没有卷进去大案，调查清楚就该回家了。"

"嗯……我听市局的同志说过了。"秦奶奶流着眼泪握着盖晓岚的手，"这孩子，真懂事……小柱，你可得好好疼人家……不能辜负了人家……"

"我会的，秦奶奶。"赵小柱说，"您放心吧……我明天去旅行结婚，您有什么事儿就找大白。我很快就回来，小明的事儿您别太担心。他回来以后，我让大白好好跟他谈谈，再送他去强戒。"

"这个鸦片啊……"秦奶奶流着眼泪，"解放前啊，抽鸦片抽得倾家荡产，卖房子卖地……都这么多年了，怎么还危害社会呢？小明是个好孩子啊，他不孬啊……他怎么会沾上鸦片了呢……"

"您别想那么多了。"赵小柱低声说，"不管怎么样，我不会放弃他的。我想您也不会放弃他，只要我们大家都不放弃他，他不会放弃他自己的。他才十五岁，还有机会。我从国外一回来，就去戒毒所找他。"

"秦奶奶，我联系了一家学校。"盖晓岚说，"在外地，是我爸爸开的。住宿学校，按照国外贵族学校标准管理的，对外都是封闭的。我跟他说好了，不要咱们的钱，食宿也都免费。咱们让小明去那里好好学习，远离毒品……学校管得很严，还在山区。我想只要小明不接触毒源，不接触社会上这些不三不四的人，他肯定会戒掉的。"

"那敢情好。"秦奶奶握着盖晓岚的手眼泪汪汪，"闺女，谢谢你了……我就剩下这么一个孙子了，我全都托付给你们俩了……"

盖晓岚擦去眼泪："秦奶奶，您放心。您是小柱的亲人，也就是我的亲人。我们都会想办法的，小明不会有事的。他会戒掉的……他会是个好孩子的，您别担心了……"

回到派出所，七个兄弟都在会议室，桌子上放着钢盔防弹背心警棍什么的，高所在领枪单上签字："小组长才能带枪，每人五颗子弹——一定要注意安全！"

赵小柱疑惑地看着大家，随即明白过来晚上有行动。盖晓岚还是眼泪汪汪。大白看着纳闷儿："怎么了？胡同里面那帮小兔崽子又说混话了？我去修理他们！"

"没有没有……"盖晓岚拉住大白，"我是看秦奶奶，太可怜了……"

大白苦笑："你是从警以后就在机关待着，见得太少了。以后时间长了，这种事情就习惯了。大千世界，人生百态，什么事儿都有。"

"得了得了，别哭鼻子了。"高所笑道，"结婚是大喜的日子！听说你们今天终于把证给办了？嗯，不错，结束了无照驾驶的历史啊！"

民警们哄笑，盖晓岚脸红了，抹着眼泪也笑了。

"本来想请你们吃饭，但是今天晚上分局安排临检。"高所说，"我们几个都得上，所以也就不留你们了。等你们回来吧，咱们去"东来顺"，热热闹闹吃一顿火锅！给你们庆祝一下，给赵小柱补补身体啊！"

盖晓岚红着脸，不敢说话。

"高所，晚上我跟你们一起去吧！"赵小柱说，"所里现在人手少……"

"滚！"高所笑骂，"就知道你是这句。滚回去！好好陪着晓岚，然后明天高高兴兴去法国！等到你回来，你们俩都忙起来了，再像这样能腻歪在一起的机会可不多了！工作是干不完的，回家去吧！我们这儿要开会了，你们两个——被我们橘子胡同派出所临时开除了！我们要开会，老百姓就得回避一下。走走走，都走！"

不由分说，弟兄们就把他们俩推出了派出所大门。赵小柱再三请战，被高所指着鼻子骂了两句，不敢吭声了。大白笑道："回去吧，别跟这儿腻歪了。你了解高所，他决定的事儿你改变不了！回来还不有的你忙？"

赵小柱只好点点头，骑上小摩托带着盖晓岚回家去了。

3

"CA1203 航班请旅客们登机了……"

"MU2102 航班临时改点，请各位旅客耐心等待……"

首都机场大厅里面人山人海，来自世界各地的旅客们如同被塞进加工厂流水线的原料一样，在安全通道前井然有序，准备接受检查。

"快点快点！"

穿着一身休闲服的盖晓岚背着自己的背包大声对后面喊。

戴着墨镜的赵小柱满头是汗推着行李车："来了来了！你说咱们是出国旅行，又不是出国定居！你怎么恨不得把半个家都搬来了？"

"哎呀，你懂什么！法国物价贵，能省一个是一个！"盖晓岚戴上墨镜，"走，咱们在这儿排队！"

两人都穿着休闲服，在队伍尾巴站好，跟着旅客们往里走。

"您的护照、登机牌。"安检员笑着对赵小柱和盖晓岚说。

赵小柱把护照和登机牌给她。她接过护照打开，看看赵小柱的照片，愣了一下。随即她还是职业性地笑容，抬头："请您把墨镜摘下来。"

赵小柱急忙摘下墨镜，带着微笑："这样可以了吧？对不起，我刚才太忙了。有点堵车，怕赶不上……"

安检员仔细看看护照，又仔细看看赵小柱："先生，您的护照有点问题。"

"啊？什么问题啊？"赵小柱头都大了。

"怎么回事啊？"盖晓岚也急了，"出入境处的处长给办的，难道出错了？"

"没什么大问题，不过我们要核实一下。"安检员笑着说，"请您跟我到那边办公室去。"

赵小柱就安慰盖晓岚："没事没事！可能是有什么地方不清楚……"

两人跟着安检员进了旁边的办公室。安检员笑道："请您二位稍等，我们的领导马上过来。"

"要快一点啊！"盖晓岚说，"我们不能误了飞机！怎么回事啊这是？"

"没事没事，肯定是小误会。"赵小柱笑，"咱们也得配合机场安检的工作不是吗？"

话音未落，门一下子被粗暴地撞开了。四个穿着防弹背心戴着面罩的机场特警持枪冲进来，枪口对准两人："趴下！把手放在我们看得见的地方！"

赵小柱和盖晓岚一下子傻眼了。

"这这这……是误会……"赵小柱急忙举手说，"我们也是……"

根本不给他解释的机会，两个特警冲上来直接把他按倒。其余的两个特警持枪把盖晓岚逼到角落，盖晓岚尖叫着："啊——我是市局的……"

"是误会——"赵小柱高喊。

噗！一根麻醉针扎进他的脖子，赵小柱眼前一黑，失去了知觉。

"小柱——"盖晓岚高喊着。

噗！又一根麻醉针扎进了盖晓岚的脖子。

盖晓岚软软地倒下了。

四名特警如临大敌，四把手枪对准他们两人。

特警组长松了一口气，对着耳麦说："控制，完毕。"

4

赵小柱的脸在水池里面，他睁着双眼，呛了水，鼻孔都开始冒血。

"吭！"

后面的男人抓着他的脖子拽他出来，丢在地上。

赤身裸体的赵小柱倒在地上痛楚地吐着水，眼神都是模糊的。那个男人一脚踢在他的小腹上，赵小柱惨叫一声，在地上抽搐着。

"响尾蛇——"

男人蹲下抓着他的下巴，他的嘴里还在冒着混着血的水。

"你睁开眼睛看看，我是谁！"

赵小柱的视线渐渐清晰起来，是一个不认识的短发壮汉。壮汉穿着衬衫，袖子卷起来，肋下还挂着一把手枪。

"我……不认识你……"

"我是你爷爷——乌鸡！"壮汉一口东北话，"狗日的，没想到落到你爷爷手里吧？！"他起身又是一脚："你他妈的把我们的人活埋了，今天我要你知道你爷爷的厉害！"

赵小柱被踢到角落里面，咳嗽着吐血。

孙守江抓起一把铁椅子，直接就砸到赵小柱身上："老实交代！你到这来干什么？跟谁接头？有他妈的什么阴谋！"

赵小柱在地上爬着，想站起来，却腿软失败了。他看着孙守江："我……不是响尾蛇……我是赵小柱……"

"哟，越来越会演戏了！"孙守江笑着上去就是一脚，"别他妈的以为拿个看不出来的护照，我就相信你了！——说！"

赵小柱惨叫一声，被踢得蜷缩在墙角。

孙守江再次举起铁椅子砸过去，赵小柱头上开始流血。孙守江怒吼："说！你到这来，都干了什么？"

"啊——"赵小柱惨叫着，抱着脑袋。

孙守江丢掉打变形的铁椅子，拔出手枪对准他："你他妈的别以为老子不敢宰了你！这是我的地盘！老子他妈的灭了你，跟灭一只蚂蚁一样！说——你他妈的到底来干吗？！"

"我……我是赵小柱……"赵小柱睁开血眼，"我是东城区……橘子胡同派出所……片警……"

孙守江诧异地看着他："哟，你戏演得不错啊！"说完脸色一变，对准赵小柱膝盖前的地面就是一枪。

砰！

"啊——"赵小柱惨叫一声，往后缩躲开子弹。

"我的警号是……"赵小柱高喊着。

孙守江咬牙切齿，蹲下用手枪顶着赵小柱的脑袋："你再跟我说半句假话，老子就毙了你！"

"我的警号是……"赵小柱虚弱地说，"010112032……"

孙守江的手枪在颤抖，他收回手枪："放屁！"说着又举起铁椅子砸下去。

"啊——"

5

"我……我真的是市局政治处的……"

盖晓岚眼泪汪汪，看着面前神色严厉穿着职业装的女人。

"坐下！"女人厉声说，"都什么时候了，你还敢在我跟前撒谎！说，你跟那个男人什么关系！"

"他是我丈夫……"盖晓岚不敢哭出来，咬住嘴唇说。

"你丈夫？！"女人指着她的鼻子，"那你是谁？！你是哪个国家的？！你叫什么名字？！怎么跟他混在一起的？！"

"我……我是市局的……"盖晓岚哭着说，"我叫盖晓岚，你们……你们不看电视吗……我是警务节目的……主持人……"

"少跟我打岔！"女人严厉地说，"我还 CNN 的呢！——说，你到底是谁？！你怎么跟他混在一起的？！这个证件是找谁买的？！在国内谁是你们的内线？！"

"你们……就不能打个电话吗……"盖晓岚哭着说，"给局长，给政委，给谁都行……"

"没有到你指挥我的时候！"女人站起来一拍桌子，"再不老实，我就给你上手段！"

"不要啊——"盖晓岚哭着抱住头。

"那就老实交代，你到底是谁？！"

6

站在监视器跟前的瘦高男人头发花白，脸色凝重。他的脸上跟刀刻出来的一样，布满了坚硬的皱纹。左眼是假的，所以显然经历了无数的血雨腥风。他脸上没有表情，只是平淡地看着监视器上的两个审讯室。

这是一个废弃的厂房，显然不是公安机关的办公地点。那两个审讯室也是车间改装的，显得阴森可怖。他没穿制服，他身边的这些年轻人也没穿制服，都是穿着合身的便装。瘦高男人是这里的头儿，他看着监视器上的严刑拷打，好像已经司空见惯。

斗争，永远是残酷的。

一阵暴打以后，赵小柱没了动静。孙守江蹲下检查一下，起身看着监视器的镜头："休克了，要我泼水把他弄醒吗？"

瘦高男人看着地上的赵小柱，命令："把镜头推上去。"

镜头推上去，赵小柱瘫软在地上，满脸血痕。

"苗处，这小子真的不愧是响尾蛇啊！"技术员感叹，"嘴真的够硬的！也不想想，落到我们手里边，可能混得过去吗？"

瘦高男人——苗处仅存的一只右眼闪着光芒："进入市局的资料库，查那个警号。"

技术员纳闷儿："有必要吗？"

"有。"苗处的声音不大，但是带着不可质疑的权威性。

技术员在电脑前照做了。

"让医生去急救。"苗处说，"他不能留下内伤。"

赵小柱被跑进来的两个医生拽起来，抬到桌子上开始急救。苗处看着监视器上的赵小柱，神色凝重。技术员从电脑前抬头：

"苗处！真的……有这个人！"技术员看着电脑上调出来的资料库，上面是赵小柱穿着警服的照片，旁边是资料介绍。

苗处点点头："乌鸡，没你事儿了。"

孙守江看看桌子上的赵小柱，咬牙切齿："妈的！等你小子醒了再说！"

盖晓岚诧异地看着面前的女人对着耳麦"嗯"了几声，看她的眼神也变了。女人叹息一声："对不起，是误会。"

"误会？！"盖晓岚站起来，"是误会？！你们是哪个单位的？！我要去告你们——"

"这是我们的工作。"女人面无表情，起身走了。

盖晓岚追到门口，捶打着铁门："你们是哪个单位的？凭什么乱抓人啊！——赵小柱，赵小柱呢——赵小柱……"

赵小柱躺在桌子上，又吐出一口血。他的眼睛都被凝固的血块挡住了，睁开也看不清楚。一个医生小心地拿酒精棉给他擦去眼睛上的血块，赵小柱慢慢看清楚了一个背对强光灯的影子。

苗处慢慢低下头，看着他的脸。

赵小柱害怕地缩了一下，浑身疼："我……我是橘子胡同派出所片警，我叫赵小柱……"

苗处点点头："我知道了，是误会。"

"你们，你们是谁？"赵小柱惊恐地看着他。

"国际刑警中国中心局。我姓苗，是这里的处长。"苗处淡淡地说，"这是一个误会，我们抓错了人。"

"为什么……要这样对待我……"

赵小柱很伤心，眼泪流出来，眼窝的伤被泪水刺痛了。他的心里更疼，看着面前这个没有表情的瘦高男人。

"我说了，这是一个误会。"苗处说，"我代表我的兄弟给你道歉，并且会给你治疗和补偿。如果你想上告，这是我的名片。"

苗处把一张印着国际刑警徽章的名片放在赵小柱的手里。

"我想知道……为什么。"

"我不能告诉你。"苗处淡淡地说，"我对这个单位负责，同样——我也对发生的一切情况负责，我的兄弟是在我的命令下做事。对敌斗争是残酷的，发生这样的误会我也不想看到。我们会送你去医院，你可以告我——但是我希望，你来过这里的事情不要扩散。我们的工作是高度保密的，关系到成千上万人的性命，我的兄弟是提着自己的脑袋在做事。"

"我……不会告你的……"赵小柱含着眼泪说。

"为什么？"苗处问。

"因为……你们是警察……"赵小柱艰难地说，"警察……不能告警察……你们这样做，一定有你们的理由……我也是警察，我要配合你们工作……"

苗处的右眼有一丝感动，他叹息一声："是我工作的失误，我给你道歉。你们会得到补偿的，对不起。"

赵小柱努力想笑，却咳嗽出来一团血。

7

婚假直接变成了伤假，赵小柱住进了中日友好医院的国际医疗部，高级的治疗恢复病房。盖晓岚的角色也从新娘子变成了陪床的，含着眼泪照顾被打得皮肉模糊的赵小柱。这帮国际刑警动手是有章法的，所以全面检查以后并没有内伤，都是皮肉伤。他们俩没有告诉任何人，自己没有去法国，而是被国际刑警误当作红色通缉令上的头号极度危险罪犯抓住一阵暴打。废话，这个事情怎么说啊？何况赵小柱压住了盖晓岚，说什么都不许她去上告。

于是本来计划当中的七天浪漫法国之旅，就变成了中日友好医院的病房之旅。

所谓打掉了牙往肚里面咽，就是这个意思了。

盖晓岚伺候赵小柱喝下一口热牛奶，眼泪吧嗒吧嗒掉。

赵小柱脸上都是绷带和纱布，眯缝着被打肿的双眼努力笑笑："别哭啊……刚才护士跟我说，这个病房一天光房费就 800 块，一般人还真的住不起呢……"

"那我一天给他们 800 块，让他们来住好了！"盖晓岚哭着说，"凭什么啊？凭什么不问青红皂白就把我们打一顿啊？凭什么啊？我们又不是坏人，还是同行！他们怎么也不调查清楚啊？"

"他们肯定有他们的理由……"赵小柱看着盖晓岚，苦笑着说。

"那也不该打人啊！"盖晓岚抹眼泪，"法律在他们眼里是什么啊？三令五申不许严刑逼供，他们怎么能下这么狠的毒手啊？"

赵小柱勉强笑笑："你一直在机关，下面的事情，你见得少……有时候，有些事情也是没办法的……"

"你还帮他们开脱？"盖晓岚心疼地给赵小柱擦去嘴角滴出来的牛奶，"要不是你拦着，我非得告他们个人仰马翻！"

赵小柱握住盖晓岚的手："答应我……算了……别去告他们……"

盖晓岚鼻子一酸："你就知道为别人着想！你什么时候能为你自己想想？你看看你现在的样子……"说着就抹眼泪。

赵小柱握着她的手，没说话。

他在思考一个问题——响尾蛇是谁？为什么国际刑警会把自己当作响尾蛇？

答案只有一个：自己和响尾蛇长得很像。

还有和自己长得像的？他苦笑一下，偏头看旁边的镜子。满脸都是纱布和绷带，露出来的地方都是青肿……看不清楚自己的脸。一直觉得自己其貌不扬，没想到还有一个跟自己一样其貌不扬的。赵小柱自嘲地笑，你比我有本事，能让国际刑警如临大敌。

但是这只是自嘲，赵小柱可没有想过成为国际刑警红色通缉令上的要犯。那可不是闹着玩的，不是一般罪犯就能够被登上红色通缉令的。而在一般情况下，根据赵小柱的常识，国际刑警当地的组织也不会采取这样的暴力措施对待红色通缉令上的罪犯……也就是说，出现这样的情况，只有一个原因……

他跟国际刑警中国中心局之间，有血债。

"你活埋了我们的人！"

那个壮汉嘶哑的吼叫在赵小柱耳边响起来，他不由得打了个寒战。活埋了我们的人……警察最能理解警察，赵小柱很清楚这种感觉……假如高所或者大白被犯罪分子活埋，自己难道不会抓住疑犯就动手吗？自己很可能比他们还狠毒……他不敢再往下想了，也能明白为什么他们会上来不问青红皂白先给自己虐了一顿。而且还深深地理解，因为真的是该着自己倒霉，长了一张跟那个响尾蛇酷似的脸。

凡事都替别人着想，这在赵小柱二十五年的人生当中已经成为一条自然而然的思维习惯。他不会去想告他们，因为他们也是警察，而他们这样做是因为……自己的兄弟被活埋了……在这种情况下，自己不会比他们更理智。赵小柱只能自认倒霉，这是命里该着的……好在这帮国际刑警下手虽然狠，但是还有分寸。

"我们就在这儿过婚假啊……"盖晓岚呜呜呜哭着说。

赵小柱的心里满是说不出来的内疚。真的，自己太对不起晓岚了……计划好的国外旅游结婚计划全部被打乱了，而如果没有这个意外的大奖，自己也许就不会和盖晓岚计划现在结婚。赵小柱深深内疚，他抚摸着盖晓岚满是泪痕的脸，不知道该怎么道歉。

多好的姑娘啊，怎么就跟了自己这个倒霉蛋了呢……

外面的走廊里面，衣着齐整的孙守江手捧鲜花往病房里面走。他的手机响了，拿出来一看是苗处。他急忙接："喂？"

"乌鸡，你干什么去？"

孙守江卜意识地抬头，在走廊四处寻找。他看见了对着自己的摄像头："苗处，我去看看他……毕竟是我打伤他的，我得跟他当面道歉……都是自己兄弟，我……"

"回去。"苗处的话不由置疑。

"苗处？"孙守江纳闷儿。

"回去，不许去看他，不许接触他。"苗处的声音很冷酷。

"是。"孙守江看看病房，挂掉手机。他捧着鲜花，大步往回走。身边经过一个漂亮性感的小护士，一米七几的个子，腿很长胸很挺。孙守江苦笑一下："喂。"

小护士抬头："嗯？你有事吗，先生？"

"给你了。"孙守江把鲜花塞到她怀里，转身就走了。

小护士傻眼了，抱着鲜花，看着离去的衣着高档的孙守江。他的个子很高，走起来健步如飞。小护士急忙高喊："喂！你的电话多少啊？"

孙守江已经出门了。

小护士在鲜花当中寻找，没有卡片，没有电话。她纳闷儿："什么路子啊？"

厂房的监视室内。苗处看着孙守江离开了走廊，又转向病房的监视器。他凝视着病床上的赵小柱，那个满身满脸纱布的倒霉蛋，露出淡淡的笑容：

"你的苦难，才刚刚开始。"

8

"乌鸡注意，目标到你身后了。你继续跟踪，我要换车了。完毕。"

"乌鸡收到，完毕。"

孙守江发动汽车，看着后视镜里面那辆出租车擦肩而过。他从路边停车带跟上去，不紧不慢地跟着出租车。跟所有跟踪的兄弟一样，他开着地方牌照的民用车辆，这些车还不是一个牌子的。

孙守江纳闷儿，为什么要调这个小片警的外线？难道苗处真的是吃饱了撑的？把这么多力量用到小片警的身上，别的工作都不做了？

但是苗处就是苗处，苗处的话是不容置疑的。除非他不想干了，所以一旦苗处做出决定，他只能不折不扣地执行。整个跟踪队伍都是经验丰富的侦查员，对赵小柱采取的也是真正的全程监控。他不知道这样做的意义——因为很明显这个小片警不是什么了不得的人物，派两个人一辆车足够了。

但是苗处……就是苗处。

他冷冷地注视着面前的一排监视器，从各个角度传输来出租车的画面。车里面可以看到赵小柱和盖晓岚的脸，赵小柱的额头还蒙着纱布。苗处没有任何表情，默默地看着。各个跟踪小组传送来的消息显示他一点都没有发觉有跟踪。

苗处笑笑："你这个笨蛋，要从零开始。"

技术员纳闷儿："苗处？为什么我们要调他的外线？"

"我想知道，他在警校到底学会了什么。"苗处看着赵小柱。

"他真的有疑点吗？"

苗处只是看了一眼技术员，技术员就不敢说话了。苗处转回监视器，看着赵小柱在盖晓岚的搀扶下下了出租车，进了楼门。他转回自己的视线：

"我要他的所有资料。"

"是，我在做。"技术员在电脑前忙活着。

苗处的眼转向墙上。黑板上是两张放大的照片，如果不仔细辨认，就是一个人。

一个是赵小柱，穿着警服，笑嘻嘻爬香山的留影截图。

一个是目光阴鸷的男人，带着狡诈的笑容，穿着西服举着一个红酒的酒杯。照片是偷拍的，很模糊，颗粒很大。

苗处看着这两张照片，脸上没有表情。

楼道的电梯开了，盖晓岚搀扶着赵小柱出来："你小心点。"

"我没事了。"赵小柱笑笑，"真的，你不用扶我了。"

他们走到自己家门前。盖晓岚拿出钥匙要开门，赵小柱突然拽住她的胳膊："等等。"

"怎么了？"

赵小柱抬头，看着门框上面，很疑惑。盖晓岚跟着看上面，门框上有撬动的痕迹。盖晓岚吓了一跳："进贼了？！"

赵小柱接过钥匙开门："你在外面等着。"

盖晓岚躲在楼道里面，赵小柱开门一脚踹开门就进去了。屋里一片凌乱，看来是真的遭贼了。盖晓岚进来脸就白了："啊？！咱们怎么这么倒霉啊？"

"报警吧。"赵小柱搜查了整个屋子，无奈地说。

厂房里面的监视室，苗处露出笑容："习惯，小子。要学会习惯，这将是你生活的一部分。"

110的巡警勘查了现场："你们丢什么了？"

"好像什么都没丢。"盖晓岚找到了自己的存折和首饰，"值钱的东西都在呢，奇怪啊！"

赵小柱在思索什么，他掀开窗帘往下看去。楼下有一辆北京现代轿车刚刚开走，车牌是民用的。赵小柱回头看凌乱的房间，盖晓岚在跟巡警说话。巡警点点头："那你们去北苑派出所立案吧，我们只是接警。"

"好，我们也是警察，这套我们熟悉。"盖晓岚说。

"你们是不是得罪什么人了？"巡警关心地问，"有人想报复你们？"

"怎么可能呢？"盖晓岚苦笑，"我是宣传干事，他是片警——就是想得罪，也得有那本事啊！"

"不是就好，你们自己多注意。"巡警礼貌地说，"我们走了，还得去巡逻。有什么情况，你随时跟我们通报。"

"谢谢啊。"盖晓岚笑。

"不客气。"巡警笑着拿出自己的本子，"给我签个名吧，我老婆最喜欢看你的节目。"

盖晓岚接过本子签名，笑着还给他："没想到咱们在这种场合认识了。"

"要不是你们报警，我还不一定能认识你呢！"巡警笑着敬礼，"告辞了！"

盖晓岚送巡警出去，回头看赵小柱："你傻站着干什么？收拾啊！"

赵小柱反应过来，跟盖晓岚一起收拾。盖晓岚一边收拾一边抹泪："咱们这是倒了什么血霉啊？置办个家容易吗？"

赵小柱还在疑惑着，他抬头看整个房间。目光落在了电视旁边的花瓶上，他起身走过去拿出那束假花。里面的摄像头藏在花束里面，赵小柱把摄像头抓在手里。他没告诉盖晓岚，直接走进洗手间，把摄像头丢进马桶冲洗掉了。

监视室里面，苗处在笑："很聪明，小子。你的智商不低，我低估你了。"

技术员抬头："苗处，他为什么不把这个情况报警呢？"

"因为他知道是谁干的。"苗处笑着拿起自己的手机，"下面他该给我打电话了，一分钟内。"

话音刚落，他的手机就响了。

电话显示是"赵小柱"。

9

"我出去一下。"赵小柱从洗手间出来。

盖晓岚正在收拾东西，起身纳闷儿："你干吗去？"

"我去……超市买点吃的。"赵小柱说,"家里没菜了,晚上我给你做。"

"咱们出去吃吧!"盖晓岚说,"这乱的,没心情了。"

"没事,回来我收拾。"赵小柱今天的神色很怪,他直接拿起大衣就穿上。

"怎么了?"盖晓岚纳闷儿。

赵小柱回头笑笑:"没事,你在家锁好门。有事给我打电话,乖。"

"嗯。"盖晓岚又想哭,"你早点回来啊,我一个人怕……"

"没事。"赵小柱的心里发酸,但是还是转身出去了。

小区外的街道。赵小柱提着两袋垃圾走出来,他路过垃圾箱没有扔,还是提着。外面车来车往,人头攒动。赵小柱在停着的车里面寻找着,找到一辆黑色的奔驰,车顶上有无线电台的小辫子。他二话不说径直走过去,举起左手的一袋子垃圾就砸到整洁的车窗上。

车门开了,一个便衣拔出手枪对准赵小柱。

赵小柱举起右手的垃圾就砸在他的脸上,迷了他的眼。便衣退后一步,抹着眼睛。赵小柱转身搬起地上的垃圾箱,举起来就要砸过去。

"嘿嘿嘿嘿!"

赵小柱偏头。

苗处站在车后门的位置,笑眯眯看着他:"别动手,有话好好说。"

赵小柱丢掉手里的垃圾箱,走过去一脚踹在车门上。车门上出了一个大坑,他的脚也死疼。他倒吸一口冷气,咬牙:"浑蛋!你们为什么要这么做?"

苗处低头看看车身上的坑:"又要花纳税人的钱去修车了。"

"我放过了你们,你们为什么还要这样?!"赵小柱对着苗处怒吼,"我不是响尾蛇,你们已经调查清楚了!"

苗处静静地看着他。

"别来骚扰我,骚扰我的家!"赵小柱指着苗处的鼻子,"我不欠你们的!——你们欠着我的,不要再来骚扰我——"

"我们可以谈谈吗?"苗处问。

"没什么好谈的!"赵小柱说,"再这样,我要去告你们!你们这是在违法,不是执法!谁给了你们权力,可以骚扰我的正常生活?你们在机场抓我是误会，我也就认了！打我是误会，我也就算了！但是你们现在为什么还要监视我？去搜查我的家？在我的家里安监视器？你们为什么要这样？！"

"我想跟你好好谈谈。"

"我不想和你谈！"赵小柱怒吼，"别碰我的家！别欺负我好脾气，别欺负我！再敢对我家有那么一点动作，我跟你们拼到底！我要把你们都告进监狱去！这是法治社会，不是芝加哥旧上海！你们也是警察，不是 CIA、KGB！别逼我！"

苗处笑笑："我给你看一样东西。"

"我不看！"

苗处拿出自己的钱包打开，里面放着一张照片。照片上是一个年轻的警察，搂着自己的妻子，妻子的怀里是一个婴儿。

赵小柱愣住了："这是谁？"

"肖飞，我的人。"苗处举着照片说，"他被活埋了。"

赵小柱立即不吭声了。

"你也是警察，你告诉我——在那种情况下，我们该怎么冷静？"苗处反问他，"如果这是你的手足呢？是你一个办公室的兄弟呢？"

赵小柱长出一口气："……我理解你，但是你们不要再来骚扰我，因为我是无辜的。过去的事情一笔勾销了，我走了。"

"等等！"苗处叫住他。

赵小柱转身："你还有什么事儿？"

"给我十分钟时间。"

"为什么？"

"因为我想跟你说清楚。"

赵小柱看着苗处，迟疑片刻："我们去对面的立交桥下面。"

10

"肖飞，如果还活着的话今年二十九岁……"苗处看着嘈杂的车流，"他是公安大学刑事侦查系的本科生，在政法大学读的国际法硕士。三年前参加我的部门工作，主动要求去国际贩毒组织卧底，去年结婚。牺牲的时候，孩子还不满一岁。他的尸体被墨西哥警方找到，护送回国。我去接的，所以我亲眼看见他死亡时候的惨烈。"

赵小柱没有吭声，也没有打断他。

警察，最能够理解警察。

苗处转脸看他："你是不是很奇怪，我会对你说这些？"

"一点也不奇怪，你在引导我。"赵小柱说。

苗处笑笑："是吗？为什么？"

"如果我没猜错的话，我长得像那个凶手。"赵小柱说，"所以我才会莫名其妙地被你们抓走，还什么都不问先虐一顿。因为我长得像，所以你在引导我，希望我能配合你们工作。"

"你很聪明。"苗处说。

"那是不可能的。"赵小柱断然说，"我不会参加你们的工作！"

"先别着急拒绝。"苗处从公文包里面拿出一份材料递给他，"你看看。"

"这是什么？"赵小柱接过材料，打开。他看了一眼就蒙了，把材料扔给苗处："我不想看这个！"

"你看看。"苗处打开材料举着给他看，"我别无选择！"

那张偷拍的照片，一张跟赵小柱一模一样的脸，只是神态不同。

"地球上有六十亿人！"赵小柱说，"长得像的人多了去了，你们可以再去找！中国也有十五亿人，你们有中国警方最精良的装备和最便利的协助，我就不信你们找不到！"

"可是，我再也找不到一个警察——跟他长得像的！"苗处盯着赵小柱的眼睛。

"可我他妈的是个片警！"赵小柱打开他举着照片的手，"你的那个兄弟——肖飞，他是公安大学的本科，政法大学的硕士！我相信他的专业素质，他的外语也不会差！我呢？我是北京人民警察学院的两年制大专毕业生，我还不会外语！你的脑子是怎么想的？他都被活埋了，你难道觉得我有命活着回来吗？"

"可是你是警察！"苗处说，"你对警徽宣誓过！"

"对着警徽宣誓的警察有几十万！"赵小柱说，"不光是我一个，而我也没有违背我的誓言！我是一个好片警！"

"你当过特种兵。"苗处毫不退让，"中国陆军狼牙特种大队。"

"可我他妈的是个炊事员！"赵小柱怒吼，"不是他妈的在特种部队待过的，就个个都是特战队员的！我他妈是做饭的，你是想让我去唐人街开个饭馆卧底吗？那个我在行，其余的——免谈！"

苗处看着赵小柱，片刻："也许我真的看错人了。"

"你是看错人了！"赵小柱说，"我就是个小片警，而且我很满足自己做个小片警！不是每个志向当警察的人，都梦想着去出生入死，成为那种英雄的！我他妈就一个梦——做个好片警，做个好丈夫！你的那些工作，该去找那些不怕死的警察！我怕死，我怕失去家庭，我怕失去我的妻子！就这样吧！"

"他叫响尾蛇，是个穷凶极恶的贩毒组织头目。"苗处幽幽地说。

"跟我说这些有什么用？"赵小柱说。

"你的辩才很好。"苗处说，"头脑也很敏捷，这是你的优势……"

"动动嘴皮子就能破案，你的人也不用被活埋了！"赵小柱说，"别跟我费劲了，把你的力量调走，去做点正经事！"

"你给我听着！"苗处怒了，把赵小柱推到桥墩上："他是肖飞，他不光是我的人！他是国际刑警中国中心局的警官，他也是中华人民共和国的警官！他是为了缉毒，为了祖国，为了人民，牺牲了自己！我不允许你玷污他！否则，我打爆你的头！"

赵小柱知道自己失言了，他张张嘴没说话。

"我不勉强你参加我的工作！因为我们的工作很危险，但是我要告诉你——国际缉毒工作，并不光是我们自己的工作！需要全世界的警队合作，也需要全世界的民众合作！"苗处盯着赵小柱的眼睛，"你还是一个警察，我不想谈你的觉悟到底值得不值得我评判，我只是想告诉你，和你一样，肖飞和我们，都是普通的警察！我们是同行，我不管你把不把我当作手足兄弟，但是肖飞跟你一样都是刚结婚的小警察！他是你的手足兄弟！"

"对不起，我太激动了。"赵小柱喘息着，"我道歉。"

苗处松开他："我不需要你的道歉，我也不需要你为我工作！因为你不配做我的人，不配！我的人，个个都是英雄好汉！你是个懦夫，是个孬种！是个只知道老婆孩子热炕头的胆小鬼！你还是继续在你的橘子胡同派出所，去做你自己觉得满足的片警工作吧！我这里，没有你的位置！"

赵小柱不说话，躲开他的眼。

苗处看着他，转身走了。他突然想起什么似的，从公文包里面拿出一罐可乐："要可乐吗？"

赵小柱苦笑一下。

苗处把这罐可乐摔给他："再见，我们的片警赵小柱同志！"

赵小柱看着苗处的背影，拿起这罐可乐打开了。这次拉环他看都没有看，直接丢掉了，拿起可乐喝了一口。

苗处敏捷地翻过路上的栏杆，其动作跟他的年龄根本不相符。孙守江开车过来，苗处上车。

孙守江苦笑："招募失败了？"

苗处看了一眼立交桥下喝着可乐、一脸迷茫的赵小柱，笑了笑："他会给我打电话的，开车！"

11

回到家的赵小柱一言不发，径自去厨房做饭，家里已经被盖晓岚收拾得一尘不染。都说穷人的孩子早当家，盖晓岚是富人家的女儿，居然也会早当家。有些女人的家教是很好的，很多男人遇不到不说明不存在。赵小柱遇到了，所以他一直觉得自己命是真的很好。在警校的时候，也不是他追的盖晓岚，而是盖晓岚体贴照顾他这个特困师哥，逐渐日久生情。所以赵小柱一直都是感恩的心态，对国家感恩，也对盖晓岚感恩……他立志做一个好警察，好丈夫，报答国家和盖晓岚。他觉得这二者之间不是不可逾越的鸿沟，不是吗？做一个橘子胡同派出所的好片警，全心全意投入工作当中——不是一个好警察吗？在做好片警的同时，也尽可能做一个好丈夫，照顾盖晓岚，体贴盖晓岚——不是一个好丈夫吗？

很难吗？

一点都不难。

但是赵小柱此刻心乱如麻，就跟刀下的土豆丝一样，切得没有章法。这不是他的风格，在中国陆军的野战部队里面有一个硬性要求——每个连炊事班必须有一个二级以上厨师。赵小柱是特种部队的炊事员，自然做饭水平也差不了，是经过军区专门培训的。他是干一行爱一行的那种人，所以炊事员也干得是炉火纯青，刀工可以说得上是鬼斧神工。

但是他今天刀法乱了。

因为心乱了。

自己真的是一个好警察吗？

赵小柱压抑自己的混乱心情。自己也许是一个好片警，但是现在才知道，做好一个好片警不等于就是一个好警察。因为自己拒绝了国际刑警的招募，不愿意去面对危险和苦难……他苦笑一下，不得不接受这个无奈的现实……

盖晓岚拿着墩布还在擦地板，从他的角度可以看见老婆的白腿不时地闪来闪去很耀眼。在以前，赵小柱的心里会隐隐闪出幸福的感觉，然而今天却是一点淡淡的苦涩……他长出一口气，做不了好警察……就做一个好丈夫吧！这个国家的警察有好几十万，还是让那些义无反顾的兄弟们去当英雄吧！

　　打定了主意，菜就做得还凑合。虽然刀工乱了，但是味道还是不错的。本来闷闷不乐的盖晓岚看见他端上来的土豆丝，笑得前仰后合："怎么跟我切的似的？"

　　赵小柱也笑了，老婆，现在你的开心，就是对我最大的鼓励，我知道，我没有选择错。因为，我要对得起你……二人很愉快地吃了晚餐，仿佛所有的不快都抛弃到了脑后。

　　那些跟踪者和监视者也消失得无影无踪。在睡觉以前，赵小柱装作最后收拾一下房间检查了整个屋子，重点是门窗，再也没有任何疑点。赵小柱掀开窗帘，小区里面很安静。他苦笑一下，苗处应该不会再对自己进行监视了，因为自己已经做出了明确的回答。自己也不是什么人物，只是一个小片警。何必这样浪费国家的财政拨款？

　　在床上，赵小柱竭尽全力让自己温柔地对待盖晓岚。盖晓岚在迷醉之后抱着他的脖子，幽幽地说："跟我说实话，你心里是不是还有别人？"

　　赵小柱愣了一下："什么啊？"

　　"那你不专心。"盖晓岚盯着赵小柱的眼睛。

　　都说女人最敏感，尤其在床上——此言绝对不虚。赵小柱猛然感觉到，自己确实不专心。他连忙掩饰，连忙解释，甚至不惜对天发誓。盖晓岚再次被他逗乐了，因为她压根儿就不信这个赵小柱心里会有别人。她抱着赵小柱，对着他的耳朵说：

　　"别再想倒霉的事儿了。那是咱们命中注定，该着了。过去就过去吧，咱们都好好的就好……"

　　赵小柱就点头，抱紧了盖晓岚。

　　"我想明天上班去。"赵小柱说。

"明天啊？这么着急？"盖晓岚有些许的失望。

"我还在婚假，可以早点回来。"赵小柱说，"这不上班，我心里少点什么似的……"

"你啊……"盖晓岚点着他的鼻子，"工作狂！去吧去吧，老婆批准了！"

赵小柱笑笑，内疚地抱紧盖晓岚。

怀里的盖晓岚犹豫地问："咱们没去法国，怎么跟大家说啊？"

这倒真的是一个问题。赵小柱也蒙住了，这个事儿还真的不好说。倒不是说保密不保密的，毕竟一对新婚夫妻莫名其妙被国际刑警抓住一阵爆捶，不是什么说出去光彩的事情。盖晓岚眨巴眨巴眼，笑了："就说，我爷爷病了。"

"那……那合适吗？"赵小柱赶紧说。

"没事，反正我爷爷也去世两年多了。"盖晓岚叹息，"他最疼我，不会怪我的……"说着，眼泪出来了，不知道是为了已经去世的爷爷，还是为了自己的倒霉婚假。

赵小柱的心里充满了内疚，也坚定了自己的想法——谁爱去干，谁就去！反正自己打死也是不去的！就是守着老婆过了，就是没出息了！谁想怎么着就怎么着吧！不管自己能不能做一个合格的警察，首先得是一个合格的丈夫！

主意打定，就没那么乱了。

12

"你觉得他真的合适吗？"

"谁？"

"赵小柱。"

苗处笑笑，从两张照片跟前回头："你又觉得谁更合适呢？"

孙守江在桌子前坐着擦枪，5.8毫米的92手枪拆卸成零件摆了一桌子。他连看都不看，手下很快，这是玩枪的行家。孙守江看着那两张照片："长得一样，可不代表性格一样。赵小柱跟响尾蛇是两种人，一个极善，一个极恶，完全是两极。即便是他愿意，也是去送死，不超过一分钟就会露馅。"

苗处转身，走到桌子前撑着自己的胳膊："每个人的心里，都藏着极善和极恶两极。当善控制了恶，他就是个传统意义上的好人；当恶控制了善，他就是个我们眼中的坏人。没有人会是生下来的好人或坏人，只是生长环境的问题，还有个人控制力的问题。坏人可以变成好人，好人也可以变成坏人——就看你怎么去运作了。"

"我还是觉得不合适。"孙守江把枪组装好，"虽然他跟我在一个部队待过，但是他是个炊事员，他没有接受过什么正经的作战训练。他在警校学习的，也不会超过一个片警该掌握的技能，让他……真的是赶鸭子上架，恐怕……"

"你心软了，乌鸡。"苗处盯着他的眼睛。

孙守江抬眼看苗处，错开眼："就算是吧……这个小片警活得挺幸福的，我们干吗要打扰他？我们有别的办法搞垮响尾蛇，没必要拖他下水。他是孤儿，好不容易熬到今天……有了家，有了老婆……"

"我们每个人都有家，有老婆。"苗处严肃地说，"肖飞也有，他的老婆孩子你没有见过吗？"

"正因为我见多了悲剧，才觉得……有些时候，我们没必要再人为制造更多的悲剧。"孙守江说，"赵小柱有今天不容易，我能想到他是怎么熬过来的……我看了他的全部材料，我觉得我们或许该放弃他……"

"有时候我也会考虑跟你一样的问题。"苗处在屋内踱步，"也许我们真的该放过赵小柱，让他平静地生活……但是，当我跟他面对面，我从他的眼里看见了一种东西……"

"什么东西？"

"被自我控制的恶，桀骜不驯。"苗处说，"他在控制自己，但是他的内心深处藏着那种东西。"

"那个软蛋，你还指望他能桀骜不驯？"孙守江苦笑，"你给他三刀子，他都不会吭一声。"

"我相信我的眼睛不会看错。"苗处看着孙守江，"他是我们要的人。"

"如果错了呢？他不是要白白牺牲了吗？"

"如果错了，我引咎辞职。"苗处果断地说。

孙守江看着苗处，苦笑："你这又是何苦？为什么把赌注下到一个前炊事员、今天的片警身上？"

"你在努力劝说我放弃，是为了这个案子，还是因为你的心软了？"苗处盯着孙守江。

孙守江低头："我们是做这行的，这是我们该受的罪。他不是，他不该跟我们一样出生入死……"

"他会比我们每个人都出生入死……"苗处的声音很冷淡，"这个问题不用再讨论了，我已经决定了。"

"是，苗处。"孙守江组装好枪，拉着枪栓检查。

"他已经选择了警察这个职业，警察——除暴安良，为民牺牲——这是他的天职！"苗处淡淡一笑，"当他踏入警校的那天开始，他就不再属于他自己。他属于警队，他的一切都属于警队。他现在还没想明白，有一天他会想明白的。"

"等他退休想明白了，也算想明白了。"孙守江苦笑。

"不，我敢说他不超过这个月就会想明白！"苗处说，"他很快就会明白，这是一场殊死战斗！无论是刑警还是片警，都不能够在这场战争当中逃脱！除了投身这场战斗，他别无选择！"

"为什么，如果他辞职不干呢？"孙守江反问。

"他不会的，是国家养育了他，培养了他……"苗处转身注视墙上的照片，"他是个善良的好孩子，他不会辜负国家和人民对他的期望的。"

照片上的赵小柱，警衔还是学员，在香山的石头前面傻傻地笑着。

仿佛，不知道未来要面对多少苦难。

13

"赵小柱从法国旅行结婚回来了!"戴着红箍的李大婶在胡同口再是一声喊。

原本平静的橘子胡同仿佛在一瞬间再次冒出来无数人头。穿着警服的赵小柱挤出来笑容,跟老太太老大爷们握手言欢。

"小柱啊小柱啊,你可回来了!奶奶想死你了!""媳妇呢?怎么没带媳妇来?""小柱啊你不在我们可惦记你了!""法国好玩吧?"……

赵小柱笑着随口说着:"挺好挺好的……我也想大家伙……她上班呢……牛大爷!牛大爷!您怎么提着象棋盒子就出来了?"

牛大爷竖着耳朵:"什么?你要跟我下棋?——现在就下,你老骗我!你这个赵小柱,现在一点都不实在!有了媳妇就忘了你牛大爷了!"

众人哄笑。李大婶赶紧说:"小柱这不是婚假没休完就回来了吗?还不是惦记大家伙吗?你个老不死的,小柱还没下班呢!回去回去,等小柱下班了找你下棋去!"

"什么?我要赖?"牛大爷急忙说,"我不算要赖!我都一把年纪了,他让我两个炮算什么?"

"牛大爷,我上班呢!"赵小柱高声喊,"今天下班我肯定陪您下棋!"

"哦!"牛大爷听这个最清楚,"下班就来啊!茶我给你准备好了,下班就过来啊!"

大家陪着赵小柱在胡同里面走,走到秦奶奶家跟前停住了。赵小柱转身看看大家:"你们都回去吧,我得去看看秦奶奶。"

"唉。"李大婶叹息一声,回头说,"散了散了!都该干吗干吗去!小柱回来了,这次不走了!都回吧都回吧!"

众人都散去,赵小柱推门进了秦奶奶的家。还是家徒四壁,桌子上放着李大婶送来的饭菜。饭菜扣着碗,显然没有动。赵小柱摘下帽子,走到床前。

秦奶奶睁着眼，失神地看着天花板。赵小柱坐在床前的椅子上，低声说："秦奶奶，我是小柱。我回来了……"

秦奶奶转脸看赵小柱，努力挤出笑容："小明……回来了？"

"秦奶奶，我是小柱。"赵小柱握住秦奶奶冰冷的手，"我回来了，来看您。"

"小柱啊……"眼泪流过秦奶奶沟壑密布的脸，"小明……"

"小明在戒毒所。"赵小柱低声说，"他在治病，等病好了就回来了。"

秦奶奶点点头，眼泪停住了，发出光芒："他会治好的，对吧？"

"会的。"赵小柱说，"有病就得治病，没有治不好的病。"

"那就好，你这么说……我信。"秦奶奶放心了。

赵小柱的心里很酸，他把李大婶送来的饭菜去外面热好，回来喂秦奶奶吃饭。秦奶奶吃了几口，还是吃不下。赵小柱跟哄小孩一样哄她："你得吃啊！要不小明回来，你怎么有力气给他洗衣服做饭啊？他要是出院了，还不得你伺候着？你要再病了，他可怎么办啊？"

秦奶奶就坚持吃完了饭。

赵小柱把屋子里面收拾干净了，给秦奶奶床头换了开水："有事你就让李大婶找我，自己别想太多了。啊？"

秦奶奶点头："小明要是有你一半，该多好啊……"

赵小柱笑笑："他会懂事的，秦奶奶。我走了，好吗？"

"嗯。"秦奶奶依依不舍。

赵小柱起身戴上警帽，转身出去了。他听到屋里压抑的哭声，但是没有回头。这个时候怎么劝也没有用，秦奶奶只能自己扛着。没事多来看看吧，陪她说说话，还是会好很多的。回到所里，大家都知道他回来了，都很兴奋。

"法国好玩吧？"大白问。

赵小柱干笑一下："没去。"

"怎么了？"大白纳闷儿。

"晓岚……她爷爷病了，我们回去看看老人……"赵小柱生平第一次跟自己的兄弟撒谎。因为他没撒过谎，所以大家都没有觉得他脸红有什么不对劲。大白嘬噜一下："这样啊！那你该多在媳妇老家待待啊！现在老人身体怎么样了？"

"已经过世了……"

"节哀！"大白拍拍赵小柱的肩膀，"别想太多了，晓岚情绪还好吧？"

"嗯……"

"人老了，都盼望儿孙在跟前。"高所拿着案件夹过来，"你这样做得对，尽尽孝道。晓岚上班了吗？"

"嗯，她也闲不住。"

"嗯，等她有时间吧，我们一起吃饭热闹热闹。"高所笑笑，"老人去了，别想太多了，谁都有那天的。毕竟你们两口子还是新婚，该热闹的还是要热闹。你安排一下，这周末吧？"

"好……"赵小柱闪烁其词，"高所，那是什么案子？"

"自行车盗窃。"高所说，"集团盗窃，流窜作案。分局情报支队分析，他们可能下一步在咱们管片活动。"

"我来办吧。"赵小柱急忙说，"我刚回来，精力旺盛。你们七个，忙活了大半个月了……"

"成，交给你了。"高所把案件夹扔给他，"你回来也好，兄弟们可以轮休一下了。大白也半个月没着家了，爹妈催着他相亲呢！"

"唉——"大白感叹一句，"自从赵小柱娶了盖晓岚，我现在的眼光啊——"

"得了得了，你有那么好的命吗？"高所笑，"你啊，也就是弄个糟糠之妻！认命吧你！有几个盖晓岚？又有几个能跟盖晓岚一样善良贤惠的？别做梦了，把你的胡子刮刮，今天晚上回家相亲去！"

14

"法国没去成啊？"苏雅很失望地说，比她自己没去成都失望。

盖晓岚笑笑，低头擦着自己的桌子。苏雅看着材料，突然抬头问："这

064

回，你那赵小柱……不装木头了吧？"

盖晓岚脸一红："哎呀，说这个干吗？这几天都有什么新材料？拿来我看看，咱们这节目一个月没主持人了，我得好好准备准备。"

"别忙别忙！"苏雅捂住自己桌子上的材料，"先跟我汇报汇报——"

"汇报什么啊汇报？"盖晓岚红着脸，"你怎么不跟我汇报汇报？"

"我们家那老孙不是天天不着家吗？"苏雅苦笑，"早知道我找个片警了，干吗非得死乞白赖嫁个国际刑警！"

盖晓岚愣了一下："国际刑警？他不是在刑总外事支队吗？"

"哟！"苏雅意识到自己失语了，急忙说，"我不该说的！他……以前是在市局刑总特警支队，后来被国际刑警抽调走了……你可别告诉别人啊！他的工作很危险的，天天都跟跨国犯罪集团打交道……不说是害怕国际犯罪集团报复家里人！我不是不相信你啊，就是他千叮咛万嘱咐……"

盖晓岚脸上的笑容逐渐消失了："没事，我不会往外说的……材料给我吧，我分一下。"

"你怎么了？一下子不高兴了？"苏雅小心地说，"我真的不是不相信你，是老孙他……"

"没事没事！"盖晓岚掩饰地笑笑，"我这点纪律观念还是有的，不该问的我不问。"

敲门声，苏雅起身去开门："哟！崔科长啊！"

"我从走廊过，就听见你们闹。"崔枫笑笑，"怎么？晓岚同志新婚旅游回来了？"

盖晓岚舔舔嘴唇："嗯……不好意思啊，崔科长。上班时间，我们俩又……"

"没事没事，我又不管这些。"崔枫挥挥手，"看你精神气色不太好，怎么？在国外累着了？这种一周旅游，都是紧赶慢赶，恨不得不睡觉来回看景点。你怎么不多休息几天啊？"

"我……家里出点事儿，没去成。"盖晓岚掩饰地笑笑，"我爷爷病了……"

"哦。"崔枫很意外，随即笑笑："如果有什么需要帮忙的就说话，我还是有几个医院是非常熟悉的。我可以帮你安排最好的专家，他是什么病？"

"已经过世了……"

崔枫愣了一下，赶紧说："对不起，节哀……"

"没事，过去了。"盖晓岚苦笑，"崔科长，有事您就忙吧。"

"那好，我过去了啊！"崔枫急忙说，转身出去了带上门。

盖晓岚拿着材料走到自己桌子上坐下，看着窗外想着什么。她苦笑一下，这个新婚假期，真的是太特殊了……

崔枫回到办公室，有些纳闷儿。他对盖晓岚的家庭情况有一些印象，这是作为人事干部的基本素质。五万多警员，他基本上可以做到过目不忘，何况是自己仰慕已久的盖晓岚呢？

他打开电脑，进入市局的人事资料库。在输入自己的用户名和密码以后，他调出来盖晓岚的资料。这是人事部门的资料，是最详细的个人档案，跟一般单位能够查阅的不同。

盖晓岚的资料里面登记了所有的直系亲属和关系人。崔枫看见，盖晓岚的祖父赫然写着两年前已病故。

崔枫皱起眉头，他意识到一定是出了问题。

但是是什么问题呢？这就不是他从资料里面可以看出来的了。

崔枫坐在椅子上，看着盖晓岚的警服标准照，纳闷儿："为什么你要骗我们呢？"

第三章

———★———

1

日子就这样平淡地过去，仿佛一切都恢复了宁静，走上了正常轨道。赵小柱和盖晓岚的新婚生活虽然经历了那个终身难忘的阴影，但是随着时间的推移，两个人都逐渐走出了那种恐惧和不适，回到了以前的琐碎而温馨的感觉。

那些国际刑警果然彻底消失了，再也没有出现在赵小柱的生活当中。赵小柱的心中暗自庆幸，但是多少还是有些愧疚的。毕竟，自己还是违背了当年从警的誓言。因为舍不得现在的幸福生活，而没有去履行自己作为一个警察的义务。面对可能会面对的危险和苦难，他没有迎难而上，而是选择了退缩。无论如何，作为一个人民警察，这是不对的。

但是，这也是自己不能不做出的选择。即便他不把自己的生命看在眼里，他能对不起盖晓岚吗？对不起她对自己的一腔柔情？让她在漫长的黑夜当中等待，守候，恐惧，害怕？甚至是在某个黑夜，苗处或者别的什么人闯入自己的家里，告诉她自己以身殉职的坏消息？……他不敢去想，也不愿意去想。

还是把那些工作交给愿意去做的弟兄吧，他们没有他的这些牵挂……

赵小柱这样想着，心里就好受多了。派出所的工作是琐碎的，但是赵小柱已经习惯了这些鸡毛蒜皮的小事。他还是那么热情地在橘子胡同穿梭着，帮助张家搬蜂窝煤，帮助李家抓猫……巡逻，临检，调查，摸底，谈话……

一切都按部就班，跟从前一样轻车熟路。

他跟盖晓岚的生活也很幸福，虽然两个人都还是很忙，但是晚上总是会一个等着另外一个回家再睡。日子平淡但是充实，周末的时候两个人还能一起去游乐园玩一玩，去 KFC 吃一顿。虽然赵小柱的工资不高，但是每次都是他埋单，而盖晓岚也善解人意，从来没有主动埋单过，虽然她的家庭情况很好，爹妈也都疼这个女儿经常打钱，但是她很尊重赵小柱。穷日子就穷过呗，钱攒起来应对不时之需不是蛮好的吗？难道天天穿金戴银，就是好日子啊？这些她从小就见得太多了，早就免疫了。

盖晓岚的妈妈早就见过赵小柱，也很喜欢他。但是盖晓岚的爸爸一直生意很忙，居然没有见这个新姑爷！好在老盖充分信任老婆，而且自己家里什么都不缺，只要赵小柱对盖晓岚好就成！何况根据母女俩的描述，这还是一个难得的好孩子呢！老盖就批准了，而且要送一辆奔驰轿车作为结婚礼物。这个想法被盖晓岚果断拒绝，因为赵小柱的自尊会被伤害的。老盖也是聪明人，就明白过来了："不送就不送吧，他是警察开太好的车也太招摇！但要是有了孩子，答应我必须接受最好的教育！这是原则问题！"盖晓岚也就答应了，她相信赵小柱也不会拒绝的，因为孩子毕竟是他俩的未来嘛。

老盖左忙右忙，终于在两人结婚一个半月以后来到了北京。虽然还是忙，但好歹也能抽个时间跟自己的女婿吃顿饭了。按照盖晓岚的叮嘱，他专门换了一身普通的西服，还让司机把奔驰 S600 轿车停在办事处，换了一辆办事处最普通的奥迪 A6 轿车。盖晓岚一直没有对赵小柱说出自己家庭背景的真实情况，她觉得两个人在一起，跟别的没有关系，只要相爱就足够了。老盖自己是有钱人，所以也知道有钱男人不见得可靠，何况自己这么个宝贝女儿从小就受不得委屈。穷女婿有穷女婿的好处，再说两个人都是警察，都是公务员，还是很有保障的。按照女儿描述的赵小柱这样热心善良，安心踏实本职工作，以后混个分局的副局长还是不成问题的。他也就放心得很，这个世界有钱有势的男人一把一把的，但是好男人有几个呢？

赵小柱也提前给高所请假："晚上晓岚的爸爸要请我吃饭……"

"去！"高所二话没说，"马上就走，回去准备！把你收拾干净了，别给咱们橘子胡同派出所丢人！我告诉你说啊，盖晓岚能这么优秀，她爸爸也差不了！你可别二杆子精神上来，给老丈人留下不好的印象！"

"她爸爸也就是个普通的生意人……"赵小柱说，"我还是下班再走吧，这个案子还没完全问清楚……"

"问他妈什么问啊？"高所一瞪眼，"回家去，把自己好好收拾收拾！俩礼拜没怎么收拾自己了，你不嫌埋汰我还嫌埋汰呢！去去去，讯问的事儿交给我了！"

"高所……"

"怎么，我问案你还不放心？"

"不是那个意思……"

"那就滚！"高所把他往门外推，"好好陪陪老丈人，今天晚上你又被我临时开除了！"

赵小柱苦笑，只好转身出去开自己的小摩托回家洗澡换衣服。晚上六点半，他准时来到了约定好的亚运村云南菜馆。这是盖晓岚经常来吃的一家饭馆，环境很幽静，人也不多，菜的口味也很好——而且价廉物美。盖晓岚不费什么劲就说服老盖放弃了在大饭店请姑爷的念头——你衣服都换了，车都换了，再去那种地方吃饭不是欲盖弥彰吗？

老盖笑眯眯看着赵小柱进来雅间，起身伸出右手："赵小柱！"

赵小柱满头是汗，握手："伯……"

盖晓岚眼一瞪，赵小柱急忙说："爸……爸爸……"随着这声"爸爸"，赵小柱心中涌起一丝无限的柔情……这是他第一次，管一个男人叫"爸爸"。

老盖笑眯眯拉着他坐下："别紧张别紧张，看你都出汗了。我又不是三只眼的二郎神，坐吧坐吧，喜欢吃点什么，自己点。"

赵小柱笑着，盖晓岚捂着嘴乐。每个女孩子最幸福的时刻莫过于此，那就是父亲和丈夫，生命当中最重要的两个男人一见如故。

"老听晓岚和她妈念叨你，今天我终于见到了。"老盖很满意，"不错，一表人才！听说你以前是炊事员，做得一手好菜？晓岚从小就嘴馋，不会做饭，你要多辛苦点了！"

"应该的应该的！"赵小柱急忙说。

"怎么样？片警工作很辛苦吧？"老盖和蔼可亲，"听说你干得不错？老百姓都很喜欢你？"

"我做得还不够，距离领导要求的和谐社区标准还很远……"

"得了得了，我爸又不是局长政委！说话冠冕堂皇的！"盖晓岚踢了他一脚，又看老爸："你也是啊，见面就谈工作！怎么？你打算改行搞公安了？"

"我不搞我不搞！"老盖哈哈大笑，"我可搞不了！哈哈哈！"

赵小柱也笑："爸……爸爸，初次见面，我也没准备什么礼物……"

"用不着用不着！"老盖乐得合不拢嘴。

"这是一条领带，算是我的一点心意吧。"赵小柱拿出来一条包装好的登喜路领带，"您在场面上，需要的时候多。"

"好！好！"老盖很高兴，"哎呀，我送你点什么好呢，就送你……"

盖晓岚在下面踹了老爸一脚，老盖急忙改口："我把女儿都送给你了，我就不给你礼物了！"

赵小柱笑笑："只要爸爸喜欢，我……我会经常给您礼物的……"

赵小柱逐渐消除了紧张，老盖也知道他是孤儿，所以对他也是格外亲热。两人相谈甚欢，盖晓岚就自作主张点了菜。因为都不开车，所以还要了白酒。两人喝到兴头上，老盖喝高了，搂着赵小柱的肩膀：

"兄弟，我跟你说——晓岚的眼里可除了你没别人，你得好好对她！答应大哥！听见没有，答应大哥！"

赵小柱苦笑着，不敢不答应："是是是……"

"哎呀！"盖晓岚又踹老爸一脚，"你胡说什么呢？这都差了辈了！"

"没胡说！"老盖搂着赵小柱的肩膀说，"这个兄弟我喜欢，大哥认定了！"

盖晓岚刚想说你醒醒酒，赵小柱的手机响了。是工作手机，他很纳闷儿，高所是肯定不会给自己打电话了，会是谁呢？他拿出来电话看了一眼，上面的号码是胡同口的公用电话。他接电话："喂？我赵小柱啊！"

"小柱啊，出事了！"李大婶在那边喊着。

"怎么了？"赵小柱纳闷儿。

"秦小明从戒毒所跑了！戒毒所的警察刚来过，秦奶奶又倒了！"

"什么？！"赵小柱一下子站起来，"你等我，我马上回去！"

盖晓岚看着他："怎么了？"

赵小柱看看盖晓岚，又看看醉眼惺忪的老盖："我管片出事了，爸，我得……"

"去！"老盖一瞪眼，"好男儿……志在四方！工作要紧，明天……大哥请你……"

"哎呀！你少说两句吧！"盖晓岚着急地说，"那你怎么去啊？打车去？"

"我只能打车去了。"赵小柱说。

"身上带钱了吗？"盖晓岚关心地问。

"带了带了！"赵小柱转身就要出去。

"不带没关系……大哥这儿……有！"老盖就伸手摸口袋，被盖晓岚死死按住："盖得顺！别喝二两猫尿就不是你了！仔细我妈回头收拾你！"

老盖马上就不吭声了，趴在桌子上睡着了。盖晓岚起身："你去吧你去吧，我让司机送他回去！"

"嗯！"赵小柱内疚地看了媳妇一眼，转身出去，伸手在街上拦车，心急如焚。

秦小明……怎么越来越浑蛋了？！

2

其实赵小柱每周都会去看秦小明，在戒毒所里面的秦小明表现也还凑合，说不上表现好，也说不上表现不好。第三次进来的秦小明对这里已经很熟悉，他的年龄也比以前大了，所以思想也比以前成熟了。但是……赵小柱知道，思想成熟可能会懂事，也可能会更不懂事。他看着秦小明阴鸷的眼睛，心里觉得这个孩子变得越来越陌生。

"你不用来看我了。"秦小明看着桌子上说,"我已经废了。"

"你怎么说一出是一出的?"赵小柱故作轻松地笑道,"你答应过我什么?"

"吸毒的人,说话都不算数的。"秦小明盯着桌子上的一个什么东西说,"一会儿好一会儿坏的。每个人的身体里面,都同时存在着天使和魔鬼。好的时候,是天使;坏的时候,是魔鬼。我现在身体里面,魔鬼已经战胜了天使。我这辈子就这样了,认了。"

"这都是谁跟你说的?"赵小柱纳闷儿,"是不是在这儿那些不三不四的人给你灌输的?"

"不是,我自己看书看的。"秦小明说,"这里有图书室。"

"那你也看点好书啊!"赵小柱严肃地说,"没事多看看那些英模事迹,看看《钢铁是怎样炼成的》。实在不行你看看《狼牙》,看看我们部队那些特种兵是怎么百炼成钢的。还有《冰是睡着的水》,学学人家国家安全干部是怎么坚守信念的。我不是专门找作者给你要的签名书吗?人作者给你写什么了?'走出沼泽,奔向明天!好好学习,长大当个科学家!'——你没事看那些不着四六的书干吗?"

"赵小柱,你现在说这些都没有用了。"秦小明抬起眼,"真的,我想明白了。我戒不了了,我这辈子也就是个废人。毒品这个玩意儿沾不得,真的……我现在才明白,别管是愿意还是不愿意,别管是主动还是被骗……只要沾了,这辈子就是个废人了……"

"可是你现在不吸毒,不也活得很好吗?"

"那是在这儿,接触不到!"秦小明说,"我都来了第三次了!只要接触到外面的社会,我就控制不住自己!来这儿的人,你问问有几个不是第二次来的?我都见过第六次来强戒的了!要是能戒掉,他们还来干吗?我真的,戒不掉了……"

"胡说!"赵小柱抓住他的手,"你肯定可以的!你别忘了,你还有你奶奶!"

秦小明低头,掉眼泪:"你就告诉我奶奶,当作没有我这个不孝的孙子吧。你们都别管我，让我自生自灭……这样我的心里会好受一些，你们都这样……我受不了……"

"那你就要为了我们，好好活着！"赵小柱眼巴巴看着他说，"好好活着！不要去想什么天使还是魔鬼！没有人生下来就会有恶的念头的！咱们祖宗都说了，人之初，性本善！你只是被骗了，被蒙蔽了，走错了路！你会戒掉的！"

秦小明泣不成声："我答应你很容易，可是我做不到怎么办？"

"你能做到！"赵小柱说，"你肯定能做到！就算你暂时做不到，我也不会放弃你！你自己不要先放弃了自己，记住——要有梦！梦可以支撑你！你能行的！"

秦小明抬起头，却没有那么贸然答应他："我试试看吧……"

"你肯定能行的！"赵小柱握紧他的双手，"我们都在等你！你会恢复的！"

秦小明哭着，却再也没有那样痛快地点头……

路上，赵小柱不断在想：该给分局打报告了，戒毒所的图书室一定要进行清理！有些书，外面的人看了没什么，但是戒毒的人看了……他长出一口气，稳定自己的情绪。出租车到了橘子胡同派出所门口，他给司机钱等待找零，匆匆下车。

派出所里面果然灯光通明，戒毒所的同志刚走。高所脸色凝重："这个秦小明！成心给我们上眼药是不是？强戒了三次了，这次更厉害——跑了！今年的优秀派出所评比，我们肯定泡汤了！"

"我宁愿相信婊子从良，我也不信粉仔能戒毒……"大白苦笑着说，突然看见赵小柱进来立即住嘴。

赵小柱瞪了大白一眼，转向高所："秦小明是怎么回事？"

"你怎么回来了？不是让你去陪老丈人吗？"高所纳闷儿，"谁把你叫回来的？"

"出了这么大的事儿，我能不回来吗？"赵小柱着急地说，"到底是怎么回事？"

"跑了。"大白说，"还能有什么事儿？跟一个房间的三个强戒的一起跑了，做了半个月的准备……这次是做好准备的，看来是铁了心了。"

"跟他一个房间的都是什么人？"赵小柱说，"有资料没有？"

"这是资料。"高所疲惫地说，"都有前科，有一个还是刑满释放的抢劫犯。看来这次秦小明不是光强戒的问题了，再抓住就是少管。他这辈子少不了和警察打交道了，再这样下去，我们派出所真管不了了……"

赵小柱看着这些资料："他回家了吗？"

"这种情况，他怎么可能回家呢？"大白苦笑，"不知道跟那些'难兄难弟'在哪里抢劫呢，他们需要毒资。等等吧，指挥中心会通报我们的。"

赵小柱放下资料："秦奶奶如何了？"

"我刚去看过，已经睡了。"大白说，"你别去了，老太太又哭又闹，120打了镇静剂才稳住。身体没别的问题，就是担心孙子担心的。医生给她吃了安眠药，刚刚睡。"

"我还是去看看。"赵小柱说，"我怕秦小明会回来，我们都不知道。"

"那你去吧，带上警械。"高所叮嘱，"有事儿给我们打电话，我们还得在这儿等分局的消息。"

"好。"赵小柱去柜子里面拿出手铐警棍带上，转身往外跑去。

"多让他承受承受这种挫败，对他的成长有好处。"高所叹息道，"他是太热心了，是个好孩子！"

大白看着赵小柱的背影："他吃亏就吃亏在太热心了，早晚会被人给骗了。"

"我们担心他干吗？"高所拿起资料，"我去分局缉毒支队，你按照资料上的地址去跑一下这三个人所辖的户籍所在地派出所。我们得把情报汇总起来，如果出现了抢劫案件，好歹得有个线索。"

"行，我去了。"大白接过资料，拿起车钥匙出去了。

赵小柱提着警棍跑进胡同里面，突然前面闪过几个黑影。赵小柱拿出手电打开："谁？干什么的！"

黑影掉头就跑，速度非常快。

"站住！警察！"赵小柱高喊，"开枪了——"

他当然没有枪，这只是吓唬人。对方好像也知道，跑得特别快，根本不回头。赵小柱举着手电提着警棍跑过去，他们已经翻墙头没影了。

赵小柱左右看看，秦奶奶家的房门怎么开着？

他二话没说跑过去一脚踢开门，举起手电高喊："警察！"

他的脸突然在一瞬间变得很白很白，仿佛一下子失去了所有的血色。

3

一向是模范优秀社区的橘子胡同顷刻间变成了警车的海洋。市局、分局的刑警们都来了，整个胡同里面的老百姓都被警察拦阻在家门里面不允许出来，等待勘查现场的队伍经过。赵小柱失神地坐在台阶上，仿佛眼前什么都看不见。他手里还提着警棍，但是在这个时候他才意识到警棍是如此的无力。警察们在他身边来来去去，高所在跟林涛涛队长介绍案发现场的情况。林涛涛看见了赵小柱："是他第一个发现的现场吗？"

"对。"高所说，"不过……你最好别问他。"

"为什么？他不是你所里的警察吗？"

"他跟这个老太太有感情……"高所说，"跟那个浑蛋孩子也有感情。"

"他首先是警察。"林涛涛转身走向赵小柱："赵小柱，记得我吗？"

赵小柱抬头，看清楚了："记得……"

林涛涛蹲下："你是第一个进入现场的，我想知道你都发现了什么。"

"林队，我的脑子一片空白……"赵小柱长出一口气，"我现在什么都不记得了……"

"稳住，你是警察。"林涛涛拍在赵小柱的肩膀上，"我需要你提供所有的现场情况，这是杀人案，你也是工作三年的老片警——该知道这个案子的分量！"

赵小柱点点头："我尽量。"

"不是尽量，是一定！"林涛涛说，"你休息三分钟，我会派人来给你做笔录！记住——你是警察，别在这儿哭丧着脸！"

"是……"赵小柱点点头。

过了一会儿，一个警官走过来："赵小柱？"

"到。"赵小柱起身，脸色还是惨白的。

警官笑笑："第一次接触杀人现场？"

"是。"赵小柱说。

"习惯就好了。"警官很善解人意，"你说说当时的情景。你看清楚犯罪嫌疑人了吗？"

"没有。"赵小柱说，"很黑，我就看见四个黑影，然后我发现秦奶奶……的门开着，我以为是入户盗窃，害怕里面还有人……就一脚踹开了门，然后就看见……就看见……"

"好了好了。"警官打断他，"里面我们都看见了，现场保护得很好。"

赵小柱点点头："我第一时间报告了高所……对不起，我还是耽搁了几分钟。当时我……我的脑子都空白了……"

"没事，我理解。"警官说，"我们已经派了警犬追踪，他们跑不掉的。"

"嗯。"赵小柱点头。

两个现场勘查人员抬着一副担架出来，担架上放着黑色的尸袋。赵小柱默默地看着，也没有眼泪。他知道里面是秦奶奶。他的心里，已经疼得接近麻木了。不用动脑子，所有的警察都想到了——秦小明带人干的，为了取得毒资。所以案情通报上面，秦小明，一个十五岁的孩子，就成为第一犯罪嫌疑人。而在刑警们把现场勘查情况汇总以后，秦小明的指纹毫无疑问会到处都是，还得是带着血的。

赵小柱默默地看着秦奶奶躺在尸袋当中，被现场勘查人员抬到车上。车关上门，亮着警灯开走了。仿佛时间凝固了一样，赵小柱一动都没有动。他不知道为什么会这样……一个十五岁的孩子，带人杀了自己相依为命的亲奶奶，就是为了弄到吸毒的那点钱……

"你回家休息吧。"高所走过来，拍着赵小柱的肩膀。

赵小柱失神地看着他，声音嘶哑："高所……"

"嗯？"高所看他。

"毒品，真的那么可怕吗？"赵小柱的神色很奇怪。

"嗯。"高所叹息一声，"你见的还是太少了……毒品这个玩意儿，不能用可怕来形容了。我们常常说，毒品不仅在危害吸毒者个人，也在危害整个社会……今天，你见到了实例。对于我们警察来说，缉毒工作是一个漫长的过程……所以你要做好心理准备，面对很多类似的悲剧。"

"为什么会这样？"赵小柱迷茫地说。

高所看着他，不再说话，只是一声叹息。

4

赵小柱没有回家，他一直在派出所里面坐着，面对墙上的警徽，跟个木头人一样，一动不动，也不说一句话。谁也不知道他在想什么，都知道他太伤心了。秦奶奶和秦小明，是他来到橘子胡同派出所接触的第一家居民，而且也是个人感情最深的居民。大家都很理解他，所以在一团忙碌之中，谁也没有去惊扰他。

赵小柱凝视着墙上的警徽：国徽、盾牌、长城、松枝和飘带……

仿佛一尊雕塑，一动不动。

脸上也没有任何表情。

盖晓岚半夜打过电话来，是他的生活手机和工作手机，但是赵小柱好像都没有听到。大白小心地拿出他身上的电话，赵小柱也浑然不觉。大白对心急如焚的盖晓岚低声说："没事没事，所里出了大案子，他在忙呢……行，忙完我让他给你回电话。你别担心了，弟兄们都在呢，在开会……没出勤。"

赵小柱的耳朵已经听不见任何东西。

他的脑海当中回荡着第一次穿上警服的激动，回荡着年轻的警校学员赵小柱面对警徽庄严地举起右拳，跟随班主任高喊着："我宣誓——我志愿成为一名中华人民共和国人民警察……"

眼泪一点一点流出赵小柱的眼睛，他的嘴唇翕动着：

"我宣誓——我志愿成为一名中华人民共和国人民警察……"

警校学员赵小柱庄严宣誓：

"我保证忠于中国共产党，忠于祖国，忠于人民，忠于法律……"

片警赵小柱的嘴唇翕动：

"我保证忠于中国共产党，忠于祖国，忠于人民，忠于法律……"

警校学员赵小柱庄严宣誓：

"服从命令，听从指挥；严守纪律，保守秘密；秉公执法，清正廉洁……"

片警赵小柱的嘴唇翕动：

"服从命令，听从指挥；严守纪律，保守秘密；秉公执法，清正廉洁……"

警校学员赵小柱庄严宣誓：

"恪尽职守，不怕牺牲；全心全意为人民服务……"

片警赵小柱的脸上都是泪水，他的嘴唇翕动：

"恪尽职守，不怕牺牲；全心全意为人民服务……"

警校学员赵小柱和片警赵小柱重合在一起：

"我愿献身崇高的人民公安事业，为实现自己的誓言而努力奋斗！"

赵小柱闭上眼，让泪水静静流淌。脑海里又浮现出苗处那张愤怒的脸：

"国际缉毒工作，并不光是我们自己的工作！需要全世界的警队合作，也需要全世界的民众合作！……你还是一个警察，我不想谈你的觉悟到底值得不值得我评判……你是个懦夫，是个孬种！是个只知道老婆孩子热炕头的胆小鬼！……"

赵小柱睁开眼，凝视着泪花当中的警徽：

"晓岚，对不起……我是警察……"

5

穿着警服的赵小柱站在秦奶奶的墓碑前，久久无语。案件很容易就被破获了，林队带人抓住四名犯罪嫌疑人的时候，他们还陶醉在刚刚吸毒的状态里。但是警察丝毫没有破案所带来的快乐，每个人心里都沉甸甸的，只是程度因为从警时间的不同多少有些差异罢了。案件被移交给检察院提起公诉，剩下的事情就和公安没太大关系了。赵小柱没有去看秦小明，他不知道去看秦小明该说些什么。

说我还没有放弃你？你还要继续努力？

说你要有梦？

赵小柱觉得这些话再也说不出口，他只能沉默不语。

他自己花钱给秦奶奶安葬在公墓，拒绝了橘子胡同派出所和居委会所有人的捐助。他的心里背着这个沉重的包袱，因为他觉得是他自己的工作没有做好。他就是这样的一个人，一旦出现了问题，他都会自己一个人扛着责任。

盖晓岚也很明白这家人在赵小柱内心的分量，没有多说什么，因为说什么都无济于事。她只能默默关心着赵小柱，照顾着赵小柱，希望他会尽快摆脱这个阴影。赵小柱是个重感情的男孩子，正因为这样，她才如此爱他——很多男人可以很优秀，但是会像赵小柱这样重感情吗？盖晓岚默默地承担起帮助赵小柱疗伤的责任，她觉得这也是她该承担的，因为这是她的丈夫。

赵小柱变得沉默寡言，变得没有笑容，变得经常陷入沉思。

盖晓岚则小心翼翼地呵护着他、照料着他、陪伴着他。她尽量推掉了不必要的应酬，每天都尽早回家陪他。关键是赵小柱从事后一直没曾哭过，如果他哭出来可能会好很多，盖晓岚担心的就是赵小柱一滴眼泪都没有，仿佛封锁了自己的感情一样。

但是无论盖晓岚怎么小心翼翼照料赵小柱，她都不会想到赵小柱所做出的决定。

赵小柱在这个周末，来到了秦奶奶的墓地。他一反常态，拒绝了盖晓岚的一同前往，而是坚持自己一个人来看秦奶奶。盖晓岚本来有些许担心，但是想想也许他想哭出来，自己在反而不好，也就同意了。

赵小柱还一反常态的是在周末穿了警服。

他穿得很整齐，崭新的一套警服。盖晓岚细心地帮他戴上警徽、警衔，给他整好衣服上的褶皱，扎好领带。民警赵小柱出门的时候，突然回头看了她一眼。这一眼很复杂，仿佛蕴含着万语千言，但是却不肯说出来。盖晓岚纳闷儿地看着他，却也不敢问。赵小柱拥抱了她，抱得紧紧的。盖晓岚都被抱疼了，却不敢出声。

赵小柱慢慢松开她，转身走出去，大步走向电梯。

盖晓岚看着他的背影，不明白他这是怎么了。

只有赵小柱心里知道，他要去跟一个人会面。这个人会改变他的警察生涯，让他不再像从前那样简单快乐，而是随时面对危机四伏。但是，他已经做出了决定。

因为……他是警察。

他不属于赵小柱个人，也不属于盖晓岚个人……他属于一个集体、一个战斗队，一个承载着牺牲、道义和法律尊严的群体。当这个队伍需要他的时候，他不能逃避，必须挺身而出，去阻止更多的悲剧。

他在秦奶奶的坟墓前，默默伫立了半个小时。

身后慢慢传来脚步声。

他没有回头，不回头都知道是谁。

苗处也是一反常态，穿着警服。他把手里的鲜花放在秦奶奶的墓碑前，起身退后敬礼。一切都很标准，和别的警察没什么不一样。赵小柱默默地站着，注视着鲜花，也注视着秦奶奶的笑容。

"这是一场战争。"苗处淡淡地说，"一场漫长的战争，一场艰苦的战争……甚至一场看不见结果的战争。但是，我们必须去迎战！因为如果我们不战，毒品就将侵蚀我们的整个社会，整个民族，整个国家甚至是整个世界！"

赵小柱还是默默无语。

"这也是一场危险的战争！"苗处提高声调，"这场战争将是危机四伏，你死我活！投身于这场战争，将会面对巨大的考验！生，死，一切都是未知数！你——做好准备了吗？！"

赵小柱的声音嘶哑："我宣誓过。"

苗处看着赵小柱："你打算履行你的誓言吗？"

赵小柱点点头："是的……"

苗处伸出右手："欢迎你——赵小柱同志！"

赵小柱伸出右手，和他握手。此刻却发现，苗处的右手食指和中指都是假的，塑胶做的。赵小柱抬头看苗处，苗处只是淡淡一笑："我的双脚脚筋都被挑断过，但是我老苗命不该绝！又接上了，还能凑合使！怎么，怕了？"

赵小柱握紧苗处的手，重重地挥了挥："我不怕！"

苗处笑笑："祝贺你——加入国际刑警中国中心局缉毒处！"

6

奔驰轿车开入一处废弃的厂区，这个时候坐在车上的赵小柱才知道自己当时被关在什么地方。在一处车间门口，司机拿起遥控器按下，铁锈斑斑的卷帘门居然无声卷起来。显然铁锈斑斑只是伪装，门一直保养得很好。两名穿着防弹背心戴着面罩的壮汉站在门里侧警惕地手持自动步枪，在他们仔细核对车号以后才打开拦阻的道钉。奔驰车开入车间，里面还保持着破旧车间的原样，但是很整洁。车间很大，所以很空旷，只有几辆高级轿车停在停车场的位置。

赵小柱跟着苗处下车，苗处把车钥匙甩给一个便衣："车该保养了，去找调度。"

他带着四处张望的赵小柱走上台阶："这里是我们的秘密工作点，贩毒集团和恐怖组织往往都是紧密相连的，因此缉毒和反恐是不可分割的。我们不是抓 KTV 卖摇头丸的小贩，我们的目标都是大毒枭，他们往往跟恐怖组织保持着密切的生意往来，甚至本人就是恐怖分子。我们在这里与全世界的缉毒机构和反恐怖机构保持着密切的联系，同样，全世界的贩毒集团和恐怖组织也在寻找我们的位置。所以这里是高度保密的，在这里工作的每一名警官的脑袋都值不少钱。我相信，以后你的脑袋也会很值钱，进去吧。"

赵小柱茫然地进了一个标着"简报室"牌子的房间。

房间里面，孙守江穿着衬衫在那里等待。

赵小柱进门，看见孙守江愣了一下，下意识地后退一步。

"不用怕，他是乌鸡。"苗处说，"我们每个人都有一个代号，对外是不使用真名的——为了保密。我的代号是'猫头鹰'，回头你也取个代号。"

孙守江起身，对赵小柱伸出右手："不好意思，今天算正式道歉了。"

赵小柱跟他不自在地握手："谢谢你手下留情……"

孙守江笑笑："早晚你也会学会的——请坐，我来做简报。"

学会什么？赵小柱纳闷儿，但是没有问。

苗处摘下帽子放在桌上："可以开始了。"

孙守江拿起遥控器，打开投影。

那张跟赵小柱一模一样的脸出现在投影上。

赵小柱愣了一下，虽然做好了心理准备，但是这一下还是挺不舒服的。

"他就是响尾蛇，化名张胜等。真名不详，世界上几乎所有的缉毒机构和反恐怖组织都在调查他的身世，但是很遗憾，至今没有结果。"孙守江说，"我们可以掌握的情况就是，他年龄很小就加入美军游骑兵75团服役，退役后成为没有身份的黑色影子杀手，前几年涉足贩毒网络，并且是国际贩毒网络很重要的自由杀手。他的足迹遍布欧洲、美洲、亚洲等，除了非洲我们没有发现有他出现的踪迹，估计这个地球上他没去过的地方不多了。"

赵小柱认真地看着。

"响尾蛇的代号来自 CIA。"

赵小柱愣了一下："美国中央情报局？"

"对。"孙守江说，"他曾经替 CIA 做事，是 CIA 的影子特工——也就是不在编制内的外勤特工，专门干各种湿活脏活。他在 CIA 的农场受训过，而且成绩非常好。国际刑警组织费了好大的劲，才说服 CIA 提供了他受训期间的资料。"

投影上，响尾蛇手持武器在进行战术射击训练。

"根据他的受训资料分析——他是轻武器使用和格斗的高手，可以不费吹灰之力在 800 米距离上进行精确射击，并且获得了合气道八段的资格——在他这个年龄，能够获得这个资格可不简单。CIA 有意招募他做正式特工，但是他却拒绝了。"

赵小柱看苗处："你不会是希望我冒充他吧？！"

苗处不动声色："继续看。"

"他熟悉伞降渗透、丛林作战、城市巷战等特种作战技能，生存能力非常强。"孙守江说，"至今他不属于任何组织，他也很聪明，没有给自己树敌。因为他根本就没有成立自己的组织，而是帮助各个组织做事，毒品运输、杀人制裁等。他和 CIA 彻底闹翻，是因为暗杀了美国 FBI 的官员，导致 CIA 无法收场，于是彻底和他断绝了联系。我们有理由相信，他掌握了大量国际贩毒和恐怖网络的秘密，因为他的地位太特殊了。所以我们在三年前开始做他的专案，并且得到国外国际刑警组织的合作。但是……我们失败了，'刺刀'……也就是肖飞，在成功进入他的小圈子内部以后，牺牲了。"

投影上出现年轻的肖飞。

"我们怀疑，是某个国家的警方高层出了问题。"孙守江说，"因为刺刀的身份虽然是保密的，但是我们一直在国际刑警相关国家中心局之间交流情报。在反间谍惯用手法当中，反向推论是最原始也是最有效的方法——根据已经得知的泄露情报，查找情报泄漏源，这个并不复杂。响尾蛇在 CIA 接受的训练，这个手法他非常熟悉。所以，根据某国警方高层提供的情报，他不难推断出——刺刀是埋在他身边的卧底。"

赵小柱默默看着。

"更多的情况，你会慢慢接触。"孙守江说，"这只是第一步，你的日子还很长。赵小柱，我不知道该祝贺你，还是该同情你——因为，你将面对我们当中任何一个人不会面对的危险处境。"

"新人，别吓坏了。"苗处笑笑，"你现在可不能去执行任务，那是去送死。你要进行专门的强化培训，我会让你接受空前严格和专业的训练。在这个期间，你要断绝和外界的联系。训练的时间是三个月——你有问题吗？"

赵小柱愣了一下，三个月？他犹豫了一下。

"有问题，你随时可以退出。"苗处强调。

"没，没问题！"赵小柱说。

"那好，我会安排——你们派出所会接到你要去参加公安大学的脱产培训班的通知。"苗处说，"你安顿好家里，我希望你一旦投入这个工作，就全神贯注——记住，学得好学不好，不是给我看的，是为了保住你的命的。"

"是……"赵小柱答应着，他又问："我要怎么才能冒充那个响尾蛇呢？你们把他抓住，然后我打进去？"

"如果我们能抓住他，就不用你去冒充了。"苗处笑笑，"你现在不要问那么多，我自然会安排。为了任务的成功，也为了你的个人安全，必须严格保密！你的手续暂时还在派出所，我不想引起你们分局和市局人事部门的关注。我们部门从来没有这样从基层派出所抽调一个片警，这会是个人事部门内部的新闻。等到任务完成以后，你该得到的都会得到。"

赵小柱倒不在乎这些，他点点头："我能告诉我妻子吗？"

苗处想想："这个你自己把握……"

"从我个人经验上来说，暂时最好不要。"孙守江说，"有件事情你可能还不知道，我的妻子和你的妻子是一个办公室的。"

"啊？！"赵小柱站起来，"苏雅姐？！"

"对，就是苏雅。"孙守江笑笑，"我们算是有缘分的。不过我觉得你暂时还是不要告诉你的妻子，她接受需要一个过程。慢慢来，等到合适的时候，你可以告诉她你的工作调动。没必要让她担心，做我们这行的脑袋都别在裤腰带上，这个危险还是先自己扛着吧。"

赵小柱默默无语，点点头。

"你回去准备一下。"苗处说，"周一——上班，你们市局会接到通知。你——赵小柱，作为基层优秀民警，抽调去参加脱产培训班，全封闭培训三个月。跟老婆做好工作，然后周一乌鸡会去指定地点接你。从此以后三个月，你人间蒸发。你必须承受这一点，而且这不是结束，只是刚刚开始。"

赵小柱感觉到了一种异样的辛酸，晓岚……

"当然，你随时可以退出。"苗处强调，"我们不会勉强任何一个同志去冒险，这是需要自愿的工作。"

"我去。"赵小柱脱口而出，"我既然打电话给你，我就想好了。"

苗处看着他，点点头："如果你后悔，随时可以告诉我。我们宁愿取消这次行动，也不会要你不心甘情愿地去冒险。"

赵小柱起身，敬礼。

苗处看着他："为什么对我敬礼？"

"不是因为你即将是我的上级，而是因为……你的一身伤痕……"赵小柱说，"你是一个好警察，一个让我佩服的警察！"

苗处笑笑，坐在那里随手还礼："应该说——是一个拉你下水的老狐狸！"

7

周日的晚上，赵小柱犹豫着把自己要去参加部里面举办的公大基层民警培训班的消息告诉了盖晓岚。盖晓岚先是为他高兴，除了这种公安部举办的培训班对于赵小柱个人的前途来说非常重要，说明他已经受到警方高层领导的关注和器重以外，也是一个转换环境的好机会，可以让他暂时摆脱现在的这种郁郁寡欢。接着盖晓岚又觉得失落，因为赵小柱说三个月的脱产培训管理非常严格，没有假期，不能回家，而且也不允许家属前去探视。赵小柱说这些谎话的时候是脸红的，因为他从未对盖晓岚撒过哪怕一句谎话。正因为他没有撒过谎，所以盖晓岚很轻易地就相信了他，在片刻的沉默之后，她问："是在团河校区吗？"

赵小柱笑笑："不知道呢，我也没接到具体通知。"

"只要是在公大就没事。"盖晓岚抱住赵小柱的脖子，"公大的好几个系主任，我都认识。管教学的副校长也打过几次照面，我去看，他们也不会不给这个面子。就是要悄悄地呗，这点我懂！不会给你带来麻烦的，你放心吧！"

赵小柱的心里就有些许发酸，他忍住了。抚摸着老婆光滑的后背，他转开内疚的视线。盖晓岚笑着吻着赵小柱的脖子："你三个月不在，不怕我红杏出墙啊？"

这个问题赵小柱还真的没考虑过，他愣了一会儿，没说话。盖晓岚笑着骑在他的身上："吓得你啊！真是的，我要是想出墙会跟你结婚吗？你安心去吧，我在家等你！你是去培训学习，等你发展了当了局长，你再换个老婆得了！人不都说吗？升官发财死老婆——是你们男人的三大喜事！"

"别说胡话！"赵小柱急忙抱住盖晓岚认真地说。

盖晓岚幽幽看着他："我舍不得你……我真的没有跟你分开过这么久……"

赵小柱看着盖晓岚，心里充满了内疚，却什么都没有说。以前他在盖晓岚跟前藏不住话，什么都会说，但是现在不一样了，他什么都不能说。他不想让盖晓岚为了自己担心，那会是难挨的滋味。与其那样，还不如善意地欺骗，让她以为自己真的是去参加基层民警培训班了。至于说未来……赵小柱还没有想过，也许她会为自己高兴——毕竟，一个基层派出所的小片警，当了国际刑警，在某种程度上说是值得骄傲的事情；也许她会感到失落，因为这不是她原本想要的生活……

但是现在，想什么都没有用了。

对不起，我是警察……

在心里，赵小柱把这句《无间道》电影里面看到的台词说了无数次，却没有张开嘴说出口。他此刻才理解了"我是警察"这句话的含义，原来真的……承载了说不出来的艰辛滋味。赵小柱从未想过自己会成为《无间道》电影当中那样的人物，然而现在自己将要面对的会比梁朝伟扮演的卧底警察还要危险艰苦的命运……他好歹还是在香港,在生他养他的土地上,而自己,还不知道将要去哪里……

"你在想什么?"盖晓岚趴在赵小柱的胸口,抬起头纳闷儿地问。

赵小柱笑笑,抱着盖晓岚:"没什么……"

"你变得越来越酷了。"盖晓岚半开玩笑,"酷得我都觉得你换了一个人了——说,你是不是赵小柱?还是什么罪犯换了赵小柱的脸,到我这儿坑蒙拐骗的?跟电影里面似的!老实交代——你是不是赵小柱?"

赵小柱的心里一阵发颤,他笑了一下:"我是赵小柱……"

"嗯!这还差不多!"盖晓岚笑着抱紧了赵小柱,在他的身上蠕动着:"我想要你……明天你就走了,三个月呢……"

赵小柱抱紧了盖晓岚,吻着她洁白如玉的脖子。盖晓岚闭上了眼,喘息着:"要我……"

赵小柱从未这样心情复杂地跟盖晓岚做爱。他还不知道,这对于他的新警察生涯,仅仅是一个开始而已。

第二天早上,高所拿着那张通知发呆。现在正是缺人的时候,但是对于赵小柱个人来说,这肯定是好事啊!他看着在那边默不作声看材料的赵小柱,喊了一声:"赵小柱!"

"到。"赵小柱抬头。他没有像从前那样笑着起身,说"高所什么旨意",而是很沉稳地回答了警队的标准用语,这让高所觉得陌生。但是他没有多想,因为赵小柱这段时间一直都很消沉。他把通知递给赵小柱:"收拾一下,把工作跟大白交接。你要去脱产培训了,好事!小子,你会有前途的!继续好好干,你用不了几年就会超过我!"

赵小柱拿着通知,愣了一会儿。高所拍拍他的肩膀:"小柱,努力!无论走多远,别忘了咱们橘子胡同派出所!"

赵小柱的鼻子一酸,却没有哭出来。他起身开始收拾自己的东西,大白纳闷儿地走过来:"这怎么突然就办了个培训班啊?也不提前通知?——今天就报到?即刻?这连送行都没时间了?好歹得吃顿饭吧?"

"领导的决定，咱们只能执行。"高所苦笑，"一会儿你开车送他去公大。"

大白开着警车到公大门口停下，他下车打量校门："哎呀！公安大学！中国公安的最高学府！奶奶的，没想到我们赵小柱也出息了！进公大学习了！你小子命好啊，那么漂亮的一个老婆，现在仕途又是一帆风顺！好得我都嫉妒你了！"

赵小柱笑笑："其实，我很羡慕你呢……"

他说的是实话，但是大白觉得是玩笑。大白就笑："别讽刺我了，你啊！等你以后当上了分局长了，别忘了提携兄弟，当个基层所警长就得！哎？怎么没接待处啊？"

"没事，我自己进去吧。"赵小柱笑着说，"你回去吧，所里工作忙。"

"好！"大白笑，"我走了啊！别那么依依不舍看着我，三个月以后你还得回来呢！"

赵小柱看着大白上车，那辆属于橘子胡同派出所的面包警车一溜烟开走了。赵小柱站在公安大学的门口，内心却有几分凄凉。未知的命运在前方等待着自己，而这一切却不是自己计划好的。

一辆奥迪轿车开来，孙守江按下电动门窗："上车。"

赵小柱提起自己的东西丢进后面车座，然后坐到副驾驶的座位上。孙守江开车离开公大门口，赵小柱看着外面滑过的那条河和断续的行人，问："去哪儿？"

"现在开始你只能回答，不能提问。"孙守江的脸色很严肃，"这是第一条规矩。"

赵小柱不再说话。

奥迪直接开到首都机场停车场，孙守江带着他下车。赵小柱提着自己的行李，孙守江一把抢过来扔回车里："用不着了，都给你准备好了！"

"我想带着晓岚的照片，可以吗？"赵小柱眼巴巴看着孙守江。

孙守江愣了一下，随即严肃地说："你又提问了！"

赵小柱不再说话，看着自己被丢上车的行李。

孙守江转身不看他："去把相册拿出来，其余的不要带了。"

赵小柱默默取出相册，放在自己警服的兜里。孙守江拿出机票："都给你准备好了。"

赵小柱低头看了一眼，是昆明。

孙守江锁上车，拉着赵小柱："走吧，新人。你的路还长着呢！"

迎面走过来一个便衣，孙守江把车钥匙丢给他："该加油了啊！"

便衣笑笑："知道了！"开着那辆奥迪离开。

赵小柱跟着孙守江没有经过安检，直接从工作人员通道进入机场上了航班。他们来到客机上，在公务舱坐好。公务舱没有什么客人，只有前排坐着一个戴帽子的乘客。客机起飞了，赵小柱看着自己熟悉的北京一点一点远去了，好像心里被什么割断似的难受。

前排的乘客回头笑："希望你旅途愉快。"

是苗处。

赵小柱笑了一下，不敢说话。

"你的代号想好了吗？"苗处笑着问。

"想好了。"

"什么？"

"菜刀。"

苗处愣了一下，孙守江也愣了一下。

"为什么叫菜刀？"苗处饶有兴趣地问。

"智商再高，一砖撂倒；"赵小柱说，"武功再好，也怕菜刀！——我是炊事员，菜刀就是跟随我最久的武器！"

苗处点点头，笑："欢迎你，菜刀！"

8

米—171 直升机在空中悬停，缓缓降落在简易丛林机场。

舱门打开，苗处第一个跳下来，大步走向等待在这里的一个戴着黑色贝雷帽的青年军官。狼牙特种旅反恐特战大队副大队长林锐中校敬礼："苗处！我一直在等你！"

穿着便装的苗处随手还礼："老雷不在？"

"他在大队部，这里现在不是训练季。"林锐接过他的背囊，"我接到通知就赶来了，重新启动SERE基地。抽调参加秘密训练的，按照你的要求，都是曾经在国外学习的青年干部。政治上绝对可靠，这点你可以放心。"

"要是你们狼牙大队都有国际贩毒组织的间谍，全中国我就没有信任的单位了。"苗处笑笑。

穿着警服的赵小柱从机舱下来，看着林锐脸色发白："一营长……"

林锐看他："这是来受训的学员？你认识我？"

赵小柱立正敬礼："原狼牙特种大队三营五连炊事班，赵小柱，退伍军衔上等兵。"

林锐还礼，点点头看苗处："苗处……你怎么把我们的炊事员给搞来了？"

苗处笑笑："我劝天公重抖擞，不拘一格降人才嘛！"

孙守江背着自己的背囊下来："连长！"

林锐笑着看着孙守江："乌鸡？这次参训的可都是真的军犬！你还想试试吗？"

孙守江尴尬地笑："我还是去琢磨偷土狗吧……"

"上车！"林锐高喊，"欢迎来到中国陆军特种部队SERE基地！"

赵小柱跟着苗处走向一辆迷彩色的悍马越野车，头有点晕。孙守江在后面笑："没想到吧？给你回炉了！"

"我没来过这儿……"赵小柱打量四周，丛林当中隐约可见迷彩色的建筑。

"你当然没来过！"孙守江说，"SERE——Servival、Escape、Resistance、Evasion，生存、躲避、反抗、逃脱——训练基地，专门培训精英军官和进行外军模拟对抗训练，作战连队也不是所有人都有资格来这儿受训。"

"这儿就是我们的本宁堡（Fort Benning）和农场。"苗处回头笑笑，"响尾蛇有游骑兵的本宁堡和CIA的农场，我们要对你进行训练——所以这就是我们的本宁堡和农场！你的外语怎么样？"

"我……只会简单的英语日常对话。"赵小柱说。

"今天开始，你唯一的语言将是英语！"林锐在前面走着，头也不回："如果让我听见你说一个汉字，我会给你长点记性！"

三个人上了悍马越野车，林锐开车高速开走。

"SERE"的牌子掠过悍马越野车，在他们的面前呈现出来一片隐蔽在丛林当中的外军风格秘密训练基地。

9

"这是一个处于休眠的训练基地，是专门为了你唤醒的。"

苗处看着面前的赵小柱，缓缓地说。

基地宽敞明亮的简报室，只坐了赵小柱一个人。苗处站在他的对面，孙守江和林锐站在他身后的两侧。除了苗处还穿着便装，其余三个人都换了没有军衔标志的迷彩服和军靴，都不是中国军队装备的制式军品。按照赵小柱不算太多的军队生活常识，这些也都是真的军品，不是商业仿制品。迷彩服是美军经典的四色丛林 BDU，军靴是 Belleville 出产的美军原品，甚至连刚刚换上的内衣袜子都是美军制式装备，在不经意之间，赵小柱全身的装备已经可以让很多军迷流尽了口水。

但是这只是个开始。

"所有的人员，所有的装备，都是为了你运送到这里来的。"苗处强调，"为的是什么？为的是你可以在未来活下来！我一点都不跟你开玩笑，响尾蛇是一个掌握生存技能和杀人技能的'双料大师'——在我们这行，他赫赫有名！除了你的外形跟他酷似，别的没有任何原因能够让你去完成这个任务！所以为了不丢命，你最好好好训练！"

"是，苗处！"赵小柱起立。

"Newbie, what did I say?（菜鸟，我跟你说过什么？）"双手跨立在后面的林锐厉声用英语说。

赵小柱马上改口用英语回答："Yes, Sir!（是，长官！）"

苗处笑笑，也改用了英语："You will be trained in two major sections. One, I'll be in charge of your advanced military intelligence training; and two, LT Lin will be in charge of your favorite physical training. We will make sure you love the training all the way to the end.（你的训练分为两个部分——军事技能训练，交给林副队长来完成；谍报技能训练，由我和乌鸡来完成。祝你好运，菜鸟！）"

赵小柱没听太明白，眨巴眨巴眼满头冒汗。

"Get your sorry ass out of here right fucking now!（滚出去！）"林锐怒吼，"Put on your gears and give me some double time. Take your time if you want to, sweet pea!（武装越野十公里，我要你在规定时间完成！）"

赵小柱别的没听懂，就听懂了武装越野十公里。背囊和M16A2步枪就放在他的身边，赵小柱立即抄起来跟兔子一样飞奔出去。林锐看看苗处，换了汉语："我去监督他训练。"

"去吧。"

"要我练到他什么程度？"林锐问。

"极端的疲惫，恐惧，耻辱。"苗处的声音很冷酷，"我们要压榨他，逼他，甚至让他精神崩溃！"

林锐点点头："我知道了。"转身出去了。

"我们去准备谍报训练计划。"苗处说。

孙守江有点于心不忍："他刚来，有必要让他……"

"每个人的心里都有天使和魔鬼。"苗处注视着外面在一辆悍马车追逐下疯跑的赵小柱，"他的魔鬼被自己的理智禁锢起来，我们要逼他把魔鬼释放出来。他要变得残忍、狡诈，对什么都不信任，冷酷多疑。"

"他的心地很好，恐怕很难……"

"所以我们要逼他。"苗处淡淡地说，"在他崩溃的时候，魔鬼会释放出来的。他会成为恶魔，也就是我们想要的人。"

孙守江苦笑："有时候我不知道这样做到底是对是错。"

"没有对和错，我们只有这样才能抓住响尾蛇。"苗处的声音很冷酷，"为了完成任务，我们可以付出一切牺牲——变成恶魔，对于他来说，就是该做的牺牲。我们走吧。"

孙守江跟着苗处出去了。

炎热的天气里面，赵小柱手持 M16A2 自动步枪在疯跑。林锐站在开动的悍马越野车上，拿着高音喇叭用英语高喊：

"Gas! Gas! Gas! You had better hurry the fuck up and put that shit on your rosie fucking cheeks in 9 fucking seconds. Oh fuck, 9 seconds is up, you are even dumber that I thought, you are not only a newbie, you are a dead newbie! So tell me, who the fuck are you? （该死的，戴上防毒面具，你是娘娘腔吗？我不想让你跑得太舒服！你他妈的就是头猪，就是他妈的最下贱的生物！说——你是最下贱的生物！）"

赵小柱边跑边戴上防毒面具，用不流利的英语说："I... I am a dead newbie... （我……我是最下贱的生物。）"

"I can not hear you! （大点声！）"

赵小柱戴上了防毒面具，嘴里含糊不清："I... I am a dead newbie... （我……我是狗屎……）"

路边潜伏的教官一拍军犬的脖子，放开了索扣。军犬汪汪叫着狂奔过去，赵小柱绝望地惨叫着拼命飞跑。

军犬在后面猛追，跳起来咬他的衣服。

赵小柱的迷彩服下摆被咬烂了，军犬的训练很好，只是为了恐吓他。但是这足够让赵小柱觉得绝望了，他拼命飞跑着，躲避着身后的军犬。

林锐满意地看着，嘶哑地喊着："All right man, take me back to the rear, I can really use a nice shower. You guys keep an eye on him, don't let him stop until the moon drop. （司机，掉头！这个鬼地方太热了，我要回去洗澡！让他继续跑，一直到爬不起来——再扔他去沼泽地！今天晚上我要他在那里过夜，我不想再看到他那该死的迷彩服上都是干净的！有一点干净的地方，我就让你们都去沼泽地过夜！）"

悍马越野车高速掉头，开回营区。

林锐坐回车里，打开录音机。一首美国乡间民谣响起来，是 *All I Have To Do Is Dream*（《沉醉梦中》）。他身边的司机也是曾经出国留学的青年军官，两人开着悍马在丛林土路上横冲直撞，掀起无数烟尘，吼着嘶哑的喉咙惬意地跟着唱着：

"Dream, dream dream dream

Dream, dream dream dream

When I want you in my arms

When I want you and all your charms

Whenever I want you, all I have to do

It's dream, dream dream dream..."

而此刻的赵小柱，戴着防毒面具手持步枪被军犬追逐着，摔倒再爬起来。浑身都被训练有素的军犬咬烂了，却不敢停下。

如果他此刻听到这首歌，不知道还能不能重复"要有梦"。

此刻，他是顾不上什么梦了，满脑子只有一个念头：

这个该死的十公里到底还剩多远？！

10

黎明时分，苗处刚刚洗漱完，显得很精神。他端着一杯热咖啡，走到监视室。孙守江在一排监视器前吃着早饭，很丰盛，包子豆浆豆腐脑。孙守江有一段时间不喝豆腐脑，是有原因的，后来也就开始喝了。什么事情都是习惯成自然，在死亡边缘游走也会成为一种习惯，那时候就自然了。孙守江听见脚步声，转脸："你的早饭我打来了。"

苗处看了一眼早饭，再看一眼他吃的东西："丢掉。"

孙守江愣了一下："丢掉？"

"对，丢掉。"苗处说，"别忘了，我们现在是在农场。CIA 的早点可没有这个，我们既然要按照 CIA 的标准训练他，自己也得按照 CIA 的标准来。"

孙守江眨巴眨巴眼："又要吃西餐？不至于吧，苗处……"

苗处二话不说掀翻了他桌子上的早饭："今天早饭你就别吃了！"

孙守江这次老实了，什么都不敢说收拾桌子擦地板。苗处看着监视器，监视器上的赵小柱还在沼泽地里面趴着瑟瑟发抖，浑身泥泞。苗处看着赵小柱："我们要把菜刀训练成响尾蛇，我们自己也得去琢磨他的教官的思维。训练内容是死的，但是思维是活的。为了能够捕捉到他们的思维，我们必须首先做到一切生活标准按照他们的来。"

他把咖啡放在桌子上："你喝了吧。"

孙守江拿起来喝了一口苦得要命："没加牛奶？"

苗处看他一眼，笑笑："我可以给你加点尿。"

孙守江立即不吭声了。

苗处看着监视器里面疲惫不堪全身发抖的赵小柱，拿起电台用英语说："把他捞出来，我要给他上课。"

赵小柱在沼泽地过了一夜，浑身泥泞就算了，还到处都是蚂蟥。林锐站在远处的平地上举着高音喇叭高喊："Get up! Sleeping beauty! Quit fucking with my leeches and get your ass back to the rear. Move! Move! Move！（菜刀！起床了! 看来你睡得不错! 拿起你的装备滚出来, 你要跑步回去!）"

赵小柱哆嗦着嘴唇，提着自己的步枪背着背囊跌跌撞撞地走出沼泽地。林锐面无表情地看着他，转身上车："Move out!（开车！）"

悍马车扬尘而去。

赵小柱蹒跚地在路上跑着，眼皮都在打架。

"汪汪汪汪……"背后传来军犬的叫声。

赵小柱一下子精神起来，抱着步枪就开始拼命跑。军犬果然在后追逐上来，不紧不慢跳着恐吓他。赵小柱顾不上浑身的寒冷和脚上的水泡，拼命往前跑。这才是第一天，他只在沼泽地睡了不到两个小时，还每次都被冻醒。他不知道自己能不能坚持下去，或许自己压根儿就不该来这里。

不是吗？自己只是一个炊事员，一个片警，这种训练压根儿就不是自己该受的。

但是来不及思索，因为那该死的狗就在后面追着。他拼命跑着，不时栽倒又赶紧爬起来。头盔歪在脑袋上，沉甸甸的……赵小柱觉得自己快要崩溃了，难道就不能循序渐进吗？他自己觉得身体素质还可以，在狼牙特种大队炊事班每天也要进行体能训练，也有过基础战术训练。所以只要是循序渐进，自己还是能够挺得过来的。但是现在看来，这帮老首长的意思是上来就要直接给练废了，一点情面都不留。

　　跑到基地营区，他疲惫地跑过几辆停在路边的悍马和路虎军用越野车。鬼知道狼牙特种大队从哪里搞来的这种军版的越野车，上面还挂着美军和英军的车牌。赵小柱也喜欢车，但是在现在这个情况下，根本就不可能去琢磨这些车。

　　没想到苗处就在楼跟前站着。他跟蜗牛一样跑过去，站在苗处跟前。

　　苗处没有表情地看着他："How many vehicles you just pass by?（你刚才路过几辆车？）"

　　赵小柱愣住了，几辆车？还真的没记清。他想了想："Three… no, four … maybe five?（三……不，四辆……还是五辆？）"

　　"And whom do they belong to?（车牌表示他们属于哪些部队？）"苗处继续问。

　　赵小柱这次彻底傻了。

　　"1st，MEU, United States Marine Corps. The Big Red One United States Army. US .S .OCOM. And last one is modified Land Rover for 22nd SAS.（美国海军陆战队第一远征旅，美国陆军大红一师，美国联合特战司令部，最后一辆是英国皇家特种空勤团 22nd SAS 的改装路虎。）"苗处说出来，"This is this, you've missed all of them, don't you?（这是摆在你跟前的情报，那么大的车子跑过去你就没看见吗？）"

　　赵小柱只好硬着头皮重复："Sir! I can not undearstand… Sir!（报告……我听不太懂……）"

　　苗处哭笑不得地看着他："I said you are genius!（我是说你是天才！）"

　　赵小柱不敢说话。

苗处无奈地看远处的林锐："You need to work real hard on his English skills this morning. That doesn't mean he can sit on his ass and relax.（今天上午，给他补习军事英语！注意，要在行动当中学习！他不能舒舒服服坐在教室里面休息，我要让他跟条狗似的疲于奔命！）"

"Hooah！"林锐敬了一个标准的美式军礼。

赵小柱大概听懂了，睁大惊恐的眼看着林锐。

林锐面无表情："Sergeant, you heard the man!（军士长，带他去体能训练场！他就是条狗，去吧！）"

"Hooah！"

一个青年干部跑步过来，拿起高音喇叭对着赵小柱的耳朵高喊，"Double time march! Oh fuck, are you trying to piss me off? Cuz you can slow down all you want and don't give a shit!（菜刀——你这条狗！给我百米冲刺的速度——到那边去！）"

赵小柱的耳朵嗡嗡响，他被这个军士长的怒吼追赶着跑向体能训练场。这些抽调来进行训练的干部不仅是特种部队的作战军官，而且还担任外军模拟部队的教官，都在国外进行过系统的军事学习。所以他们熟悉中外两套训练体系和军事外语，拿来训练前炊事员赵小柱……连林锐都觉得太浪费了，但是命令就是命令。他是军人，不去问为什么，只要去执行命令就够了。

命令就是把这个前炊事员训练成超级战士……他只能照做。

至于菜刀能不能受得了，那不是他考虑的事情。因为苗处已经说过了——"让他崩溃"，那么自己就要让他崩溃。

在极端的疲惫、恐惧、耻辱当中，彻底崩溃。

11

"嘟——"

戴着墨镜的军士长吹响了哨子。

赵小柱从高台上直接栽下来，滚到地面上。这不是中国特种部队传统的特种障碍，而是美军游骑兵突击队员学校的游骑兵障碍。甚至在场地里面还可以看到"RANGER"的标志，这是按照1比1的比例照搬过来的美国陆军乔治亚州本宁堡 Darby 营区训练设施，精确到了每一根木桩的高度和直径。这个障碍是著名的 Darby Queen（达比皇后），要求是在跨越每个障碍之前必须做满规定数量的俯卧撑，而且要承受军士长的恶言侮辱，打击受训学员，把心理脆弱者淘汰出去。

在美国众多的特种部队中，游骑兵（又称陆军突击队）是一支历史悠久，武力强悍的精锐部队。拥有光荣历史与优秀传统的游骑兵，凭着不畏不惧的精神和毅力在各地执行世界警察的角色，并获得国际上的认同与赞扬。就如同代表游骑兵精神的座右铭"游骑兵，做前锋（Rangers, lead the way）"和绣着 RANGER 字样的黑色贝雷帽（更高级士官授予沙色贝雷帽）及飘带型臂章，一直是游骑兵荣耀与尊严的象征。

美国是世界上最年轻的国家之一，但是美军却是世界上排名前三的最重视保持军队传统荣誉感和自豪感的军队。

美军游骑兵的由来可追溯至公元1670年，美国殖民地时期就有使用"Rangers"名称及战术的小型军队。当时美国为了应付善于突袭战术的印第安人，于是组成小型的侦骑队伍在屯垦区四周区域巡防以观察敌人活动并提供早期预警。由于他们的巡防距离称为 Range，因此一般人们称这支队伍的士兵为 Ranger。

1942年5月26日第二次世界大战时的欧洲战区，Lucian K. Truscott 少将欲建立一支能与英国突击队员并肩作战的美军部队，此外为了突出美国特色，于是将这支部队取名为 Ranger，并且由 William O. Darby 少校领军。

二次大战期间游骑兵较著名的部队是参与诺曼底登陆的第2营和第5营（电影《拯救大兵瑞恩》之背景部队）。1944年 D-Day 当日，诺曼底登陆的主力是美军第7军团与第5军团，游骑兵则隶属于第5军团。登陆当日美军遭遇德军第352步兵师的猛烈攻击，当其他步兵被火力压制无法前进时，受过严格训练的游骑兵不畏生死地迅速突破防线。虽然伤亡极为惨重，例如编制 70 人的第 2 营 C 连登陆后死伤 58 人以致全连解编。可是游骑兵的英勇善战不但让并肩作战的第 29 师步兵刮目相看，更获得第 29 师副师长 Norman D.Cota 将军的称赞，因而留下不朽的至理名言：Ranger, lead the way!

但是这些游骑兵部队在战后都被裁撤了，现代游骑兵 75 团的真正前身却是另外一支部队——5307 混合支队。

5307 临时混合支队〔The 5307th Composite (Provisional) Unit〕，代号"格拉哈"（Galahad），是美国罗斯福总统和英国丘吉尔首相在 1943 年"魁北克会议"上为布署反攻缅甸而决定编成的一支特种部队，它的任务是渗入缅甸日军后方，切断敌军的供应及交通线，同时协助美国工兵部队修复已被敌军切断的滇缅公路。部队的成员大多召募自巴拿马、特立尼达和多巴哥、危地马拉等富有森林作战训练的美国部队志愿兵，由法兰克·麦瑞尔准将（Brigadier General Frank D. Merrill）率领。因此，5307 混合支队又被称为"麦支队"。

麦支队在缅甸丛林当中有着出色的表现，在热带丛林当中把日本人打得屁滚尿流。美国国防部授予麦支队"杰出部队褒扬令"〔（Distinguished Unit Citation），1966 年改由国会颁发"总统部队褒扬令"（Presidential Unit Citation）〕，全体官兵均获赠"铜星勋章"（Bronze Star）。

美国陆军游骑兵特种部队，秉承了骁勇善战缅甸丛林山地的麦支队的优良传统。他们每年都要在佛罗里达州 Eglin 空军基地的第 6 游骑兵训练营和菲律宾美军基地接受丛林低洼地训练。在充满毒蛇沼泽的原始丛林中，年轻的游骑兵们必须在此生存与战斗，以掌握热带丛林作战的高超技能。

美军特种部队是一个结构复杂的金字塔建筑，三角洲特种部队毫无疑问是塔尖，而游骑兵特种部队则是这个金字塔的高层。三角洲特种部队的队员全部来自美军各个特种部队，是精锐当中的精锐，这其中包括海豹、绿色贝雷帽，更多的则来自陆军突击队——游骑兵。游骑兵部队在美军当中的战斗力是不容忽视的，该部队既能完成特种分队作战任务，也能作为轻步兵部队独当一面进行防御和进攻作战，可以说是承上启下的坚强柱石。

赵小柱浑身已经没有了人形，他在这个军士长督导下进行了负重障碍穿越、美军突击队体能测试等全部课程。四个小时连轴转的训练，没有一秒钟是闲着的。他几次想晕过去，都被冰冷的高压水龙喷醒。现在身上的迷彩服已经成为残片，肘部和膝盖都在滴血，双手也早就磨破，步枪上都是凝固的血块。

赵小柱滚到了地面上，但又是一声哨响，他立即弹簧一样起来。他知道不起来的后果是什么，这个军士长也不知道真实军衔，但是看来对自己不会手下留情。

军士长面对他毫无表情："Rangers, lead the way——"

赵小柱就高喊："All the way!"

军士长看着他："Dismiss! Chowtime!（解散！午饭时间到！）"

赵小柱立即瘫软在地面上，恨不得再也不起来。

咣当！一个狗盆扔在地面上。

赵小柱微微睁开眼。

军士长毫无表情地把一块发霉的面包块丢进去，转身就走了。

赵小柱看着那块长毛的面包块，估计馊了得有一个礼拜了。他眨巴眼，不敢相信这是自己的午饭。他饥肠辘辘，偏偏这个时候闻到了香味……他偏头看见了正在树荫下开饭的教官们居然在吃烧烤，甚至连军犬都吃得很好。他再看看自己的狗盆，那块发霉的面包，傻了足足有一分钟。

当赵小柱终于下定决心，爬起来伸出右手颤巍巍去够那块面包的时候，狗日的军士长又吹响了哨子："集合！"

赵小柱咽下一口苦涩的唾沫，爬起身子抱着步枪站好了。

军士长毫无表情："Sound off the military alphabets, give me two squat-ups for each letter!（重复你今天上午学会的军事英语，每一个单词两个持枪蹲起！）"

"Yes sir!（是，长官！）"赵小柱开始持枪蹲起："Alpha! Bravo!

Charlie! Delta! Foxtrot!..."

监视室内。孙守江感叹："他真的很能忍耐。"

苗处目光冷峻："我要知道他的极限在哪里——林锐，继续逼他！"

"Roger that.（收到，明白。）"

孙守江苦笑："真是个可怜虫！"

"在这儿可怜，总比以后丢命强！"苗处不为所动，"这才刚刚开始，我要让他彻底崩溃！只有那样，他心中的魔鬼才会被释放出来！他会成为真正的恶魔——只不过，这个恶魔，是我们的！"

监视器上，可怜的赵小柱再次被教官的高压水龙打倒，在地面爬起来跑向障碍。

第四章

──────★──────

1

　　张胜赤裸着身体，走到酒店的窗前。这是在哥伦比亚的麦德林，美丽的拉美城市。张胜的长发披散在身后，浑身的肌肉跟要爆炸出来的田鸡腿一样，却是东方人那种精瘦的健壮，跟光膀子的李小龙差不多。他的左臂上有个文身，是一个飘带，上面写着"Ranger"——这是美国陆军 75 游骑兵团突击队员的臂章标志，是他的青春岁月度过的地方，也是他仅存记忆里面不多的温情年代。纷杂的枪声、直升机坠落声、体能训练的嘶喊声……那冰冷的步枪、年长的军士长、爽朗的笑容……一切都烟消云散，剩下的只有自己——阴险狡诈的响尾蛇，被 CIA 开除的外勤特工，一个游走在贩毒网络和恐怖世界的孤魂。

　　昨天来到麦德林，老米格尔就安排了这两个女人。张胜毫不犹豫地笑纳了，虽然在性交的时候，他的右手始终没有离开在一秒钟之内可以抓住枕头下手枪的范围，但是还是肆意地放松了一下。在刀刃上游走的岁月，他已经养成了这种习惯——在享受极乐的同时，内心承受着极度恐惧。正所谓，不知死之哀，哪知生之欢？

　　老米格尔要自己来，显然是为了他那不争气的孙子。小米格尔因为强奸了一个警官刚满十一岁的女儿，而被麦德林警察局群起而围攻，甚至老米格尔在司法部的内线都没有想到——他们会不顾一切地把这件事情追查到底……这个笨蛋，难道不知道警察的心理吗？你可以在麦德林肆意妄为，但是你别碰警察和警察的家人。一旦你真的越界了，警察会抱团跟你拼命。现在结果已经出来了，后天就要开庭。而一旦小米格尔被定罪，米格尔家族就面临着空前的危机——小米格尔掌握了大量的家族秘密，缉毒警察和司法部可以慢慢撬开他的嘴。在监狱里面，小米格尔肯定会被单独关押在某个牢房里面备受折磨。然后……在哥伦比亚麦德林盘踞半个世纪的米格尔家族将会成为过街老鼠，人人喊打。

所以，小米格尔无论如何不能被关进监狱里面去。

张胜喝了一口杜松子酒，伸手打开百叶窗的缝隙——对面就是麦德林法院。

作为一个专门帮贩毒网络的巨头解决麻烦的人，张胜的收价不菲。但是显然这些巨头也不在乎到底付给他多少钱，只要他能解决麻烦，再多钱也在所不惜。所以他成为这个庞大的国际贩毒网络和恐怖网络的特殊自由人，当然像他这样的自由人还很多，只是响尾蛇是最出名的一个。他的冷酷和残忍，让意大利黑手党的执法杀手都觉得心惊胆战——所以，"别惹响尾蛇"成为半句玩笑话，下半句是——"他会割断你全家的脖子"。

张胜不是他的真名，却是他使用最多的化名。他自己的真名是什么，自己也不知道。他唯一知道的是自己姓张，别的一概不知。他曾经向上帝祈祷，让自己可以找到自己的亲生父母，得到他们的爱和温暖。但是那只是短暂的时光，随即他就因为抢劫被捕。法官问他是选择美国陆军还是美国监狱？他毫无疑问选择了美国陆军。那时候他多大？十六？十七？他自己都不知道，因为从来也不知道自己的真实年龄，也不知道他到底是如何来到了美国。在他记事开始，那对胆小谨慎的华裔夫妻就小心翼翼地照料着他。一直到那群杀手闯入了他们的家，大开杀戒，自己因为淘气藏在储存柜的夹层里面，逃过了一劫。当杀手远去，自己跑出来看见一片血泊，自己一直叫作妈妈的女人在弥留之际告诉自己"你姓张"，就去世了。有人拨打了911，后来张胜就被送到了福利机构。在那里，他给自己起名叫张胜——"胜"在汉语当中，是胜利，是强者。他希望自己成为强者，永远胜利……因为，弱者和失败者的下场，就是那片记忆当中的血泊。

美国陆军，游骑兵 75 团，因为华裔的特殊身份被 CIA 招募，去干那些肮脏的勾当……然后也利用 CIA 洗钱，在这个肮脏恐怖的世界生存……当他终于受雇暗杀了一个贩毒集团的头目以后，他才得知这是个 FBI 的卧底。他妈的，这是个贪赃枉法的卧底，老子怎么看得出来是卧底？他比谁都不干净……在 FBI 的强大压力下，CIA 终于跟自己断了联系，从此成为一个真正的孤魂野鬼。

张胜并不觉得恐惧，因为那已经是生活的一部分。而他也掌握了 CIA 某些高层行动官员的不干净勾当和洗钱内幕，所以 CIA 对自己也是无可奈何。光凭借 FBI 的力量不足以对他构成威胁……他和 CIA 依然有隐秘合作：杀掉那些恐怖分子，换来对自己的网开一面，只是国际刑警真的是越来越讨厌。

21 世纪的国际刑警不再满足于只是一个协调机构，执法能力变得越来越强。这是个危险的信号，张胜敏锐地感觉到了。但是响尾蛇跟别的通缉犯不同，张胜想到这里笑了笑——我是个间谍，最好的间谍，警察……想抓我，先省省吧。

那两个女人起来了，张胜没有回头，还在看着大法院那雄伟的建筑。

"你是想要战争，还是想要和平？"张胜盯着老米格尔的眼睛问。

"和平。"老米格尔回答得很认真。

"和平是需要代价的。"张胜淡淡一笑。

"我经受不起战争，我不能和政府打一场全面战争。"老米格尔紧张地说，"如果和政府全面对抗，我不是对手。"

"我知道了。"张胜点点头，"我来解决你面前的麻烦。"

"真的吗？"老米格尔看着他。

"我从来不说虚话。"张胜笑笑，"你别管我怎么做，我给你解决麻烦就是了。但是，你必须记住我的这句话——和平是需要代价的！"

"我明白。"老米格尔说，"我马上打钱到你账上。"

"不光是这些，你必须承受应该承受的代价。"张胜笑着说，但是很认真。

"只要不要让政府毁了我和我的家族，我什么代价都可以承受！"老米格尔再次强调。

张胜靠在沙发上："那就好办了，我要的就是你这句话。"

"这是那个警察一家的全部资料。"老米格尔说，"还有他们的保护情况、详细计划——我都给你找到了。"

"我拿来做参考，但是不一定用得上。"张胜接过来随手放在一边。

"那你打算怎么做？"老米格尔很纳闷儿。

"听着，米格尔先生。"张胜笑道，"我给你解决麻烦，你付出代价，最后的结果是和平，对不对？"

"对。"

"暗杀那个警察一家，你觉得会实现和平吗？哥伦比亚全国的警察都会成为你的敌人，跟你死拼到底。这不是暗杀个把警官和检查官，不会引起众怒，这是一个警察的一家，老婆，十一岁的女儿！"张胜强调，"将心比心，你觉得换了你是一名警察，你会旁观吗？"

"那你要怎么做？"老米格尔额头都出汗了。

"所以我问你——能不能承受和平的代价？"

"我能，只要这件事情能过去！"老米格尔肯定地说，"一切都交给你去做，响尾蛇！"

张胜高深莫测地笑笑，拍拍老米格尔的肩膀："你会看见和平的，同样——我也要看到我的钱。"

"没问题！"

于是，张胜就住进了老米格尔安排好的房间。这里确实是个狙击法院入口的理想地点，但是这个笨蛋怎么会愚蠢到在市中心搞暗杀呢？张胜鄙夷地笑笑，把喝完的酒杯丢在了地毯上。

现在时间还早，还有一些时间……可以和这两个女人再好好乐乐。

2

　　哥伦比亚麦德林医院。警察戒备森严，持枪便衣和军装警察的数量足以和外国元首来访媲美。但是这些警察不是根据总统的命令来到这里担任警卫工作的，而是自发来的——他们不属于一个警察局，甚至不属于一个警种……很多外地警察专程休假，赶到麦德林医院义务担任警戒，甚至连已经退休的老警察都出现在医院里面，手持猎枪虎视眈眈。

　　他们在保护警察弗朗西斯科·德保拉·桑坦德尔的女儿 Delse。

　　一个被麦德林贩毒集团当中的米格尔家族继承人小米格尔强奸的 11 岁女孩。

　　哥伦比亚警察的女儿。

　　哥伦比亚麦德林，是一个和犯罪紧密纠缠、苦难重重的城市。

　　如果有人问世界上最有钱、最残暴、规模最大的黑社会集团是哪个？

　　西西里半岛的黑手党？日本的山口组？

　　错。正确答案是——哥伦比亚麦德林的毒品集团。

　　麦德林集团主要由四大贩毒集团组成，米格尔家族其实还不算这四大集团里面的，只能说是麦德林集团这个金字塔的高层，而四大家族是塔尖。在大小近 300 名毒枭的操纵下，该集团的两万多名专业毒贩活跃于拉美、美国、欧洲、大洋洲甚至亚洲之间，组织之庞大，活动范围之广，是世界上其他任何犯罪集团所无法比拟的。鼎盛时期，它拥有设备先进的大型毒品工厂 1067 家及小型毒品加工厂 4300 多家，和与之配套的现代化的毒品运输工具与网络，为欧美，尤其是美国的毒品市场提供大量可卡因，是美国可卡因市场的霸主。

　　它最有钱。每年毒品收益超过百亿美元，以致曾经在 1984 年与 1985 年分别两次向政府提出，为政府偿还 108 亿~140 亿美元的外债，以换取政府承认其财产合法化和取消对毒贩的起诉。

它最凶狠残暴，豢养着大批武装人员与职业杀手，到处制造恐怖事件。他们有自己的杀手组织，每年死在这些杀手中的人数以千计，其中不但有平民，还有一些个体毒贩，甚至还有警察、法官、参议员和总统候选人。总之，凡是妨碍他们销售毒品的人就要杀死，凡是公开宣称要禁毒的就要除掉。

曾任美国毒品管制局特别专员的威廉·尤持在与该集团斗争十几年以后得出结论说："麦德林集团是世界上有史以来最凶恶、最危险、最残暴、最大胆，也是最有钱的一个犯罪组织。与这个组织相比，美国的黑手党就像小学里的学生，日本的山口组就像教堂里的唱诗班。"

这个集团发展于70年代，当时哥伦比亚正发生经济危机，因人民生活贫困，在美国毒品市场需求的诱发下，逐步形成以麦德林为中心的卡尔德贩毒集团。后来发展成若干集团联盟，至今拥有三百多个大毒枭和两万多名毒品贩子，成为当今世界上最强大、最凶恶、最有钱的毒品王国。他们以武装暴力贩运毒品起家，拥有一支三万多人的精锐武装部队护毒贩毒，在麦德林地区层层设卡防卫，设立"禁地"，全球闻名的大毒枭埃斯科瓦尔就是这里的"皇帝"。他委任举世闻名的特级杀手慕尼奥斯担任总指挥官，把三万多名武装分子训练成了世界一流的敢死队队员，同时，配备了极强大的火力，拥有武装直升飞机三十余架，炮艇十余艘，潜水艇十余艘，装甲车、坦克数十辆以及现代化的轻武器，公然与政府军警对抗，致使该地区政府武装也不敢贸然进入其禁地。这个集团基本控制着美国80%的毒品销售市场，每年获利三百多亿美元。对阻碍查缉他们贩运毒品的人，不论阻力多大，他们都派人进行绑架暗杀。

据美国联邦调查局公布，麦德林集团近十年来已绑架暗杀各国高级政府官员、法官、警察、记者四千多人。

而今天，哥伦比亚警察跟米格尔家族宣战了。

这是一个微妙的局势——哥伦比亚警队内部的很多警官，也没少收贩毒集团的黑钱，但是整个自发组织起来的哥伦比亚警察并没有针对麦德林贩毒集团全体，而只是针对米格尔集团。在这种情况下，其余的贩毒集团保持着观望态度，因为警队的众怒是最好不要惹的。至于老米格尔……反正他也年纪大了，一向不够意思，就让他自生自灭吧。

所以，整个麦德林甚至整个哥伦比亚都屏息静气，看着这场大战前的紧张肃杀气氛。

穿着西服的华裔年轻人手捧鲜花走入医院大门。

不同位置的警察注视着他。

年轻人笑笑，对义务把门的警察出示了自己的徽章："DEA（Drug Enforcement Administration，美国毒品管制局）。"

警察好奇地："你从美国来？"

"是的，就为了送给 Delse 一束花。"华裔年轻人摘下自己的墨镜，用西班牙语回答。

警察对了一下照片："George Gless？"

"是的。"华裔年轻人笑笑。

"进去吧，她在顶层特护病房。"警察把证件还给他。

这位名叫 George Gless 的 DEA 华裔特工接过证件，戴上墨镜手捧鲜花缓缓走入安检门。大厅里面和走廊里面到处可以看见警察的岗哨，他们穿着不同的制服或者便装，警徽都挂在自己的胸前。George Gless 把 DEA 的警徽也挂在了自己的胸前，四周的警察看见他都点头致意，George Gless 也微笑点头致意。

George Gless 看见了走廊里面的摄像头，抬头报以微笑，甚至还摘下了自己的墨镜。

在经过最后一道安检以后，George Gless 把自己的配枪 P228 交给了门口的两名休假特警，走到了病房的门口。他捧着鲜花在犹豫着，这里已经摆了一走廊的鲜花。护士恰好走出来，看着他："你是来看她的？"

"是的，我从美国来的。"

"我帮你问问，看能不能见她。"护士笑笑，转身进去了。

George Gless 在外面等待着，此刻他已经没有配枪，除了徽章，他的身上连一块金属都没有。但是他泰然自若，仿佛自己置身于警察的海洋犹如鱼儿回归了大海，没有任何的不自在。哥伦比亚警察对这个来自美国的同行也抱怀着敬意，没有再去询问他。

"进来吧。"护士出来说。

George Gless 看着这个美丽的拉美护士，摘下墨镜笑笑。他抽出其中的一枝玫瑰花："这枝是给你的。"

护士接过来脸红了一下："谢谢。"

"这是我的名片。"George Gless 把一张印着 DEA 徽章的名片塞入护士的胸前兜里，触摸到了柔软的乳房。护士的脸红了一下，George Gless 再次靠近她低声说："上面有我的卫星电话，无论我在地球任何一个角落——24 小时等待你的电话。"

护士还没反应过来，George Gless 已经捧着鲜花进去了。

Delse 坐在病床上，她的母亲坐在床边。

George Gless 把鲜花放在墙根的无数鲜花里面，走过去伸出双手握住了 Delse 的小手。Delse 抬头，这双手冰凉如同一条蛇。

"你的手很凉？"

"我的心很热。"

George Gless 俯身亲吻她的额头："宝贝，我会为你报仇——相信我。"

Delse 看着他："法律会制裁他吗？"

George Gless 笑笑，没有说话。他把一叠美元现金交给 Delse 的母亲。Delse 母亲惊讶地："先生，这是一万美元！我们不能要！不能要！"

"拿着吧。"George Gless 说，"我的一点心意，希望她尽快好起来。"

他转身就走，Delse 突然问：

"美国人？你叫什么？"

George Gless 回头，淡淡一笑："我不能告诉你，不过我可以告诉你——他们都叫我响尾蛇。"

"响尾蛇？"

"是的。"George Gless 轻轻给她一个飞吻，"我爱你，宝贝。"

"谢谢，响尾蛇先生。"

George Gless 转身离开，轻轻带上了门。

他走到走廊的电梯旁边，那个护士在等着自己。两人默默注视着，电梯的门开了。响尾蛇突然一把把护士推进电梯，撕开了她的前襟。丰满的乳房跳出来，护士闭着眼抱住了他强壮的脖子。响尾蛇头也不回，按下电梯开关。电梯门关上，响尾蛇一边吻着护士的脖子，一边拔出手枪旋转上消音器。护士根本就不看他，还在迷醉当中。

响尾蛇拉开枪栓，护士害怕地睁开眼。在麦德林，人人都能听出来拉枪栓的声音。

响尾蛇笑着伸出舌头舔过护士的脸蛋："别怕，宝贝。"

随即反手两枪，打碎了电梯开关。电梯一下子短路了，啪嗒停在半空当中，灯也黑下来。

护士放松下来，响尾蛇一把把她的大腿抬起来，撕掉了她的内裤。护士抱着他，看着他进入自己的体内，发出尖叫："啊——"随即迷醉地闭上眼，抱住了他的脖子疯狂地和他接吻……

……

一个小时后，响尾蛇衣冠齐整走出医院。

护士在楼上默默看着他的背影，拿起自己的电话和那张名片，拨打过去。

短暂的嘟嘟以后，对方接电话，嘶哑的中年男人美式英语："DEA，George Gless。请问你是哪位？"

护士一下子傻了，这不是那个华裔小伙子的声音。

"喂？喂？请问你是哪位？你是在哥伦比亚吗？你是有线索给我吗？……"

护士的电话掉在地上，看着那个小伙子的背影。他上了一辆奔驰轿车远去了，护士喃喃地："你是谁？干吗要骗我……"

张胜开车离开麦德林市区，带着狡猾的笑容。George Gless，他的死对头之一——接下来他都能想到 George Gless 会如何匆忙赶到麦德林，然后到处寻找自己，跟条狗一样疲于奔命。

那时候，自己早就远走高飞了。

3

第二天的黎明时分，哥伦比亚皮塔监狱外的荒山上。

一个带着长焦照相机的年轻白人来到了这里的灌木丛当中，他的打扮就是一个普通的外国旅游者。为了防止出现意外，他没有携带任何武器，只在腰间带了一把野外用的民版猎刀。显然这是一个山地攀登的高手，他可以在寒冷的夜晚爬到山顶，并且还没有任何的疲惫感。在他随身携带的护照上面写的名字是约翰·麦克戴维，另外的证明是一张《环球地理》杂志的摄影记者名片，他的专长是野外动物摄影。

但是我们的摄影师显然对野外动物不感兴趣，他的长焦照相机对准的是监狱的建筑群。无线耳麦挂在耳朵上，连接着浑身是兜的摄影背心里面的高性能对讲机。

"响尾蛇，这是麻雀。"白人低声说，"我已经到达 1 号监控点，完毕。"

"收到，完毕。"

麻雀看着脚下的皮塔监狱，拿出一块巧克力口香糖丢进嘴里。

这里位于哥伦比亚麦德林市区南郊三十公里处，一片荒凉的丘陵地带，方圆十多公里内都少有人烟。但是在脚下这条笔直的柏油公路横穿这人烟稀少的荒漠和丘陵，一端连接着麦德林，一端连接着皮塔监狱。皮塔监狱可以说是专门为了麦德林贩毒集团建筑的坚固城堡，属于国家级监狱，在这里担任守卫的不是地方警察，而是哥伦比亚国防军的一个步兵旅，此外还有少量的宪兵。除非是里应外合，否则越狱而出和破狱而入都是不可能的。

麻雀注视着监狱楼顶的停机坪，看见了那架直升机。这是一架属于陆军的绿色"黑鹰"直升机，直升机的旁边站着的是陆军特种兵，个个都是虎背熊腰如临大敌。麻雀带着一丝笑意，嚼着嘴里的口香糖。

十五分钟以后，蒙着脑袋的小米格尔被两个宪兵拖到楼顶上。他被移交给特种部队，推上了直升机。摘下头套以后，他看着舱外并不紧张，甚至面对如狼似虎的特种兵也不紧张。因为他知道，祖父不会让他真的被判刑的，他一定会解决这个麻烦。

"该死的！无论出点什么事，我第一个打死你！"带队的陆军上尉严肃地警告他，"你盯着他！不管什么风吹草动，毙了他！"

"是，长官！"一个特种兵举起手里的自动步枪对准了小米格尔的脑袋。

小米格尔没有害怕，反而发出爽朗的笑声。

特种兵们跳上黑鹰，直升机起飞了。

麻雀看着黑鹰起飞，在空中转向，飞向麦德林。他对着耳麦："响尾蛇，确定目标在上面。完毕。"

"收到，你可以撤离。完毕。"

麻雀急忙收拾自己的装备转身飞跑下山，他要赶在哥伦比亚军队封锁整个戈壁以前逃出去。山下有一辆丰田陆地巡洋舰在等待他，他要直接开往机场。至于说响尾蛇，他有的是办法，自己也不知道他到底选择什么路线离开哥伦比亚。

埋伏在戈壁上的张胜缓缓举起了手里的毒刺单兵防空导弹。

他看着直升机进入射击范围，不紧不慢地发射了导弹。

黑鹰飞行员惊叫着："导弹袭击！"

话音刚落，毒刺已经准确地击中了黑鹰直升机的机身。直升机在空中爆炸解体，化为一团烈焰。

张胜笑着丢掉手里的发射筒，上了身边的一辆路虎越野车，径直向麦德林开去。

在他的身后，坠落下来的黑鹰直升机还在燃烧着……

4

"呀——"

胸前佩戴 Goodale 军士长胸条的孙守江扭曲着脸,飞身起来一个屈膝顶。

啪!

赵小柱的额头被他的膝盖准确地撞击到,眼前一黑。孙守江毫不迟疑,又是一串组合膝盖和肘部击打,还带上头——泰拳的典型打法,而且招招狠毒。因为他不是在武馆学习的,而是在泰国陆军特种部队进修得来的这点玩意儿。军队的特种部队讲究的就是狠毒迅猛,所以赵小柱基本就跟沙袋一样被孙守江踢来打去。

啪啪!

孙守江连续两个左右摆拳,赵小柱被打得口吐鲜血倒在地上。

"Chicken shit!(狗屎!)"孙守江的美军军用 T 恤衫已经被汗湿透了,满头都冒白气。

赵小柱努力睁开眼,满眼都是金花。

电扇在他眼前转着,有气无力。

"Up!(起来!)"孙守江撞击着散打手套怒吼,"You call yourself cleaver?! Up!(菜刀!你这个笨蛋!起来!)"

赵小柱努力想爬起来,抓住护栏想站起来,却被孙守江又一记飞腿踢翻出去重重摔在地上。孙守江跳下散打台,顺手抄起来椅子就砸过去。椅子砸在赵小柱的身上破成两半,赵小柱刚刚抬起来的头重重地落下了。

"Fuck!"孙守江又抄起来桌子举起来,"Trying to play dead?(你他妈还装死——)"

林锐和那个军士长冲上来抱住了孙守江,把疯狂的乌鸡拉到后面去。孙守江还在叫骂着,看样子要不是他们拦阻自己,就得冲上去把赵小柱往死里面打。孙守江跳着骂着:

"You fucking wimp! Get the fuck up and fight!（你这头猪！你到底是不是爷们儿？！起来，跟我打！）"

赵小柱的耳朵嗡嗡响，嘴里在流血，他实在爬不起来了。这是他在一周之内第三次被乌鸡疯子一样暴打，根本就没有还手的机会。乌鸡跟吃了兴奋剂一样，只要看见他戴上手套就扑上来一阵乱干。在部队的时候多少也学习过徒手格斗，但是从来没有一个战友会下这样的死手。毕竟是炊事班，不是作战连队，大家不靠这个当饭吃。但是在他印象当中，作战连队好像也没这么真干的，都是点到为止。否则狼牙特种部队不是尸横遍野了吗？

为什么？为什么要这样对待我……

赵小柱根本就问不出来，他浑身跟碎了一样疼。两个教官跑过来，给他检查身体，但是丝毫没有让他停止训练的意思。教官确定他没有受伤以后，两桶冰水就劈头浇下来。

"Move out!（滚出去！）"军士长怒吼，"Get back to your hole!（滚到你的狗窝去！）"

赵小柱浑身打战，慢慢往外爬。军士长又是一桶凉水，赵小柱坚强起身，跌跌撞撞跑向外面。其实也不是跑，是在不断跌倒。血流了一地，他们丝毫没任何可怜他的意思。也没有人上来问寒问暖，给他包扎……仿佛自己不是人类，甚至连狗都不如……因为狗都不会遭到这样的虐待……

狗窝，真的是狗窝。

这是一个铁笼子，显然以前是关军犬的。地面还有狗屎的恶臭，赵小柱被推进去。铁笼子关上了，军士长毫无表情地看了他一眼，吐了一口唾沫到他脸上。赵小柱不敢动，甚至不敢擦，军士长骂了一句"孬种"，转身就走了。

赵小柱看着他穿着美军游骑兵 T 恤衫和迷彩短裤的背影欲哭无泪。

地上的狗盆里，是今天的伙食——一小块发霉的面包。

赵小柱一把抓起来，但是不敢吃下去，贪婪地一点一点品味着。他把所有的渣子都吃进肚子，然后贪婪地舔着自己的手和衣服上的面包碎渣。饥饿，无边的饥饿……已经让他忘却了什么是耻辱，什么是尊严……

外面的监视器对着他。

监视室内，苗处毫无表情地喝着咖啡，看着他的狼狈。

洗澡完的孙守江擦着脑袋进来："真他妈的扛造！我在特种部队那么多年，就没见过这么扛造的！到现在了，连个屁都没有放！奶奶的，这是一块海绵啊，能吸收所有的痛苦！"

"这些痛苦在积累。"苗处放下咖啡杯子。

孙守江苦笑："我们是不是真的选错人了？要不……算了吧……"

"不，他越是这样，我越相信我们找到了最合适的人！"苗处坚定地说，"他越能忍耐，说明这些痛苦积累得越深！只是需要一个临界的爆发点，我们还没找到这个爆发点！——一旦我们找到这个爆发点，他内心的魔鬼会释放出来！甚至是爆炸出来！"

"然后你就把他培养成邦德——詹姆斯·邦德。"孙守江开玩笑。

"不，他是菜刀。"苗处若有所思，"唯一的——菜刀！"

他的卫星电话响了，拿起来："喂？好的，你传输到我的电脑上。"

"怎么了？"

"响尾蛇！"苗处的声音都在颤抖，"他又活动了！"

他打开笔记本电脑，画面传输过来。一架黑鹰直升机的残骸在燃烧，人类的肢体散落在四周。

"天啊……"孙守江呆住了。

"哥伦比亚，麦德林。"苗处注视着屏幕。

"这个山炮，无论到哪儿都能搞成大破坏！"孙守江感叹，"死了多少人？"

"十二个，包括九个哥伦比亚最好的特种兵，两个飞行员……还有一个，是米格尔……小米格尔？怎么回事？"苗处皱起眉头，"他难道要跟麦德林集团撕破脸吗？"

"那倒是省了我们的事儿了。"孙守江笑道。

"肯定有问题。"苗处拿起卫星电话，"我是猫头鹰，给我接国际刑警哥伦比亚中心局……"

外面下雨了。

赵小柱蜷缩在铁笼子里面，浑身被雨淋着，瑟瑟发抖。

他对面的两个笼子里面，关着两条真正的军犬。笼子上罩着迷彩雨披，军犬在开饭。食物是熟牛肉，饮料是牛奶。军犬吃得大快朵颐，赵小柱缩在角落里面眼巴巴看着，舔着自己的嘴唇。

一个霹雳映亮了他的脸。

他抬头，张开嘴接雨水，贪婪地喝着。这是他能喝到的最干净的水了，总比长满微生物和蓝藻的沼泽地脏水强吧！

5

噩耗传来，老米格尔在十分钟内一句话都没说出来，也没有表情。傻乎乎在书房站着，穿着睡衣，手里还抓着点燃的雪茄。粗大的哈瓦那雪茄一直冒烟，但是没有一个手下敢提醒他，都站在旁边心惊胆战。十分钟后，雪茄烧到了老米格尔的手指头，他眨巴眨巴眼好像感觉到了疼。保镖立即上去拿下了雪茄，捻灭在烟灰缸当中。老米格尔张着嘴，看着这帮手下失神地说："我花钱请的杀手，把自己的孙子给杀了？"

手下都不敢说话。

"你们这群猪！"老米格尔暴怒地高喊，"去找他！不惜一切代价找到他！我要他死一万次！快去——"

他拿起桌子上的任何东西砸向这群笨蛋，狂怒让他的白发都几乎竖起来了。他喊着喊着哭了起来："我的孩子！我的可怜的孩子啊！我的孩子啊……"

手下们谁都没敢动，因为响尾蛇真的是惹不起的。如果他们就能抓住他，那么他也不是响尾蛇了。全世界的缉毒机构和反恐机构都在找他，他们都找不到——何况自己这帮黑社会？

老米格尔正在声泪俱下，一个保镖跑上来惊讶地说："先生……他……他来了……"

"谁？！我谁都不见！"老米格尔暴怒地说。

"响尾蛇……"保镖的脸都白了。

老米格尔愣了一下，随即问："什么？你再说一次？"

"响尾蛇……他……在花园……"保镖胆战心惊。

"给我宰了他！"老米格尔怒吼，顺手从保镖的腰间拔出手枪上膛："不！我亲手宰了他！"

幽静的花园里面，张胜叼着一根万宝路，在看今天的晨报。晨报的头条就是那场毒刺袭击直升机的恐怖事件，小米格尔的头像印在还在燃烧的现场图片上。张胜默默看着，笑笑对身边的侍者说："续杯咖啡。"

侍者胆战心惊，小心翼翼续咖啡。

老米格尔手持上膛的手枪，在保镖们的簇拥下出了宫殿一样的别墅。保镖们都手持各种武器，散开队形包围了花园凉亭下的张胜。张胜悠然自得，还在看报纸，眼睛连看都不看他们。仿佛这里不是龙潭虎穴，而是度假公园。

"响尾蛇——"老米格尔举起手枪，"我要你死——"

"先生！"侍者跪下了，"先生……不能开枪啊！"

"为什么？"老米格尔纳闷儿。

"他的脚下，他的脚下……"侍者指着张胜的右脚。

张胜还在看着报纸，他跷着二郎腿。左腿叠在右腿上，右脚踩在地面。在右脚的皮鞋跟地面之间，是一个遥控器。张胜肯定不会踩着什么彩电的遥控器，肯定是炸弹的遥控器。张胜淡淡一笑，用西班牙语说：

"我的脚下是一个压发引爆装置。现在我已经踩下去了，炸弹的保险已经启动。只要我的脚松开，这个花园——连同你那个农民宫殿，一起完蛋。这里的人，包括任何生物，没有能活着的。"

老米格尔呆住了，他绝对相信响尾蛇干得出来这种事情。

"和平，和平最珍贵。"张胜淡淡一笑放下报纸，面对老米格尔："你难道不想要和平吗？"

"可是我花钱雇用了你！"老米格尔的手枪对着张胜颤抖着，"我给了你一大笔钱，你却杀了我的孙子！"

"我来就是为了这个事情。"张胜很认真地说，"你只给了我一半的定金，现在麻烦解决了——剩下的一半呢？"

"你还敢找我要钱？！"老米格尔的心都在痛。

"我帮你做事，你该给我钱。"张胜淡淡地笑，"难道你想赖账吗？"

"我给你钱，你杀了我的孙子，然后你还要找我要钱？！"老米格尔是黑手党头目，但是黑手党头目也没想到会有这样的强盗逻辑。他嘶哑喉咙："我要宰了你！我要不惜一切代价宰了你！"

张胜一点都不慌张："来之前我就做好了准备，否则我也不会花两个小时时间，在你这里到处安装炸弹了。"

"你到底想干什么？！"

"如果你是个傻瓜笨蛋，那么我只好跟你一起死。"张胜笑笑，"没办法，虽然我很聪明，但是我的雇主如果是傻瓜，我也难逃一劫。如果你是个聪明人，那么大家相安无事——我拿我剩下的钱，你的麻烦也解决了，可以安稳过日子了。"

"你什么意思？！"

"我告诉过你——杀了警察一家，解决不了任何问题。"张胜冷酷地说，"反而会把整个局面搞砸，警察会不顾一切地找你的麻烦。你剩下这几年不说在牢里面度过，起码也得在逃命当中度过。相信我，一旦杀了那个小女孩——你完了，你这个家族也完了。因为没有一个警察或者司法官员会和你再有任何合作，没有了这些眼线，想收拾你——麦德林警察局的任何一个警长，用不了三天就可以申请到对你所有财产的冻结令，还有对你个人的逮捕证。"

老米格尔急促呼吸着，他知道这一点。

"这场官司注定要给你带来麻烦。"张胜说，"所以——不能让这场官司打起来，原告和被告必须解决一方。如果原告碰不得，那么终止这场官司的方法，就是解决被告。被告没有了，一切都烟消云散了。"

"可是那是我的孙子！"

"对，是你的孙子。"张胜没有表情，"所以这就是和平的代价！"

"我没有想到——会要他死作为代价！"

"和平，和平最珍贵。"张胜笑笑，"为了和平，你必须付出代价。所以你到底是一个笨蛋，还是一个聪明人——现在就可以得出结论了。到了这个时候，你还舍不得你的孙子，那就让你的整个家族和你自己一起为了这个畜生陪葬！"

老米格尔哀号着："我的孩子啊……"

"我不是来参加葬礼的。"张胜说，"既然你想通了，把剩下的钱给我划到账上。立刻，我会在这里等到我的人打电话来核对。然后我会离开，你继续做你的黑手党，我们相安无事。"

"你怎么知道我不会杀了你！"老米格尔举起手枪恶狠狠地说，"虽然麻烦解决了，但是你杀了我的孙子！所以你必须死！"

"因为我知道你怕死，而我不怕死。"张胜冷笑道。

"你在威胁我？！"

"不，是和你谈心。"张胜举起咖啡喝了一口，"也许你现在可以杀了我，但是你也该知道我的手段。只要我稍微有一点动作，这里就一切化为乌有！开枪啊，来啊！"

老米格尔的手枪在颤抖。

"来啊，对着我——开枪！"张胜怒吼。

老米格尔吓得手枪掉在地上。

砰！枪走火了。

老米格尔吓得卧倒。

张胜带着淡淡的冷笑，喝了一口咖啡："你不敢对我开枪，所以——把你欠我的钱还给我！那是我应得的报酬，米格尔先生。"

老米格尔哆嗦着站起来："把钱给他！"

一个随从去办。

张胜把咖啡放下，拿起烟灰缸上还在燃烧的万宝路："这样多好，米格尔先生。你现在还在盛怒，但是冷静下来——你会明白我帮了你多大的忙。

你那个孙子早晚还会给你惹麻烦，现在你可以从你的那些孙子们当中选择一个聪明人做你的继承人。反正你有七个老婆，二十一个儿子，三十三个孙子——哪一个我看都比你这个不争气的畜生强！我在帮你清理门户，米格尔先生！"

米格尔哆嗦着："我给你钱，你赶紧离开！"

"我说到做到！"张胜笑着抽烟。他的卫星电话响，拿起来："喂？……好的，我知道了。"他挂了电话，笑笑："谢谢，米格尔先生。钱已经到了我的账户上，希望我们的合作给你留下好印象。"

他说着站起来。

所有人都卧倒。

张胜笑笑，起步离开遥控器。

老米格尔抱住脑袋："上帝啊——"

但是没有爆炸，而是草坪上的一个玩具汽车开始发动。这是中国造的玩具，所以汽车开动的同时，音乐是悦耳的《天仙配》。

张胜笑着，拿出一张 100 元的美钞，丢到侍者趴着的头前：

"不用找零了，其余的都是你的小费。"

他说完大步走向门口，所有的保镖都趴在地上不敢抬头。

老米格尔战战兢兢抬头，嘴唇颤抖："上帝啊……上帝啊……"

张胜带着笑容戴上了墨镜，走出大门上了自己昨天就停在门口的一辆福特轿车。他上车以后就把吸顶警灯安上，拉响了警报器。他的兜里装着麻雀事先做好的证件——哥伦比亚秘密情报局特工阿斯普里拉·潘，负责调查国内反政府武装，享有免检权。反政府游击队都在山区活动，所以他要前往与巴拿马接壤的山区进行调查。

当然，他的"调查内容"就是徒步穿越丛林，越过边境前往巴拿马。

秘密情报局在哥伦比亚享有特权，尤其是在反政府武装活跃的地区，所以一路上不会有警察会仔细检查他，只会敬礼放行。而阿斯普里拉·潘则会礼貌地点头微笑，一直到进入山区才会换上车内的迷彩服，拿起

M4A1卡宾枪背上背囊，进行一次愉快的徒步丛林穿越旅游。

一切都如同旅游一样轻松完美，这就是响尾蛇的生活。

6

"我是 George Gless。"

秃顶中年男人留着小胡子，用手绢擦着光亮的额头。他刚从华盛顿赶到南美，所以觉得这个地方实在是太热了。

护士觉得自己头有点晕，她实在是无法把那个英俊中带着一点邪气的华裔青年与面前的这位其貌不扬甚至可以说是略显龌龊的中年白人联系起来。但是她知道，这肯定是真的 DEA 特工 George Gless，因为陪同他来的是麦德林警察局的一位警长。

George Gless 例行公事似的出示了自己的徽章。

护士长出一口气："你好，先生。"

"警长说可能你有一些情况可以告诉我。"George Gless 问。

护士拿出那张名片递给他。这张名片在疯狂的性爱当中被揉皱了，还带着两个人已经干涸的体液。George Gless 接过名片，苦笑："该死的，这是我的名片！"

护士无言，转向窗外。

"对不起，我是真的 George Gless。"George Gless 无奈地说，"他是我在追捕的一名职业杀手，毒品网络里面的独行客。是极度危险分子，所以我需要详细了解一切情况。"

三十分钟以后，George Gless 走出医院，擦着脑门的汗。他拿着手里的卫星电话："猫头鹰，我把资料都传输到你那里。你做综合分析吧，该死的！我接触到的所有证人，没有一个认为这个小子穷凶极恶的却看我都像坏蛋，这种日子我再也受不了了！"

"George，稳住。"苗处的声音从电话里面传来，"响尾蛇就是这样狡猾。"

"我当然知道！"George Gless 苦笑。

"你都得到了什么情报？"

"你想知道他阴茎的尺寸吗？"George Gless 无奈地笑，"跟上次的证词是一个数。"

"你什么时候能不这么无聊？"苗处笑道，"你是 DEA 的特工，得有点新发现吧？"

"没有，什么都没有！"George Gless 回头看医院，"除了他到处故意留下的痕迹，有价值的我什么都没发现！——对了，这次倒是有一个新发现！"

"你说！"

"我得到了他的精液！"

"你在开玩笑吧？"

"不是！"George Gless 拿出一个证物塑封袋，里面是那张名片。"我没开玩笑，猫头鹰！这是我们得到的关于响尾蛇最准确的情报资料了，我们不是搞不清他的身世吗？DNA——我们可以得到他的 DNA！"

"有什么意义？"苗处反问，"能得到什么？他父母是什么年代的人，能留下 DNA 吗？再说都不知道到底是哪个国家的华裔，我们上哪里去核对？"

"有总比没有强吧？"George Gless 苦笑，"起码我们可以确定——这个精液是响尾蛇的！"

"George，通话结束。"苗处笑道，"DNA 结果出来以后，给我传输一份。"

"那不行，这是美国政府的证物！"George Gless 笑着说，"你得通过国际刑警组织取得相关手续。"

"你知道那些官僚……"

"我帮不了你，猫头鹰。"George Gless 认真地说，"法治社会，我不敢冒险。好了，等我得到最新线索我们再通报。完毕。"

"完毕。"

George Gless 挂了电话，看着面前混乱的麦德林："响尾蛇，好歹你给我留下了一点有用的东西了。你这个狡猾的家伙，我会一点一点抓住你的蛇尾巴！一直到扼住你的蛇头，把你关进美国的监狱里面去！一百年！
两百年！"

7

苗处看着所有传输过来的资料，把烟掐灭在烟灰缸里面。万宝路的味道
臭得要命，但是他要以身作则。烟雾当中，他的右眼很亮，嘴角浮出一丝苦
笑："这个老米格尔，被响尾蛇给彻底玩了一把！"

"你分析出来是谁要干掉小米格尔了？"孙守江在对面的笔记本电脑前
抬起头问。

"老米格尔自己。"

孙守江愣住了："他自己？杀了自己的孙子？为什么？"

"小米格尔不能坐牢。"苗处说，"所以这场官司不能打，因为只要
打——必输。他已经激起哥伦比亚警队和司法界的公愤了，没有人会帮他的，
送多少钱都没有用。"

孙守江看着苗处："然后呢？"

"所以这场审判不能进行，而在西方国家不能进行审判的最直接的
原因就是——原告或者被告无法上庭。"

"但是他怎么会杀自己的孙子呢？他为什么不杀了那警察一家？连哥伦比
亚总检察长都能饮弹身亡，灭掉这么个小警察一家还不是轻而易举？"

"问题就在这里了。"苗处看着资料淡淡地笑，"如果杀了这个警察一
家，尤其是那个小女孩，你相信哥伦比亚警队会善罢甘休吗？他们肯定不会，
会死死盯着米格尔家族不放！而其余的家族也不会插手此事，因为警队并不
是针对整个麦德林集团，只是盯着米格尔家族。老米格尔的口碑也不算好，
毒枭们并不喜欢他。所以他不会有帮手，原来在警队的内线更不会帮他。"

"米格尔家族和警队之间的全面战争？"

"对，米格尔家族肯定输。"苗处目光炯炯有神，"失去了麦德林集团
毒枭联合体的保护，失去了他在警察内部的眼线，老米格尔就是裸奔的犀牛。

随便哪个基层警局的小警长都可以轻而易举收拾他，而且麦德林集团也不会插手——麦德林集团虽然毒辣，但是对于小米格尔这种行为也是嗤之以鼻的，加上老米格尔跟他们之间的宿怨……可以断定，他的死期到了。"

"于是他决定杀掉自己的孙子？这也太狠毒了吧？"

"不是他决定的，是响尾蛇替他决定的！"苗处苦笑，"我越来越看不懂这条响尾蛇……他对老米格尔也没有好感，这样费心尽力去帮他做出如此难做的决定，为了什么呢？而且他要冒险，冒老米格尔跟他翻脸的风险。"

"也许是他……不想杀那个小女孩。"孙守江看着小女孩的照片，"她很可爱。"

苗处揉着太阳穴："是啊！他还不惜冒险去医院探视，给她留下一万美元。"

"他是很复杂的一个角色。"

苗处点点头："人的内心同时隐藏着天使和魔鬼。他一会儿是天使，一会儿是魔鬼，随心所欲。但是——他是个罪犯，是杀害肖飞的凶手！这是毋庸置疑的！我们要死死追他到底！一直到把他绳之以法！……让情报科汇总到响尾蛇的档案库里面去，我们还是先来关注一下我们的菜刀吧！"

"我们的超级谍报员菜刀同志——今天的科目还是挨捶。"孙守江看着监视器纳闷儿，"我就真的奇怪了！他的体能基础很好，这样的折磨都没垮下去！他的脑子也够聪明，教给他的东西都不用第二遍！但是——他的脾气，他好像从来就没生气过，一直在逆来顺受！"

苗处看着监视器上跟军士长在野外进行格斗训练的赵小柱，被打得稀里哗啦。

"不，他发怒过！"苗处突然响起来，"他爆发过！"

他的脑子闪现过一个画面——赵小柱指着苗处的鼻子爆骂："别来骚扰我，骚扰我的家！"

"他爱他老婆！"苗处突然醒悟过来。

孙守江纳闷儿："我也爱我老婆啊！"

苗处眯缝起来眼："乌鸡，我问你——你是不是违反规定，让他带了老婆的照片？"

孙守江张开嘴，没说出来。

苗处淡淡一笑："我早就发现了，只是我也对他网开一面——但是现在，我不得不这样做了！"

孙守江紧张起来："苗处，你要干吗？"

"要他崩溃！要他爆发！要他把内心的魔鬼释放出来！"苗处果断地说，"我要一个全新的菜刀！"

孙守江想开玩笑说我去超市给你买，但是看苗处这么认真就没说出来。释放内心的魔鬼跟菜刀老婆的照片之间，有什么关系？

苗处已经站起来拿起对讲机："要菜刀回到狗窝去！"

8

浑身已经不成人形的赵小柱胡子拉碴、头发蓬乱，被军士长一脚踢进了铁笼子。他靠在铁笼子上喘息着，鼻子还流着血。到今天为止，他已经承受了将近十天的非人折磨——他的生理和心理承受能力已经接近极限，但是他还是在忍耐。赵小柱……确实是个能忍耐的人，在漫长的孤儿生涯里面，他已经学会忍耐所有的不公和歧视。

现在，他还能忍耐。

因为，他有梦——盖晓岚。

盖晓岚，就是赵小柱的梦。在无数难以忍受的时刻，他总是会想起盖晓岚的笑脸。她的一颦一笑现在是更加的美丽，甚至她的生气发火，都显得那么可爱。盖晓岚，是唯一可以使他保持人类思考的支柱，因为她是他的老婆，是他的家，是他对人生所有美妙梦想的……载体。

在暗夜里面，他悄悄抚摸盖晓岚的照片。他把相册藏在了狗窝的杂草下面，还裹上了一块捡来的油布。他粗糙肮脏的手滑过封塑的照片，滑过盖晓岚洁白美丽的脸……仿佛再次抚摸到了她的身体，闻到了她的芬芳。于是在一瞬间，他再次积蓄了力量，去应对明天的挑战。

妻子……

家……

梦……

赵小柱在这种非人的折磨当中，心中仅存的梦。

他被赶回狗窝，睁着疲惫的眼。这十天如同地狱，他没有休息过完整的哪怕一个小时。不断训练，不断折磨……他已经变得麻木不仁，仿佛生来就是被他们虐待的下等生物。所以对于一切也已经逆来顺受，唯一的指望就是可以悄悄看看妻子的照片。

苗处穿着迷彩服带着孙守江大步走来。

赵小柱抬眼，无力地看着他们过来。

"Open up, sent out!（打开狗窝，让他出来！）"苗处厉声说。

军士长照办了，赵小柱也乖乖爬起来站在狗窝跟前。

苗处盯着他的眼，只是随手一指狗窝。孙守江犹豫了一下，但是苗处的命令他是不敢违抗的。于是他走进狗窝，捏着鼻子在杂草当中摸着。赵小柱不敢回头看，但是他知道孙守江在找什么，心里面一紧。

孙守江找到了油布包裹的相册，走出来交给苗处。

赵小柱看着苗处接过相册，眼巴巴看着相册。

苗处冷冷注视着他，打开了油布丢在地上举起相册厉声问："What are these?!（这是什么？！）"

"Sir, that's my wife's photo.（报告，我……我妻子的照片……）"赵小柱颤巍巍地说。不是因为害怕被惩罚，而是因为害怕被没收。惩罚他已经无所谓了，但是妻子的照片……绝对不能被没收。

"What did I tell you before?（我跟你说过什么？）"苗处很严厉。

"No personal items are allowed here, sir!（报告！不许携带任何私人物品！）"

苗处打开相册，看着这些照片。

赵小柱很紧张，眼巴巴看着苗处的手粗暴地翻阅着相册。他嘴唇颤抖，突然跪下抱住苗处的双腿，用英语声嘶力竭地喊："Sir, please, don't take them away from me, I'll do whatever you want...（猫头鹰——你让我做什么都可以——不要没收照片——）"

苗处冷冷看着赵小柱，一脚踢开他。

赵小柱被苗处一脚踢得很远，他的身体太虚弱了，捂着自己的胸口想起来却起不来。

苗处的目光很冷，他左手拿着相册，右手拿出一个军用小酒壶打开。

"No!"赵小柱惊恐地睁大眼。

苗处的右手举起来，把高度白酒倒在相册上。

孙守江错开眼，军士长也低下头。

赵小柱呆呆地看着苗处。

苗处拿出 ZIPPO 打火机打着了。

赵小柱流出眼泪："Please... Please..."他还是在使用英语，这十天来他已经习惯了。

打火机的火苗凑到了相册上，盖晓岚开始燃烧起来。

苗处举着燃烧的相册，仅存的右眼盯着赵小柱的双眼，没有表情，没有语言。

赵小柱的嘴唇颤抖，呼吸急促，这一刻他泪流满面。

苗处把燃烧的相册丢到赵小柱的面前，赵小柱一把抢起来双手拼命扑灭火焰。但是……盖晓岚的照片，已经被烧得残缺不堪……赵小柱拼命找着灰烬残片，试图拼接起来，嘴里嘶哑地喊着："啊——啊——"

苗处不为所动。

孙守江转过身去抹着鼻子。

军士长抬头看天，叹息一声。

苗处仅存的右眼盯着赵小柱的眼睛。

赵小柱慢慢抬起眼睛，眼中的泪水已经干涸了，火焰在燃烧。他体内的什么东西在裂变，以至于他自己都听到了这种咔咔声。他的心碎了，很疼很疼……他看着面前冷漠的苗处，握紧了双拳。

苗处冷漠地看着他。

"You bastard!（你这浑蛋！）"

赵小柱突然爆发出一声怒吼，随即如同一只猛兽一样一跃而起，扑向苗处。苗处敏捷地闪身，赵小柱扑空了。他狂暴地回头怒吼："啊——"

孙守江和军士长反应过来，扑向赵小柱。

赵小柱飞起膝盖，正中孙守江的下巴。孙守江没想到赵小柱的力度这么大，一下子飞出去栽倒。军士长抱住赵小柱，赵小柱猛地低头再抬头，头部撞击了军士长的鼻子。军士长的鼻血一下子流出来，赵小柱抬起右脚猛地一下子踩在军士长的靴子上。军士长惨叫一声，随即赵小柱麻利地抓住军士长的胳膊一个大背挎，直接给他摔倒在水泥地上。

赵小柱爆炸了！

他直接冲向苗处。

这完全是一个陌生的赵小柱，没有人见过的赵小柱……或者说，这不是人类，而是一只……野兽！

"I'll kill you!（我要杀了你！）"

赵小柱嘶哑声音用英语高喊，扑向苗处。

噗！

苗处手里早已准备好的麻醉枪发射了。

麻醉弹正中赵小柱的脖子，他往前跑了几步，腿一软跌倒了。他抬眼看着苗处，双眼还在冒火，伸出右手却无力地摔在地面上。他倔强地向往前爬，却迅速失去了所有的知觉，眼前一黑什么都不知道了。

孙守江爬起来，嘴里还在流血。他看着地面上趴着的赵小柱，心有余悸，好像在看一只被麻醉弹打中的猛虎："这是……赵小柱？"

苗处冷冷地丢掉麻醉枪，看着地面上这只沉睡的野兽："现在，我们打开了他心里的笼子——恶魔，释放出来了。"

9

"I'll kill you !"赵小柱撕心裂肺地用英语怒吼。

苗处穿着整洁的中国警察制服,冷冷地看着他。

赵小柱的四肢都被绑在了铁架床上,徒劳地想挣扎起身。青筋爆起的脖子显示他使出了全身的力气,但是每次都只能沉重地倒在铁架床上。他的眼睛都快瞪出来了,牙关紧咬,从牙缝里面挤出来:

"I'll kill you !"

苗处看着他,没有表情。

这是在基地医务室的监控病房,设施都是一流的。孙守江在观察室里面,看着里面的赵小柱真的是心有余悸:"他差点弄断了我的脖子……"

林锐叹息一声:"没想到这么老实巴交的一个炊事员,能被逼成这样。"

"苗处……"孙守江感叹,"苗处真的是……太厉害了……"

"为什么一定要选择他呢?"林锐于心不忍,"你们可以有很多很多天性善战的警官可以选择啊!为什么一定要改变他呢?"

"因为……我们别无选择。"孙守江没有说出来原因,这是秘密。

"'发出屠杀的号令,让战争的猛犬四处蹂躏……'"林锐用英语来了一句,"莎士比亚的话,我今天才知道这句话的含义。"

孙守江不由得打了一个寒战——被绑在病床上的赵小柱,活脱脱就是一条战争的猛犬啊!

苗处冷冷地注视着眼睛发红的赵小柱,等待他安静下来。

赵小柱急促呼吸着,恶狠狠注视着苗处。

"赵小柱同志。"苗处缓缓地说,这次是汉语,不是英语。

赵小柱咬牙切齿怒视他。

苗处拿出警徽，轻轻放在他的右手上："你摸摸，这是什么？"

赵小柱狠狠瞪着他，右手抓住了警徽。

"这是警徽。"苗处的声音很低沉。

赵小柱狂暴的表情逐渐安静下来，仿佛恍若隔世一般。他的右手手指轻轻抚摸着警徽，好像一种已经遗忘的感觉在慢慢升腾。

"菜刀，你是个警察。"苗处缓缓地说，"你是中华人民共和国警察，赵小柱。"

"赵小柱"三个字一出来，赵小柱好像被什么打中了一样，缓缓地靠在了枕头上。眼泪慢慢流出他的眼睛，流过他的脸颊，流进了他的嘴唇。

"你对警徽宣誓过。"苗处轻轻地说，"还记得你曾经的誓词吗？"

赵小柱的眼睛失神，默默流着眼泪。

苗处轻轻地说："我宣誓——我志愿成为一名中华人民共和国人民警察……"

赵小柱慢慢偏头，努力看着自己右手拿起来的警徽：国徽、盾牌、长城、松枝和飘带……

苗处缓缓地继续说："我保证忠于中国共产党，忠于祖国，忠于人民，忠于法律……"

赵小柱注视着这个好像许久没有见到过的警徽，嘶哑着喉咙用汉语缓缓地说："……服从命令，听从指挥；严守纪律，保守秘密；秉公执法，清正廉洁……恪尽职守，不怕牺牲；全心全意为人民服务……我愿献身崇高的人民公安事业……为实现自己的誓言而努力奋斗……"

念完了这些感觉变得陌生的誓词，赵小柱的眼泪无声地流淌，咬住了自己的嘴唇。

苗处看着他："你做得很好，赵小柱同志。你在履行自己的从警誓言，你是一个好警察，一个好公安。"

赵小柱闭上了自己的眼。

苗处慢慢打开了他四肢的皮带："你需要休息一下了，赵小柱同志。"

赵小柱把警徽慢慢地抱在了自己心口的位置，闭着眼睛无声地哭着。

苗处抚摸着他变得消瘦的脸，胡子已经很长。他低下头："对不起，有些事情我不得不去做。"

赵小柱慢慢睁开泪眼，看着苗处，声音颤抖："没关系……"

苗处看着他。

"我……是……警察……"

赵小柱说出这四个陌生的汉字，想笑，却咧开嘴哭起来。

苗处默默看着他，片刻转身出去了。这个时候，赵小柱需要自己待着，无论谁在都不合适。

赵小柱抱着警徽在心口的位置，蜷缩在床上痛楚地哭着。

苗处走进监控室，对着在抹眼泪的孙守江："立刻通知家里，不管什么方法——找到盖晓岚所有的照片，电子邮件发过来。我们去打印，最快速度交给他……"

孙守江点点头，转身出去了。

林锐看着苗处，没有说话。

苗处叹口气："我是警察。"

林锐点点头："我去安排炊事班，给他改善伙食。"戴上黑色贝雷帽出去了。

苗处转向病房里面，隔着大玻璃可以看见赵小柱的哭泣。他蜷缩成一团，紧紧抱着警徽，贴在自己心口的位置……仿佛，一松手就会失去一样。

第五章

———★———

1

盖晓岚穿着警服走出自己的家门口。

数百米外的轿车内，长焦照相机在不断地咔嚓。

盖晓岚浑然不觉，走出小区打车上班。赵小柱不在的日子里面，她可以适当地奢侈一下。毕竟公车上班并不是那么惬意的，何况是个漂亮女警察，总是会引起更多的关注。她上了出租车，起身离开。

一辆轿车开入小区，另外一辆轿车跟上了出租车。

开入小区的轿车停在停车场，两个强壮的年轻人下车。他们左右看看，悄无声息地走到楼门前。戴墨镜的年轻人打开镜片上方的开关，密码锁上的指纹都显现出来，经常按动的部分有很多磨损。他只用两秒钟就算出来公用密码，麻利地按下。

门开了，两人进去，密码门在身后关上了。

盖晓岚打车上班，她在车上整理自己的仪表，对着小镜子化妆。

在她身后不远不近地跟着那辆轿车，长焦照相机在不断拍摄。盖晓岚不知道自己被人拍摄了一套完整的纪录照片，还在操心今天的节目录制。

在她的家里，那两个年轻人已经打开了房门。他们穿着鞋套，悄无声息进来关上门。一个年轻人打开电脑，没有密码。他在电脑里面搜索着，把所有的照片都拷贝到 U 盘上。另外一个年轻人拿着便携扫描仪，扫描所有的相册和墙上的结婚照。

在电视台的社会法制频道办公室，那个曾经审问赵小柱的女人拿出自己的警官证亮给主任。主任二话不说拿起电话："给警察同志这两年所有的《警视窗》节目光盘，要快！"

盖晓岚走进走廊，崔枫正好下楼："晓岚？我正要找你呢！"

"是不是小柱有消息了？"盖晓岚着急地说。

"有消息。"崔枫苦笑，"我找公大的领导问过了，赵小柱参加的那个培训班是部里主办的，他们只是挂名。这个培训班不在公大本部，也不在团河校区。我打听过了，据说是在公安部的一个培训基地，在外地。"

盖晓岚失望地："谢谢了，崔科长。"

"没事没事，我没帮到忙真的很不好意思。"崔枫内疚地说，"我会帮你继续问的。也奇怪了，哪次的培训班也没见过这么不着四六的……"

"我去上班了。"盖晓岚笑了一下，上楼了。

崔枫看着她的背影，琢磨着什么苦笑一下："怎么这夫妻俩都神神叨叨的，跟安全局的似的？"说完去食堂吃早饭去了。

盖晓岚走进办公室，苏雅还没来。她擦着桌子，看见玻璃下面赵小柱和自己的结婚照片，鼻头一酸。真的是……半个月了，连个电话都没有。这是什么鬼培训班啊？想着想着就掉泪了。

对面楼内，长焦照相机在不间断地拍摄着。

2

"面对频繁发生的交通事故，我们到底应该注意些什么……"

穿着警服的盖晓岚在主持节目。

坐在床上靠着柔软的枕头，赵小柱突然露出会心的微笑，这是盖晓岚第一次主持节目。还是学员警衔，而且神情很紧张。但是赵小柱只是微笑了一下，随即又恢复了冷峻。他默默地看着，仿佛凝固了一样。

整个房间里面，墙上、地板上到处都是盖晓岚的照片。

赵小柱从早晨看到晚上，连饭都没吃。但是他的脸上没有什么笑容，甚至都没有什么表情。只有在勾起他特别回忆的某些段落或者图片上，才会微微地笑一下。他好像换了一个人似的，面对满世界的盖晓岚，没有了往日的柔情万种，眼神当中流露出来的是一种冷峻——不是冷漠，却是不会再表达热情的冷峻。

今天没有人来打扰他，让他静静休息。虽然做了很多好吃的，但是他一口都没有吃。他已经对好吃的没有感觉了，好像生来就是铁打的胃，什么都能装下一样。吃这些跟吃狗盆里面发霉的面包，又有什么区别呢？

他也没觉得今天休息一天有什么惬意，也没觉得有什么不惬意。他什么都没想，仿佛一切都是顺理成章的。他的世界里面，已经荣辱不惊了。没有什么可以让他惊喜，也没有什么可以让他失落，也许这就是一种崩溃以后的升华？他没有想那么多，只是随着自己的性子默默地看着。

天黑的时候，他的眼睛很亮。他环顾四周所有的照片，满墙的盖晓岚，露出一丝留恋。他默默起身走到门口，打开房门："Pack them up!（都收起来吧！）"

孙守江坐在门口发愣，纳闷儿地看他："You finished? These programs are for two years!（你都看完了？两年的节目呢！）"

"Not all of them, just highlights.（没有，我挑着看的。）"赵小柱淡淡地说，"Take them away, I have already wasted a whole training day.（收起来吧，我已经浪费了一天训练时间了。）"

孙守江感觉到一股陌生，但是他没有说什么。他挥挥手，两个教官跑进去小心地把照片和光盘都收起来。赵小柱默默看着他们把满墙的盖晓岚都取下来，走过去穿上迷彩服的外衣，扎好腰带。

孙守江看着照片一张不落都被收起来，问："You sure you don't wanna keep one?（你一张都不留下吗？）"

赵小柱已经收拾好了自己的床铺，按照标准一尘不染。

他没有再说一句话，只是收拾好床铺和屋里的东西转身出去了。

孙守江看着赵小柱，不知道该不该夸他。他张张嘴，还是转身出去了。赵小柱出门，拿起放在门口的背囊和步枪披挂在身上，然后跑向逐渐黑下来的山路。

没有人监督他，他也跑得很快。

悍马越野车渐渐跟上了他。

林锐站在悍马越野车的机枪手位置拿起高音喇叭高喊着："Rangers, lead the way——"

赵小柱就高喊："All the way! "

孙守江看着赵小柱疯狂跑向黑暗当中的山林。

他在不断高喊着："Energetically will I meet the enemies of my country, I shall defeat them on the field of battle for I am better trained and will fight with all my might...（我将精神抖擞地面对敌人，并在战场上将他们打败，因为我训练更有素，战斗更勇猛。）

"Readily will display the intestinal fortitude to fight onto the Ranger objective and complete the mission, though I be the lone survivor...（在战斗中表现得像一个游骑兵那样坚韧顽强，即使只剩下我一个人幸存，也要完成任务。）

"Surrender is not a Ranger word...（投降这个词不存在游骑兵的语言中……）"

孙守江苦笑一下："菜刀……"

"你在想什么？"苗处走过来。

"他变了。"孙守江看着逐渐消失在远处的赵小柱和悍马车，"我不知道这种变化对于他来说——是好事还是坏事。"

"他没有变，"苗处淡淡地说，"只是我们把他心中的恶魔放出来了而已。"

"然后呢？我们什么时候帮他收回去呢？"

苗处看着他："你觉得，还可能收得回去吗？"

"他该如何面对过去的生活？"

"我们是警察。"苗处说，"别忘了，他也是。"

孙守江不再说话。

"去把响尾蛇所有的档案准备出来，"苗处说，"明天开始他要正式进入情况，他要学习的东西还很多很多。从零开始——他要从一个炊事员，一个片警，变成我们的响尾蛇。"

3

"卧底——其实就是间谍。"

苗处带着穿着迷彩服的赵小柱走在山坡上，这里是 SERE 基地的模拟战俘营外围，是一个战俘墓地。到处都按照外军的模式竖起了十字架，甚至还挂着残损的钢盔之类的。站在山坡上可以看见下面的战俘营，丛林当中的竹结构建筑残破不堪，但是铁丝网、塔楼、碉堡等都是维修一新的——这里是一比一复制的越南战争时期的西山战俘营。

中国陆军特种部队的精英们在这里学习如何刑讯逼供和反刑讯逼供、越狱潜逃和反越狱潜逃，如何假招供保守自己的性命又不会对己方造成损失等特殊生存、脱逃技巧。当然，时不时地也会有一些非军方人员来这里培训，赵小柱这样的特训就属于其中的某一个兄弟友好单位安排的。还有其余的一些秘密情报和侦察单位，由于业务交叉和转业干部的维系，一直和陆军特种部队保持着良好的地下交流关系。

SERE 基地位于中缅边境山地丛林谷地，与世隔绝。只有一条战备公路与外界连接，方圆百里渺无人烟，所以这里是一个天然的秘密训练基地，适合各种特种作战、特种侦察和间谍活动的培训。中国陆军投入巨资把这里改造成为培训精英军官的秘密花园，包括美军、俄军等模拟训练设施和器材，也包括一些经典特种作战战地的现场复制还原，譬如在战俘营往北两公里就可以看见一个微缩的索马里，还有一架黑鹰直升机的残骸。扮演假想敌的教官也会抹黑脸穿上花花绿绿的衬衫拿着 RPG 满街乱跑，相对应扮演游骑兵和三角洲突击队员的受训军官也会拥有全套真实的美军制式装备。在"黑鹰坠落"的训练阶段，每个军官都会把那部电影烂熟于心，并且根据真实情报资料进行研读分析，研究如何避免出现类似惨重伤亡，然后再去战地进行实际演练——学习别人的经验教训，是为了未来战场上少死人。

如果不是这次的可乐大奖，前炊事员赵小柱是肯定无缘来到这个秘密世界的。

"在我们公安系统内，老百姓俗称的卧底术语叫作'特情'，意思就是'特别情报员'。"苗处站在一个十字架前看着山下战俘营缓缓地说，"特情——又被称为'耳朵'、'眼睛'、'线人'、'特务'等，不一而足。其实意思都是一样，在全世界都有一个共同的名字——spy。"

前片警赵小柱看着下面的战俘营，孙守江带着几个教官穿着黑衣服和轮胎做的凉鞋，挎着 56 冲锋枪在喂鸡。孙守江蹲下看着这群鸡喜笑颜开，仿佛已经看见了各种不同款式的百鸡宴。还真的不知道他从哪里搞来的，养一段时间就可以拿来打牙祭了。狼牙特种大队的炊事员做鸡都有一手，所以他决定让这个大厨到时候要显显身手的。

苗处笑笑，转向赵小柱："刑侦特情其实和政侦特情没什么不同，在建立、使用、掩护、培养秘密据点上没有太大区别，事实上，刑事特情是从政侦特情演变而来的。我们人民公安破获案子有三大法宝——群众路线，技术侦察和特情侦察。群众路线你最熟悉，因为你以前的工作就是搞我们公安最基层的群众路线；技术侦察你也不陌生，你在警校学习过，在配合分局和市局的刑事侦察部门工作的时候也多少接触过；但是特情侦察，是你完全陌生的领域——而你的警察新生涯，将会和特情侦察密不可分。"

他拿出万宝路，打开递给赵小柱："来一根？"

赵小柱看着万宝路："我不吸烟。"

苗处淡淡地笑："你不仅要学会吸烟，而且要烟不离手——这是工作需要。"

赵小柱拿出一根万宝路，接过苗处的打火机打着了。他把烟点着，吸了一口，咳嗽半天。苗处看着他，把烟和打火机都塞给他："今天开始，你每天半包万宝路——一周以后，每天一包。"

赵小柱咳嗽着，眼泪都要出来了。

"如果连这个最基本的外部特征你都不能掌握，你要送命只是一分钟的事情。"苗处说，"在这里的训练，首先是要学会生存。"

　　赵小柱点点头，又吸了一口，还是咳嗽。

　　苗处没有管他，自顾说着："'特情'一词，起源于20年代的旧上海中共中央特科，是周恩来总理在特殊时期创建的特殊词汇。进入21世纪，我们公安掌握的技术侦察手段越来越先进，但是技术侦察是死的，特情侦察是活的，两者还是密不可分。甚至特情侦察在实际运用当中起到的作用往往意想不到，可以少走很多弯路。特情的选择有两种方式：'打进去'，'拉出来'。'打进去'是我们派人渗透某一组织提供情报，'拉出来'是选中犯罪组织中某成员，发展他成为特情。

　　"两种方式各有利弊——'打进去'不容易获得犯罪组织的信任，需要漫长的过程才能逐渐接触到核心情报，而且执行'打进去'任务的同志必须具有非常的才干，临危不惧，应变能力强。因为你的简历是假的，你要不断地撒谎去隐瞒自己真实的身份，一个谎言套着另一个谎言，到后来你自己都不知道真假了。当然我们的同志都是好的，这种迷茫只是暂时的，也是从事特情工作的必经过程。由于这是我们自己的同志，所以我们称之为'红色特情'。

　　"大量的特情是所谓'灰色情报'——即首犯'罪犯'，或正在'犯罪'的人。这类特情活动能量大，不易被识别。

　　"但公安仍然有一些选择原则：首先是原则上选择从犯，不选首犯、主犯。因为一个犯罪组织的主犯、首犯是活动的发起人、组织者，思想上不易被攻破。另外从社会效应上，打击首犯、主犯能起到威慑作用，如果选为特情，则无法处置。但如果这个组织已被破获，所有成员被捕判刑，也有可能选择正在服刑的首犯、主犯，让他们通过狱侦手段在监狱里面打入另一组织，或者利用他们过去的所谓声望，待其刑满释放后到江湖上搜集情报。这类特情作用很大，同时危险性可能也极大，因为他们很可能不是真心悔改，利用我们对特情的保护来进行重新犯罪，所以在经营当中要谨慎小心，步步为营，绝对不能被特情牵着鼻子走。特情经营有一句行话——用人要疑，疑人要用。这句话的含义，你以后慢慢去体会吧。

"其次是选择有某一弱点的成员,如良心未泯、孝子、看重爱情和亲情、被迫犯罪内心确有悔改者等,与他们谈心、接触,并且对他们的家庭或者爱人给予力所能及的照顾——这种人最容易被发展,发展过来也会很坚决,往往付出生命代价也在所不惜地为公安工作。这类特情接近红色特情,在经营当中要细致保护,并且要充分考虑到他们的个人情感,在适当的时候应该撤出特情岗位,重新开始生活……当然,这也是很难的事情。"

赵小柱认真听着,他抽着烟,现在已经不咳嗽了,就是头晕。

苗处笑笑:"特情虽然混迹在黑色和灰色世界当中,但是要有底线。不过这个底线并不是固定的,根据案件情况的不同,会有所调整。你的任务底线,我现在还不能告诉你,要根据训练的不断进行,让你慢慢琢磨到。你要学习的东西太多了,我们只有三个月的时间。而你要面对的是我从未见过的最狡诈、最凶残的罪犯——响尾蛇。"

"我明白你的意思。"赵小柱吐出一口烟,觉得好苦,"我要比他更凶残,更狡诈。"

"不。"苗处认真纠正,"是更勇敢、更聪明!"

"一个意思。"赵小柱苦笑。

"两个意思。"苗处强调,"因为他是罪犯,你是警察——所以凶残和勇敢,狡诈和聪明不能混淆。我们走吧,今天跟你说的已经很多了——他们在等着你了。"

赵小柱跟着苗处下山。

苗处突然回头问:"你刚才走过了几个十字架?十字架上的名字都是什么?"

赵小柱愣住了。

苗处淡淡一笑:"十五个十字架,按照我们走过的次序,名字分别是John,Michael,Betty,Hillary,Ignativs……"

赵小柱听着苗处一一说出来,睁大了眼睛——他什么时候注意的?!

苗处说完了名字:"你记住,响尾蛇是生存技巧的大师级人物。他为什么能在血雨腥风当中活下来?因为他时刻都在观察、分析、判断周边无论大小的所有情报，他的大脑运转速度比我要快得多——你如果想活下来，学会我教给你的还不够，你要变得比他更强。"

赵小柱倒吸一口冷气："我刚才没注意到……"

"这是刚开始，菜刀。"苗处转身走了，"在你的一生当中，我希望这成为你的本能。"

赵小柱看着苗处的背影，看着山下的战俘营。

以乌鸡为首的"对手"已经在越南西山战俘营里面四处就位，准备收拾他了。

4

非洲苏丹，青尼罗河沿岸。

这是尼罗河的支流，河水流过丛林，清澈见底。苏丹位于非洲东北部，红海西岸，是非洲面积最大的国家。由于盛产树胶而被称之为"树胶王国"，但是却是联合国榜上有名的"最不发达国家"之一。跟南非比起来……还是别比了，因为没有任何可比性。

张胜苦笑着看着司机去河里打水。

这辆老掉牙的三菱 V31 越野车水箱已经开锅了，而这是他能够在首都喀土穆找到的最好的越野车了。他出了三百美元雇用这辆车和司机，把自己送到尼亚拉市。三百美元对于这个人均年收入只有七百美元的贫困国家来说，是一笔巨款。黑人司机待他若上宾，一路上喋喋不休地夸奖着自己的车是多么的出色，可以穿越努比亚沙漠……黑人是天生的 RAP 歌手，饶舌是天性。所以张胜也只能笑着听着，在没有空调的车里面品味着非洲大地的火热。这些对于他来说并不陌生了，在游骑兵的岁月里面他曾经到过非洲、中东……炎热对于他来说，只是生存习惯的一种。

他戴着 RANDOLPH——美军 AH64 阿帕奇飞行员墨镜，穿着白色的衬衫和牛仔裤，长发扎成马尾巴，提着一个简单的军绿色背囊。这一切让他看上去像是所有热爱远足的青年旅行者，在非洲大地上到处都有这种来自西方的旅行者。他身上带着的护照却是中华人民共和国的，化名史大凡。这个护照是真的，麻雀高价买的，是街头劫匪从一个倒霉的中国留学生那里抢来的。那个留学生还号称以前在中央警卫团当过中南海保镖，结果几下子就被两个黑人打得晕头转向，还在那哭喊："我其实是卫生员……"除了内裤，身上什么都没留下。护照就被搜集各国证件的麻雀高价买来了，精心做了修改，换上了张胜的照片。各国间谍组织都喜欢这种在真的基础上做过手脚的护照，被发现的概率最小……如果是要进入这种联合国榜上有名的不发达国家，那就是绝对不会被发现了。

虽然麻雀手里有一把一把的各国护照和证件，但是在进入这种第三世界国家的时候，还是中华人民共和国护照最保险。传统上的中国对第三世界国家的无偿援助，奠定了中国大陆公民在第三世界国家相对安全的基础——相对安全是因为这已经是个没有游戏规则的世界，总是有不守规则的例子发生的。张胜心知肚明，所以他也没有完全放弃警惕。他在自己的衬衫上和背囊上都绣上了中国国旗作为盾牌，同时也准备好了应变。

这个叫 Keita 的黑人显然不是一般的饶舌，除了会说英语，居然还会几句中国话。一路上他不断念叨着中国菜是如何好吃，北京是如何繁华……

张胜纳闷儿："你去过北京吗？"

"去过，中非论坛。"Keita 倒是不含糊。

张胜吓了一跳，看这个浑身油污的司机："你去参加中非论坛？"

"是啊，我那时候是总统府的司机。"Keita 说。

张胜上下打量他，还真的没看出来。

Keita 继续大言不惭："整个苏丹，没有我不熟悉的地方。军警都得给我面子！我是不想干了，喜欢自由自在！宁愿做高原的雄鹰，也不做笼里面的金丝雀……"

张胜苦笑着，点燃一根万宝路。

Keita 还吹牛自己的车是首都车况最好的，刚开了两个小时就开锅了。张胜站在越野车旁，抽烟看着手表。这是卡西欧的 G-SHOCK DW6900 电子表，美国陆军游骑兵、三角洲和绿色贝雷帽部队都喜欢选用这款手表，CIA 的行动间谍也喜欢。这是张胜在游骑兵和 CIA 的记忆，是那里培养了这只战争猛犬。反过来，这只难以驾驭的猛犬恶狠狠咬了美国人一口。张胜淡淡冷笑，"是你们教给我的"。

Keita 正在打水，突然枪声在丛林当中响起来，他丢掉水桶掉头就跑。张胜立即卧倒，清晰辨别枪声出现的方向，在九点钟方向。他迅速退后到车身后，伸手从背囊里面掏出 P228 手枪旋上消音器上膛，蹲在轮胎旁边注视着丛林。

是 AK47 的连发，这是反政府游击队的标准配备。

张胜的鼻翼急促呼吸着，他已经判断出来战斗的规模。这场战斗不是针对他来的，很明显是政府军和反政府游击队在丛林遭遇，或者是某方钻进了另一方的圈套。Keita 钻到了车的底盘下面抱住脑袋，这个时候看见了张胜手里上着消音器的精良瑞士造手枪。他大惊失色："你有枪？！"

"闭嘴！"张胜的手枪对准他的脑袋，"想活命就闭上你的鸟嘴！"

Keita 不敢吭声了，抱住脑袋哆嗦着："别杀我，我什么都没看见……"

"我让你闭嘴！"张胜怒吼。

Keita 闭嘴了，一动不敢动。

张胜贴在轮胎后面，注视着丛林深处。枪声逐渐近了，十几个头缠白色纱布的苏丹叛军出现在车前面四十多米的地方，看见越野车愣了一下，举起 AK47 就是一阵扫射。都是他妈的连发，子弹都上天了。

张胜一点都不紧张，这是非洲战争的特色。他参加非洲维和行动的时候，连长 Matt Eversmann 上尉曾经给司令部写过一次报告，结尾是："双方激战一天，无一伤亡。"司令部甚至还打电话来追问，可确实是无一伤亡。因为政府军和反政府游击队都没有接受过任何训练，激战一天，子弹都上了天，RPG 也没一个打得准的。在张胜的记忆当中，唯一算得上非洲的大规模杀伤性武器的不是枪支弹药，而是屠刀，那玩意儿砍头一下就得。所以在他经过的很多村庄，都是满地人头，很少见被子弹打死的。

非洲战争，是充满黑色幽默的。非洲当地人打仗，总是跟中国人过年一样高兴。双方拿着武器在看不见对方的地方开干，子弹打光算完，也根本不管打着没打着，收工回家，算是休战。有一次张胜所在的游骑兵巡逻队遭到冷枪袭击，倒是没伤人，但是军士长一声令下大家就下车去围歼枪手。冲进枪手所在的建筑物，没想到两个黑人枪手看见他们就哭，还嘟嘟囔囔。翻译就苦笑说："他是说没你们这么干的，远处打两枪就得了。你们还进来打，坏规矩。"

所有的游骑兵都哭笑不得，那时候才知道原来在非洲战场上发生枪战不可怕，发生冷兵器斗殴最可怕。因为屠刀能砍头，而且砍得很利索。

枪战，除非有雇佣兵的参与。一小队雇佣兵就有能力推翻一个非洲中小国家的政府，这不是开玩笑的。一旦有雇佣兵的参与，就不是热情桑巴舞一样的激战一天无一伤亡，而是血流成河。

他没有开枪，因为知道目标不是自己。

这帮叛军打了一梭子就跑。

没多久，一群政府军跑了出来。张胜提高警惕，握紧手枪。但是这群佩戴红色猎鹰臂章的政府军连看都不看他，压根儿就顾不上。军官一声喊，他们就接着冲向叛军的方向。两方都追进了树林，消失在密林深处。

张胜松了一口气，双手放松了。

"出来。"张胜低声说。

Keita 胆战心惊爬出来，看着张胜手里的手枪："你不是中国人？"

"想活命吗？"张胜问。

"想……"

"那就彻底闭上你的鸟嘴，送我到尼亚拉！"张胜怒吼。

"P228……"Keita 一边加水一边感叹，"瑞士 SIG 公司，好枪啊……"

"你怎么知道？"张胜问。

"我说了啊，我是总统的司机。"Keita 一脸无辜，"总统的保镖队长想换这个枪，但是没钱买。"

还他妈的是个真的……或者是……

张胜脸上的仅存的一点疑惑消失了，他恢复了往日的冷峻。Keita 加上水，准备上车。张胜举起了手枪，顶住了他的太阳穴："下去。"

Keita 吓坏了："我送你去尼亚拉！我不要钱！你别杀我！"

张胜冷酷地逼着他下车，把他押到河边："祈祷吧。"

Keita 哭丧着脸："为什么要杀我……"

"你是情报部门的探子。"张胜冷冷地说。

Keita 磕头："我不是啊，我是个司机……"

"一个能够精确辨认出 P228 的司机！"

噗噗！

一枪打在 Keita 脑门儿，一枪打在他倒下的前胸。

张胜放下手枪，转身走向越野车。Keita 的尸体就丢在这里了，在这个贫穷的国家，战乱的国家——尸体还不到处都是？

他上了车，司机的位置。顺手放下遮阳板，在夹层发现了一个黑色的皮夹子。他拿下来打开，封面是一只舒展双翼的雄鹰。鹰上端的饰带上用阿拉伯文写着"胜利属于我们"，下端的饰带上写着"苏丹共和国"。

"Keita？"张胜笑笑。

翻开证件，里面写着苏丹国家安全与情报局，军衔居然是上尉。张胜把证件收起来，准备交给麻雀。麻雀喜欢搜集各种证件，就算这个国家没有华裔特工，但是作为一个收藏品还是不错的。张胜知道自己在哪里露出了马脚——虽然一般人认不出来自己的墨镜、手表和藏在牛仔裤里面的高腰美军沙漠战斗靴，但是对于训练有素的特工来说，疑点可就太明显了。Keita 显然是在机场蹲守外国游客的，并不是针对自己，当发现可疑人物的时候才会搭讪。下次自己要注意，不能再这样随心所欲了。他并不担心苏丹情报机关的追踪，因为在这个联合国榜上有名的不发达国家，技术侦察手段等于零。

张胜发动越野车，高速启动，开往前方。

他拿出背囊里面的 GPS，显示距离尼亚拉已经不远了。

张胜墨镜下面的嘴角露出笑意，微微的笑意。

稍瞬即逝的笑意……

随即恢复了往日的冷峻。

他的这种会心的微笑，像极了某个人。

5

何雨嘉把洗涤消毒过的白色床单晾在了绳子上，风很大。床单被掀起来，她用手按住了，接着拿起夹子把床单夹上。风吹着床单掀起来半边，也吹起了她的黑色披肩长发。何雨嘉夹住了床单，把手腕上的发带取下来扎好头发。

这个时候床单再次被掀起来，刚才空无一物的医院大门口出现了一辆越野车。

车边还站着一个人。

何雨嘉笑了。

那个人也笑了。

会心的微笑，稍瞬即逝。

他总是这样，突然出现。不管自己在哪里，不知道怎么就会莫名其妙突然出现。好像幻影一样，不管是多遥远还是多危险的地方，他总是能够出现，不期而至。何雨嘉擦擦自己额头的汗水，穿着白大褂走向他。

张胜取下车上的背囊，走向何雨嘉。

这是无国界医生组织在苏丹的流动医院，美国西雅图儿童医院的何雨嘉是其中的一名成员。无国界医生组织是一个由各国专业医学人员组成的国际性的志愿者组织，于1971年12月20日在巴黎成立，是全球最大的独立人道医疗救援组织。目前有两千余名成员在80个国家中工作。无国界医生组织成员包括医生、护士、麻醉师、实验室研究员、后勤人员、助产士、行政人员等，他们来自不同地区，信奉不同宗教，但却有共同目标：协助那些受战火及自然灾害蹂躏的灾民脱离困境。他们利用自己的专业知识，平等地对待不同种族及宗教背景的人士。

何雨嘉还在华盛顿大学医学院上学的时候，就参加了无国界医生组织，前来帮助贫困地区的孩子们。

她笑着走向他，却不是惊喜。

因为这是一个幻影一样的男人，他永远有本事突然出现，找到自己。

张胜背着背囊，走向何雨嘉。

何雨嘉奔跑起来，"啊"地尖叫一声扑向了张胜。张胜张开自己的双臂，她就扑到了他的怀里，甚至用腿夹住了他坚硬的腰。张胜带着那种会心的微笑，紧紧抱着何雨嘉旋转了两周。医院院子里面前来看病的非洲黑人家长和孩子们都笑着，露出一嘴白牙。

"我想你……"

何雨嘉紧紧抱着张胜，用汉语说。

"我也是。"

张胜微微笑着，把她慢慢放下来："我这不是来看你了吗？"

"你能待几天？"何雨嘉着急地问。

"嘘——"张胜的食指放在她的嘴唇上，"不要问。"

何雨嘉急忙住嘴了，擦着自己的眼泪。

院长当然给何雨嘉放了假。看着张胜拉着何雨嘉的手走出了宿舍，来自各国的医生们都很开心地喊着起哄："Nevaeh！ Nevaeh！"

何雨嘉的脸红扑扑的，恨不得藏在张胜的怀里。张胜也带着微笑，跟大家招手。这里有好几个医生见过他，知道他的中文名字叫唐明，是个美籍华裔自由记者。只有何雨嘉知道，他不叫唐明，而叫张胜，他的身份也不是记者，而是……间谍。但是那有什么关系呢？哪个国家政府没有间谍呢？他还是 CIA 的间谍呢！

张胜带着何雨嘉上了车，往市区开去。何雨嘉开心得不得了，一路上都搂着张胜的脖子拼命吻着，吻出了很多吻痕。张胜也带着那种会心的微笑，左手开车，右手搂着何雨嘉柔软的腰肢。何雨嘉的泪水流在了他的脖子上，也流在了他的脸上。

张胜认识何雨嘉的时候，她还是个刚刚上华盛顿大学一年级的医学院学生。而自己，已是美国陆军 75 游骑兵团三营 B 连的突击队员,陆军一等兵。

那是在菲律宾，游骑兵部队正在当地进行例行的热带丛林作战训练。在某个黑夜，正在做梦的张胜被凌厉的战斗警报唤醒。提起自己的 M4A1 卡宾枪，跟着兄弟们跑到简报室。连长 Matt Eversmann 上尉一脸严肃："Fourteen hours ago, a local guerrilla force attacked one hospital operated by Medecins Sans Frontiers in Philippine, they kidnapped two doctors, one of them is American. Our mission is to retract the American hostage if not both. These datas are form CIA and the source is reliable, so you might wanna take a good look at them.（无国界医生组织在菲律宾的流动医院遭到游击队袭击，两名医生被绑架作为人质。其中有一名是美国人，我们救她出来。CIA 已经搞到了准确情报，他们有内线在游击队跟随活动。）"

连长举起照片，是一个年轻漂亮的华裔女孩，照片的背景是大学校园。

张胜愣了一下，他很难想象这个柔弱的华裔女孩落到游击队手里会发生什么事情。Matt Eversmann 上尉点着张胜的鼻子："Mike, this female doctor speaks Mandarin Chinese and so do you, I'll put you in charge of the rescue team, hooah?（Mike！被绑架的女医生讲汉语，当行动发起攻击的时候，你负责喊话——用中国话，让人质卧倒！明白没有？）"

"Hoo-ah!（明白！）"张胜利索回答。

"Ok, cowboys!（好了，牛仔们！）"Matt Eversmann 上尉用他那嘶哑的声音高喊，"It's show time!（让我们给他们一个好看！）——Rangers, lead the way——"

"Hoo-ah!"

黑夜当中，黑鹰直升机起飞了。张胜抱紧自己的 M4A1 卡宾枪，跟十二个彪悍的游骑兵坐在一起。他们都穿着丛林迷彩 BDU，脸上花花绿绿，浑身鼓鼓囊囊……年轻勇敢，充满斗志，充满……美国牛仔精神。不同于普通的陆军部队，游骑兵们很少进行与实战无关的枯燥训练，他们所受的训练大多是与实战紧密相关的，因此他们在战斗中比普通部队更快更强并且总是首当其冲——"Rangers lead the way"便是他们的座右铭。

他们每个人都要经过最少三次尝试才能成为游骑兵。先是自愿参加陆军、接着是自愿参加空降资格训练、最后是自愿参加游骑兵资格训练，而且能够参加游骑兵的战士必须都具有美国国籍，这是最重要的前提，"绿卡士兵"在游骑兵部队是不存在的。这些积极的战士是陆军的精锐，按照陆军的意愿被挑选出来——全都是男性、绝大多数是白人（B 连 140 人中只有一个黄种人——张胜，两个黑人）。他们当中有些是专业的士兵，像 Larry Perino 下士，1995 年毕业的西点生。有些是寻求另一种挑战的优等生，例如二排的 John Waddell，他以 4.0 的成绩积点从密西西比州 Natchez 的高中毕业后加入了陆军。还有些是寻求体能挑战的勇士。剩下的多是高中毕业后便四处漂泊的年轻人或是因吸毒、酗酒、违法行为甚至三样兼有而陷入麻烦后想要改过自新的年轻人。张胜属于最后一种，在华盛顿特区的法官建议下，自己在美国监狱和美国陆军之间作了明智的选择。

与即将开始大学生活的同龄人相比，他们更加桀骜不驯。大多数游骑兵都经历过挫折，但他们都不是吊儿郎当的人，游骑兵的工作比曾经的挑战更加严峻，当中有过失败经历的人都克服了艰巨的挑战。在游骑兵们强悍的外表下跳动着的多是充满了真挚、爱国、理想主义之情的心。陆军的信条在他们身上变成了现实的"Be All You Can Be"（做你能做的一切，按照意思翻译过来就是"甘做革命螺丝钉，做最好的自己"，美军强调的"雷锋"精神）。

他们对自身的要求远高于普通士兵，有着晒成浅黄色的皮肤，留着独特的发型——脑袋两侧和后面的头发被完全剃掉（俗称"高且硬"），用"Hoo-ah"的咆哮打招呼。

他们已经在一起生活、训练了好几年，一起度过了那些在新兵营、空降训练营和游骑兵营的日子，一起在韩国、泰国、中美洲和世界各个地方服役。事实上他们之间对彼此的了解超过了亲生兄弟。他们在一起喝酒、战斗，一起睡在森林里，一起从飞机上跳伞，一起翻山越岭，提心吊胆地渡过湍急的河流，一起打发无聊的时光，拿某人女朋友或别的什么相互调侃，一起在半夜里从本宁堡开车把喝酒惹事的弟兄接回来……

带队的 Matt Eversmann 上尉虔诚地带着他们做了战前祈祷：

"Pray for us sinners, now, and at the hour of our death! Amen!（原谅我们

这些罪人，此刻，及至我们的安息！阿门！）"

"Pray for us sinners, now, and at the hour of our death! Amen! "

队员们一起低声吟诵，然后抬起涂抹伪装油彩的脸庞。年轻彪悍，充满斗志，准备投身杀戮……

战神啊，你永远也不缺乏骁勇善战的孩子们……

对于他们来说，这是一次太简单的突击营救行动。游击队驻地有 CIA 的内线，提供了最准确的情报；游击队缺乏训练，而且没有夜视装备，在黑夜当中就是无头苍蝇……完全是杀鸡用牛刀的感觉，但是 Matt Eversmann 上尉不敢怠慢。他经历过摩加迪沙的残酷格杀，知道这些无头苍蝇一旦发疯起来，也是很难对付的。

游击队的驻地在一片丛林的谷地，跟电影里面的恐怖分子基地没有什么不同。CIA 内线打出了行动信号，潜伏在丛林当中的游骑兵们一跃而起，冲入了游击队驻地。

张胜跟随突击小组冲在第一梯队，用汉语高喊："卧倒——游骑兵——"

战斗没有悬念，游击队溃不成军，连像样的抵抗都不曾有。张胜手持 M4A1 卡宾枪搜索整个房间，没有发现人质。Matt Eversmann 上尉在耳麦呼叫："Did you recover the package? Over.（我们的人找到没有？完毕。）"

"Negative, sir!（没有，长官！）"张胜高喊着，"Request permission for farther recon, over.（我们需要时间搜索整个营区和周边！完毕。）"

"Granted! Whatever it takes, I want my package sound and safe. Over and out.（该死！去做，无论如何要找到我们的人！完毕。）"

张胜跟随弟兄们展开搜索，检查每一处人质可能藏身之处。他搜索到营区外面的灌木丛，突然听见了动静。是急促的呼吸声，张胜握紧了步枪，走向灌木丛深处。夜视仪当中，他看见了一个黑人游击队员用手枪挟持着那个华裔女孩。何雨嘉惊恐地看着他，嘴被捂着出不了声。

"Drop your weapon.（放下武器。）"张胜用英语说。

"Fuck off you American pig!（美国猪滚出去！）"游击队员的英语很好。

"She's a doctor!（她是个医生！）"张胜压抑地说，"Put it down!（放下武器！）"

"All Americans are imperialist!（你们是美帝国主义！）"

"Fuck you Americans imperialist!（去你他妈的美帝国主义！）"张胜怒喝，"I am! Not her, she's a doctor without borders!（我才是美帝国主义！她不是，她是个医生！无国界的医生！）"

何雨嘉惊恐地看着他，在不断流泪。

张胜换了汉语，冷峻地："当我抬起枪口，你往下滑。"

何雨嘉惊讶地睁大眼，黑暗当中根本不可能辨认这个戴着夜视仪的美国大兵是华裔。

"如果你听明白了，就眨巴一下眼。"张胜还是冷峻地说。

何雨嘉急忙眨巴眼。

"What the fuck did you say?!（你们在说什么？！）"游击队员怒问。

"I said,（我说——）"张胜换了英语，嘴角浮起冷笑抬起枪口，"You are died!（我要你死！）"

何雨嘉急忙拼命往下滑，错开了整个游击队员的脑袋。

张胜扣动扳机，一颗子弹脱膛而出，游击队员眉心中弹。何雨嘉推开他的手，尖叫着哭着："啊——"

张胜冲过去冷峻地对着地上的尸体再次射击，确定死亡。何雨嘉抱着脑袋尖叫着，张胜一把揽住她，右手持枪往后退："Go! Let's move out! We got the package!（走！离开这儿！我们的人找到了！）"

黑鹰直升机上，张胜摘下了夜视仪。那个女孩就在他的对面，披着一条军用毛毯，眼巴巴看着他。

涂满伪装油彩的张胜笑笑，拿出万宝路点着抽了一口，用清晰的汉语说："你叫什么名字？"

"何雨嘉……"女孩的汉语也很好。

"很好听。"张胜笑笑。

"你呢？你叫什么？"

"张胜。"张胜说出自己的化名。

"你是中国人吗？"何雨嘉问。

张胜也不知道该怎么回答，想想说："我在美国长大的。"

"我也是！"何雨嘉兴奋地说，"我在华盛顿大学上学！"

"我是美国陆军，游骑兵。"张胜笑着拿出自己的水壶和迷彩汗巾递给她，"擦擦脸吧，都花了。你没受伤吧？"

"没有没有！"何雨嘉接过水壶往迷彩汗巾上倒水，"你们来得好快啊！"

"Rangers."张胜点着自己的臂章，笑着说出来，"Lead the way!"

没想到满直升机的美国牛仔就听懂了这一句话，一起怒吼道："All the way!"

何雨嘉吓了一跳，胆战心惊地看着他。

张胜笑着帮她擦去脸上的泥土："这是我们的誓言———往无前！"

何雨嘉带着崇拜的神情看着他："你好棒！"

张胜抽了一口烟，笑笑看着她："我们都是游骑兵，我只是其中的一个罢了。"

黑鹰降落在美军基地。医疗队上来接何雨嘉，张胜跟着自己的弟兄们跑步下去。何雨嘉在后面高喊："游骑兵！"

张胜回头。

何雨嘉高喊："我还能见到你吗？"

张胜举起手里的卡宾枪挥了挥，转身跟着队伍跑了。他没有放在心上，因为不知道明天会发生什么。也许她就这样把自己忘了呢？但下周五的下午，一个穿着裙子的长发女孩出现在菲律宾美军基地游骑兵营地的门口。

哨兵以为自己看花了眼，半天才问："Madam, what are you come for?（小姐，你有何贵干？）"

"I am American, came here looking for Zhang Sheng.（我也是美国人，我要找张胜。）"

"Never heard of this person.（谁是张胜？）"

何雨嘉哑口无言，她不知道张胜的英文名字。

哨兵苦笑："I'm afraid we don't have any person called this name.（我们这里没有张胜。）"

"Rangers!"何雨嘉着急地说，"He is a ranger.（他是游骑兵！）"

"We are all rangers here.（我们都是游骑兵。）"哨兵指着自己的臂章。

何雨嘉隔着铁丝网和沙袋，看着里面走动的美国大兵们。她着急地想哭，拼命寻找着。哨兵同情地看着她，却爱莫能助。人来人往和车来车往的美国大兵们都看着漂亮的何雨嘉，打着口哨。

何雨嘉哭了，她擦着自己的眼泪。

黄昏的时候，一队悍马越野车高速开回营区。执行巡逻任务的 B 连归队了，张胜坐在悍马车上抽烟。突然前面弟兄开始嗷嗷叫，打着口哨。美国大兵看见美女都是这样的，张胜也笑着站起来，从机枪手的位置露出脑袋想打口哨。

但是他一下子愣住了。

烟尘当中，他看见了泪流满面的何雨嘉。

"Halt!（停车——）"张胜高喊。

弟兄们紧张起来，哗啦啦纷纷上栓。张胜敏捷地从机枪手的位置跳出来，从车顶上飞奔下去。他的卡宾枪被甩在身后，张开长腿飞奔着。弟兄们以为发生了意外，纷纷下车找掩护。

已经绝望的何雨嘉睁大眼睛，哭着用汉语高喊："游骑兵——"

张胜飞奔过去，一把抱住了何雨嘉纤弱的身躯。他满身的汗味和烟味立即充斥了何雨嘉的整个呼吸，这浓厚的男人味道，让她几乎窒息。何雨嘉哭着抱住了张胜："游骑兵——我要离开菲律宾回国了——我想你——"

"我也是……"

张胜抱紧了何雨嘉。他说的是真话，但是只是压抑在心里想。他已经习惯了不再去多想了，从小的孤儿心态让他学会了忍耐。

弟兄们明白了，都打着口哨。

何雨嘉哭着抱紧了张胜，这是她的游骑兵……

何雨嘉看着开车的张胜，紧紧搂着他的脖子："我想你……"

"我也是……"张胜揽着她的腰，还是那么冷峻地说。

何雨嘉闭上眼，靠在张胜的怀里。虽然他现在是 CIA 的间谍，但是他还是自己的游骑兵……这就足够了……

6

电扇在头顶闷闷地转动着，如同黑鹰直升机的螺旋桨一样，永远保持着一个枯燥的节奏。

张胜盯着电扇，左手还搂着沉睡的何雨嘉。黄昏的尼亚拉，余晖从百叶窗淡淡地洒进来。这是整个城市最好的酒店，却还是那么残破不堪。赤身裸体的何雨嘉跟一只猫咪一样蜷缩在他的臂膀，紧紧地抱着他，仿佛害怕他突然消失一样。

张胜点着一根万宝路，抽了一口。他的思绪仿佛凝固了，右手搭在何雨嘉光滑细腻的后背上一动不动。

何雨嘉的眼泪还挂在脸颊上，这个可怜的女孩承受了太多的担心和恐惧……

张胜没有告诉她自己现在的真实身份。

他不想失去她，也不想她的内心有负罪感。因为这是一个善良的女孩，善良到了每年都要冒着危险去救助贫困地区和战乱地区的儿童，不惜自己冒着感染疾病和受到伤害的危险。或者说，她就是一个天使。

而自己，是一个恶魔。

在菲律宾度过了浪漫的一夜，何雨嘉就回国了。B 连轮换回国以后，张胜获得了休假。他开着车从本宁堡来到了华盛顿大学，那天是周末，却没有找到何雨嘉。他的心里面有些许失落，何雨嘉的同学告诉他——一大早何雨嘉就被一个男人给接走了。多嘴的同学还看着这个大兵追了一句："The guy comes here every weekend.（那个男人每个周末都来。）"张胜没有说什么，这是太正常的事。穿着美国陆军常服的张胜戴上黑色贝雷帽，转身上车离开。

他来到华盛顿，除了要看何雨嘉，还要去福利院看看。那是他成长的地方，虽然他桀骜不驯，但是自从参军以后好多事情都明白了。他每年都要穿着军装去华盛顿东南部贫困区的这个福利院，院长把他当作福利院的骄傲，会请他来这里给孩子们讲述美国陆军和游骑兵。这里也是张胜唯一觉得安全的地方，因为在他的内心深处，到处都是战场。

张胜把自己的那辆二手 Jeep 自由人停在停车场，看见了一辆豪华的凯迪拉克轿车。他愣了一下，管他呢！也许哪个有钱的公子哥来捐款了呢！张胜关上车门走进福利院，却听见钢琴在弹奏一段熟悉的中国音乐。

是《茉莉花》。

孩子们在用干巴巴的美式汉语唱着："好一朵美丽的茉莉花……"

"Super!（好！）"一个女孩的声音说，"Let's do it again!（我们再来一次！）——好一朵美丽的茉莉花，好一朵美丽的茉莉花啊……"

张胜愣住了，这个声音很熟悉。他快步走到门口，慢慢推开门。孩子们坐在光滑的地板上，在跟着节奏拍手学习唱歌。随着门的慢慢推开，他看见了一个女孩的侧面。黑色的长发扎在脑后，轮廓柔和的脸颊，明眸皓齿……

张胜呆在那里，手里的军用提包一下子掉在地上。

啪！

音乐声一下子停止了。

孩子们都看他。

女孩也看他。

"Ranger! Ranger!"这些孩子们不少人认识他，高喊着。

何雨嘉慢慢站起来，脸色苍白。

张胜冷峻的脸上露出会心的微笑："你怎么跑到这儿来了？"

何雨嘉看着他，嘴唇颤抖："我怕你不来找我……我怕你会忘了我……你告诉过我，这里是你每次回国都要来的地方……"

"你每个周末都来吗？"张胜明白过来了。

"是的……"何雨嘉擦着脸颊上流下的眼泪。

张胜看着慢慢走向自己的何雨嘉，低沉地说："我一到华盛顿，去的第一个地方——就是华盛顿大学。"

何雨嘉哭出声来，抱住了张胜。张胜慢慢伸出双手，抱住了她。何雨嘉哭着说："我给你写电子邮件，你一封都没回……我以为你忘了我了……我以为你不要我了……游骑兵……我爱你……"

张胜没有说话，紧紧抱着何雨嘉。孩子们好奇地看着，笑着。院长老太太闻声赶来："Are you teasing Miss Hou again?（你们是不是又欺负何老师了？）"进门就傻了，然后笑着说："God, two of my best children!（上帝啊，我的两个最好的孩子在一起了！）"

何雨嘉打发走了父亲的司机，上了张胜的车。他们去吃了晚餐，然后一起住进了汽车旅馆……

回到本宁堡驻地，张胜恢复了往常的训练和生活。在一个训练日，他正在战术靶场练习射击，Matt Eversmann 上尉把他叫到了 B 连的连部。他走进去，除了 Matt Eversmann 上尉还有一个穿着衬衫的白人。

"Mike, Mr Garrison.（Mike，这是 Garrison 先生。）"Matt Eversmann 上尉严肃地说，"He needs to speak to you.（他有话对你讲。）"

"Yes, sir!"张胜双手在背后跨立。

"Mike Zhang?"Garrison 先生显得很友善，"Glad to see you!（很高兴认识你。）"

"Glad to see you too, sir.（我也是，先生。）"

"Are you Chinese origin?（你是华裔？）"

"Yes, sir!"

"And you can speak English, Chinese, Spanish, Arabic and French… for God's sake, you are a genius with languages.（你会说英语，汉语，西班牙语，阿拉伯语，法语……上帝，你是个语言天才。）"Garrison 先生看着他的资料，"Where did you learn so many languages from?（你在哪里学会这么多语言的？）"

"At orphanage, sir.（儿童福利院，先生。）"张胜回答。

Garrison 先生点点头："You are a good soldier, too. The most outstanding ranger I've ever seen.（你的作战也很出色，是一个优秀的游骑兵。）"

"Thank you, sir.（我微不足道，先生。）"

"You were brought up in the United States of America.（你在美国长大。）"Garrison 先生说，"Do you love this country?（你对这个国家有感情吗？）"

"My homeland, sir.（这是我的祖国，先生。）"

"Now time, your motherland need you.（现在美国可能需要你从事新的工作，为国家继续效力。）"Garrison 先生笑道，"Are you going to be?（你愿意去做吗？）"

张胜看了他一眼，不知道他是个什么角色："What's your meaning? Sir.（我不明白你的意思，先生。）"

"CIA."Garrison 先生认真地说，"We need someone like you.（CIA 需要你。）"

"I am a warrior, not spy. Sir.（我是战士，不是间谍。先生。）"张胜也认真地说。

"We need the good spy like you!（我们需要你这样出色的行动间谍。）"

张胜看 Matt Eversmann 上尉："I love Ranger, sir.（长官，我热爱游骑兵。）"

"United States of America need you, Mike!（美国需要你，Mike！）"Garrison 先生强调。

张胜不说话。

"Take my card, you can call me anytime.（这是我的名片，随时给我电话。）"Garrison 先生笑笑递给他一张印着 CIA 徽章的名片，"Don't forget, your motherland need you.（你记住——美国需要你。）"

张胜接过名片，没说话。

三天后，经过慎重考虑的张胜还是拨打了这个电话。美国需要你——对于热爱国家的年轻游骑兵张胜来说，是根本无法推脱的理由。他是一个热爱国家的热血青年，满脑子都是为了 9·11 的无辜受难者报仇。这个电话，也改变了张胜的一生。年轻的游骑兵离开了军队，离开了单纯的世界，进入了一团混浊……

"去他妈的美国需要你！"

张胜自嘲地笑。

"怎么了？"何雨嘉睁开眼。

"没事，你醒了？"张胜看着何雨嘉。

"嗯。"何雨嘉笑道，"你的身上好凉，我都感觉不到是在热带了。"

"那就好……"张胜刚刚想说什么，他的卫星电话响了。他竖起食指，示意何雨嘉别出声。然后他走到洗手间打开所有的水龙头，关上门坐在马桶上接电话："Hello?"

"Rattle, this is Sparrow calling.（响尾蛇，麻雀呼叫。）"

张胜苦笑一下："Rattle speaking.（说吧，麻雀。）"

五分钟以后，张胜出了洗手间。何雨嘉坐在床上眼巴巴看着他，张胜苦苦一笑。何雨嘉的眼泪又慢慢溢出来："你……什么时候走？"

"现在。"

"去哪儿？"

张胜想想："远方。"

何雨嘉抱住了张胜，紧紧的。张胜抚摸着她的长发，冷峻的脸上抽搐了一下。也许，这就是……乱世儿女情。所有的一切都是自己自找的，因为那句他妈的"美国需要你"。张胜恶狠狠地想着，却没有表现出来。

他抚摸着何雨嘉的脸颊，充满了内疚。

"等我。"

"嗯，游骑兵。"

"我不是游骑兵了。"

"你永远都是……我的游骑兵！"

7

一张黑白的大照片被钉在了墙上。

赵小柱把图钉按在照片的另外一端，固定住。

这是美军游骑兵 75 团三营 B 连的合影，背景是一架黑鹰直升机。年轻的响尾蛇手持 M4A1 卡宾枪蹲在前排，涂满伪装油彩的脸上带着冷峻的微笑。这群游骑兵都穿着三沙迷彩服，拍摄地点是在伊拉克巴士拉，2003 年。

满墙已经贴满了各种照片，全部都是各种途径搜集的响尾蛇照片或者他的行动现场照片。还有各种军用地图，标识着他所参加过的所有游骑兵作战行动。

穿着美军三沙迷彩服的赵小柱叼着万宝路香烟坐在地板上，久久凝视着这些照片。

这是他在 SERE 基地的第三周，所有的训练都已经进入正轨。他的学习分为三个方面：美军游骑兵特种侦察与作战，CIA 谍报技巧和公安特情行动（包括国际刑警掌握的国际贩毒网络和恐怖组织情报），前两个方面的学习由专职教官担任辅导，但是第三个方面的学习，完全要看他的天分了。

那就是——研究和分析响尾蛇。

或者说……如何进入响尾蛇的内心世界。

赵小柱经常在这些照片和地图跟前坐着，一坐就是大半夜。他的休息时间很短，也是为了能够接受第二天的强化训练才休息的。其余的时间，他都这样静静坐着，一句话都不说。房间里面的电视不断放着各种美军资料片和电影，现在放的是本宁堡名人堂的突击队 2001 年度纪念会。

了解游骑兵，了解陆军一等兵 Mike Zhang 的内心世界……

了解那些嘶哑着喉咙，为了同胞厮杀拼命的美国大兵……

了解 CIA，了解代号"响尾蛇"的外勤特工的内心世界……

了解那个诡秘的秘密世界，充满阴谋和狡诈的谍报海洋……

赵小柱总是这样，叼着万宝路香烟，沉浸在烟雾当中默默无语。

进入另外一个人的内心世界，把自己变成另外一个人……

赵小柱拿起红色的水笔，在照片上画着记号，旁边用英语写下批注。他在警方专家的辅导下，开始学习响尾蛇的英文和汉语的笔迹。赵小柱原本是个写字规规矩矩的好孩子，现在也写得眉飞色舞、随心所欲。

他的第一课不是自学，还是在苗处的引导下。

"他和你一样，是个孤儿。"

苗处用英语说着，交给他一张照片。

赵小柱接过照片，是美国的一个福利院。

"他很小的时候就来到福利院，父母被莫名其妙暗杀。"苗处说，"手法很毒辣，应该是职业杀手所为。他在这里长大，长到 15 岁。"

赵小柱又接过一张照片，是福利院里面的少年响尾蛇。

"上帝……"赵小柱感叹一句，他已经习惯了美式思维和语言。

他和自己少年的时候，一模一样。倔强的眼睛，却充满了迷茫，充满了对未来的恐惧和渴望。赵小柱盯着照片上的张胜，好像看着自己的少年时代。

苗处看着赵小柱，低沉地说："他从小也被街上的野孩子欺负，打得鼻青脸肿。"

赵小柱的脑海当中想起来自己的少年时代，那些可恶的大男孩……

"他对未来充满幻想，有个梦。"

赵小柱抬起眼睛，看着另外一张照片。这张照片上是穿着美国陆军常服的响尾蛇，带着冷峻的笑容。

"他参军了，在美国陆军特种部队，游骑兵 75 团三营 B 连。"

赵小柱皱起眉头，仿佛看见了自己坐在卡车上进入狼牙特种大队的营区。那个好奇的新兵蛋子赵小柱，张望着大院里面的特种部队标语和从未见过的训练设施……还有戴着黑色贝雷帽的中国陆军特种兵们。

"和你不一样的是，他不是炊事员，是突击队员。"

又是一张照片，穿着丛林迷彩服的响尾蛇跟队友们一起在接受突击队考核训练……

"他带着对未来的梦想和对家庭的渴望，走入军队。"苗处淡淡地说，"只是他的人生出现了转折点，CIA招募了他。我相信他从未放弃过内心的孤独和对爱的渴望，你也一样。"

赵小柱看着年轻的游骑兵响尾蛇扭曲着脸在攀登绳网。

"把你的情感带入进去，菜刀。"苗处引导他，"你不是伪装成响尾蛇——你就是响尾蛇！"

赵小柱看着满墙的照片，一动不动，仿佛一尊雕塑。在他的内心世界里面，已经走完了福利院、华盛顿警察局、法庭、新兵营、突击队学校、空降学校、阿富汗反恐战争、伊拉克推翻萨达姆行动……全部的过程，一步都不差。

"I'm not imitating you.（我不是在伪装成你。）"赵小柱抽了一口万宝路，低沉地用英语说。

照片上穿着三沙迷彩服的响尾蛇笑着看着地板上坐着的穿着三沙的赵小柱。

赵小柱冷峻的脸上露出一丝会心的微笑，转瞬即逝的微笑：

"I am you.（我就是你。）"

8

短促的卡宾枪点射声在靶场回荡，这是按照美军战术标准修建的训练设施。赵小柱穿着三沙迷彩服，手持M4A1卡宾枪对准200米外跳出来的靶子不断射击。他的身边是一队陪练教官，都是穿着三沙迷彩服手持M4A1卡宾枪或者其余的美军武器，戴着射击眼镜和头盔，迷彩服上的符号和真正的游骑兵三营B连是一样的。

林锐戴着美军的上尉军衔，坐在后面的观察室里面喝可乐，胸条上是Matt Eversmann。孙守江的军衔是军士长，在旁边无聊地玩着扑克牌。这扑克牌都是美军发的，伊拉克高官脸谱扑克牌。他分着扑克，嘴里念叨着："奶奶的，我现在都觉得自己明天就要开赴伊拉克了！这个游戏越玩越像真的了，再这样下去我就成真的 Goodale 军士长了！"

林锐笑笑："我现在明白过来了——我们在帮助他重建另外一个人的回忆。"

孙守江抬眼看他，没说话。

林锐看着赵小柱的背影："一等兵 Mike Zhang。"

孙守江玩着扑克牌："我可什么都没跟你说。"

"如此大费周章，这个一等兵肯定不是个简单角色。"林锐眯缝眼睛，"我们不是在训练一个特情，而是在制造一个人的复制品。我从未有过这种训练经历，这好像是一个艺术品的创造过程……我越来越着迷于帮你们塑造这个人物了。"

"你们一个比一个有病。"孙守江心有余悸，"好好的一个炊事员、片警，非得人为制造成另外一个人——疯子！不人道！没天理！"

苗处走进来："说谁呢？"

孙守江急忙丢掉扑克牌起立："报告！我是说今天天气很热！"

林锐起身笑笑："明天是开赴巴士拉吗？"

"今天我要带走菜刀。"苗处严肃地说，"乌鸡，你去准备！联系家里给他准备护照，我们飞巴黎。"

"什么？"孙守江纳闷儿，"我们要带三营 B 连去巴黎搜缴伊拉克反抗组织吗？"

"你个笨蛋！"苗处盯着他，"我们抓到了响尾蛇的一点尾巴！"

赵小柱还在瞄准着靶子进行精确射击。

"Mike!"林锐高喊。

"Yes, sir!"赵小柱转身。

"Pack your gears, owl wants to see you.(收拾你的东西，猫头鹰要见你。)"林锐挥挥手。

赵小柱二话没说将卡宾枪交给身边的军士长，他知道现在需要转换角色了。他快步跑向外面，跳上一辆悍马越野车。孙守江立即开车，观察着赵小柱。戴着头盔穿着全套美军装备的赵小柱目不斜视：

"What are you looking for, sergeant major?（你在看什么，军士长？）"

孙守江眨巴眨巴眼："Oh, nothing.（啊，没什么。）"

"Sergeant major.（专心开车，军士长。）"赵小柱还是目不斜视，"This is Basra, the war zone.（我们现在是在巴士拉，这里是战区。）"

孙守江苦笑一下——奶奶的，都他妈的疯了！

9

法国巴黎市郊，一处中产阶级住宅区。

这里和平时没有什么不同，鸟语花香的市郊反而显得格外幽静。只是在拐角电线杆上的变压器旁边停着一辆黄色的电力公司维修工程车，维修人员在升降车上进行检修作业。一切都跟往常一样，这个街区到处都是安详宁静的气氛。变压器斜对面是一幢白色的住宅，门关着，但是窗帘开着，屋里的女主人看来在家。

距离这幢二层住宅足足有三公里的铁道桥上，一个戴着墨镜的男人凑在手里举起的炮兵观察镜上。

他的夹克风帽扣在头上，但是些许微风吹来，可以看见他的黑色长发轻轻飘舞出来。他对着炮兵观察镜聚精会神，沉重的炮兵观察镜在他的手里好像很轻的样子，拿着一点也不吃力。这种苏联设计出品的炮兵观察镜可以对十公里内的范围进行观察，所以那条三公里以外的街区一览无遗。

从炮兵观察镜看过去，打开窗帘的窗户里面，褐色长发的女主人在厨房忙活着午餐。但是看不清楚脸，因为玻璃在反光。

他挪动炮兵观察镜，看见了那个升降车的平台。维修人员百无聊赖地在鼓捣着，由于他在铁道桥上要高于这个平台，所以他可以看见斗里面藏着的黑衣别动队员和一把 FR-F2 狙击步枪。

炮兵观察镜继续慢慢巡视整个街区。路边新来的乞讨老人没什么破绽，除了那双目光炯炯的眼睛……出租车停在路边的时间太长了，好像几个小时没动窝了，所以司机在伸着懒腰……街道的露天咖啡厅，那两个装作不认识的男人：一个是摇滚歌手脚下放着吉他盒子，一个是公司白领脚下放着公文手提箱，他还在操作电脑……耳麦，他们俩都在不断地嘴唇翕动，利用看不见的耳麦在和什么人联系，目光也有交流……教堂的钟楼上面，最理想的狙击位置，果然埋伏着两个黑衣狙击手……

张胜慢慢放下炮兵观察镜，神色凝重。

麻雀确实遇到了处理不了的突发情况，必须要响尾蛇自己来看看如何解决这个困境。张胜也不知道怎么解决，因为他知道这些看上去素昧平生的陌生人其实都属于一个组织——法国对外安全总局，这是对外公开名称，还有一个正式的不公开名称——法国国外情报与反间谍总局，简称 SDECE。它的任务包括在国外搞间谍工作和在国内进行反间谍工作。因此，这两部分工作有时又互相重叠。第一局是纯粹的情报工作，下分几个处，以字母 R（法文情报一词的头一个字母）为各处的代号。R1 为情报分析处；R2 东欧处；R3 西欧处；R4 非洲处；R5 中东处；R6 远东处；R7 美国和西半球处。第二局主管反间谍工作。第三、四局设在一个办公室里，主管政治情报。第六局是主管财务。第七局是行政管理局。

似乎这样看上去这个机构跟张胜目前的业务没有什么关系……

但是这些法国特工，属于从未公开过任何事务并且自成体系的 SDECE 第五局——行动分局。

该局指挥部设在巴黎东北一个肮脏的郊区，里拉门附近的莫尔埃大街上一座毫无特色的楼房里。行动分局有数百个硬汉子。这些人大部分是科西嘉人（第五局的传统），他们练就一身最棒的体格，然后被送往萨托里训练营，在该营一个与其他部分完全隔绝的特别部门里，学习一切有关破坏的技术。他们成为用轻武器或赤手空拳——徒手劈杀和柔道——进行格斗的高手。他们还学习无线电通信、爆破、破坏、用刑或不用刑审问、绑架、纵火和行刺等课程。

他们有些人只会说法语，其余的人能够流利地说好几国语言，并且能在全世界任何首都行动自如。他们有权在执行任务时杀人，并常常行使这种特权。

张胜跟 SDECE 第五局的"交情"，来自他亲手杀掉了第五局的两名行动特工。

当时他刚刚与 CIA 脱离关系，短期受雇于南美某位独裁者，而 SDECE 第五局恰恰派出这两名行动特工前去南美暗杀这位命大的独裁者……因为响尾蛇在他身边，所以这两名来自浪漫国度并且训练有素的特工不浪漫地死亡了。

换句话说——这是血海深仇。

血债血还——SDECE 第五局的新人每个人都会在老特工的带领下高声诵读这句誓言。

张胜知道，SDECE 第五局在等待对他血债血还。

他的眉头紧锁，这是他很少遇到的麻烦。

因为那里住着的是他的……女儿，和他女儿的母亲。

麻雀知道出事的时候，已经晚了。连警告都来不及，SDECE 第五局的特工们就已经在黑夜破门而入。他们冷酷地抓捕了女人和女孩，以及那个来自阿尔及利亚的可怜无辜保姆，并且对这间屋子进行了秘密搜查。在一个小时以内，这里已经成为 SDECE 第五局的秘密据点。那个褐色头发的女人不是 Julie，而是第五局的一名女特工假扮的。此刻她正在厨房假忙活，是诱饵……

事情出在一个很小的环节上。

麻雀按照惯例在每月初打钱给 Julie，依靠伦敦的一家私人银行进行转账。而这家私人银行出了点问题，MI5（英国军情五处）怀疑该银行一直作为某些阿拉伯恐怖组织的地下现金储备银行和结算平台。事实上根本不是这样，银行的老板是个谨慎古板的人……是他的儿子，为了能够赢得一个阿拉伯美女的芳心，帮助她的叔叔进行一些现金的秘密往来。那位阿拉伯美女告诉他："他是做皮革生意的，需要大量现金的汇兑。"于是那个傻小子就答应了，悄悄背着父亲干这些勾当，结果被 MI5 盯了两年。因为那位阿拉伯美女，是恐怖组织某位人物的小老婆所生的女儿，虽然没有去过阿富汗或者任何一个阿拉伯国家，从小在英国长大，但是 MI5 还是把她作为了长期监控对象，终于抓住了疑点……秘密调查的结果，自然就牵出来麻雀从瑞士银行定期转入转出的资金，虽然瑞士银行不会配合 MI5 的调查，但是这项固定转入巴黎的资金实在是太可疑了。于是 MI5 将这个线索转给了 SDECE……后果自然不堪设想。

SDECE 没有费多大力气，就锁定了 Julie 和 Audemarie——响尾蛇的女儿，已经九岁。因为 Julie 把自己和 Audemarie 的合影照片就摆在了卧室的床头柜上，这是维系她和张胜关系唯一的纽带了。

这个笨女人……

SDECE 自然不会傻到相信这个带着华人血统的小女孩，不是照片上那个华裔男人的女儿，更不会傻到相信那个华裔男人不是响尾蛇，而是一个很可能外形酷似的陌生人。于是 SDECE 第五局顺理成章地接管了这件事，因为他们要血债血还。

张胜稳定住自己的情绪，来得晚了。Julie 和 Audemarie 已经不知道被转移到哪里了，响尾蛇的能力不是无限的。即便他知道女儿在哪里，也不敢去找她。因为 SDECE 第五局已经做好了准备，随时迎接这位疼爱女儿的父亲，欢迎仪式就是狙击步枪射杀或者是乱枪击毙。

总之，要血债血还。

张胜长出一口气，把炮兵观察镜放入身边的手提袋，走下铁道桥。

他意识到由于自己不可原谅的疏忽，可能要永远失去女儿了。

第六章

★

1

法国巴黎 Roissy 区，戴高乐国际机场（Aeroport Charles de Gaulle）。

下午 15 点 40 分，从北京返回的法国航空公司 AF129 航班降落在机场的跑道上，波音 777 客机硕大的机身满载乘客稳稳落下。凝结了人类科技精华的航空工具把世界拉得很近，地球因此变成了一个圆形的村落。

手持中华人民共和国公务护照的苗处跟孙守江走出通道。他们穿着笔挺的西装，目不斜视，一看就是政府公务人员，在人流当中格外显眼。

一个红色爆炸头的黑色络腮胡男人穿着破烂的牛仔服，背着破旧的筒状军用背包，嚼着口香糖，戴着墨镜走到安检员跟前。

安检员接过他递给自己的美国护照打开，名字是 Wilkinson Law。照片上是一个留着络腮胡子的华裔青年，她抬头用英语说："请摘下你的墨镜，先生。"

黑色络腮胡男人摘下墨镜，还嚼着口香糖，这是那个华裔青年，看上去本人比照片上要英俊得多，不知道为什么要留这样邋遢的胡子。用流里流气的英语说："女士，你的外套很好看。暴露了你优美的体型，可以认识你吗？"

安检员面不改色仔细对着照片看看，确认无误，盖上了通关戳。

Wilkinson Law 接过自己的护照，笑笑递给她一张名片："我的卫星电话，24 小时为你开机。"

安检员看着名片，上面印着美国司法机构的徽章——FBI。她愣了一下，Wilkinson Law 对她眨巴眨巴眼："我到巴黎来找恐怖分子，你知道我第一次到巴黎来……你几点下班？"

安检员看着他，低声说："六点半。"

"打我的卫星电话。"Wilkinson Law 戴上了墨镜笑了笑，出去了。

苗处和孙守江已经在门口等他。他们做好了准备，一旦这个 Wilkinson Law 被识破引起机场注意，就要立即进去把他救出来。他们都带着国际刑警的证件，可以通过机场警方与国际刑警总部取得联系，这个 Wilkinson Law 就不会被送入法国警察局。

当然，这个计划周详的卧底任务……很可能也会因为这次实习，导致彻底的失败。因为消息会走漏出去，一个跟响尾蛇长得一样的年轻人出现在巴黎……全世界的警方和情报机构都会抓狂。

孙守江捏了一把汗，苗处则冷峻地看着出口。Wilkinson Law 的红色爆炸头出现了，苗处的脸上露出淡淡的笑意："菜刀及格了——他顺利通过了世界上保安最严密的国际机场之一的安检，出来了。"

"不知道 Wilkinson Law 会不会抓狂。"孙守江苦笑，"他要知道我把他的名片给了新人做实习用，一定会跟我翻脸。"

"他不会知道的，这笔账还是会记在响尾蛇头上。"苗处笑笑戴上墨镜，"我们走吧。"

Wilkinson Law 的红色爆炸头不远不近跟着他们。这是赵小柱第一次进行谍报技巧的实地考察，而且是在……法国巴黎。他路过自动售货机，看着里面不同的饮料。

可乐在里面也看着他。

赵小柱盯着可乐，苦笑一下，拿出一张欧元塞进去。苗处在不远处紧张地看着，但是赵小柱非常自然而且熟练地操作售货机，拿出一听可乐，并且取回了零钱。一切都没有破绽，除了他那一下不经意的苦笑。

赵小柱打开这听可乐，还是保持着美国流浪汉的痞子造型走着，喝着。旁若无人，仿佛这不是一次化装渗透的实地检查，而是一次轻松愉快的环球旅行。美国人，就是这样旁若无人，大摇大摆，仿佛哪里都是自家的地盘……当然，除了伊拉克、阿富汗这些地方。

"他是个天才。"苗处感叹一句。

"在苗处的培养下，一头猪都能变成特情。"孙守江苦笑，"这话是我刚来处的时候，小高告诉我的。我当时还不信，现在我不能不信。"

"不，不是我培养的。"苗处淡淡地说，"这是他的天分，与生俱来的本能——他天生就是干这行的料！"

2

从里昂特意赶来的国际刑警总部缉毒司专员 Cameron 等待在大厅外。这是个笑眯眯的新西兰胖子，看上去很好打交道。但是对于国际毒枭来说，他可不是个好打交道的角色。

国际刑警组织（International Criminal Police Organization——INTERPOL）成立于 1923 年，最初名为国际刑警委员会，总部设在奥地利首都维也纳。二战期间，该组织迁到德国首都柏林，一度受纳粹组织控制。二战后，该组织恢复正常运转，总部迁到法国巴黎。1956 年，该组织更名为国际刑事警察组织，简称国际刑警组织。1989 年，该组织总部迁到法国里昂。中华人民共和国于 1984 年加入国际刑警组织，同年组建国际刑警组织中国国家中心局。

由于国际刑警组织需保持政治中立，它并不会介入任何政治、军事、宗教或种族罪行。它的目标是以民众安全为先，主要调查恐怖活动、有组织罪案、毒品、走私军火、偷运"人蛇"、清洗黑钱、儿童色情、高科技罪案及贪污等罪案。

Cameron 的工作并不轻松，缉毒司是国际刑警组织最繁忙也是最要害的职能部门之一。与此相符，他脑袋上的毛也因为工作的紧张而急剧减少，显得比较智慧。在所有的有组织犯罪当中，毒品犯罪对世界的危害最大，全球每年死于毒品的人数要远远超过谋杀，甚至超过局部战争，而毒品犯罪衍生出来的卖淫、杀人、抢劫等问题也日益严重，正在腐蚀整个人类文明社会——所以缉毒的责任也就最重。

苗处和孙守江走出大厅，Cameron 迎上来："你们来得真快。"

"接到你的电话我们就出发了。"苗处跟着他往停车场走，"怎么搞砸的？"

"MI5 和 SDECE 插手了，现在 SDECE 五局控制了现场。"

"SDECE 五局？"苗处皱起眉头，"行动局？他们看来是要血债血还了。"

"看样子是。"Cameron 无奈地说，"他们调了最好的狙击手和行动特工，我们的人没有暴露。看来到现在他们也不知道，我们已经在贴身监控响尾蛇的女儿。"

"现在他们关在哪里？"苗处问。

Cameron 打开雷诺轿车的车门："关键就是——不知道。这是法国，他们是法国情报机关。我们是无法对情报单位展开秘密调查的，总部在研究是不是跟 SDECE 接触，交换情报，采取联合行动。"

"不能给他们。"苗处上车，"这些情报单位本身就跟国际贩毒网络有扯不清的关系，我们的情报一旦给了他们——后果不堪设想。我们的很多特情会暴露的，马上就是人头落地，我们苦心经营多年的特情网络毁于一旦，一切都得从头再来。"

"总部在等待你的意见，你可以打电话给秘书长。"

"我到地方打电话给他。"苗处说，"我们现在先去现场，看看怎么办。"

车开走了。

五分钟后，穿着考究的华裔商人走出了大厅。他戴着墨镜，留着小胡子，拖着一个旅行箱。他叫了一辆出租车，开往巴黎市区。手持委内瑞拉护照的华裔商人杨明轩，来巴黎与温州商会洽谈皮革制品生意。巴黎百分之九十的皮革制品，都被温州人所垄断，而原来的犹太垄断者则被物美价廉的温州皮包皮鞋皮带等打得一蹶不振（在国外的温州皮革产品和国内不可同日而语），所以巴黎每天都有很多华裔商人出入戴高乐国际机场。

杨明轩就是其中一个，他没有引起任何关注。

杨明轩下榻在巴黎市中心的 Victoria 酒店。这是一家具有乡村风格的酒店，白色建筑富有特色，显得平和安宁。这里交通便利，前面是 Puteaux 车站，到工业中心 National Industry Center 走路需要三分钟，而步行到 Champs Elysees Avenue（香榭丽舍大道）只需要十分钟。

杨明轩在这里已经通过网络提前登记了房间，所以侍者引领他直接来到房间。房间也很舒适，侍者把他的行李放下却没有走。杨明轩看着窗外的巴黎市区发呆，片刻才醒悟过来，转身递给侍者小费。

侍者道谢，转身离去关上门。

杨明轩看着窗外的巴黎市区，打开了窗户。

他摘下墨镜，露出那双炯炯有神的眼睛，心里隐隐发酸——本来，他应该带着自己的妻子来这里度假的。

免费的法国一周游……

杨明轩苦笑一下，关上窗户拉上窗帘。他打开电视，音量放到中等，接着从行李当中拿出一个化妆包转身走到洗手间打开所有的水龙头。在梳妆镜子前，他细心地摘下自己粘贴上的小胡子，揭开了分头的假发套。

赵小柱的脸露出来……

或者说，是响尾蛇的脸。

赵小柱看着镜子当中的自己，舔舔嘴唇。粘贴胶确实不是很舒服，他打开化妆包苦笑一下，还得继续粘。化妆包里面是一排各种各样的胡子、眉毛、改变鼻子和脸颊形状的硅胶…

十五分钟后，一个流浪艺术家打扮的金色长发男人戴着一款造型别致的墨镜出了酒店的后门。他绕行一段时间，确定没有跟踪以后，走向酒店 100 米外的公共停车场。他的兜里装着一把车钥匙，这是在洗手间的马桶水箱里面藏着的。

那辆黑色的奔驰 G500 越野车在等待他，车号是正确的。他用遥控器打开车门，上车发动汽车。在离开停车场以前，他没有忘记打开车上的 GPS。他除了脑子里面的地图以外，根本不认识巴黎的道路，而且也没有多少在城市开车的经验——别说在这个欧洲的浪漫之都自己驾驶奔驰 G500 越野车旅行，即便是在北京，他也只是开着小摩托穿行过北苑的家和橘子胡同那一亩三分地，因为曾经在胡同里面蹭过那辆面包警车，所以高所严禁他再开警车。

而现在，他开的这辆奔驰 G500 越野车，足够买 40 辆松花江小面包。

3

巴黎圣母院就在附近，甚至夜晚的钟声都充耳可闻。但是现在巴黎圣母院保护不了 Annie，这个可怜的阿尔及利亚姑娘满身伤痕，衣服破碎，因为她在巴黎移民局，而不在巴黎圣母院。移民局的官员同情地看着她，好像想在她的哭泣当中寻找到什么东西似的。

Annie 哭得声泪俱下，她是偷渡到法国的阿尔及利亚人之一。由于与法国特殊的历史以及地缘关系，法兰西是阿尔及利亚难民的偷渡地首选。Annie 没有任何有效证件，换句话说不仅是偷渡者，还是个黑户。SDECE 五局可不是慈善机构，是典型的暴力机构，所以不会对 Annie 网开一面。有个笑话在法国情报界和司法界流传——一只苍蝇不慎飞进了 SDECE 五局的审讯室，它在片刻的犹豫之后，主动高喊："我在 1962 年参与暗杀了戴高乐！"

所以移民局官员对她的同情眼神是饱含着内容的，天知道她受到了什么折磨。

SDECE 五局显然对她进行了严刑拷打，或者采取了什么别的方式，试图撬开她的嘴。饱受折磨的 Annie 什么都不知道，当发现没有任何利用价值以后，SDECE 五局就把她交给了巴黎移民局。等待她的是无情地遣返，而在移民局里面她终于得到允许，可以给她的叔叔打电话。

Annie 等待着叔叔的到来，起码这样在被遣返以前能够得到亲人的慰问和照顾。

移民局的副局长走进来，后面还跟着一个秃顶胖子。Annie 见到这个秃顶胖白人一下子大哭起来，跪下来抱住他的腿："叔叔，我什么都没有说！别让移民局遣返我，你要我做的我都做到了……"

移民官员有些纳闷儿，看着这个黑人姑娘的白人胖叔叔。

副局长挥挥手："你出去吧，这里的事情不要往外说。"

移民官员就起身出去了。

Cameron 扶她起来。副局长苦笑："要履行一下手续，完了你可以带她走。"

半个小时以后，哭得泣不成声的 Annie 上了雷诺轿车。她被带到了那个中产住宅区附近的一个仓库里，这是一个专门负责监控 Julie 和 Audemarie 的秘密工作点。外面挂着的牌子写着"冷冻仓库"，所以需要耗费大量电力，不会引起电力公司的怀疑。里面冷冻的不是猪肉，而是一群默默无闻的监视者。

苗处站在仓库里面，看着 Annie 被搀扶下车。Cameron 招呼人拿药箱来，对这个可怜的女孩进行简单消毒和包扎。现在还有情况要问她，所以还不能送到医院去。孙守江看着惨遭蹂躏的 Annie，摇头感叹："这帮畜牲，对个小女孩下这么狠的毒手！"

"询问她当时全部的细节。"苗处嘱咐，"我要确定女人和孩子安全，没有受伤。最好能得知她们关押在什么地方，我们不能失去她们。"

"好的。"一个金发碧眼的便衣去办了。

"知道那些又能如何？你想怎么做？"孙守江苦笑，"我们派遣一支别动队去 SDECE 五局救人？在法国巴黎，他们的地盘上？跟那帮科西嘉来一场枪战？然后我们集体被开除，接着就是被法庭审判，跟我们抓住的坏蛋关押在一起？"

苗处这次没有瞪他，这确实是一个问题。

Cameron 走过来："我们现在确实面临危机了，SDECE 五局搞砸了我们的长期监控。我们还没有任何办法，除了跟他们合作……"

"我们不能和情报部门合作。"苗处断然说，"他们自己的手脚都不干净，借助贩毒网络洗钱、走黑账、掩护黑幕行动、获取见不得光的行动经费。SDECE 五局是行动局，进行黑幕交易更是他们的专长！我们将一无所获，甚至可能失去所有！"

"响尾蛇会放弃她们的。"Cameron 说，"他是聪明人，不会跟SDECE 五局对抗。他再爱自己的女儿，也不可能去救她。"

苗处长出一口气，眉头紧锁。

车站外面僻静的马路上，金色长发艺术家的车停下了。

车窗摇下来，他摘下墨镜露出蓝色的眼睛。这是彩色隐形眼镜的效果，而硅胶则改变了他的脸型和鼻子，使得他看上去就是一个健壮偏黑的白人。艺术家注视着车站里面的铁道桥，他的脑海当中换算着附近的地区地图。

片刻之后，他把车开到黑暗的地方隐蔽起来，提着背包下车。他重新戴上墨镜，打开镜片上的夜视开关，眼前立即绿油油一片，一切都清晰起来。

艺术家敏捷地翻过铁丝网，穿越铁轨走向铁道桥。一步一步踏上台阶，他的心也逐渐变得沉重起来。他走到铁道桥上，走到了地面上丢弃的一颗烟头边蹲下。他拿起烟头，是万宝路的。

"你来过这儿。"他自言自语。

随即站起来，拿出高倍望远镜观察住宅区的方向，果然一览无遗地看到了那幢白色住宅。所有的埋伏情况也是一览无遗，显然这真的是远距离观察最好的位置。

他放下望远镜，喉结蠕动了一下："我找到你了。"

教堂的钟楼上，困得要命的狙击手被观察手推醒。他不满地睁开眼："怎么了？"

"有人。"观察手递给他高倍望远镜。

狙击手接过高倍望远镜看过去——铁道桥上的人影隐隐约约。白天的目标很多，所以很难注意到那个铁道桥。而现在则不同，深夜无人，观察手百无聊赖，连三公里以外的目标都能发现。由于是月圆之夜，所以非常清晰可以看见那个剪影。

"三公里以外，是什么人？在狙击步枪射程以外？"狙击手自言自语仔细确认，"他在拿望远镜观察这里？"

随即他明白过来："响尾蛇！一定是响尾蛇！"

4

"发现我了！"

赵小柱眼睛睁大，看见了钟楼上的二人狙击小组。月光下狙击小组的剪影非常明显，赵小柱脸上的硅胶下面渗出了冷汗。他当然知道这是法国SDECE第五局的行动特工，属于以血腥残暴而闻名的秘密行动单位。他马上收起望远镜，快速跑下铁道桥。必须以最快时间脱离现场，否则会陷入SDECE行动特工的无情杀戮陷阱。

窥探侦察被发现——这让赵小柱懊恼不已。

这说明他还不是响尾蛇，因为响尾蛇从来没有被发现过。看来苗处说得对，这只是一次实习，自己还远远没有执行任务的资格。自己现在进入这个秘密的杀戮世界，真的是不需要一分钟就会送命。

来不及想更多，他已经敏捷地翻越过铁丝网跑向自己那辆奔驰G500。好像一切都很安静，那些SDECE特工并没有采取追捕措施。他把包丢到车上，上车，打开发动机掉头快速离开现场。

是的，一切都很安静……

除了……

直升机的马达声！

一架黑色的SA365M黑豹直升机从五公里外的什么地方快速升空，直升机腹部的探照灯射出一道耀眼的白色光柱寻找地面的可疑人员和车辆。SA365M黑豹直升机是在欧洲直升机公司的海豚系列直升机发展起来的突击运输直升机，经过特殊工艺改进，适合执行特殊任务，装备法国特种部队和特工单位。

四名法国黑衣别动队员手持FR-F2狙击步枪和M4A1卡宾枪坐在两侧拆掉的舱门边，腰间系着安全索扣。其余的六名黑衣别动队员坐在机舱里面，随时准备滑降下去。法国盛产幻想家和冒险家，而科西嘉盛产暴徒和匪徒，所以这个十人别动队的战斗力如何展开想象都不为过分。

直升机发现了奔驰G500越野车，高速飞来。

飞行员呼叫着："食人鱼，这是飞鱼。我已经锁定了可疑目标，是一辆奔驰G500黑色越野车，在开往市区的方向。他的位置传输给你们。我们怎么做？完毕。"

"还能怎么做！"食人鱼显然很愤怒，"难道要等响尾蛇用毒刺打你们吗？！完毕。"

飞行员张张嘴："食人鱼，我不能确定车里是响尾蛇。完毕。"

"该死！现在除了响尾蛇，还能有谁出现？让猎人跟我通话！完毕。"

别动队长脸上蒙着黑色面罩，对着自己的耳麦喉咙嘶哑地："食人鱼，我是猎人。完毕。"

"做你该做的事情！完毕。"

别动队长看看自己的队员们，又看看下面的越野车："食人鱼，请你明确命令——猎人小组是否采取强制手段？完毕。"

"难道要我书面授权给你吗？！完毕。"

"收到，完毕。"别动队长看向狙击手："我们跟他保持平行，射杀目标！"

直升机飞行员调整飞行方向和速度，在 100 米外跟奔驰 G500 越野车保持平行，在 50 米的低空与车等速飞行。

狙击手举起 FR-F2 狙击步枪："收到，完毕。"

探照灯打在赵小柱的车身左侧，他的眼都被照花了。他大惊失色，知道狙击手在锁定自己，急忙一个急刹车。

砰！

子弹打在车头上。

赵小柱来不及害怕，立即挂上倒车挡踩下去油门。奔驰 G500 越野车高速倒车，沿着原路返回。直升机已经飞过去了，这种庞然大物虽然速度快，但是掉头重新切入需要时间。赵小柱向后看着，高速倒车，把稳方向。

咣当！

车站的铁丝网被撞开，越野车粗暴地倒进车站。赵小柱换挡，掉转车头高速开过铁轨和基座的砂石。越野车在凹凸不平的路上弹起来，然后粗暴地继续高速前进。赵小柱的油门踩到底，他必须尽快摆脱直升机的追踪。

而且他很清楚，地面的特工分队也已经在路上了。在他们眼里自己就是响尾蛇，所以一定会格杀勿论。死在这里一点都不冤，又是他妈的谁让自己中了可乐大奖的？！又是谁他妈的让自己贱，非得放着好好的片警不做来冒充响尾蛇的？！

赵小柱的精神高度紧张，又撞开对面的铁丝网开进破旧的街道。一个垃圾箱被车撞起来飞到空中，重重落到地上。奔驰 G500 越野车毫不减速，高速掠过。垃圾箱里面颤巍巍钻出一个头发蓬松的流浪汉，显然被打搅了睡眠。他不满地喊着："嘿！你毁了我的家！我要去法庭告你！"

赵小柱驾车快速穿越街道，直升机已经掉头追踪上来。奔驰 G500 没有开灯，而直升机的探照灯搜索范围也是有限的。所以赵小柱还有几秒钟的时间考虑，自己到底是干脆自杀合算还是被这帮行动特工乱枪打死合算。

5

直升机的探照灯锁定了狂奔的奔驰 G500 越野车，狙击手举起 FR-F2 狙击步枪："我抓住他了！"

"打掉他！"别动队长下令。

"收到，完毕。"狙击手稳稳握着狙击步枪，在颠簸的直升机上瞄准了那个响尾蛇的胸部，扣动扳机。

奔驰 G500 越野车的轮胎擦在了路边的人行道上，颠簸起来重重落地。

砰！

子弹打在了奔驰 G500 的后车窗。

"该死！"别动队长怒骂，"开火！给我搞死他！"

外侧的其余三名队员举起了手里的 M4A1 卡宾枪，对准奔驰 G500 狂奔的前方密集射击。

赵小柱面前的车窗被弹雨打碎了，子弹落在了车头上和车身上，擦着他的耳朵过去。赵小柱低下头趴在方向盘上，再次急刹车。直升机又被甩在了前方，但是这次飞行员有了准备，转向控制得很好，准备再次切入。

赵小柱没有挂倒挡，而是再次五挡直接起步，高速冲过直升机的下方。直升机飞行员眼睁睁看着他从自己腹部过去，目瞪口呆："他比泥鳅还滑！"

"我们一定要搞死他！"别动队长怒吼，"血债血还！"

"血债血还！"别动队员们一起怒吼。

直升机升高，飞行员对着耳麦呼叫："食人鱼，确定目标是响尾蛇。他在采用 CIA 的方式来躲避我的空中追踪，我们很难抓住他。完毕。"

"地面分队已经在路上了！"食人鱼回答，"你们一定不要弄丢他！完毕。"

"收到，完毕。"飞行员回答。

国际刑警的秘密工作点里面，大家面对监视器上的疯狂追逐枪战都是目瞪口呆。苗处苦笑一下，这个笨蛋！果然是菜刀，轻而易举就被法国特工发现了！看来实习不合格，心血白费了，连这个计划都要取消了——你还是继续回橘子胡同做片警吧！

孙守江看他，苗处也看看他："还有什么办法？接通 SDECE 的电话。我们收拾残局吧。"

孙守江拿起自己的卫星电话，查找里面存着的 SDECE 关系的电话。

街上，奔驰 G500 越野车还在拼命逃亡。直升机不紧不慢跟着车，好像已经把握了全局。

嗖——

黑暗当中烈焰一闪。

一枚毒刺导弹脱膛而出，直接命中直升机。

"轰"一声，直升机凌空爆炸，化成一团烈焰。

赵小柱从后视镜看见，睁大了眼睛。火球落在地上四分五裂，路边停着的车被震动，警报器大作。所有的别动队员全部阵亡，无一幸存。

赵小柱彻底傻眼了。

苗处也傻眼了。

孙守江拿着电话刚刚拨出去，对方还在"喂"着，他却呆在那里张开嘴："我们难道真的来到了巴士拉？"

这不是伊拉克巴士拉，这是法国巴黎。

赵小柱在片刻的震惊之后就被面前斜刺冲出来的路虎神行者越野车给逼停下，他准备倒车快速逃离。他的身上没有武器，而且这些人也是法国政府特工，他不能跟他们发生冲突。这是苗处给他规定的底线，不可逾越的底线。

一旦发生冲突，SDECE 五局特工会血债血还，国际刑警也爱莫能助。

但是路虎越野车上跳下的不是彪悍的法国特工们，而是一个身材苗条的阿拉伯女孩。她对着赵小柱高喊："该死的！快上车，你要去哪里？！"

<h1 style="text-align:center">6</h1>

苗处盯着监视器，指着那个看不清楚脸的女孩："那个人是谁？"

技术员在电脑前紧张工作着，截图放大脸部处理："我在找！"

虽然这个来自挪威的技术员动作很熟练，相信他的水平也不会低，但是得到清晰的图片还是需要几秒钟时间。而赵小柱则没有更多的时间考虑，因为他现在就在生死关头。周围汽车的马达声此起彼伏，失去同伴的科西嘉壮汉们血红眼睛，肯定不会给他任何解释的余地。

赵小柱不再犹豫，跳下奔驰 G500 越野车，两步就跳进路虎的副驾驶位置。阿拉伯女孩冷峻地从后座提起一个挎包，甩到了奔驰 G500 越野车的底盘下面。赵小柱大惊失色，他当然能想到里面是高爆遥控炸弹。

阿拉伯女孩利索地开车掉头，离开现场。她不时地瞟着车里粘在中控台上的一个小监视器，炸弹上的摄像头把画面通过无线传输到监视器，可以看见几辆车停在奔驰附近，特工们开门下车的腿，穿着皮鞋或者战斗靴。他们在以标准的战斗搜索姿势迅速靠近奔驰，越来越近……

赵小柱高喊："No——"

但是已经晚了，阿拉伯女孩按下了手里的遥控器。

"轰——"

奔驰 G500 越野车飞上了空中，与此同时一团烈焰包裹着周围十几个特工伴随着钢珠和弹片飞向四面八方……

赵小柱回头看着后面远处的烈焰，一个特工在哀号，浑身都是火，往外爬着。人类的身躯就是如此脆弱，即便你满身武艺又能如何？什么样的硬汉其实都是肉做的，练得再壮也会死得很惨。

苗处看着监视器上的又一次爆炸，睁大了唯一的右眼。

Cameron 指着监视器上正在脱离监控范围的路虎越野车："那肯定是响尾蛇！只有他才会这么凶残狡诈，会在车上留下遥控炸弹！我们要不要组织力量，歼灭他？！"

孙守江着急地："那是……"

"不要！"苗处断然说，"我们不能去歼灭他！"

"为什么？"Cameron 纳闷儿，"这是我们千载难逢的机会！他们守在这里，就是为了今天！"

苗处转身，看见了那些整装待发的别动队员。他们已经在衬衫外面套上了胸前佩着国际刑警徽章的防弹背心，戴着头盔，手持 M4A1 卡宾枪等各种武器。眼神里面都是跃跃欲试，准备出去抓获或者灭掉这个杂碎。

孙守江看苗处，嗫嚅着不知道该不该说。

苗处瞪了他一眼，孙守江立即恢复了常态，但是还是担心地看着监视器上逐渐消失的路虎越野车。苗处看着 Cameron 缓缓地说："SDECE 在实施猎杀响尾蛇的行动，我们现在出去肯定是一场混战。如果我们和 SDECE 交火，响尾蛇就会趁机逃脱。造成的双方冲突，我们很难善后。"

这确实是一个很难反驳的理由。

"那我们眼睁睁看着他逃脱吗？"Cameron 着急地说，"SDECE 搞行动是专家，但是对响尾蛇远远不如我们熟悉！他们不知道响尾蛇的手段，会丢掉他的！"

苗处想了一下，说："我们宁愿这次丢掉响尾蛇，也不能跟 SDECE 一起行动！就算没有发生冲突，国际刑警跟 SDECE 第五局合作，传出去我们没办法混了！我们在政治上要保持中立，绝对的中立！"

这绝对是一个无法反驳的理由。

Cameron 苦笑一下："可怜的 SDECE，他们死都不知道怎么死的！"

孙守江担心地看着苗处，苗处只是淡淡一笑："我们的响尾蛇……他的新生活刚刚开始，静观其变吧。"

路虎车进了市区，恢复了常态，混入车流当中。赵小柱还是心有余悸，阿拉伯女孩平静地开车。赵小柱不敢说话，他的心里已经紧张到了极点，因为低头就看见阿拉伯女孩放在腿上的 P228 手枪，加装了消音器。赵小柱没有把握比她更快抓住那把枪，刚才那一幕心有余悸。她可比自己有经验，而且是相当的有经验，自己除了长得像响尾蛇以外，可没有他那样的经验与身手。

"还戴着头套干什么？热不热？"女孩用英语说。

赵小柱眨巴眨巴眼，摘下了头套，也撕掉了硅胶。眼睛还是蓝色的，所以看上去很怪异——一个蓝眼睛的华人。他不敢说话，因为此时一不留神就要露馅，就是杀身之祸。现在的情况也没办法通知苗处，只能走一步看一步。

女孩拿出一包万宝路，自己叼住一根。

赵小柱本能地拿出打火机打着，凑到她的脸侧——这不是响尾蛇的习惯，是赵小柱的习惯。在橘子胡同派出所，他不抽烟也要带火，因为高所随时都可能找不到火，然后高喊："赵小柱——"他就得马上跑进去，给高所点烟。

女孩诧异地转脸看他。

赵小柱拿着打火机，额头在冒汗。

女孩看着他，慢慢把烟凑到火上点燃了。

赵小柱拿着打火机，一直到烧手才合上。

女孩抽了一口烟，看着前方吐出烟雾。眼泪慢慢溢出她的眼睛，无声地滑落下来。

赵小柱靠在座位上，尽量若无其事，其实心里面已经开锅了。

"你从来没有给女人点烟的习惯。"女孩擦去眼泪，"你肯为我点一根烟，这些年……我没白等你。"

7

"我找到她了！"

挪威技术员兴奋地高喊。

苗处走过去，那张女孩的脸部已经被截图放大，并且进行了分离处理。本来模糊的脸部变得清晰可辨，是个符合中国人审美的漂亮女孩。苗处俯下身子仔细看着，记忆当中没有这样的脸："找到她是谁！"

挪威技术员面前的三台电脑在疯狂运转，他看着不同电脑的相貌特征比对结果："我们的资料库没有……FBI没有……MI5没有……CTU的资料库……该死，Jack Bauer又辞职了吗？他们的资料库得有一周没更新了，这是个幽灵杀手，她没有履行优秀恐怖分子的手续——没有在世界上任何一个反恐机构登记！"

苗处思索着，说："她不是恐怖分子。"

孙守江看他。

苗处思索片刻，断然说："比对一下法国儿童福利机构的资料库！"

"她是巴黎圣母院的义务修女吗？"挪威技术员苦笑，"还是哪个孤儿院的福利义工？"

"去做！"苗处命令。

挪威技术员打开了法国儿童福利机构的资料库，这是没有密级的，任何人都可以查阅。照片输入程序，一秒钟都不到，出现了"符合"的信号。

一张照片跳出来，就是那个阿拉伯女孩！

Laila，法国国籍，原籍科威特，出身科威特王室家族。1990年科威特遭到萨达姆执政时期的伊拉克军队入侵，父母惨遭杀害。八岁的Laila被父亲的侍卫掩护出逃科威特，辗转到法国巴黎。Laila毕业于巴黎大学戏剧系，现为巴黎Keats orphanage（济慈孤儿院）院长……

"上帝啊——"挪威技术员目瞪口呆。

"阿拉伯公主？福利院院长？恐怖分子？"Cameron几乎要发疯了，"这个世界难道真的没有天理了吗？"

苗处很冷静："查一下她的住址。"

"跟响尾蛇的女儿在一个街区。"挪威技术员根据登记的地址调出地图。

苗处指点着地图上Laila的住址："这是监控和保护他女儿的最好位置。"

大家都看他，苗处唯一的右眼炯炯发亮："我们监控了这么长时间，居然没有找到响尾蛇埋伏下的保护者！这是我的疏忽，不可原谅！"

"但是她……"孙守江指着照片上气质典雅高贵的美丽女孩，"她怎么会，怎么会被训练成恐怖分子……去保护响尾蛇的女儿呢？"

苗处看着这个女孩的美丽笑脸，淡淡地来了一句："爱情的力量。"

"天啊！"孙守江痛心疾首，看起来不是一般的嫉妒，骂出来都是汉语，"这他妈的……这么漂亮的女孩！这么漂亮的女孩！阿拉伯公主！——为了他死心塌地，被训练成职业杀手，去保护他……去保护他跟别的女人生的女儿？！"

苗处没有丝毫的震惊。

"这他妈的都不能用情种来形容了！"孙守江接着骂，"活脱脱就是他妈的一匹大种马啊！"

8

Laila 右手拿着酒精棉，凑到赵小柱的脸颊残存的粘贴胶上。赵小柱的嘴角抽搐一下，但是还是没有敢动。Laila 细心地帮他擦去脸上那些难缠的粘贴胶，接着拿起热毛巾擦着他的脸。赵小柱一动不敢动，温热的毛巾覆盖在脸上，让他的恐惧一下子化解了。一直紧握的右手慢慢放松了，手心里面都是汗。

Laila 擦拭着他的脸，很仔细，很温柔。

赵小柱捏了一下腿上的肉，让自己能够时刻保持清醒。从接到前来巴黎的命令开始，他就没有合眼过，到现在已经几十个小时了。航班上虽然闭着眼睛，但是大脑一刻也没有停止转动。他当然紧张，这不是在橘子胡同派出所查暂住证，也不是分局联合行动检查夜总会、桑拿或者发廊什么的——这是去巴黎，去响尾蛇出没的地方！全世界的警察和特工在寻找自己这张脸，那些电影里面才见过的詹姆斯·邦德们恨不得把所有的子弹都打在自己这张脸上……这不是开玩笑的事情，而是危机四伏，随时可能死于非命！

虽然孙守江提出了反对意见，但是苗处执意要对他进行这些实习考察。而苗处……就是苗处，他说出来的话不是意见，是命令——是不容违背的。于是赵小柱就开始了曾经梦寐以求的巴黎旅行，只不过没有盖晓岚的陪同……晓岚……

晓岚在吻着自己的脸。

一点一点……

很轻柔，嘴唇很湿润。

吻住了自己的嘴唇，舌头伸进来，像一只活泼的小鹿……

赵小柱伸出双手抱住了晓岚，抱得紧紧的。他的眼睛闭着，泪水流下来……你一定很想我了，晓岚……芬芳扑面而来，却不是……

晓岚的味道！

赵小柱猛地睁开眼，推开面前的女人，急促呼吸着看着那张陌生美丽的脸。

Laila 脸上带着眼泪，幽幽看着面前这个彪悍的男人。

他留着独特的发型——脑袋两侧和后面的头发被完全剔掉，俗称"锅盖头"。这是美军游骑兵的小伙子们喜欢的发型，他们自认为是这支精锐军队当中最精锐的一群，桀骜不驯充满斗志……

他的眼睛还是那样充满忧郁，带着淡淡的忧伤——2003 年冬季的巴黎，自己第一次见到他的时候，他的眼睛就是这样的……那天正在上课，门口出现了一个穿着褐色风衣和牛仔裤的华裔年轻男人，消瘦黝黑的脸庞，戴着一顶黑色的棒球帽。Laila 是一个阿拉伯战争孤儿，大学毕业以后，个人出资办了这个阿拉伯孤儿院，主要收容战争当中成为孤儿的孩子们。海湾战争导致她的孤儿院差点人满为患，Laila 也累得够呛。Laila 是个善良的女孩子，以德报怨，并没有因为伊拉克军队屠杀了自己的父母而不收容伊拉克孩子。

"祖国。"

Laila 坐在地板上，举起手里的阿拉伯语板。

"祖国——"

孩子们奶声奶气地学习着。

"和平。"

Laila 又指点下一个词。

"和平。"

孩子们还是奶声奶气地学习着。

那个年轻男人站在门口，看着这些孩子们。他的眼睛充满忧郁，带着淡淡的忧伤。Laila 偏头看见了他，很好奇地用法语问："先生，你有事吗？"

"没有……"年轻男人笑笑，"我来看看他们……"

"请问你是？"

"美国人。"年轻男人低声说。

Laila 仔细地看着他，他虽然穿着厚厚的外套，但是露出来的脖子粗壮。再仔细看他的仪表，身材挺拔，双手自然插在兜里，脚下是一双黄色的沙漠靴。Laila 看看孩子们："你们先玩会儿吧，我去去就来。"

她在孩子们好奇的目光当中走出去，那个男人也跟着过来。

"你是美国军人？"Laila 问。

男人点点头，摘下了自己的帽子在手里揉着，露出了锅盖头："我曾经是游骑兵，参加过'伊拉克自由行动'。我在巴黎旅游，听说这里有一个阿拉伯孤儿院，我想来看看他们……战争总是会给他们带来伤害。"

Laila 点点头："你叫什么？"

"Mike。"张胜说。

"进去和他们一起玩吧！"Laila 建议。

张胜跟着 Laila 进去，一起坐在地板上。那些可爱的孩子们围着他们，Laila 用阿拉伯语介绍说："这是美国人——Mike！他去过科威特和伊拉克，让我们欢迎他！"

"美国兵！"一个孩子哭着指着他的脑袋，"他是美国兵！他杀了我爷爷——"

孩子们都激动起来，纷纷爬起来躲闪到一边。

张胜很尴尬，看着他们。

Laila 着急地说："他现在不是军人了，孩子们！"

"美国兵！美国兵！"孩子们指着他喊。

张胜突然用阿拉伯语说："战争是一场灾难，无论对于美国人还是伊拉克人都是灾难。"

Laila 和孩子们都没想到，他会说纯正的阿拉伯语。一下子都安静下来，看着这个坐在地板上的锅盖头前美国华裔大兵。张胜看着他们："我有一个女儿，Audemarie，比你们小一点。她的母亲 Julie 也是阿拉伯人，和你们一样也是战争孤儿……我的女儿也有一半的阿拉伯血统。我来巴黎，是为了看望她们……也是为了看望你们……"

Laila 惊讶地看着这个年龄并不大的华裔男人。

"我也是孤儿，从小和 Julie 在孤儿院长大。"张胜的声音很平淡，"我理解你们，也理解你们害怕我……但是你们觉得我像传说当中的六个脑袋能喷火的恶魔吗？"

孩子们看着他，虽然他的脸上没有笑容，但是他的眼睛是真诚的。

张胜也看着他们："是的，我杀过伊拉克人……但是那是战争，我是战士，我要听从命令。我不想多说什么自由和正义，独裁和压迫……因为你们还太小，听不懂。说实话在战场上我也想不了那么多，我只是想活下来，也让我的兄弟们活下来……"

他的眼中隐约有泪花，好像想起了什么悲惨的事情。

"现在，孩子们。"张胜看着他们，冷峻的脸上浮出一丝微笑："让我们为了战争当中的死难者，默哀一分钟……不管他们是伊拉克人，还是美国人……好吗？"

他低下了自己的头。

孩子们也低下了自己的头，嘴里念念有声。

Laila 看着这个会说阿拉伯语的华裔男人，低下了头……

课后，Laila 跟张胜走在孤儿院的草坪上。张胜拿出一张支票，上面是三万美元："这是我在军队的积蓄……是参加伊拉克自由行动获得的战争补助，很遗憾我花了一部分。我委托你，给他们。"

"你不是还有家吗？"Laila 说，"你有家庭需要抚养。"

张胜淡淡一笑，塞在她的手里："我现在为美国政府工作。我有足够的报酬给女儿抚养金，这些是交给那些孩子们的。"

"你们离婚了？"

"我们就没有结过婚。"张胜苦笑，"那是一个错误。那时候我们都还太小，我们才十五岁……孤儿院里面，很容易发生这样的事情。我相信你也不会见得少，对吗？Laila 小姐？"

Laila 想起自己的初恋，脸红了一下。

"Audemarie 是我和她之间，现在唯一的关系。"张胜说，"我来巴黎，是为政府来做事的。这是顺便来看看她们，也来看看这些孩子们，支票只是我的一点心意。"

"你刚从游骑兵退伍，现在为政府工作？留着军队的发型？而且有足够的报酬抚养女儿？"Laila 好奇地看着他的锅盖头，"还能到巴黎来旅行？拿一张三万美元的支票捐助给孤儿院？——Mike，你不觉得这有点说不过去吗？"

张胜低头想想，抬头笑一下："总之，这是我在伊拉克的战争补助。我希望捐助给他们，其余的我不想说什么。"

"我不能要来路不明的钱。"Laila 认真地说，"这张支票我还给你。"

张胜叹息一声："我确实是为美国政府工作……从事一些鸡毛蒜皮的小事，譬如清理垃圾，转运货物之类的……"

Laila 逐渐反应过来："CIA？FBI？"

年轻的 CIA 外勤特工张胜愣住了，看着 Laila 没说话。

Laila 笑笑："我也是战争孤儿，Mike。我对战争的了解，不会比你少多少。"

张胜无奈，拿出自己的名片递给她。名片上是 CIA 的徽章，名字是 Norm Hooten。张胜认真地说："我的钱，是干净的。是美国政府给我的，因为我为我的国家效命。这是我的卫星电话，24 小时可以找到我。如果你需要，随时可以找到我。不过我希望你不要声张，因为我的政府希望我是隐身人。"

Laila 接过名片："到底哪个名字是真的？"

"你就叫我 Mike 好了。"张胜笑笑，"在军队我是这个名字。"

"我还在纳闷儿，一个前美国大兵，怎么能轻而易举找到我这个孤儿院。"Laila笑笑，"现在我知道了，什么都瞒不过你这种人。"

张胜伸出右手："谢谢你，Laila。我该走了，再见。"他注视Laila的眼睛忧郁，带着淡淡的忧伤，随即转身走了。

"门口有一家咖啡厅还不错！"Laila在后面喊，"你不想请我喝杯咖啡吗？"

张胜回头看她。

"或者我请你也可以！"Laila举起右拳挥舞一下，"你推翻了萨达姆，为我报仇了！"

张胜纳闷儿。

"我是科威特人！"Laila笑着说。

张胜也笑了一下："这是我第一次得到阿拉伯人的感谢。"

……此刻，Laila注视着面前推开自己急促呼吸的Mike，流着眼泪："你怎么了？"

赵小柱稳定住自己，注视着面前的Laila。他的心跳很快，喉结蠕动一下，随即声音颤抖地问："……你是谁？！"

9

Laila诧异地看着面前的响尾蛇。

赵小柱冷峻地看着她，一言不发。

目光交织在一起，仿佛时间都搅拌在一起了一样。放在身边的桌子上的烛台还在燃烧着，窗户则早就被Laila用油毡盖得严严实实的，外面看不见一点光亮。

这个位于巴黎西郊的破旧谷仓里面充斥着一种好闻的稻草味道，还有一股暧昧的味道。

Laila几乎是坐在赵小柱的腿上，身体靠得非常近。衬衫的前三个扣子没有扣，露出丰满滑嫩的半对乳峰和深深的乳沟，她的长发散落在脸颊边上，带着神秘阿拉伯味道的芬芳气息伴随呼吸轻柔喷洒到赵小柱的脸上。眼神幽幽如水，带着一股内疚，一股幽怨……复杂得让人迷茫，又脆弱得让人心痛。

赵小柱恢复了平静，就是那样看着她，不动声色。

Laila 的眼泪慢慢滑落，低下头很伤心地哭了："我知道，你在责怪我……"

赵小柱的内心已经非常紧张，但是表面上依旧平静冷峻。谍报训练课程当中的角色扮演科目，是苗处一个电话抽调来的前狼牙特种大队突击队员小庄给他上的。这小子是狼牙特种大队的另外一种类型的鸟人，戏剧学院导演系好好的放着不上，来狼牙特种大队混，退伍后继续完成学业……他对表演的研究算是这帮人最深的。他非常认真地对赵小柱说："你要面对的是扮演两重身份的角色——第一，你要从赵小柱扮演成响尾蛇；第二，你要从响尾蛇扮演成不同角色的人物。所以你的内心世界其实是三重，相比其余的演员要复杂得多。在舞台上，我们通常说演员要和角色合二为一，而你是合三为一——无论身处什么样的环境，你都要在瞬间做到三重内心世界的思维活动，做出正确的判断……"

赵小柱冷峻地看着面前的 Laila。

"当你不能做出正确判断的时候，最关键的就是——冷静！让对方先做出判断，你可以进行新的判断……"

Laila 哭着抬起头："我不是故意的……等我发现他们冲进去的时候，已经来不及了……我什么都做不了，他们的速度太快了，整条街都封锁了……"

赵小柱反应过来——这是个暗中保护者。

Laila 举起手枪对准自己的太阳穴："我知道你不会原谅我的！"

赵小柱一把打开手枪，Laila 已经扣动扳机。弹头从消音器当中脱膛而出，打在天顶上。Laila 哭着还要拿起手枪自杀，赵小柱两下娴熟的美军特种部队格斗动作抢过手枪——现在武器在自己手里，掌握局面了——他握住了手枪，面对面前的 Laila 还是冷峻沉默。

"眼神，眼神要能杀人！"

赵小柱经过训练的眼神冷峻，冒着寒光。

Laila 抬起泪眼看着他："为什么不让我死？"

赵小柱冷冷看着她："你活着还有用。"

有什么用？他自己都不知道。

Laila 擦去眼泪，眼巴巴看着他："我知道你的女儿关在哪里，还有 Julie……"

赵小柱低下头，用忧郁的眼神看着她。

"是真的！"Laila 着急地说，"我找到了！SDECE……把她们关在一个安全点……她们没有受到虐待……"

赵小柱看着她的眼睛："为什么我要相信你？"

"因为……"Laila 哭着说，"我爱你……"

赵小柱错开眼，这个局面是他没想到过的。他还不能完全理解响尾蛇对待女人的态度，是当作衣服吗？还是当作澡堂的拖鞋？

"你要相信我……"Laila 泣不成声，"我费了好大的力气，才找到的……我本来想去救他们的，没想到你来了……不需要我了，我告诉你地址……你去吧，我对不起你的信任……我自己解决自己……"

赵小柱转回脸，冷峻地看着她："告诉我。"

"杜布阿大街 55 号……那是个 20 层的公寓楼……她们在 17 楼 1703 房间，里面有三个特工。其中两个有 M4A1，剩下一个是雷明顿霰弹枪……1704 和 1705 房间，是别动队驻地，分别有十五个别动队员……楼顶有狙击小组和直升机，对面的写字楼里面也有两个狙击小组，还有一支十人的后备别动队……他们要你死……"

赵小柱倒吸一口冷气，但是他的掩饰却是眯缝眼露出凶光。

"你是怎么知道的？"

"医生……"Laila 说，"Audemarie 有哮喘病，你是知道的……SDECE 不知道，她差点……他们自己的医生看不了，打了急救电话……我一直在监控巴黎的急救网络，我知道他们早晚要找医生的……"

赵小柱盯着她："然后呢？你有什么计划？凭你自己——去对付几十个法国最好的别动队员？"

"我找了雇佣兵……"Laila 说，"他们是外籍兵团第二伞兵团退役的突击队员……他们愿意做……"

"在法国首都巴黎，你找了一群雇佣兵，跟法国特工作战？"赵小柱有点不敢信。

"是的，他们只要钱给够了就可以。"Laila 说，"我给了他们三倍的价钱，明天晚上……他们就要开始行动了……他们非常出色，他们一定能救她们出来的！……现在，你来了，用不着他们了……你比他们都出色……也用不着我了……"

她拔出一把阿拉伯匕首，对准自己白皙的脖子，幽怨地看着赵小柱："我……爱你……"

"等等！"赵小柱高喊。

Laila 看着他。

"你以为我是内裤外穿的飞人吗？！"赵小柱怒斥她，"我一个人，去对付五十个别动队员？！"

"我把他们的接头暗号给你……"Laila 说，"他们会继续执行任务，钱……在我们都知道的账户上……"

"听着，你现在不能死！"

"为什么？"

"因为……"

Laila 期待地看着他。

"我……爱你。"赵小柱一咬牙，说出来。

Laila 哇的一声哭出来，抱住了赵小柱。赵小柱长出一口气，慢慢推开她："不要死，活着……早晨我去办点事情，你在这等我……好吗？"

Laila 哭着点头，要吻赵小柱。

"等等！"赵小柱说，"我的女儿还在他们手里！我现在没心情！没心情，明白吗！等我们把她救出来……"

Laila 哭着点头："我等了你三年了……我不在乎再等一天……"

深夜，Laila 在赵小柱的怀里睡着了。两人都穿着衣服，赵小柱搂着她，在抽烟。黑暗当中，他的眼睛很亮，随着烟头的一明一暗，有着些许的反光。他就这样睁着眼，不敢睡觉。虽然怀里的女人很柔软，睡得很香，他也心无杂念。

因为，生死只是一转眼的事情。

在这个时候，他能想到的，不会是女色，而是……活命。

10

埃菲尔铁塔宏伟壮观，俯瞰着黎明刚刚苏醒过来的巴黎。

穿着普通的苗处化装成一个白胡子老头，穿着一身唐装提着个鸟笼子，笑眯眯还穿着布鞋。电梯里面的旅游者很多，苗处一点都看不出来破绽。一个孩子还蹲着逗他笼里面的小鸟，用法语问："这是什么鸟？"

"八哥。"苗处笑着回答。

"BA……GE？"小孩抬眼看他，"是来自中国的鸟吗？"

"是的。"苗处说，"它会说话。"

"它会说什么？"

"你听不懂。"苗处淡淡一笑。

八哥在笼子里面跳着，喊出来汉语："我是警察！我是警察！"

埃菲尔铁塔分为上、中、下三个瞭望台，苗处要去的是最上面一个瞭望台。

如果说，巴黎圣母院是古代巴黎的象征，那么，埃菲尔铁塔就是现代巴黎的标志。浪漫的巴黎人给铁塔取了一个美丽的名字——云中牧女。埃菲尔铁塔是为隆重纪念法国 1789 年资产阶级革命 100 周年在轰动世界的世界博览会举行之际而建的。以设计人法国著名建筑工程师居斯塔·埃菲尔的名字命名，并在塔下为埃菲尔塑了一座半身铜像。

铁塔采用交错式结构，高 300 米，由四条与地面成 75 度角的、粗大的、带有混凝土水泥台基的铁柱支撑着高耸入云的塔身，内设四部电梯。它使用了 1500 多根巨型预制梁架，250 万颗铆钉，总重 7000 吨，是一个机器主义风格的庞然大物。

最下层瞭望台面积最大，相当宽敞，设有会议厅、电影厅、餐厅、商店和邮局等各种服务设施。在穿梭往来的人群中，好像置身于闹市，而忘记这毕竟是 57 米的高空。从这里观赏近景最为理想。北面的夏洛宫及其水花飞溅的喷水池、塔脚下静静流过的塞纳河水、南面战神校场的大草坪和法兰西军校的古老建筑，构成了一幅令人难忘的风景画。

中层瞭望台离地面 115 米，从这一层向外张望可以看到最佳景色。淡黄色的凯旋门城楼，绿荫中的卢浮宫，白色的蒙马圣心教堂都清晰可见，色彩斑斓。傍晚登塔，则见夜色如画，繁灯似锦，翠映林荫，那些交织如网的街灯，真如雨后珠网，粒粒晶莹。这一层还有一个装潢考究的全景餐厅，终年都是顾客盈门，座位必须提前预订才行。

电梯到了最上层的瞭望台，苗处提着鸟笼子跟着旅游者走出去。

八哥在鸟笼子里面喊着："我是警察！我是警察！"

苗处笑眯眯地走向瞭望台边上的一个黄头发青年，他戴着墨镜，脸颊丰满。

苗处笑着走到他的身边，俯瞰巴黎，用汉语说："真美，你好好浏览了巴黎的美丽景色了吗？"

赵小柱转身看着下面的巴黎市区。

这里离地面 274 米，嘈杂的巴黎仿佛忽然静了下来，变成一幅巨大的地图，条条大道条条小巷划出无数根宽窄不同的线。全巴黎尽在脚下，当白天视野清晰时，极目可望 60 公里开外。

赵小柱的腮部蠕动一下，藏在两边腮里面改变脸部结构的两小块苹果到了他的嘴里。他嚼着苹果吃着："去他妈的巴黎！"

苗处只是淡淡一笑，举起手里的鸟笼子。

八哥看着主人，再次高喊："我是警察！我是警察！"

赵小柱愣了一下，随即说："你他妈的干脆在你心脏的位置画个 10 环，让响尾蛇直接狙击得了！还费什么力气驯八哥啊？"

苗处淡淡笑笑："别说脏话，它会学坏的。"

话音未落，八哥又叫："去他妈的巴黎！去他妈的巴黎！"

苗处叹息一声："口脏了，不值钱了……"

"我现在没心情跟你逗鸟玩！"赵小柱压低声音，"这是紧急情况！那女的……他妈的到现在我都不知道她叫什么名字……"

"Laila。"苗处淡淡地说。

"好，就是那个 Laila！"赵小柱说，"她他妈的简直就是个古墓丽影！扛着一杆毒刺先把法国特工的直升机干下来，接着又弄个炸弹让价值 150 万人民币的奔驰飞上天！然后又带着我到了一个谷仓，差点就……"

赵小柱打住了。

苗处还是带着淡淡的笑意看着面前的巴黎。

"我现在想知道，打算怎么结束这次实习？"赵小柱问，"那个古墓丽影，现在找了一帮子雇佣兵！准备搞出来响尾蛇的女人跟女儿，我都不知道她的脑子怎么想的！"

苗处没说话。

"我现在已经掌握了雇佣兵的联系暗号和行动方式。"赵小柱紧张地说，"我知道他们什么时候动手，也知道那个古墓丽影在哪儿！她居然还在谷仓等我，真的把我当成响尾蛇了！"

苗处点点头。

"你倒是说话啊？！"赵小柱着急地说，"告诉我，这次实习结束了！你马上联系巴黎警察局和法国那个 SM 五局——这帮狗日的差点要了我的命！把那个古墓丽影跟雇佣兵一网打尽！"

苗处看了他一眼："为什么？"

赵小柱纳闷儿看他："我不是警察吗？不是你派我卧底吗？现在我得到了他们要搞事的准确情报，动手啊？"

"你能活来见我，说明她真的把你当作响尾蛇了。"苗处缓缓地说，"这是一个意外的好成绩，但是——这次实习没有结束。"

"什么？"赵小柱差点没疯了。

"你现在还不能撤。"苗处加重语气，"跟她一起去救人……"

"那 SM 五局会把我当作响尾蛇，直接搞死我的！"赵小柱说，"难道你想要我的命？！"

"SDECE 五局。"

"都一样！"赵小柱说，"跟你们一样好 SM！他妈的，血腥！问都不问，上来就直接要干死我！"

"他们阻挡不了雇佣兵。"苗处淡淡地说，"Laila 找的确实是最好的雇佣兵，我昨天晚上已经得到情报了。"

"你什么意思？"赵小柱纳闷儿。

"我是说——让他们去救人！"

赵小柱看苗处："你疯了吗？他们是法国特工啊！他们是政府的公务员，是……"

"你是卧底！"苗处盯着他的眼睛，"你是眼睛和耳朵，只能看，只能听！"

"可是他们现在要搞的是一个国家的特工机关啊？！"

"那就让他们去搞。"苗处冷峻地说，"让他们把人搞出来，找到地方放好。我们接手这个案子，控制住那对母女。"

"为什么？"

"因为——那是响尾蛇的女儿！"苗处冷峻地说，"她对我们很重要！"

"可是那帮特工呢？"赵小柱纳闷儿，"难道……"

"你是卧底，这是刚开始。"苗处淡淡地说，"这是刚刚开始，以后你会见很多！"

"上帝！"

"如果仅仅为了抓住 Laila 和那帮雇佣兵，这么大力气培训你有什么用？"苗处说，"我要的是响尾蛇，不是 Laila！不是一帮打手！"

"那我就看着他们死？"

"他们也对法兰西宣誓过，"苗处说，"这是他们的天职！"

赵小柱看着他："那我呢？他们去救人，我怎么办？难道我要跟法国特工枪战吗?"

"这种局面,响尾蛇不会亲自动手的。"苗处说,"他会在外面安全的地方接应,等待把女儿救出来。你带母女俩到 Laila 指定的安全点,我会去接你。法国警察会在最短时间赶到,你提前撤出去,在外面等我。实习就结束了,回去还要给你补训!"

赵小柱哭笑不得。

"你是卧底!你是卧底!"八哥又叫。

苗处拿起鸟笼子,打开了。八哥站在笼门口,回头看看主人。苗处挥挥手,八哥展翅飞向天空。

"海阔任鱼跃,天高任鸟飞。"苗处看着八哥飞远的身影。

赵小柱看着他。

"你是卧底,这是你的工作。"苗处把鸟笼子塞给他,"你不是笼中的鸟,到处都是规矩!更不是那只八哥,只会学舌!拿着这个鸟笼子,慢慢体会吧!"说完转身走了。

赵小柱提着鸟笼子,看着他走向电梯的背影。

他举起鸟笼子,在下面发现了胶带粘上的窃听器。他撕下来窃听器,放入口袋,知道这是给自己的。随即看着这个鸟笼子,咬牙切齿举起来:"妈的!"

啪!鸟笼子四分五裂。

11

雇佣兵头目 Severin 是个粗壮的科西嘉汉子,也不知道是不是真名。赵小柱已经知道,在这行混事的名字比女人的衣服还多,知道真假没有任何意义。Severin 是法国人,但是却不是法国国籍。为了加入法国外籍兵团,他大学毕业专门到德国入籍,才有资格参加初选。外籍兵团成立于 1831 年,在 19 世纪期间是法国殖民作战的前锋。既然叫法国外籍兵团,所以首先就不考虑法国人。在法国外籍兵团,除了大部分军官是法国人以外,士兵的构成来自世界各地。为了能够加入这支神往的精锐部队,很多法国年轻人跑到其他国家入籍，然后回国参加初选，经过严酷的选拔，他们才能进入新兵训练，最后戴上白色KEPI帽，按照训练成绩分发到各个部队。

2REP——第二伞兵团，驻扎科西嘉岛，法国外籍兵团精锐当中的精锐。绿色贝雷帽，特别突击队，冲杀战场最危险的地方……硬汉，确实是硬汉。Severin就是从小中了这个毒，而且一毒就是30年。现在他已经42岁，从军士长的军衔退役十多年了，还是转战在世界各国。当然不再是代表法国武装力量，而是代表自己，领着一帮昔日的部下，还是过去的生活方式——战斗，战斗，战斗。至于敌人是谁，好像不是太重要。越危险越刺激，这是这种中毒硬汉的信条。

他的这些部下也真的不是等闲之辈，都是冲杀多年的好汉子。德国人，挪威人，丹麦人，新西兰人，美国人……都是跟他一样粗壮而且职业的雇佣兵，喜欢战斗超过喜欢女人，如果放弃战斗，可能一天都活不下去。

赵小柱看着眼前这帮人，心里发毛。他不能不发毛，跟他们相比自己就是一只小蚂蚁。但是他们看自己的眼神也是敬畏的，因为知道这是大名鼎鼎的响尾蛇。Severin抱着肩膀，声音是军队特有的嘶哑："响尾蛇，我们已经做好了战斗准备。"

赵小柱还是冷峻地看着他和那些嗜好杀敌的雇佣兵们。这是在巴黎郊区的一个废弃汽车厂，正是黄昏时分。十几个不同国家的雇佣兵围着车间里面废弃的车床，上面摆满了各种武器装备，从手枪到自动步枪、狙击步枪、轻机枪应有尽有。琳琅满目的武器看得赵小柱发晕，再加上面对这些穿着黑色作战服，脑袋上卷着面罩的雇佣兵，有点置身某部电影里面的感觉。但是现在不是电影，自己也不是电影里面的詹姆斯·邦德。

赵小柱提醒着自己，让自己可以按照受训期间的要求冷静下来。他的脸上始终没有表情，内心高度紧张，加上一直没休息好，跟红眼病似的眼睛布满血丝。当然，现场的雇佣兵和Laila都理解为愤怒和牵挂。

Severin的身后是一块黑板，上面悬挂着Google上找来的卫星地图，附近楼顶上面都画出了隐蔽位置和攻击位置。还有几张手绘的侦察地图和楼层平面图、立面图，Severin一丝不苟地按照军队标准用语给赵小柱详细讲解了自己的突击营救计划。Severin 知道响尾蛇不仅是间谍、杀手，也是军事行动的专家，而且还是自己真正的雇主，所以没有跟对付那些财团似的敷衍了事，讲解得很细致，也很专业。

按照赵小柱现在的军事素养，他是不可能觉得有什么不妥的。他冷峻地看着 Severin 在不同的图上用红蓝笔绘出各个小组待命位置、进攻发起路线、撤退路线等，脑子里面一团糨糊，但还是要装得很冷峻的样子。这个时候他才知道——演员，也真的不是那么好当的！

Severin 说完了，赵小柱还不吭声，还是那表情。

"响尾蛇，你觉得我的行动计划有什么遗漏吗？" Severin 礼貌地问。对于这种行家，他还是尊重的。

赵小柱皱起眉头，长出一口气："Good! Very good!"

Severin 松了一口气，也有些自豪。能让大名鼎鼎的响尾蛇夸，也说明自己的军事素质确实了得。他点点头，微笑："既然如此，我们就出发了？"

赵小柱心情很复杂，看着这些收拾武器的雇佣兵们。他们要去杀掉一个国家的政府公务员，而自己只能干看着。自己想象当中的卧底不该是这样的，但是苗处……苗处是自己的指挥者，自己只能听他的。因为卧底是耳朵，是眼睛，而不是大脑；是密探，是间谍，而不是决策者。第二次世界大战，斯大林收到无数红军情报员拼死搞回来的情报，具体到了进攻时间和地点，德军的武装力量配属……但是决策者就是不听，红军情报员们能代替决策者去决定吗？

不能！

所以自己只能把情报送出去，任务就完成了。至于怎么决策，不要去想，想了头就疼，所以还不如不想。

Laila 看赵小柱："可以出发了吗？"

赵小柱反应过来，知道自己一句话就决定五十个法国特工的生死。他的喉结蠕动一下，点点头："Go ！"

Severin 挥挥手，雇佣兵们武装完毕跳上两辆货车的后车厢。门关上了，赵小柱凝视着两辆卡车离开车间。Laila 拿起自己的 P228 检查一下，递给赵小柱："我们也出发吧！"

赵小柱接过 P228，心情很复杂。

Laila 心疼地看着他："你累坏了……今天晚上行动完了，可以好好休息一下。我……陪你……"

赵小柱看着 Laila，许久没说话。

Laila 在他的脸颊上吻了一下："昨天你说爱我，是真的吗？"

赵小柱心情更复杂了，当然是假的！但是他不能说出来，只能冷峻地笑了笑："真的。"

"即便是假的，也没关系。"Laila 笑了笑，"只是不要告诉我，让我永远这样开心下去！——Mike，我们走吧。"

她拿起一把 MP5SD 微声冲锋枪利索地上了膛。

赵小柱看着她，不知道自己是什么心情。

第七章

───★───

1

"Cameron！明天早上通知法国警方，准备接人。"苗处走进秘密工作点，一边上楼一边说。

Cameron 纳闷儿："接人？接谁？"

"Julie 和 Audemarie。"

"去哪里接？"Cameron 更糊涂了。

"我现在还不知道。"苗处说，"明天早上以前，就能知道了。"

"让法国警方去找 SDECE 第五局接 Julie 和 Audemarie？"Cameron 更晕了，"他们会把人交给警方吗？"

"不，肯定不会。"苗处说，"但是明天早上，人就不在他们手里了。"

Cameron 明白了："响尾蛇要去救人？"

"不，是 Laila。"苗处说，"她组织了雇佣兵，要去虎口拔牙！"

"从 SDECE 第五局的人手里抢人出来？"

"对。"苗处点点头，"我们不用参与这件事，那跟我们无关——我们要的是 Julie 和 Audemarie。人救出来以后，我们直接到安全点去营救出来，扣留在警方手里。这是对付响尾蛇的有效砝码，我们也可以通过她们俩了解响尾蛇不为人知的一面！"

"你怎么得到的情报？"Cameron 问。

苗处笑笑："Cameron，我们有过约定——我不问你的情报来源，你也不问我的情报来源。为了我们各自的情报来源不被破坏，我们只要采取措施就可以了。"

Cameron 点点头："果然神通广大！我们能做什么呢？"

"等待。"苗处说，"我们唯一能做的只有等待，其余的什么也做不了。"

"我现在倒是真的很好奇这个卧底是谁了。"Cameron 苦笑，"能做到这么精确的情报搜集，并且不被怀疑，不简单！——总不能是响尾蛇自己提供给你的吧？"

苗处拍拍他的肩膀："Cameron？"

"好的，我不问了！"Cameron 知趣地住嘴，"我去安排联络员，明天早上通知法国警方去接人。"

孙守江看苗处。

苗处笑笑："想说什么？"

"我没想到他能活下来。"孙守江感叹，"我真的以为他顶不住一分钟。"

"我早就说过，他的内心隐藏着冒险精神和桀骜不驯。"苗处说，"我们没有改变他，我们只是挖掘了他。只是他还需要锤炼，现在还太嫩，还不能和我们的反一号过招。蒙蒙 Laila 这种被响尾蛇抛弃的女人，还说得过去，但是接下去他一定穿帮。"

孙守江点点头："我会加强他这方面的训练。"

苗处浮出一丝微笑："我们的菜刀同志——需要见见血！"

2

杜布阿大街一片寂静，这里不是闹市区，属于办公区。已经晚上 12 点，所以除了路灯以外，几乎所有的写字楼都黑着灯。路边停着两排车，其中有一辆厢式卡车，外面贴着面包店的外卖广告。车里坐满了 12 名全副武装的别动队员，他们随时准备出击，擒获或者击毙响尾蛇。

55 号公寓楼顶平台上，两个狙击小组各自占据交叉角度。他们身穿黑衣，手持 FR-F2 狙击步枪和高倍望远镜观察警戒附近的整个街区。

对面的写字楼里面，也是一片黑暗。戴着夜视仪的狙击手趴在房间的长条会议桌上，架起来的 FR-F2 狙击步枪对准对面的 1703 房间。他可以看见房间里面的便衣特工坐在餐桌前看报纸，桌上放着一把 M4A1 卡宾枪。1703 和 1704 房间拉着窗帘，黑着灯，但是他知道里面藏着两支精锐别动队，一共三十名别动队员。

另外一名狙击手在并排的桌子上，稳稳瞄准前方。

在他们身后坐着两排十名别动队员。他们手持各自的武器，在等待出击接应的命令。黑暗中，蓝色的眼睛在闪闪发亮，面罩遮住了他们年轻的脸。法国出帅哥，所以可以想见这些体壮如牛的小伙子摘下面罩，一起出现在大街上时注定会引起一片女孩的惊呼。但是现在——他们是 SDECE 第五局的别动队员，也是复仇的死神使者。

就等待响尾蛇了……

两边的楼上，都有工人在升降机上擦玻璃。这是一周一次的例行工作，SDECE 第五局当然记录在案。所以没有引起丝毫怀疑，负责清洁的是一家保洁公司，所以他们都穿着一样的服装，提着一样的装备。只是工人换了，在黑夜当中谁也看不出来。真正的工人都在一条街外的货车后厢被捆住了，嘴上粘着胶带。

Severin 戴着安全帽，站在公寓这边的升降机上。他负责人质营救小组，对面是负责解决别动队支援力量的突击小组。两个小组擦着玻璃，耐心地一点一点上升。

街上，两个醉汉一边喝酒一边东歪西倒，慢慢靠近那辆卡车。

一辆宝马 X5 停在了街道拐角，关了灯。两个巡警恰巧走过来，开车的 Laila 一把抱住了身边的赵小柱吻着。巡警看见这辆车拿出手电照照，随即笑笑转身走了。这是浪漫之都！干吗打扰人家的好事？

赵小柱被 Laila 抱着、吻着，他只能被动接受。Laila 吻得很动情，忘却了一切。赵小柱抱着 Laila，心情十分复杂。他不知道这算不算背叛，自己是有妻子的男人……还是警察，是纪律部队的成员。但是现在……他在跟一个素昧平生的女人接吻，虽然这是任务需要，但是真的对不起在家等候自己的晓岚……

Laila 不知道响尾蛇的脑子在想什么，只是知道他并不热情。她松开赵小柱，笑了一下："你的女儿很快就会出来的……Mike……他们很出色。"

赵小柱点点头，目光复杂地看着对面不远处的街道。

那两个醉汉已经接近了卡车，还在嬉笑着喝酒，歪歪斜斜，好像今天真的很值得庆祝。而擦玻璃工人在两边也已经分别接近了看好的楼层，还在认真工作着。

两个黑衣人从公寓的背面使用吸盘，悄无声息地在爬行，犹如蜘蛛人。他们看来已经爬了好一会儿了，已经接近了楼顶。

Severin 的升降机已经到达了十七楼，他正对着 1703 房间的窗户。旁边两个部下分别对着 1704 和 1705，还在擦着玻璃。

突击小组的升降机到达了十九楼，三名玻璃工人面对着黑暗当中的玻璃在擦着。这是特殊玻璃，只能里面看见外面，外面看不见里面。所以狙击手和别动队员们就看着他们擦玻璃的身影，还是保持不动。

黑衣蜘蛛人已经爬上了楼顶，他们选择了两个狙击小组注意不到的方位悄然上去，潜伏在黑暗当中的卫星锅下面。两个蜘蛛人都是目光炯炯，呼吸均匀，仿佛刚才不是爬了 70 米高的高楼，而是下楼去买报纸那样轻松。

下面的两个醉汉嬉笑着，已经走到了面包店的卡车边。

Severin 的目光冷峻，他拿着拖把去水桶里面搅拌。他可以看见里面打盹儿的特工，M4A1 放在茶几上。电视还开着，另外一个特工在看成人台的节目。第三个特工不知道在哪里，这些也不重要了。

他身边的两个工人看着窗帘紧闭的窗户，右手拔出带着锯短枪托并且加装消声器的霰弹枪，左手抓出来什么东西。

对面的工人兄弟也都若无其事地在枪口的窥视下顺手摸出来什么东西。

"Now!"

Severin 一声高喊，随即拔出 P228 手枪打碎玻璃一枪打在打盹儿特工的脑袋上。另外一名特工刚刚起身拿起霰弹枪，Severin 已经又是两枪打在他的胸口。

与此同时，对面的擦玻璃工人右手一起拔出同样改装过的霰弹枪，冲着看不见的别动队员就打过去。霰弹枪也是可以使用消音器的，发射专门破窗破门的独头弹——玻璃哗啦碎了，他们的左手握着的东西同时甩了进去。随即三人一起纵身跳下升降机，绳索在不断下滑。

"啪！啪！啪！"

连续三声闷闷的爆炸，三颗黄磷弹跟雪球一样炸开。白色的黄磷烈焰一下子席卷了两名狙击手和十名别动队员，瞬间就把他们卷入死神张开的血盆大口里面……战争是残酷的，在雇佣兵眼里任何行动都是战争。

Severin 身边的两个弟兄用霰弹枪的独头弹打碎了玻璃，左手的黄磷弹也投掷进去，随即他们后倒在空中自由坠落，绳索在不断打开。

两个房间里面啪啪两声，黄磷弹爆炸了。三十个别动队员一下子卷入雪球一样炸开的黄磷烈焰当中……

Severin 此时已经撞进了房间，手持武器高喊："Audemarie! Your father sent us to save you!（Audemarie！你父亲让我们来救你！）"

卡车的后车门一下打开，别动队员们准备冲出来。

两个醉汉顺手就丢出两颗黄磷弹，准确扔进狭窄的车厢里面掉头就鱼跃滚翻到车辆和垃圾箱后面。

啪啪！雪花再次炸开……

宝马 X5 车内，赵小柱睁着惊恐的眼睛，看着这场屠杀……果然是屠杀，别动队连还手的机会都没有，就被黄磷弹全部报销了。

下滑的雇佣兵在距离地面几米的地方扣下了腰间的 D 形环，一下子戛然而止。他们稳稳地迅速坐式下滑，接触地面甩开绳索。

两个醉汉跟他们一起掏出武器，跑向一辆急驰而来的卡车。几个人冲上卡车，关上后车厢。卡车在门还没关好的时候，已经开动逃窜。几秒钟就消失了，仿佛没来过一样。

房间里面，Julie 抱着 Audemarie，两人都睁着惊恐的眼看着这个闯入者。

Severin 一把抱起来 Audemarie 对着 Julie 高喊："Come with me! Rattle sent me to rescue you! Chopper on roof! Are you ready?（跟我走！响尾蛇让我来救你们！直升机准备好没有？）"

楼顶平台上，两个狙击手小组已经躺在地上。都是割喉，血流成河。两个黑衣人已经上了 SA365M 黑豹直升机，飞行员对着耳麦："Boss, need a lift?（头儿，要搭车吗？）"

宝马 X5 车内，Laila 听着耳麦："得手了，我们走！"

赵小柱在急驰的车内，回头看着战争的残局，目光复杂。

Severin 带着母女俩冲上平台，跳上已经在旋转螺旋桨的直升机。舱门关上，直升机拔地而起。

远远地，大队警车在靠近，蓝光灯在街上亮成一片。

五十多名别动队员，一枪没开，全部倒在黄磷弹的烈焰当中。

培养他们，需要父母的生养，需要长期的训练，需要实战的经验……这些需要几十年。

但是挂掉他们，只需要不到一秒钟。

3

在巴黎近郊小镇一套别墅里面等待的赵小柱忐忑不安，不知道如何去面对自己的"女儿"和另外一个女人。这是在训练当中都没有过的，因为还没有到那一步。他只是接受了简单的谍报技巧训练，能蒙过 Laila 已经让自己都觉得意外，现在要对付自己的"女儿"和"女儿"的母亲，这个难度真的是太大了。好在他知道身上戴着的窃听器会把现场的情况传输给苗处，他的心里稍微踏实了一点。也许在自己对付不了的时候，法国警察和乌鸡他们会破门而入吧。

别墅里面没有开灯，窗帘都拉着，所以房间里面很黑。

赵小柱坐在沙发上，右手提着 P228，左手拿着香烟在抽。他随时都在准备拼命，因为不知道什么时候自己会露馅。根据自己学习的资料，Julie 和响尾蛇平时交流使用的是阿拉伯语。虽然说美式英语现在还凑合说得过去，但是自己可一点都不会阿拉伯语……好在 Laila 和响尾蛇看起来是用英语交流，所以还没穿帮。但是……阿拉伯语，想想头都大。要送命的……

赵小柱的目光冷峻，左手的烟灰缸已经都是烟头。

Laila 坐在他面前的地毯上，幽幽地望着他。

赵小柱没有看她，还是在那里一如既往地装酷。他现在没有别的办法，只能装酷。好在响尾蛇这孙子装酷是常态，看起来还是能凑合一阵子的。只希望苗处他们已经到附近了，包括玩 CS 时候见过的 GIGN，那些神通广大的黑衣人也在附近待命出击……

时间太难熬了……

"为什么你不高兴？" Laila 小心地问。

赵小柱看她，没说话。

"我是不是无论做什么，都无法弥补 Audemarie 内心所留下的伤害？" Laila 不敢大声说话。

赵小柱低下眼，想了一下："在我没有见到女儿以前，我不想多说什么。她是我的心肝，我不想她有任何事情。"

Laila 疑惑地看着他。

赵小柱意识到有破绽，于是就盯着她的眼，手里握紧了 P228 的枪柄。

"你……一直叫她……小蛋糕……" Laila 疑惑地说，"你怎么了？怎么从我见到你开始，你就一直不对劲？好像脑子被什么东西打过一样，莫名其妙的？"

赵小柱抑制住自己的呼吸，心跳也几乎停止了。

Laila 仔细看着他，眼睛睁得很大。

赵小柱冷峻地看着她，已经做好了随时抽枪射击的准备。

4

"他要露馅了！我们打进去？"

孙守江戴着耳机惊恐地抬头。

苗处目光冷峻："再等等！"

"再晚他就没命了！"

"他接受过训练，他现在不是片警了！"苗处冷峻地说，"他的出枪速度不比真的响尾蛇慢！"

"可是……"

"等下去！"苗处怒喝，"我们要的人还没到！"

孙守江不吭声了。

他们在别墅对面的超市仓库内，而别动队已经悄然进驻了前面的卖场。

夜晚的超市没有开灯，路灯通过窗户打进来被货柜架挡住了。货柜架后面的阴影当中，潜伏着十几个穿着黑衣的GIGN别动队员，手持M4A1卡宾枪和MP5冲锋枪跃跃欲试。他们是法国宪兵最精锐的部队，享誉国际的知名特种部队。

GIGN——法国国家宪兵特勤队，是隶属于法国国家宪兵安全与特种勤务集群的一个小组，专门执行反恐怖任务以及人质营救任务，GIGN大约拥有120名队员（成员被定期地挑选和更换），其中约有12名左右的宪兵军官。

GIGN在1973年3月1日成立，由1个行动指挥部、1个管理单位、4个作战分队（每个分队有20名作战队员）、一个作战支持部队、还有其他包括谈判、沟通、破坏、情报、射击、警犬、特殊装备部门等组成。

GIGN的所有成员都接受了严格的战术射击、远程射击、短兵相接的战斗技术训练（Krav Maga），被公认为是全世界反恐怖特种部队当中具有最好的装备、训练和实战经验的王牌部队之一，并且训练极其苛刻，苛刻到了大多数牺牲队员是死于训练的地步。下面的数据就可以说明这个问题：

GIGN 自创立以来已执行超过 1000 次任务，解救超过 500 位人质、逮捕超过 1000 位嫌疑犯并杀死了至少一打的恐怖分子。共计有 2 名 GIGN 成员于执行任务时牺牲、7 名队员于训练时牺牲……

可想而知，如此严格训练并且具有实战经验的 GIGN 拥有多么强悍的战斗力和突击能力。

他们在等待出击的命令，只要国际刑警的指令下达……对面的别墅不出二十秒就会被控制，反抗者绝对是格杀勿论……黑色的旋风，绝对名不虚传，他们会让恐怖分子知道厉害。

但是指令什么时候下达，只有天知道。

所以他们只能等待。

对面的别墅内，赵小柱的心跳几乎已经停止。

Laila 仔细地看着他："告诉我，发生了什么事情？"

赵小柱平稳着呼吸，还是不说话，但是额头已经在微微冒汗。他的左手还很轻松地抽了一口烟，而右手握紧枪柄的手心已经出汗。

"他们对你做了什么……"Laila 心疼地看着赵小柱。

赵小柱又抽了一口烟。

Laila 声音颤抖："你告诉我……这不是你啊，你不会……不会是……"

"Laila，"赵小柱的声音嘶哑显得很苍凉，"很多事情我很难对你解释。"

Laila 看着赵小柱："我听，你说。"

"你知道我在伊拉克受过伤。"赵小柱根据自己掌握的响尾蛇资料胡编，"这儿。"他指着自己的头骨。这个倒是真的，响尾蛇在围剿巴士拉的反抗武装时，被人体炸弹炸伤过。虽然不重，但是还是受了点伤在头上。

"嗯，我知道。"Laila 点头。

"我经常会头疼。"赵小柱面不改色。

Laila 看着他："你从未对我说过……"

"这是战争的后遗症！"赵小柱咬牙切齿，"越来越明显了！我常常会莫名其妙忘记一些事情，又莫名其妙想起一些事情！都是因为该死的战争！战争！战争！"

Laila 的眼睛慢慢溢出眼泪："医生怎么说？很严重吗？"

"响尾蛇的脑子坏了，他早晚有一天会死于非命的！"赵小柱咬牙切齿地说——这是他的真情实感，所以带着切齿的恨。

"不！"Laila 扑过来抱住赵小柱的腿，"你不会的！你是最出色的！"

"响尾蛇会的！"赵小柱恨得牙根痒痒，"响尾蛇……毁了太多人的生活，他会遭到报应的！"

"不——"Laila 哭喊着，"你不会的！"

赵小柱抬头长出一口气，愤怒已经让他缓和了紧张。他缓缓地抽进去一口烟，然后吐出来，很慢很慢。

好像他在惆怅……其实他是不知道下面该说什么。

"你不会的，你是最强的！"Laila 哭着说，"你不想做就不做了，我们走！走得远远的！我们去看病，去看病！你挣了足够多的钱，我也有钱……我们不需要再这样玩命了！"

赵小柱闭上眼，咬住了烟。他再睁开眼，看着手里的 P228。

"响尾蛇不会改变自己的生活方式的，更不会因为你改变……Laila，你别傻了。"

Laila 看着他，眼泪滑落："那我就跟你一条道走到黑，走到死……"

"Laila，你这样做何苦呢？响尾蛇值得你那样去做吗？"赵小柱冷峻地问。在这个瞬间，他找回了自信。因为他在用赵小柱的真实情感带入，获得演出的信念感。这都是表演学的方法，赵小柱多少也算是得了点真传了。

"我发过誓……"Laila 看着他，"无论天涯海角，我跟你走到底……"

"为什么？"

"因为……我欠你的……"Laila 哭了，"你都忘了吗？你救了我……"

赵小柱看着她，左手捂住了自己的额头，好像很痛在忍耐。

Laila 抓住他的手，抚摸他的额头："真的很痛吗？"

赵小柱点点头——废话，他能不头疼吗？这个戏是演的太他妈的难了！鬼知道响尾蛇怎么忽悠这个阿拉伯妹子的！自己一点都不知道，也没有任何人掌握这些情报！都他妈的疯了！苗处那个老不死的是不是脑子有问题了？！这个时候还不冲进来？！

他不知道苗处现在正在欣赏，欣赏他的出色表演和随机应变。

Laila 幽幽地看着他，握住他的左手，讲述着往事……

5

黑鹰直升机超低空掠过街道，满载全副武装的美军士兵通过街区。机枪手在悍马越野车上把住 M2HB 勃朗宁 12.7 毫米口径重机枪虎视眈眈，车队掀起一片烟尘。来自西方国家的战士们穿着各种迷彩服，手持各式武器，在各个哨卡严密把守盘查来往行人和车辆。自杀式人体炸弹应接不暇，不时有反美武装分子的狙击手和游击队出现，萨达姆还没有找到，那些高官还在逃，还有无法统计数量的残余武装……同样也没有发现大规模杀伤性武器的痕迹，情况真的是乱到了极点。

这是伊拉克首都巴格达，2004 年 1 月。

张胜穿着合身的便装，头发已经变长，站在巴格达美军控制区的某间宾馆的房间内看着窗外。巴格达，我又回到了巴格达……他苦笑一下，从窗口离开。重返故地，总是有别样惆怅，而且物是人非，连自己都跟过去不一样了。

他现在的身份不是美国陆军游骑兵 75 团三营 B 连一等兵 Mike Zhang，而是美国中央情报局不在编的外勤特工 Norm Hoote，隶属于 CIA 的特勤办公室 SSO（Special Service Office）——也就是过去的秘密准军事部队 SOT（Special Operations Team）。

这支部队的前身是美国陆军第 116 步兵旅第 627 特种侦察营，该营在二战中曾参加瓜达尔卡纳尔岛战役、冲绳岛战役、硫黄岛战役等，凭借出色的战绩，成为美国陆军一支最有战斗力的侦察战斗部队。1948 年 2 月，在位于内华达州的内华达州国民警卫队训练营地，CIA 的准军事部队正式成立，首任指挥官是退役陆军上校、预备役陆军中校 Miles T. Charlton。他一手编排了 SOT 的训练大纲和作战行动准则，为日后的 SOT 扩编打下了坚实基础。

9·11 是美国情报机关越来越庞大和嚣张的重要借口和分水岭。由于反恐的大旗，CIA 终于在某种程度上摆脱了国会和媒体的监督与质询。曾经在美国的国会听证会上，一个阿拉巴马州的众议员打趣地和 CIA 的副主管说："你们 CIA 现在的行动越来越诡秘了，以前提交的报告只有不到 70% 是 Confidential 级别或以上，而现在光是 Top Secret 的报告就有很多，除了参众两院情报委员会的主任，我们普通议员都无权参阅，这还怎么行使我们的监督权利？我觉得我们现在努力竞选委员会主任的目的，就是为了有朝一日能有权限看你们 CIA 的报告。"议员们一阵哄笑，而 CIA 的副主管则很尴尬地干笑。

作为美国最主要的海外情报机关，美国在海外超过 90% 的各类军事、商业、政治、经济、文化情报都是由 CIA 搜集提供。CIA 的活动很多都是"见不得人"的，而且因为 9·11 事件的发生，更加导致 CIA 找到充足的借口，重新走回二十世纪五六十年代冷战时期的老路——越来越多的黑箱行动，甚至是臭名昭著、曾经招致美国国会和媒体一片骂声的暗杀和准军事行动。

所以，SSO 在这个时期就越来越重要，行动经费也越来越多。

但是 SSO 在局本部的人事档案当中并没有"响尾蛇"这个代号，他在档案里面是不存在的。SSO 也是张胜在 CIA 的掩护身份罢了，他其实是个……不存在的影子行动单位的影子间谍。也就是说，美国政府不会对他们这些人的行为负责，更不会去营救。一旦出事，那就是他们自己的事。他们要做的，是 SSO 都不敢做的最危险和最不人道的"脏活"、"湿活"。即便是按照 CIA 的标准，他们做得也太过分了些；如果是按照美国民众的标准，他们简直就是违反法律和人道主义的恶魔；如果是按照反美力量的标准，他们就是撒旦在人间最直接的化身。

定点清除，斩首行动，严刑逼供，虐杀罪犯……这些，才是响尾蛇们的真实行动。一支不存在的影子杀手队伍，总是幽灵一般徘徊在 CIA 需要的各个秘密战场，并且得到足够的酬劳以便补偿他们所冒的风险和罪恶感。

张胜只是这些不知道数量的响尾蛇们当中的一条罢了。

他打开自己随身携带的手提箱，在夹层当中藏着二十多本有效护照。都是在真护照的基础上进行加工的，换上了自己的照片。在伊拉克这种地方，还是中国护照最好使。他拿出化名邓振华的中国护照，这是在加拿大留学的一个中国人，护照在机场被盗了。最后在黑市流通，到了自己的技术后援麻雀的手里。麻雀是个非常聪明的美国小伙子，绝对的电脑高手，十九岁的时候因为进入了五角大楼网络最隐秘的部分而被 FBI 拘捕，那时候还是麻省理工的新生。在牢房里面，一个文质彬彬的美国政府官员给了他两个选择——第一，为 CIA 服务；第二，继续坐满十年牢，得不到任何假释的机会。麻雀当然没有别的选择，于是就成为 CIA 行动单位当中一个并不存在的部门的电脑技术专家和证件伪造专家。

麻雀的护照伪造技术天衣无缝，这一点张胜已经领教过了。所以他对麻雀的技术充分信任，简单打开看看就放进浑身是兜的摄影背心口袋里面。现在——来自加拿大的中国留学生邓振华，申请参加国际红十字会的无偿援助志愿者组织，已经得到了批准，并且来到了伊拉克首都巴格达。

当然，邓振华除了一颗善良的心以外，还有 P228 手枪和两颗黄磷弹。

张胜戴上墨镜，背上相机包，把手提箱收拾好放入自己的床底。他趴下用胶带把手提箱固定在床板下面，然后布置了一颗饵雷。细密的钢丝连接着一颗高爆黄磷手雷，只要有人试图拿出这个手提箱，这个屋子的一切都将化为乌有。

张胜来到大街上，记忆中的巴格达扑面而来。

6

Laila 穿着阿拉伯妇女的传统服饰，裹着头巾跟着几个巴格达妇女走进位于巴格达市区中部的这个孤儿院。在战争当中有无数的孤儿，西方民众对孤儿有着特殊的热情，所以来自西方社会的援助源源不断。Laila 在巴黎的孤儿院也接纳了大批来自伊拉克的战争孤儿，可是……一个刚刚五岁的骨瘦如柴小男孩告诉她："我终于逃离了地狱。"

Laila 笑着对他说："你已经远离了战争，这里很和平。"

"不……我不惧怕战争，我惧怕孤儿院。"小男孩认真地说。

Laila 的眉头皱在了一起，惊讶地听着小男孩讲着……

半个月以后，Laila 来到科威特——自己一直没有回到过的伤心之地。在跟以前父亲的老侍卫联络以后，她还是不顾劝阻执意要前往。已经从科威特警察局退休的老侍卫无奈，只好通过渠道联络，跟自己的儿子一起护送 Laila 进入了战争乱局的伊拉克。他的儿子已经 32 岁，是一个优秀的科威特警官，按照父亲的指令申请了年度休假。三人开了一辆丰田陆地巡洋舰，出现在巴格达的街道上。Laila 想去这个孤儿院实地了解，然后把得到的资料在媒体公开，以便唤起驻伊拉克美军当局和国际社会的重视——战争已经爆发，孰是孰非都不再重要，重要的是要挽救这些可怜的孤儿。

Laila 化装成巴格达妇女，跟随她们进入这间位于城市中部的孤儿院。这里不是美军的"绿区"，也就是绝对安全区，在这里还有反美武装的活动，而 Laila 的护照是法国国籍，她还是科威特的王室遗孤，有这两条已经足够危险了——反美武装一旦发现她，后果真的是不堪设想。她不仅是要挟驻伊拉克美军当局的重要人质，还是伊拉克前政府的仇敌……谁知道会发生什么事情。

但是 Laila 的性格就是这样，决定的事情说再多也无益。老侍卫和他的儿子留在了街上，在车里等待。Laila 身上带着窃听器，如果出现意外，他们将拼死进入，不顾一切抢出 Laila。按照常理来说，做到这一点并不困难，一家侵吞国外援助物资进行黑市倒卖的孤儿院能有什么武装呢？

CIA 的秘密外勤特工响尾蛇可不这么想。

他戴着墨镜，身上的摄影背心挂着中国国旗，还写着"CHINA"，手里拿着尼康 D70 相机，走在这幢古老建筑的外墙边缘。他的相机挂着长焦镜头，好像一个真正的摄影记者那样进行拍摄。拍摄街道，也拍摄建筑，拍摄人物，也拍摄风景……

张胜的照相机镜头对准了孤儿院的门口，一组巴格达妇女正在进入孤儿院。

咔嚓咔嚓咔嚓……

他开启的是连拍功能。

突然，他愣了一下。

他发现了一双眼睛，一双美丽的眼睛……熟悉的眼睛！

Laila！

她跑到这里来干什么？！

张胜的脑门儿一下子出汗了，那几个妇女已经进去了。他拿着照相机观察四周，紧张思索着。他看见了那辆丰田陆地巡洋舰，也看见了两个人耳朵上的微型耳麦。这俩笨蛋！肯定不是 CIA 或者伊拉克前政府的情报官员，因为笨蛋到了使用网络上到处可买到的民用窃听器的地步！他们是谁？！张胜来不及思考这些了，转身就往刚才走过的路上快步返回。

他要去关闭刚刚设置的激光定位系统。

那个激光定位系统已经开启，信号传输到空中。而从航母上起飞的两架 F/A-18 大黄蜂战斗轰炸机已经携带了激光制导炸弹，在迅速逼近这里！几分钟以后，这个古老建筑连同那些孤儿，都要化为灰烬！

这里面还有 Laila……她来这里干什么？！

张胜在去孤儿院以前，已经检查了 Laila 的背景。他知道这个女人真的很简单，简单得如同一张白纸。加上她的敏感身份，所以不可能有任何西方情报机关敢招募她——招募一个阿拉伯公主搞情报？疯了吗？出事如何向世界交代？何况她在法国长大，除了会说阿拉伯语以外，对中东一无所知！

那就说明——Laila 这个傻乎乎的阿拉伯公主，杞人忧天，自己跑到这里来调查孤儿被虐待的情况了！

张胜满头是汗，找到了伪装成石头的激光定位系统。他捡起来，快速跑离这个孤儿院。F/A-18 大黄蜂的双机编队已经开始俯冲，在天空当中显现出来银灰色的机身。张胜快步跑着，对着远处的一片废墟甩出去这块石头。

石头被他抛出去几十米，张胜此刻也掉头就跑。

F/A-18 大黄蜂战斗机双机编队呼啸而过，扔下两颗激光制导炸弹。炸弹打开小翅膀，在地面激光定位系统的引导下扑向大地……

"轰！" "轰！"

两声剧烈的爆炸，震耳欲聋。张胜被身后巨大的冲击波弹了起来，他扑倒在地面上抱住脑袋。冲击波卷着砂石从头顶掠过，张胜抱紧脑袋被弹起来往前滑了好几米。爆炸过后，尘土还在飞扬，张胜抬起头，鼻子都被磨出了血。

那辆丰田陆地巡洋舰上的俩笨蛋下车就拔出手枪往孤儿院里面冲。

张胜苦笑一下，想都不要想，死定了。

孤儿院对面的建筑物废墟里面，狙击手开枪了。这是反美武装的狙击手，而且是萨达姆敢死队经过训练的狙击手。

两声枪响，这俩显然是 Laila 的笨蛋保镖横尸台阶上。

张胜吐出嘴里的尘土，看着孤儿院——显然，Laila 出不来了。

7

剧烈的爆炸让孤儿院的地面都在颤抖，这让被震倒的 Laila 捡了一条命，AK47 的 7.62 毫米子弹擦着她的头顶过去。所有的人都被震倒了，连天花板上的尘土都纷纷落下。对面的反美武装分子手里瞄准 Laila 的 AK47 变成了朝天射击，嗒嗒嗒嗒喷出一条火舌。

Laila 抱着脑袋卧在地面上，头都不敢抬。死亡的恐惧再一次席卷了她的心灵和她的全身，在 1990 年的那个夜晚，这个感觉如此可怕……

子弹扫射进她安详华贵的家，扫射进她的卧室，小 Laila 惊恐尖叫着："妈妈——"

但是妈妈没有回答，回答她的是炮弹……

窗外轰地爆炸了，花园化为乌有。玻璃一下子碎了，小 Laila 趴在床底下哭着高喊："妈妈——"

咣当！门被撞开了，侍卫法哈里叔叔冲进来："Laila——Laila——"

"妈妈——"Laila 在床底下哭喊着。

法哈里叔叔二话没说，掀翻了床。Laila 惊恐地看着身体粗壮的法哈里叔叔，他浑身都是血。法哈里叔叔抱起 Laila："跟我走！"Laila 挣扎着："我不，我要妈妈——"

"你妈妈死了！"法哈里叔叔高喊，"你父亲让我来保护你！"

"不，我要妈妈——"

法哈里叔叔右手提着 M16A2 自动步枪，左手抱着穿着睡衣的 Laila 跑下楼去。整个宫殿都在燃烧，外面的城市也在燃烧。换上传统礼服的亲王脸色发白，左臂受伤，一个侍卫在给他包扎。亲王右手提着一把镀金的史密斯·维森左轮手枪，这是来访外国元首送给他的礼物。

"爸爸——"Laila 哭喊着，"我要妈妈——"

亲王看着 Laila，眼泪慢慢滑落："法哈里。"

"在！"法哈里叔叔回答。

"走，带她离开。"亲王淡淡地说，"我不管你用什么方法，带她离开科威特。"

"殿下！"法哈里叔叔着急地说，"我是你的侍卫长！我不能走！"

"这是我的命令！"亲王怒吼，"带她……带我的女儿离开……我要战死在这里！"

"殿下！"法哈里叔叔跪下了哭着说，"让别人带 Laila 走吧，我陪着您……"

"不，你最聪明。"亲王苦笑一下，"带她走，远离战争……这里将不复存在……法哈里，这是我给你的命令，难道你要违反吗？"

法哈里叔叔流着眼泪："殿下！殿下！"

"去，带她最后看一眼她的母亲。"亲王看着哭喊着的小 Laila 露出一丝柔情和内疚，"生在王室，是她最大的不幸……萨达姆不会让她活下来的，带她走……"

"殿下……"法哈里叔叔泣不成声。

"我命令你！"亲王突然怒吼。

法哈里叔叔立即起身："是，殿下！"含着眼泪抱着 Laila 公主转身往后面走去，几个侍卫守护着一点烛火。王妃脸上盖着薄纱，已经停止了呼吸。第一次扫射的子弹就打在她的心脏，她没有痛苦地死去了。

"妈妈——"Laila 哭喊着要下去，法哈里叔叔慢慢松开她。Laila 哭着跑过去，扑在王妃的身上："妈妈——"

妈妈美丽的容颜没有血色，好像睡着了一样。Laila 把自己的脸贴在妈妈的脸上，昔日温暖的脸蛋冰凉无比。Laila 哭喊着："妈妈——妈妈——妈妈，我是 Laila……你看看我，看看我啊……"

可是妈妈没有睁开眼……

法哈里叔叔咬住牙，一把把 Laila 抱起来，提着自动步枪就往外跑。外面已经是枪林弹雨，到处都在打仗，空中交叉着曳光弹的弹道，爆炸美丽如同烟花……但是小 Laila 哭着喊着，距离自己的家越来越远……

"让我们战死在这里！"亲王站起来举起手枪，"科威特万岁！"

"科威特万岁！"侍卫们举起自己的步枪高喊……

T72 坦克撞开了宫殿的大门，没有反坦克武器的侍卫们被坦克同轴机枪无情猎杀。亲王站在台阶上，一排机枪子弹把他拦腰折断……

"妈妈——"小 Laila 哭喊着，这是她对自己的家最后的回忆……

而现在，Laila卧倒在这个孤儿院的地板上。所有的痛楚一下子浮现出来，她惊恐地尖叫着："妈妈——"

两个反美武装分子抓着她的长发把她拽起来，准备射杀她。反美武装头目却高喊："不！留着她，还有用！她是最好的人质！"

"妈妈——"Laila被两个武装分子拖着，拖向后面的黑屋子。她哭着喊着，仿佛在一瞬间回到了那个八岁的夜晚……

8

"该死的！你是怎么搞的？！"

代号"蝮蛇"的行动主管在卫星电话里面爆骂。

张胜叼着万宝路，冷冷看着200米的孤儿院。那是以前的一个庞大清真寺建筑，因为战争破落了。根据CIA的秘密情报，那里被反美武装占据成为巴格达地区的大本营。他们借助孤儿院做掩护，索要西方国家食物和药品援助，没有救助孤儿，反而充实了反美武装分子的后勤仓库。那里确实有一百多个孤儿，但是都已经皮包骨头，在死亡边缘挣扎着。张胜执行这个任务并没有负罪感，因为驻伊拉克美军当局显然腾不出手来救援这些要饿死的孤儿，那需要大量的医护人员。两颗激光制导炸弹也许对这些孤儿是好事，可以结束他们悲惨的命运。

但是……Laila，这个笨女人……

张胜听着蝮蛇在电话那段咆哮，脸上没有表情。等到蝮蛇喊完了，他说："蝮蛇，任务我会完成——我会捣毁那个清真寺！"

"你他妈的拿什么捣毁？！你以为要海军协助一次跟你去妓院叫个鸡一样简单吗？！"

"这你别管。"张胜站在废墟里面，看着清真寺："我来做这件事情，让麻雀协助我。"

"你居然要调度我？！"

"你他妈的算个什么东西？！"张胜怒了，"坐在兰利的办公室里面，动动嘴皮子就让我们这些人去出生入死？！听着——要么你按照我说的做，要么你他妈的就等着我回到美国，给你车里扔一颗黄磷弹！你自己选择，通话结束。完毕。"

张胜挂了卫星电话，看着清真寺，在紧张思索着。

片刻，电话又响了。张胜拿起来："麻雀？"

麻雀在那边笑着："你把蝮蛇怎么样了？他把自己的电脑都砸了，在那边还在到处乱砸。完了让我跟你联系，说你有新的任务。"

张胜淡淡一笑："我给他吃了狗屎。"

"真有你的，说吧——需要我做什么？"麻雀问。

"给我那个据点的最准确情报，接驳五角大楼的间谍卫星，传输到我这里。"张胜说，"我要24小时不间断的监控，包括对外通信……越详细越好，甚至是他们上厕所用什么手纸我都要知道！"

"那你不用侦察了，他们肯定用的是美国老太太们资助的婴儿手纸！"麻雀笑着说。

"我没有开玩笑，麻雀。"张胜说，"我要打进去，歼灭他们。"

"你？一个人？"

张胜看着庞大的清真寺，片刻："或许……有个无辜的女人在里面，我不希望她死。她是一个善良的人，跟我们不一样。"

"你的阿拉伯新情人？"

"不是。"张胜说，"我和她也是一面之缘，但是我知道——她是好人。"

"好的，响尾蛇。我马上去做，你需要什么随时联系我。通话结束，完毕。"

"完毕。"张胜挂了电话，看着清真寺长出一口气："世界上很多傻乎乎的笨蛋，你就是其中之一。"

他抽了一口烟，苦笑："现在，我也算一个了。"

9

Laila 被关进了一间恶臭的小黑屋里面，不要说窗户，门上连个缝隙都没有。Laila 缩在墙角，脑子逐渐清晰过来……自己不慎自投罗网，进了反美武装组织的据点。这里压根儿就不是孤儿院，那些可怜的孩子们……只是幌子。

Laila 擦去眼泪，知道自己为什么那么容易就被认出来了。因为来这里的都是反美武装分子或者是反美武装分子同情者，这是个固定的小圈子，自己是个完全的陌生女人。她还记得自己一进门的震撼，院子里面躺着几十个骷髅一样的孩子，猛一看上去就是……死人……

但是一个孩子抬起了自己的头，可怜巴巴地用最后的力气看着她。

Laila 一下子呆住了——怎么会这样？！本来以为，这里只是侵吞一部分援助物资拿到黑市出售，原来一滴牛奶都没有到他们的嘴里！这些看上去只有五六岁的孩子已经濒临死亡了……Laila 在长袍里面拿起自己在网上购买的间谍照相机不断拍摄着，抑制住内心的悲愤，准备交给西方媒体。

"那是谁？！她在干什么？！"随着一声怒喝，Laila 惊恐地收起相机抬头。两个留着大胡子的枪手冲出来，在众目睽睽之下撕掉了她的面纱和长袍。里面一身西方女性的牛仔服露出来，Laila 的真实面目暴露无疑。

窃听器啪嗒掉在地下，被冲过来的枪手踩碎了。

反美武装！ Laila 意识到了危险。

但是她已经被两个枪手拉到了大厅里面，一个独眼龙站在台上冷酷地看着她。Laila 被推到中间，在枪手和那些女人围成的圈子里面。Laila 恐惧地看着四周，用阿拉伯语说："我是阿拉伯人……"

"这是她的相机。"一个枪手把间谍相机递给独眼龙。

独眼龙看看："CIA？"

Laila 摇头，面带惊恐。

"知道我们怎么对待间谍的吗？"

Laila 惊恐地说："我不是间谍，我……我是巴黎孤儿院的……"

独眼龙仔细地看着她，片刻狞笑起来："Laila？科威特亲王的女儿？"

Laila 看着他，知道自己彻底完了。

"知道我是谁吗？"独眼龙一瘸一拐地走下来。

Laila 摇头。

"伊拉克军事情报局上校，伊巴拉！"独眼龙面露凶光。

Laila 摇头，她确实不知道……

"我知道你！"独眼龙笑道，"法国国籍，美丽的阿拉伯王室遗孤！有爱心的科威特公主！上过法国时尚杂志的封面！"

Laila 不敢看他，低头："我对你们没有恶意……我也曾经失去自己的国家，所以我理解你们……我只是关心孤儿……"

"不！"独眼龙怒吼，"科威特是我们的省份！"

Laila 不敢说话。

"杀了她！"独眼龙高喊。

一个枪手举起冲锋枪拉开枪栓。

轰……

Laila 惊恐地猛醒，从回忆当中反应过来。铁门刚才开了一下，丢进来一块发霉的面包。Laila 没有动，她知道自己现在成为了人质。而作为这些反美武装的敌人，萨达姆政权的科威特仇人后代……她难逃一死，而且会是被斩首，并在网络上公布于众。

10

"响尾蛇，你的情况可不太妙。"

麻雀的声音从耳麦里面传来。其实不用他说，张胜已经意识到情况不仅是不妙，而且是大为不妙。他看着面前的笔记本电脑，间谍卫星的画面和各种技术手段得到的情报不断传输过来。他精通阿拉伯语，所以很容易就能通过里面的人物对话分析出来武装分子大概的人数和位置……还有 Laila 关押的位置……

大概二百多名武装分子和武装分子同情者，一百多个孤儿，还有一个 Laila。

确实不是突击营救的好地方，而且自己的单独行动根本不可能成功。

张胜皱着眉头看着，咬住自己的嘴唇。宾馆房间里面已经天色黄昏，余晖洒落进来，张胜的脸上一半是金黄一半是黑暗。他看着清真寺的平面图和卫星侦察画面，放下自己的红蓝两色水笔。

没可能的。

"响尾蛇，我看还是通知驻巴格达美军司令部吧。"麻雀说，"你无法实施营救……别说蝮蛇，就是眼睛王蛇也不会同意派遣 SOT 分队前去协助你。他们对营救人质不感冒，何况出现任何队员伤亡都会暴露 CIA 在巴格达有活动……"

"等到军队下了战斗决心，Laila 都死了十个来回了。"张胜说，"她不是美国人，司令部要和法国政府联络……这帮官僚会有扯不清的混账公文，扯皮的时间比一个世纪还要漫长！三角洲突击队进去也就是给她收尸……如果还有尸体的话。"

"那你打算怎么做？"麻雀问。

张胜想了想："麻雀，我可以信任你吗？"

"当然！"麻雀爽快地说，"咱们是好哥们儿！"

张胜低沉地说："我告诉你我的银行账户和密码，你帮我提一笔钱出来。"

"你疯了？"麻雀惊讶地说，"你别告诉我，我难说会不会拿你的钱去拉斯维加斯了！"

"听着，我信任你！"张胜说。

麻雀沉默片刻，声音有些颤抖："响尾蛇，谢谢你的信任。但是你要钱干什么呢？你在巴格达也没有银行可以提取现金。"

"我不需要现金。"张胜说，"你是电脑专家，对吗？"

"当然，再也没有比我更厉害的黑客！"麻雀自信地说。

"到时候我会给你一个账号，你以隐蔽的方式转账进去。"张胜说，"要不引起任何调查机构的注意，也包括 CIA——明白吗？"

"收到。"麻雀说，"我们通话结束后，我会进入国家安全局的终端删除我们的谈话录音。他们找不到任何线索，你相信我好了。"

"好。"张胜说，"现在，我要你帮我再查一个资料。"

"说。"

"在巴格达的所有私人军事承包商。"张胜低沉地说，"所有的！无论是 AO（非洲战略资源公司）的还是黑水的，无论是公司的还是单干的！所有的私人军事承包商，把他们最详细的情报传输给我！我要进行综合分析，找到合适的人！"

"我明白了！"麻雀回答，"五分钟内，在你的电脑上面。"

张胜点燃一根万宝路，资料在紧张传输。Laila，你这个善良的笨蛋女人……他苦笑一下，看着这些传输来的情报资料。他在电脑上输入三个选择标准：

第一，独立带队作战，经验丰富；

第二，思维超越常规，经常不听命行事；

第三，信誉指数高，没有不良吞款记录。

敲击回车，电脑在紧张选择。几秒钟以后，跳出来三张照片和相关资料。分别是瑞典人 Arvidsson Magnus，美国黑水公司军事承包商，带队在巴格达负责训练政府保镖和伊拉克政府新军队；以色列人 Armani（显然是化名），以色列 IZO 公司军事承包商，带队在巴格达负责训练伊拉克警察……

第三个人，是一张黄皮肤黑头发的面孔，很冷峻的样子……

没有名字，只有一个代号"秃鹫"……

欧洲 AO 军事承包商，前法国外籍兵团 2REP 中远程侦察搜索队军士，法国陆军第五特别突击队员，在非洲维和期间当了逃兵……再往前，居然是中国陆军特种部队特战队员，狙击手，在二级士官的军衔被开除军籍……显然，这是个不容于东方和西方任何一种意识形态正规军的不按命令行事的军事专家。

秃鹫小队来自欧洲 AO 公司，他们的任务是保护欧洲某国石油财团驻巴格达公司总部……

CIA 资料库的战斗指数标准，秃鹫是最高的，信誉也是最高的……当然，也是最贵的。

张胜点开了他的资料，找到了他的联系方式。他的卫星电话肯定是保密的，但是谁让这是 CIA 呢？

张胜拨通了秃鹫的卫星电话。

嘟嘟几声之后，那边有个嘶哑的粗犷男声接了电话，用法语沉稳地问："喂？你是谁？怎么知道我的电话？"

"秃鹫。"张胜吐出一口烟用法语回答，"我是响尾蛇，我在巴格达有生意要跟你谈。"

11

剃着中国陆军特种部队传统的"和尚头"的蔡晓春坐在张胜的面前。他穿着黑色 T 恤衫和三沙迷彩裤，套着黑鹰公司出产的战术背心，斜挎一把自己战术改装过的中国造 56-1 冲锋枪，眼神里面露出的是凶狠和狡诈，注视着面前的华裔年轻人。

这是在巴格达美军控制区司令部旁边的一家中国饭店，居然是中国人开的。两个在国内从事 IT 行业的年轻人不远万里，跑到战后的巴格达淘金，历尽千辛万苦开了这个饭店。吃腻了美军口粮的大兵们把这里的生意搞得红红火火，两个中国小老板也发了一笔小财。

张胜喝了一口碧螺春。在这里这个茶可是五美元一杯，贵得要死。他还穿着便装，只是没穿摄影背心，P228 手枪插在腋下的枪套。他的脖子上都是饱满的肌肉，衬衫露出来的两块胸肌也是咄咄逼人，便装也露出来一股杀气。

蔡晓春注视着他，知道这是个练家子。他缓缓地用英语问："Who are

you?（你是谁？）"

"I've already told you, I am Rattle.（我说了，我是响尾蛇。）"张胜冷峻的脸上没有笑容，"I know you. Mr Cai or AKA: Vulture, former petty officer second class in CPLASF. Then Sergent-chef of 2 eme Regiment etranger de discharged, twice. Now you are working for AO.（我知道你是秃鹫，你的本名是蔡晓春，前CPLASF特战队员，二级士官。前法国外籍兵团2REP狙击手军士，陆军特别突击队员。两次兵役你都没有服完，现在在AO混。）"

蔡晓春看着他："MSS（Ministry of State Security，特指中国国家安全部）?"

"No."

"CIA?"

"No."

"MI6?"

张胜摇头："I do work for nobody, I'm a free man.（我现在是以个人身份跟你谈生意，不代表任何国家和机关。）"

"Free?（谈生意？）"蔡晓春冷冷笑了一下，"I don't work for free.（你该去跟AO谈，我不接私活。）"

"For three million dollars.（三百万美元。）"张胜面不改色。

蔡晓春的眼皮跳了一下。

"One action, thirty minutes.（一次行动，只需要半个小时。）"张胜淡淡地说，"Three million dollars, easy money.（三百万美元干干净净，转入你指定的账户。）"

蔡晓春喝了一口绿观音，这个更贵，要十五美元。

"So?（怎么样？）"张胜问。

蔡晓春放下茶杯，俯下身子："Come here.（你过来，我跟你说句话。）"

张胜俯下身子，隔着桌子凑过去。

蔡晓春的左手在桌子下面咔嚓一声打开了沙漠之鹰手枪的保险，抵住了张胜的小腹冷冷地用普通话说："一个中国脸孔的陌生人，在巴格达出现！法语和英语都很流利，听不出任何破绽，自称'响尾蛇'，要为一次半个小时的行动付我三百万美元！显然这是一个陷阱——告诉我，你是谁？！不然我要你现在就拦腰折断！"

张胜没有任何害怕，他的脸距离蔡晓春很近，淡淡一笑也换了普通话："我是响尾蛇，是个单干户！"

蔡晓春听到了什么声音，低头看看桌子，又看张胜。

张胜在桌子下面的手握着一颗黄磷手雷："这是一颗黄磷手雷，只要你开枪——这个屋子所有的一切都是灰烬！按照你的军事常识，该知道黄磷手雷的爆炸半径是十五米！"

蔡晓春面不改色，看着他。

饭店里面在其余桌子坐着的秃鹫小队雇佣兵纷纷起身，拿起自己的武器上膛对准张胜。来自中国的小老板脸色发白，不知道这两个爷爷怎么了，缩在柜台下面动都不敢动。伊拉克的局势很乱，所以大量的机构甚至军队都雇用了为数众多的雇佣兵，而且美军驻伊拉克当局还规定——这些雇佣兵不受伊拉克法律制约，有权在认为适当的时候进行自卫。这个"自卫"的含义就很深了，谁知道是不是自卫？所以雇佣兵其实是在伊拉克大地上法外的一群，军法管制不了他们，当地法律也管制不了他们——真正的无法无天。

如果雇佣兵在这里爆发战斗，小老板除了自认倒霉，没别的办法。

响尾蛇和秃鹫一个手持上膛的沙漠之鹰手枪，一个小拇指套在黄磷手雷的拉环上。

都是面色冷峻，虎视眈眈。

周围的雇佣兵手里的各种武器对准了响尾蛇的脑袋，随时准备击发。

张胜和蔡晓春就那么对峙着，时间仿佛凝固了一样。

蔡晓春看着不畏死的张胜，嘴角浮出一丝淡淡的笑意，高喊："I like this guy!（我喜欢这个人！）"

张胜也露出微笑，小拇指还在拉环里面，但是没刚才那么紧张了。

周围的雇佣兵听到老大这样说，都慢慢放下了武器。

蔡晓春把桌子下面的沙漠之鹰手枪拿出来关上保险放在桌上一顿，用普通话高喊："拿酒来！二锅头！我要跟这个小子喝酒！"

小老板急忙爬出来，跑去拿酒。

张胜也慢慢把黄磷手雷拿出来，放在了桌子上，小拇指慢慢缩出了拉环。

两个人都面对面爽朗地笑着，好像是很久没见面的故交一样。二锅头顿在桌子上，蔡晓春拿牙咬开盖，倒满了两杯，用汉语说：

"响尾蛇！好小子，我喜欢你！"

"为什么现在不再怀疑我是你们国家安全部的呢？"张胜笑着接过一杯白酒。

"因为你的普通话——你是美国人，ABC（America-Born Chinese，美国出生的中国人，但是华裔美国人是不喜欢这个称呼的，带有贬义）。"蔡晓春笑着说，"你以为没有破绽，但是对于我这种大陆出来的人来说，破绽很明显。"

张胜笑了笑，看来自己要加强汉语学习了。

"喝了这杯酒，再说要我干什么。"蔡晓春拿起白酒。

张胜也拿起来，两人碰杯。蔡晓春眼睛都不眨，一饮而尽。张胜也一饮而尽，但是二锅头……那是酒精……他被辣得张嘴哈了一口气，实在是忍不住了。

蔡晓春哈哈大笑，雇佣兵们也哈哈大笑。

张胜抬起眼，擦去辣出来的眼泪，也笑了。

12

被秃鹫小队当作巴格达临时驻地的半地下室里面，居然悬挂着一面鲜红的中国陆军军旗。张胜进来不由得多看了一眼，蔡晓春笑笑掀起自己 T 恤衫的左边袖口，露出自己左臂上的文身——一道闪电缠绕一把利剑，上面还有一行英文"CHINA"。蔡晓春淡淡地说："每个从军者都不会忘记自己硬汉梦开始的地方，我也一样。"

张胜把自己的衬衫掀起来，露出左臂上的文身——RANGERS。

蔡晓春眼睛亮了一下，笑："看来我们俩真的有些地方很像，说说吧——到底是什么活值三百万美元？"

张胜把背囊放在弹药箱垒成的桌子上打开，取出笔记本电脑。蔡晓春眼睛愣了一下，知道这是价值不菲的 GoBook MAX 膝上型笔记本电脑，Itronix 公司刚刚出品的。这款电脑就是为了这次战争开发的，政府订单要4500 美元，因此在美军当中也是少量的特种部队和精锐部队才有装备。

这种膝上电脑并不比 IBM 的 ThinkPad 宽，但是更厚、更重。这种电脑采用特殊的防震装置，而且可以防水、防水蒸气、挡风。它的外壳由特殊的类固醇材料制成，非常坚固，即使从高处掉下时也不会损伤机器。另外，键盘也都是防尘、防水的。

涂成沙漠迷彩色的笔记本电脑当然属于 CIA，张胜笑了一下："见笑，现在我给你做一下简报。"

蔡晓春等雇佣兵目不暇接地看着张胜接驳上美国五角大楼的间谍卫星，实时图像立即传输过来，可以看见清真寺的人在走动。清真寺的平面图、立体图、三维模型全部一览无遗，麻雀还把各种情报进行了综合分析，做了一张用于营救人质的立体三维作战地图。张胜点击键盘，跳出来 Laila 的照片和资料。

"这个女人，是我要的。"张胜看着蔡晓春说，"她关押在这个位置。整个清真寺大概有二百多名反美武装分子……"

"这些是什么？"蔡晓春指着院子地面的那些骷髅模样的东西，"死人吗？他们为什么不处理掉？这会引发瘟疫的。"

"孤儿……还活着。"张胜低沉地说，"反美武装组织拿他们做幌子，欺骗国际社会的援助。"

"这得有一百多孩子……"蔡晓春的喉结蠕动一下，"丧尽天良……我们要去救的人，是 CIA 的间谍吗？"

"不是。"张胜说，"她是个孤儿院的教师……"

蔡晓春看着 Laila 的资料："科威特公主？你为科威特王室服务？"

"不是。"

蔡晓春看张胜："你……自己出了三百万？！"

张胜看着蔡晓春："是的。"

"她是你的女人？"

"不是。"

"那你为什么？"

张胜笑了一下："很多事情，没有那么多为什么。我不希望她死掉，她不是我们这个世界的人，不该进地狱。"

蔡晓春看着张胜，点点头："这个活我接了。"

"给我一个指定的账户，马上转一半定金给你。"张胜说。

蔡晓春点点头，拿出一张纸写下账户递给他。张胜拿起来，拿出卫星电话用密语告诉麻雀。随即他回头："十分钟之内搞定，一百五十万美元，洗干净的。"

蔡晓春点点头："Peoples, we got job to do! 100,000 box each!（兄弟们——组织起来，我们有活要干了！事成之后，每个人十万美元现金入账！）"

雇佣兵们精神起来，嗷嗷叫着收拾自己的武器装备。

"好了，我们出发吧。"蔡晓春拿起自己的武器起身，"到地方找好前进出发地，根据现场情况拟订作战方案。"

"不用等十分钟查账吗？"张胜问。

"你以壮士待我，我岂能以小人看你？"蔡晓春笑着说了一句文绉绉的汉语，"更何况你是游骑兵！我们是一样的人，犯不上！"

十几个雇佣兵已经收拾停当，都在看着蔡晓春。

"还有一个问题……"张胜犹豫着。

"说。"蔡晓春问。

"能卖给我一把长枪吗？"张胜不好意思地问，"AK 就可以……我知道你们的武器都是校对好的，保养也很好。我实在不敢去街头买武器，不可靠。"

蔡晓春纳闷儿，看看墙根擦拭好的各种长枪："为什么你不选择M4呢？那不是游骑兵擅长使用的吗？"

"M4比较贵。"张胜脸红了一下，"我没那么多钱了……"

蔡晓春看着他，片刻走到墙根抄起来一把M4A1卡宾枪甩给张胜大声说："好汉子，为了一个一面之缘的女人，拼光了身家去救她！不枉我们认识一场，这把枪——送你了！"

13

天近黄昏，两辆白色的丰田陆地巡洋舰和两辆丰田皮卡开出绿区，高速掠过巴格达街头，掀起一片烟尘。车内都加装了凯夫拉内衬，而且V8发动机的马力是绝对强劲的。丰田皮卡后面加装了防弹钢板，还分别有一挺14.5毫米的德什卡大口径车载机枪，全套披挂的机枪手都是虎视眈眈。雇佣兵在伊拉克一向是招摇过市，是当地的一霸，因为可以不遵守任何法律法规，加上美军当局的偏袒，是绝对的有恃无恐。

四辆车组成的车队卷着烟尘开过美军的岗哨，却没有径直开往清真寺，而是在市区开始兜圈子。

蔡晓春在第一辆车上，跟张胜坐在后排，一起看着笔记本电脑上的现场传输画面。雇佣兵可是没有准备与卫星接驳的现场传输设备的，但是这次行动却有五角大楼的间谍卫星全程支持技术监控，显然是一步登天了。

麻雀在电脑前忙活着，不断通报前方路况和行人情况。他根据美军巴格达总部的资料汇总标识出安全的行车路线，这样一方面掩盖真实目的，另外一方面也是避开可能存在的反美武装据点和游击队，避免中途发生战斗延误整个行动。

一次行动十万美元现金，还是洗干净的（不用缴税），每个雇佣兵的劲头都是鼓得足足的。更何况秃鹫小队是AO有名的好战小队，总是在最危险的地方冲杀。既然都是玩命，为了十万美元的半小时作战行动，还是绝对值得的……或者说是超值了。

在距离清真寺大概两公里的僻静废墟，他们陆续跳下车展开警戒线。蔡晓春跟张胜下车，跟着雇佣兵们快速跑进废墟里面。这个城市到处都是废墟，也到处都是无人区。蔡晓春拿起望远镜，观察清真寺的整个环境。他看着平面图，所有的清真寺都是朝向麦加方向的，不是正南正北的建筑走向。这是个"口"字形状结构的传统清真寺，中间是院子，大门朝向西南，正对一个带喷泉的广场；东南方向是个已经是废墟的学校，黑夜当中黑压压一片；东北方向是一片炸烂的建筑，这是以前的一个军营……

秃鹫小队和响尾蛇现在在清真寺的东北，也就是军营里面。

麻雀的音频接到了秃鹫小队的无线电频道。张胜对着耳麦说："麻雀，这是秃鹫。他是这次行动的负责人，完毕。"

"麻雀收到。"麻雀回答，"秃鹫，告诉我需要什么。完毕。"

"现在有多少人在活动，他们各自的位置，外围警戒的狙击手小组在哪里，他们的人数和准确位置。"蔡晓春说，"人质关押的地方有多少人守卫，有没有武装分子混在孤儿那里。完毕。"

"等等秃鹫……一步一步来。"麻雀回答，"现在里面大概有一百五十人到二百人是活动的……院子里面是孤儿，他们看起来不愿意靠近这些孤儿……外围的狙击手小组在学校废墟里面，我给你们传输他们的准确位置，一共有四人两组狙击手……完毕。"

张胜看着电脑上的传输画面："我们要等他们就寝才能动手，根据情报……他们在两侧的房间内睡觉。那时候里面大概有十到十五人的哨兵还是活动的，其余的人都在睡觉。"

蔡晓春看着地图在想着什么。

张胜看看他。

蔡晓春也看看他："这些孩子……我们怎么办？"

张胜也在思索。

"我们没能力带走他们……带走了也活不下去。"蔡晓春的声音很嘶哑。

张胜眼睛一亮："我有个办法……"

蔡晓春看他，张胜笑笑："我交给麻雀处理。"

"你让远在美国本土的技术支援来救这些孩子们？"蔡晓春苦笑。

"信息时代，秃鹫。"张胜淡淡一笑，"总之，交给我就是了。"

蔡晓春点点头，开始布置作战方案。他指着卫星画面两侧的房屋："军士长。"

一个粗壮的黑人汉子低沉回答："秃鹫。"

这是麦克·阿贾克斯士长，津巴布韦人，罗得西亚特种空勤团出身，今年已经 47 岁。他是秃鹫小队里面年龄最长的雇佣兵，也是经验最丰富的厮杀好汉，每个人都对他很敬畏，包括秃鹫也对他很客气。

"FNMAG。"蔡晓春点着两侧，"两挺分成两个火力小组，你负责外围火力支援。在这两个位置，使用穿甲弹给我清除他们——注意，不要扫射到院子里面。开火信号就是宣礼塔上的烟雾弹，明白吗？"

"收到，秃鹫。"军士长点点头，转身去准备了。

"汉斯考克。"蔡晓春点着狙击手的位置。

"在，头儿。"

手持 M40A3 狙击步枪的汉斯考克低声说。

"你的小组，去解决掉他们。"蔡晓春说，"潜行——一点动静都不能出，现在就去。当我的命令下达，割喉，然后占据制高点，掩护其余小组。"

"明白。"

来自美国海军陆战队武装侦察连（Force Recon）的狙击手汉斯考克点点头，转身去了。除了携带这支改进型的 USMC 专用狙击步枪，他还背着一把加装 M203 榴弹发射器的 M16A2 自动步枪以及全套弹药。对于这种货色来说，这点重量可真的不算什么。

"乔，帕特。"蔡晓春说。

"在，秃鹫。"两个前英国皇家海军陆战队第 42 突击队的患难搭档蹲过来。他们一起在 SBS 共患难，到了 AO 也是生死兄弟。

"你们跟着我，第一控制组。"蔡晓春说，"从这里攀登上去。去准备攀登工具和 LBT 的沙漠吉利服，选择你们合适的武器。"

"是，秃鹫。"二人转身离去。

"营救人质小组……"蔡晓春看自己的队员。

"我带。"张胜低声说。

蔡晓春看着张胜："你？"

"对……"张胜说，"你知道我懂法语，我也懂阿拉伯语。我有作战经验，秃鹫。"

蔡晓春笑笑："我倒是相信你的胆识——丹，墨菲！"

"到，头儿。"两个粗壮的雇佣兵蹲过来。

"你们两个跟随他——你们是一起出来的，都是他妈的美帝国主义！"蔡晓春笑笑，"自己亲近一下吧。"

"响尾蛇，游骑兵 75 团三营 B 连。"张胜低声说。

"丹·戴利，绿色贝雷帽第五大队一营二连中士，专长爆破、阿拉伯语，以及轻武器使用。"丹回答，"认识你很高兴，响尾蛇。"

"R·墨菲，第十山地师，专长爆破侦察和通信。"墨菲回答。

"你们从水渠进去。"蔡晓春指点着卫星画面，"摸掉里面的哨兵，然后在孩子们周围布置红外灯标，标识机枪射界——我不想误伤孩子们。"

"明白，秃鹫。"张胜回答。

"然后我和你会合。"蔡晓春对张胜说，"我们各带一人，扫荡 Laila 关押房间周围的走廊和沐浴室，扩大安全区。丹，准备 V40，我们要清除掉机枪不能扫射的死角，还不能炸塌房屋造成误伤孤儿。"

"明白，头儿。"丹点点头，转身去皮卡那准备弹药。V40 Mini-Grenade（V40 迷你手榴弹），最佳杀伤半径 18 米，最大杀伤半径 30 米，全重 130 克。装药量少，破片重量轻，就最大限度避免了炸穿墙壁杀伤孤儿的可能。

"刘易斯？"蔡晓春说。

"在，秃鹫。"嘴里嚼着口香糖的刘易斯回答。

"你带第二控制组，从我们对角攀登。跟我一起扫荡高墙上的敌人，然后滑降进入院子——你一定要最大程度上确保孤儿安全，他们……不会乱跑的，没有力气了。所以危险来自两侧房间，明白吗？"

"收到，秃鹫。"刘易斯回答，这个来自美国海豹突击队的大个子拿起自己的 M4A1 卡宾枪："我一定给他们点颜色看看。"

"小约翰？"蔡晓春回头。

"到，头儿。"一个年轻的卡宾枪手蹲过来。

"你不是一直想当狙击手吗？"蔡晓春笑道，"去换一把 SR—25，你的机会来了——你带一个观察手，跟刘易斯那边上去。当我们滑降下去，提供火力支援——你是内围狙击手。"

"是，头儿！"年轻的小约翰激动得眼睛冒光。他是美军 82 空降师出来的，在这里最年轻，只有 23 岁，枪法很好心态也稳定，但是在这里轮不到他当狙击手。他回头去招呼自己的搭档，准备去当狙击手。

SR—25 狙击步枪是由美国奈特军械公司生产，尤金·斯通纳设计，从 M16 衍生而来，因此，它与 M16 步枪有近 60% 的零部件可以互换，只是口径改为 7.62 毫米。他的交战距离比外围狙击手近，只有几十米左右，所以秃鹫给他选择了这种射速较快的半自动狙击步枪。

蔡晓春布置完毕，看看自己的手表："其余的人担任接应，当我们控制以后，正面打进去——我们还有时间准备。"

古老的清真寺沉浸在黑夜当中，仿佛不知道这个城市所遭受的苦难。

也不知道即将爆发的一场战争……雇佣兵的战争。

第八章

————★————

1

凌晨四点，正是巴格达冬季最黑暗的时刻。整个巴格达市区沉浸在一片寂静的黑暗当中，间或有几声零散枪响，也不是战斗。大街上没有人，没有灯光，如同一个死城。战争让原本美丽的城市变得支离破碎，静静流淌的底格里斯河仿佛一个忧伤的母亲，凝视着儿子巴格达的苦难。

美丽的巴格达，美丽的波斯古城……

到底要多久，才能让你远离战火，再次出现历史上的繁华和和平……

黑暗中的巴格达，看上去要比白天漂亮许多，因为很多废墟只有影子，看不见战争的蹂躏。当然，黑暗……也掩盖了雇佣兵的行踪。

来自美国蒙大拿州的三十五岁狙击手汉斯考克潜伏在学校废墟外面的杂草丛当中，他的身边是来自德国的观察手维尔纳。两个人都是一身沙漠吉利服，目光炯炯。

汉斯考克是经验非常丰富的 USMC Force Recon 第一连的资深狙击手，前年刚刚离开 USMC 加入 AO。Force Recon 直接翻译过来叫"武装侦察连"，与陆军"绿色贝雷帽"、海军"海豹"等特种部队比起来，名字实在让人没有任何想象力。实际上，该部队却是美国最精锐的特种部队之一。

看 Force Recon 的名字似乎是侦察为主的，但 Force Recon 跟解放军的武装侦察连可是有本质的不同。他们直属于美国海军陆战队远征部队司令部，投入战场的时间最早，在执行任务中基本上不能得到任何支援，完全独立作战。并且不光执行侦察任务，和这世上所有的特种部队一样，还常常干"湿活"——那些见不得光的秘密任务，一些政府不会在公开场合承认的任务，同时，Force Recon 还担任"反恐"任务。因此，它是一支全能的特种部队，不仅仅是负责"绿色地带"（即野战环境）的战斗任务，还承担着"黑色区域"（城市及舰船环境）的作战行动。（电影《ROCK》当中的美国叛军，就是 Force Recon，轻而易举全歼了 Seals 小队。）

最早的 Force Recon 成立于 1954 年，即 Force Recon 第一连。这也是 Force Recon 最老油条也最强的单位，驻扎在西海岸的加利福尼亚彭德尔顿海军陆战队基地。Force Recon 的编制一共有五个连，现如今，从第二连到第五连都已经与海军陆战队师属的侦察部队合并，但是 Force Recon 第一连仍然保持独立地位，拒不与师属侦察营合并，也不听从美特种作战司令部 SOCOM 的指挥（海豹、三角洲等都要接受该司令部指挥），在美军特种部队当中可以说是真的牛上天了。

所以已经三十五岁的汉斯考克，他的军事技能和作战素养，是不用有丝毫怀疑的。

维尔纳是高中毕业就去法国参加了外籍兵团，很遗憾没有入选 2REP，在 3REI（第三步兵团）当了一名丛林步兵。3REI 驻扎在南美洲的法属圭亚那，总部位于 Kourou 的 Forget 区，主要任务是驻守 Kuru 太空中心，也是兵团及法军训练丛林作战的基地。所以维尔纳就成为丛林突击队员和专家，五年服役期满后加入了 AO，成为真正的雇佣兵。在汉斯考克的带领下，他进步很快，两人的配合也很默契。

"狙击手的位置没有任何变化，"麻雀的声音从里面传来，"看样子是睡着了。完毕。"

"汉斯考克，动手。完毕。"秃鹫的声音传出来。

汉斯考克和维尔纳悄然潜行进入学校废墟，他们的长枪都挎在身上，手里握紧装着消音器的手枪。在悄然上到教学楼三楼以后，两人换了匕首。萨达姆敢死队的训练实在是差强人意，因为没有任何陷阱和饵雷……

狙击手趴在枪边睡觉，对讲机放在一边。观察手在打哈欠，正在捂住自己的嘴。

一只戴着绿色战术手套的左手轻轻但是迅速地捂住了他的手和嘴，接着一把锋利的匕首缓慢但是力度恰当地滑过他的喉咙。喉管一下子被切断了，血往外喷着。观察手喷着血，抽搐着翻了白眼。

汉斯考克慢慢松开他，那边的维尔纳也已经轻而易举地割开了狙击手的喉咙……打盹的狙击手会永远睡去——这是汉斯考克告诉维尔纳的，现在再次实践了这个老狙击手的真理。

两人满身都是血污，却没有任何感觉。随即汉斯考克拿起自己的M40A3狙击步枪，慢慢旋上了消音器，对准了斜对面的办公楼。维尔纳拿起高倍红外线望远镜，低沉地说：

"九点钟方向，335米，狙击手在……观察手……走到另外一间房间打算撒尿。"

"收到，明白。"

汉斯考克调整枪口，对准了狙击手的脑袋。他稳稳虎口加力，弹头噗的一声脱膛而出——啪！

手持SVD狙击步枪的萨达姆敢死队员半个脑袋被掀开了，一声不吭就倒下了。

随即汉斯考克迅速拉动枪栓，掉转到那个正在背对自己撒尿的观察手脑袋上。他正在爽，哼着小曲。没想到一颗弹头直接打在他的后脑，打穿过去，他一下子扑倒在前面的墙上。倒在地上，还在哆嗦着撒尿。

汉斯考克低沉地说："清除。"

他身边的对讲机响了，说着阿拉伯语。这是每隔一小时，清真寺据点的反美武装跟狙击手小组之间的安全联络。汉斯考克看看对讲机，没有吭声。

麻雀早就准备好了，他已经截取好了之前的通话录音。喝着咖啡的麻雀在有空调设备的办公室里面，轻松地按下播放键，于是两句阿拉伯语就按照以往的顺序出来了。对方得到两个外围狙击手警戒小组的例行通话，就停止了呼叫。

一向不好开玩笑的狙击手汉斯考克嘴角浮出微笑，冒出来一句："I love IW.（我爱信息战。）"

2

黑暗当中的张胜戴着夜视仪，套着"战术裁缝"（雇佣兵的俚语）做的手制战术背心，里面插着氧化铝陶瓷板。这在某种程度上是秃鹫小队的"标准"装备，每个秃鹫小队成员的背心都按专业和武器不同进行了最优化配置。根据他们的实战经验，制式防弹背心不能满足雇佣兵作战的需要，所以他们就根据自己的需求，找到专门提供非制式定做产品的"战术裁缝"自行设计制作——代价要比购买防弹背心要高得多，因为无论从设计、材质还是做工来说，都比制式装备要复杂和坚固——口袋的位置都量身设置，取用装备更顺手，战斗负载更平衡。所谓钱要花在刀刃上，刀尖舔血的职业当然不会心疼这点钱了。在欧洲和美国有相当一批数量的类似公司和个人，譬如 AWS、SO-TECH、TAG、CRYE 等公司都提供定做战斗服装和装具的小批量订单，专门做私人军事承包商和少数精锐特种部队的生意。这些公司的 CEO 或者个人裁缝本身就是曾经转战世界的私人军事承包商以及退役特战队员，所以更了解战场需求，生意也是伴随国际战争事业的"繁荣"好得不得了。

这些装备和张胜身上的无线电耳麦、V40 手雷、M4A1 卡宾枪备用弹匣等都属于秃鹫的赠品，张胜也毫不犹豫接受了，在这样的壮士跟前装孙子其实是在骂他了。张胜也就坦然接受了，并且做好了自己的战斗准备。

他看着秃鹫带着两个手下身穿 LBT 的沙漠吉利服，在黑暗当中潜行。

他们采取蜗牛式的匍匐前进方法，要通过将近 30 米的开阔地，借助废墟和瓦砾的掩护抵达水渠入口的小房。麻雀在那里锁定了两个外围警戒的哨兵，他们在狙击步枪打不到的屋子里面，按照现在的时间应该在睡觉。秃鹫和两个来自英国的突击队员就承担了最艰巨的隐蔽接近任务，他们的动作很轻，速度也不算慢，但是基本上看不出来那三个是进攻者——黑暗当中，他们就是三团杂草或者灌木丛。

张胜舔舔自己的嘴唇，知道现在是最危险的时刻。

蔡晓春好像浑然不觉这些危险，他带着两个突击队员已经爬行到屋子墙根下面。随即他用手语发出指令，乔和帕特两人慢慢在墙根起身，亮出手里的德莱尔卡宾枪。这是根据英国利恩菲尔德步枪改造的卡宾枪，是一种单手动微声武器，闭气性好，使用 11.43 毫米亚音速手枪弹，因此不存在音爆等问题，而 11.43 毫米的子弹口径打进人脑袋……也是比较恐怖的事情——是月黑风高摸哨杀人的最佳选择。

屋子里面一片黑洞洞，两个英国突击队员戴着夜视仪出现在没有玻璃的窗口。他们轻易地就找到了床上和地铺上的两个哨兵，随即两声噗噗，他们永远进入了梦乡。

"清除。"帕特低声说。

蔡晓春挥挥手，三个人离开小屋，快速走到墙根底下。

这个时候该响尾蛇出动了，张胜带着自己的两名组员快速通过开阔地，来到水渠入口。这是清真寺的标准配备，类似中国新疆的坎儿井。水渠是开敞式的，恰好也是三名组员渗透进入的最好选择。

第二控制组和内围狙击组也在另外一端快速来到墙根下面，开始准备攀登工具。

汉斯考克紧张注视着整个清真寺的高层，没有发现敌人的踪迹。说实在的，以色列军队在中东横行无忌是有原因的……阿拉伯人确实不擅长现代化作战，或许以前的波斯骑兵更适合他们。

围墙高五米，石头建筑，露着棱角。蔡晓春带着帕特采取中国特种兵的攀登方式，抓住棱角按照三点固定的攀岩方式开始无声攀爬。乔在下面持枪警戒，目光警惕。

张胜带着两名前美国大兵趴在水渠里面，慢慢往里渗透。他们来自一个国家的军队，虽然训练方式略微不同，但是意思大概都是知道的。所以动作都很默契，这也是秃鹫会安排来自一个国家的雇佣兵组成战斗小组的原因。很多东西不需要交流，因为心里都明白。

蔡晓春已经爬上了围墙的顶端，他趴在宽阔的围墙上，手持加装消音器的56-1冲锋枪巡视整个围墙。宣礼塔上没有人影，按照麻雀的情报那里该有两到三个哨兵，看来也是睡着了。帕特跟着上来，端起德莱尔卡宾枪。乔看到他们上去了，也开始往上爬。

第二控制组和内围狙击组也爬上了围墙，这个时候还没有发生战斗。他们也在围墙上趴着，好像凝固了一样。

张胜从水渠里面探出眼来，涂满黑色条纹的脸上的那双眼睛很凶狠。整个院子里面一片静悄悄，孤儿们还在地面躺着，好像已经死去了一样。张胜的眼搜索着整个院子，他看见了两个哨兵，坐在五米外的台阶上打盹。另外一个哨兵背对自己，在两米外抽烟。

张胜拔出匕首，慢慢爬出水渠，爬向那个哨兵。那个哨兵把烟头扔掉，在地上踩灭。张胜伸出左胳膊捂住了他的嘴和鼻子，随即慢慢从他的喉咙滑过锋利的匕首。哨兵被张胜抱在怀里，很慢很慢地放在地上。张胜满身都是喷出来的血，他的眼睛也是血红血红的。

丹和墨菲已经在他身后两侧隐蔽好。张胜把尸体放在地上，悄然抄起M4A1卡宾枪。

"响尾蛇，院子里面只有那两个哨兵了，在你十点钟方向。完毕。"麻雀的声音传出来，他也很紧张，呼吸都显得很压抑。

张胜举起左手，打出手语。丹和墨菲会意，悄然趴下，沿着走廊的护栏慢慢爬行。他们嘴里叼着匕首，爬行到那俩打盹的哨兵身后，还是慢慢起身……

无声的割喉……

张胜手持M4A1卡宾枪，紧张观察四周。

丹右手持枪，左手拿出红外灯标，走到院子里面。那些孤儿……躺着或者趴着，已经没有了人形。这是他所见过最惨的孤儿，即便是在非洲也没见过这么惨的。几个孤儿看见了他，但是发不出任何声音，一动不动注视着他。

丹承受着内心的巨大折磨，把红外灯标放在孩子们的两边外侧，标识了机枪扫射的安全区。

蔡晓春在围墙上突然起身，举起手里的 56-1 冲锋枪。但是没有打枪，而是扣动下面加装的榴弹发射器扳机。一颗烟雾弹准确地落入宣礼塔里面，随即那边的刘易斯也甩出一颗催泪弹，同样准确落入宣礼塔当中。

黑色的烟雾和白色的烟雾一起升腾起来，里面睡觉的三个武装分子被呛起来。

"开火！"清真寺对面 50 米开外的军士长怒吼。

两挺 FNMAG 机枪嗒嗒嗒嗒开始射击。他们按照红外灯标的最外侧开始扫射，穿甲弹轻而易举就打穿了围墙，直接屠杀里面睡梦当中的武装分子……

"我们下去！"

蔡晓春怒吼着快速滑落，帕特和乔紧随其后。对面的刘易斯也带着两个队员滑降下去，稳稳落在地面上。小约翰举起手里的 SR—25 半自动狙击步枪，开始准备担任火力支援。

机枪的穿甲弹劈开了围墙，也劈开了武装分子的梦乡和身躯。两侧的宿舍变成了屠杀的场所，他们很多人还没有苏醒就被穿甲弹打得血肉横飞。苏醒的武装分子赶紧往院子里面跑，迎面就遇到了雇佣兵们密集的射击。

两个控制组盘踞在院子里面，除了战友几乎背靠背的身躯，没有任何掩护。但是他们没有任何畏惧，半蹲成两排各自封锁一端的武装分子。能够在 FNMAG 机枪扫射当中存活的武装分子算是机灵的，但是他们万万也想不到出来就面对着自动武器的扫射。

枪林弹雨当中，蔡晓春高喊："刘易斯，保护孩子们！帕特，跟我走！"

黑暗当中的 Laila 被一阵震耳欲聋的枪声惊醒，她恐惧地抬头，意识到可能是美军来救她了。她万万没想到会这么快，这么准确……她已经见过西方国家人质被武装分子斩首的网络视频，美军这次简直是匪夷所思啊！难道是科威特政府对美军施加了压力？……但是，怎么会知道这么快呢？难道是武装分子当中有 CIA 的内线？还是科威特王室的同情者？……

还没来得及思考，铁门被一阵扫射打坏了门锁。一个黑影踹开了铁门，冲进黑屋一把拉起来她。Laila 害怕地尖叫着，不知道接下来是什么命运。

那个涂满黑色伪装油的脸对着惊恐万状的她高喊：

"Rangers! Follow me! "

3

"Rangers! Follow me! "

Laila 睁大眼，看着面前的黑影平静下来。

"Laila，我是 Mike。"张胜说，"跟我走！"

Laila 的眼泪流出来，知道自己得救了。张胜哪里顾得上这些呢？右手持枪，左手揽住 Laila 往外走。墨菲在外面走廊等着，蔡晓春也从那边带着帕特跑过来："得手了吗？"

"得手了！我们撤！"张胜高喊。

Laila 在张胜的怀里哭着，被他轻松地夹着往外走。她抱紧这个男人，这是她的地狱天使，也是生存的希望。刺鼻的火药味和万宝路的烟味，这些她曾经觉得很难闻的味道，现在都是那么的亲切……

外面的机枪还在扫射，剩余的武装分子已经不多了，他们盘踞在死角。刘易斯高喊："歼灭鼠辈！"

两个控制组剩下的五名队员起身，分成两组一边火力压制一边走向两侧的房间。走在后面的队员掏出 V40 手雷陆续丢入房间，随着闷响和惨叫，血肉横飞。但是他们根本就没有犹豫，继续往里投掷 V40 手雷，跟玩游戏似的足足有三十颗手雷被准确丢入两侧不同的窗户……

地面的孤儿都醒来了，一点力气都没有，眼巴巴看着他们。

丹对着孩子们用阿拉伯语高喊："不要怕！我们是来救你们的！"

其实饿成这样真的是好事，否则孩子们一定会乱跑一气，那时候就真的很难说了。招呼到孩子们是肯定的，无非是死多少的问题……（作者善意提醒：类似情况下人质最好的选择就是卧倒一动不动，等待营救特警或者特种兵来解救，不要满地乱跑，否则死得很惨。）

院内的战斗在几分钟之内就平息了，剩下的只有眼睛冒火枪管冒烟的雇佣兵们，还有地下的孩子们。

蔡晓春带着帕特扫荡关押人质地点周围的残敌，也是没有什么悬念的。张胜拉着 Laila 跑出来："我们得手了！"

"歼灭所有鼠辈！"蔡晓春高喊。

刘易斯再次带领队员们投掷 V40 手雷，又是二十颗进去了。连环的爆炸过去，武装分子的尸体都被炸烂飞了出来。

雇佣兵们对着周围死一样的寂静虎视眈眈。

Laila 跟着张胜走到院子里面，看着这些孤儿们："带他们走……"

蔡晓春看看她："女士，这里很危险。我们不能带他们走，没有这个能力。"

Laila 抱起一个孩子，他眼巴巴看着自己。她回头流着眼泪对着张胜喊："Mike，带他们走！"

雇佣兵们都看着这些无助的在死亡边沿挣扎的孩子们。饶是他们转战世界，也没见过这样的人间地狱。屠杀也就算了，无非是满村人头，这样眼睁睁看着孩子们饿死……还是第一次。但是谁都知道，雇佣兵是肯定没有这个能力的。

张胜却露出一丝诡异的笑容，看着 Laila："你相信我吗？"

Laila 点头："相信……"

"放下他，会有人来救他的。"张胜轻轻地说。

Laila 想问是谁，但是看着张胜的眼睛那么诚恳，她相信了。她依依不舍放下这个孤儿，张胜一把拉起来她："我们走！"

"谢谢你！"Laila 哭着说，"也谢谢美国！真主保佑美利坚！"

雇佣兵们哄堂大笑，这是今天晚上最有趣的黑色幽默。张胜也笑了，他也不多说什么，抱着 Laila 在雇佣兵们的保护下往外撤离。他对着耳麦说："麻雀，我的活儿完了！下面看你的了，明白？"

"明白，响尾蛇！太漂亮了！太漂亮了！跟看电影一样！"麻雀在那边笑着说，"你们撤离吧，附近没有武装分子集结！他们被打怕了，我听了他们的无线电，他们以为是美军大部队发动围剿了！"

蔡晓春带着雇佣兵们和接应的战友会合，冲出大门。军士长早就带着车队在那里等待，他们跳上车快速离开。张胜抱着 Laila 上了一辆陆地巡洋舰，脸色冷峻地看着远去的清真寺。

"他们……真的会得救吗？" Laila 突然问。

张胜笑了一下，对着怀里还在颤抖的 Laila 说："你不是说了吗？真主保佑美利坚！"

麻雀在万里之外的办公室里面拿起电话，通过技术手段，这个电话号码显示是巴格达本地的。他看着刚刚找出来的阿拉伯语字典，用半生不熟的阿拉伯语说："巴格达……美军司令部吗？……我是巴格达市民，我发现了大规模杀伤性武器……匿藏地点在……"

挂了电话，他又拨打了一个号码：

"CNN……巴格达记者站吗？我是谁不重要……告诉你们一个内幕……美军发现了大规模杀伤性武器……"

4

早上八点，刚刚开出绿区的美军特遣部队就发现自己的秘密行动成为了全世界媒体关注的焦点，并且得到了 CNN 的全程现场直播。美军巴格达司令部接到匿名电话的密报以后，就开始紧张研究对策。美军的快速反应能力肯定是世界排名第一的，但是特遣队出动却需要几个小时的准备——为什么呢？这是美军特色，因为这样扬名立万的大型行动，四大军种一定要到齐。在阿富汗反恐怖战争期间，CIA 的主管就差点跟五角大楼翻脸：间谍密报说，可能发现了拉登的可靠线索，陆军三角洲特种部队已经出发，结果五角大楼一定要四大军种全部到齐才能动手……结果可想而知，拉登的毛都蒸发掉了。这次也是一样，大规模杀伤性武器是美军的心病，也是这场战争的由头之一。如果发现了大规模杀伤性武器，美军在联合国和世界民众跟前还能交代一下，可怕的是连大杀器的毛都没见一根。现在有了有鼻子有眼的密报，不管怎么说，也得四大军种都要露露脸……

于是一支超级特遣部队就在匆忙组建和调遣当中，四大军种纷纷到齐——海军陆战队远征部队的一个连，陆军绿色贝雷帽特种部队第十特战大队一个B队（三个12人A队组成），海军的海豹突击队第三小队，加上混编这些部队当中的空军救援伞兵（PJ）……将近二百名不同军种的精锐战士在紧急调遣当中，能够在几个小时混编成军也确实不易，不愧是世界排名第一的美军。于是八点钟就准时出现在寒风当中等待几个小时的媒体记者们面前，被照相机和摄像机镜头包围跟随着一路狂奔向指定地点。

AH64A武装直升机已经在空中警戒，准备对付可能出现的反抗。

"黑桃，这是红A。"飞行员审视着下面，"好像这里曾经爆发过激战，院内地面有一百具左右的尸体……更多的看不清楚。完毕。"

按照预案，四大军种必须同时进入现场，展开搜索。于是车队浩浩荡荡开来，海军陆战队的远征连在瞬间展开了外围警戒，包围了清真寺；海豹第三小队和绿色贝雷帽第十特战大队的B队跳下车，空军PJ给他们分发了阿脱品解毒针；绿色贝雷帽B队当中的军医还领到了更高一级的解毒药品，大规模杀伤性武器可不是闹着玩的。

大家都戴上了防毒面具，随着指挥官一声令下冲向清真寺。绝对是浩浩荡荡的精英特战队，看得包围圈外的记者们都很兴奋，狂拍不停。

"CNN环球新闻，这里是巴格达。"一个头发花白的男主持人站在摄像机前带着嘲讽的口吻，"我在现场为你报道——美军驻巴格达司令部接到据说可靠线报，发现了大规模杀伤性武器。美利坚合众国军队展现了充分的快速反应能力，从接到线报到发起行动，只花了不到三个小时（反语）……"

电视前的张胜带着狡猾的笑意，举起了啤酒喝了一口。

海豹队员和绿色贝雷帽队员交替掩护，冲入了大门。突击小组傻在院门口，指挥官在后面高喊："该死的！你们在干什么？！"说着带着第二组接应冲过去，冲进了大门。

一阵沉默以后，陆军上尉嘶哑地说："上帝啊……"

院内的孩子们一动也不动，眼巴巴看着他们，努力想抬起头……

"我们来到了奥斯维辛集中营，头儿……"一个绿色贝雷帽下士说。

"搜索这里。"上尉声音颤抖下令。

队员们展开了搜索……

十分钟以后，这些海陆空精英们都走出了清真寺，摘下了防毒面具。记者们包围上去："请问发现没发现大规模杀伤性武器？""上尉，请你谈谈发现了什么？"……

上尉的脸色很难看，队员们的脸色也很难看。

上尉叹息一声："你们自己进去看吧。"说着走向通信指挥车。

记者们蜂拥而进，在进门的一刹那都傻掉了。他们手里的摄像机把这些孤儿……直播给了全世界。

"黑A，调集医疗单位赶到现场。"上尉在指挥车拿着电台汇报，"我们需要大量的维生素、营养药物、纯净水和毯子……我们确实发现了大规模杀伤性武器，而且是神经性的大规模杀伤性武器……"

几乎全世界的电视观众，都看了这场美军解救地狱孤儿院行动的现场直播。那些可怜的奄奄一息的孩子，对全世界的民众来说，绝对是神经性的大规模杀伤性武器……

5

"真主保佑美利坚。"

张胜坏笑着，淡淡地说了一句。

没有人比张胜更了解美利坚合众国军队，也没有人比他更熟悉美利坚合众国军队的软肋。如果麻雀明言告知：在某地有一百多名濒临死亡的孤儿，希望美军前去救援，结果肯定是扯淡，他们又不是美国孤儿，这个倒霉的伊拉克到处都是战争孤儿，难道我们都要一一管到底吗？那时候别说是美国负担不了，就是全西方盟国捆起来都负担不了！所以，狡猾的响尾蛇就把美利坚合众国军队玩了一把。

这是响尾蛇的智慧。

美军在伊拉克的心病之一就是大规模杀伤性武器，这也是世界媒体关注的焦点，正所谓"师出有名"——现在美军找不到大规模杀伤性武器，也就是典型的"师出无名"。所以只要闻到"大规模杀伤性武器"的一点味道，美军肯定会倾巢而出，而媒体也会蜂拥而至。在世界民众的眼皮底下，被人戏称作"世界人民解放军"的美军肯定是逃避不了拯救孤儿的责任，绝对的骑虎难下……

这些孤儿也就得救了。

Laila 流着眼泪看着这些孤儿被美军卫生兵和国际红十字会志愿者们小心翼翼照顾着，用毯子裹起来送到车上……她抓住了站在身边喝啤酒的张胜的手："谢谢你……"

张胜的脸色依旧冷峻，仿佛什么都没发生过一样。这是在绿区，宾馆里面自己的房间。雇佣兵们把他们护送到绿区，任务就算完成了。张胜电话通知麻雀转账，秃鹫小队跟他客气道别。张胜带着 Laila 走回了宾馆。在这里。Laila 洗了澡，换了张胜提前准备好的女士内衣外衣。响尾蛇是个间谍，间谍就是细心的人，所以在这一点上张胜不会忽视。

Laila 回到宾馆才从惊恐和狂喜当中回味过来："他们不是……游骑兵？"

"不是。"还是浑身鲜血的张胜脱下战术背心回答。

"海豹？"

"不是。"

"三角洲？绿色贝雷帽？"

"都不是。"张胜淡淡一笑，脸色是黑色的油彩和红色的血污："别问那么多了，你去洗澡吧。这是你的衣服，我按照印象当中你的身材买的，应该合适。去换上，然后睡一觉。明天我护送你到科威特，你安全了。"

Laila 纳闷儿地看着他："那……他们也是 CIA？"

"不是，他们不属于任何军队和机关……"张胜疲惫地脱掉满是鲜血的衬衫，丢进垃圾篓里面。他脱衣服的时候倒吸了一口冷气，干涸的血把他背上的伤口和衬衫粘在了一起。Laila睁大眼："你受伤了？"

"没事，擦破点皮。"张胜淡淡地一笑，"你去洗澡吧，我自己能照顾自己。"他赤裸着还在流血的上身趴下，在床底下小心地摘掉饵雷，拿出手提箱。Laila看着他打开箱子，拿出急救包，把止血粉撒在自己的背上。她走过去夺过止血粉，给张胜细致地撒在背部的伤口。这不是什么大伤，弹片的擦伤，但是还是受伤了……

为了救我……受伤了……

Laila的鼻子一酸，眼泪掉下来。

她从后面抱住了张胜，脸贴他赤裸的后背上："谢谢你……"

张胜松开她的手："我应该替那些孩子谢谢你……如果不是你，他们早就没命了……去洗澡吧，你现在安全了。"

Laila拿着衣服去洗澡，她没有锁门。她还真的不怕张胜闯进来，如果他想的话，自己是很愿意的……但是没有，她洗澡的时候从门缝里面看到张胜站在桌前给自己包扎绷带，背对着浴室。

洗澡出来的Laila焕然一新，她穿着舒适的全棉质地内衣和合身的外套。这些衣服加起来甚至都没有她在巴黎的一双长筒袜贵，但是……却是她穿过的最舒服的衣服，因为刚刚从地狱返回。

张胜看她出来，走进浴室。他拿起一条干净毛巾，弄湿了擦拭身上的血迹。脸上的油彩擦干净了，还是昔日那样的冷峻，只是因为疲惫和受伤少了一些血色。Laila坐在床上，看着他很感动："Mike，你告诉我——是CIA让你去救我的吗？"

张胜笑笑，想想还是点头。虽然不愿意Laila把恩情记在CIA这个狗日的机构的账上，但是也没别的办法。Laila好奇地问："CIA……为什么要救我？我不是美国公民，而且也不是CIA的间谍……"

"问那么多干什么？"张胜把手洗干净，他的话一语双关："知道太多对你没好处。你得救了，这就是结果。"

Laila看着他，不敢再问了。

张胜看看桌子上的手表，打开了电视，转到了CNN频道。

"难道新闻会播出我得救的消息吗？" Laila 笑道，"你们都会上电视？"

张胜淡淡一笑："你不是关心那些孩子？"

Laila 看电视新闻："他们会上电视吗？"

"会的，而且是爆炸性新闻。"张胜从冰箱里拿出一罐啤酒打开喝了一口，"绝对的爆炸性新闻，大场面。"

Laila 好奇地看他："真的？"

"你相信我吗？"

"相信。" Laila 痴痴地点头。还有什么理由不相信呢？这个只在巴黎喝过一次咖啡的男人，在遥远的巴格达突然出现，将自己营救出地狱……为什么不相信呢？

"那你就等着看吧。"张胜笑笑。

话音未落，电视画面突然切换到了绿区的大门口。浩浩荡荡的美军特遣车队出现了，记者们蜂拥奔跑着……

此刻，看着这些被救出地狱的孩子们，Laila 哭了。她捂着自己的嘴，抓住张胜的手："谢谢你，谢谢你……"

张胜淡淡一笑，没有说话。门铃突然响起来，张胜一个箭步就抓起桌上的 P228 上膛。同时他一把把 Laila 推倒在床边，举起手枪对准门口。没有人闯进来，隔了片刻，门铃又响。张胜对 Laila 示意不要出声，随即小心翼翼持枪到门口，枪口顶在门上：

"谁？"

"我，秃鹫！"

张胜长出一口气，收起武器开门。蔡晓春走进来，拿着一瓶二锅头："就知道你没睡觉！你要离开巴格达了，我想恐怕再也没机会和你喝酒了，就不请自到了！没打扰你们的好事吧？"

Laila 爬起来，脸红了："你好……"

"你好。"蔡晓春笑笑，"救你出来的时候，还真没发现你这么漂亮！要是早知道你那么漂亮，那三……"

张胜踩了他的脚一下，蔡晓春立即住嘴了。

Laila 真诚地说："谢谢你……"

蔡晓春拉着张胜："来来来，喝酒！喝完这瓶，我的军士长亲自开车送你们离开伊拉克！我派一个小组护送你们，这次免费……"

Laila 睁大眼，看着蔡晓春："你是雇佣兵？"

蔡晓春意识到自己说漏了："哟？你不知道啊？"

Laila 看张胜："CIA 出的钱？"

张胜看看她，笑了一下："对……"

蔡晓春看不下去了："什么 CIA 出的钱！那鬼孙子能出三百万美元去救你？！是他——响尾蛇！他拼光了自己的身家，三百万美元！给了我，秃鹫！"

Laila 惊讶地看着张胜。

张胜叹息一声："没那么惨，我在 CIA 的报酬还……"

"穷得都找我买 AK 了，还没那么惨！"蔡晓春讽刺他，随即转向 Laila，"我不管你们俩怎么回事，但是这条响尾蛇——是条真汉子！"

Laila 哭了，扑上来抱住了张胜。

张胜苦笑一下，看蔡晓春。

"哟？"蔡晓春也苦笑，"我又多余了？好好，你们二人世界！这酒——我送你了！这个是收费的啊，五十美元！"

他把酒塞给张胜，掉头走了带上门。

Laila 抱着张胜，紧紧的，吻着他的脖子和下巴。眼泪流到了张胜的身上，张胜慢慢伸出手抱住了 Laila。Laila 抬起头，一下子张开嘴覆盖住了张胜的嘴唇……

6

一辆丰田陆地巡洋舰和一辆丰田皮卡高速掠过伊拉克荒芜平原的公路，绝对的耀武扬威，伊拉克的车辆唯恐躲避不及，纷纷让路。外国军队和雇佣兵在自己的领土上横行无忌……这是这个国家的悲哀，也是这个世界的悲哀……但是，这是谁能改变的事实呢？

蔡晓春看来很享受这样的耀武扬威，他戴着风镜站在陆地巡洋舰的天窗外面吹风。后面的机枪手跟他打着口哨，挥着手臂。蔡晓春挥挥手，跟首长检阅仪仗队一样检阅着路边躲避的伊拉克民用车辆。

性格决定命运。

蔡晓春这样的性格，天生就是雇佣兵的材料。任何一支有军纪的正规军队都难以容他，他的桀骜不驯是骨子里面的，跟他的军事天才相辅相成。一个中国军队的普通士官，能够在法国外籍兵团2REP的狙击手连成为第一个华裔狙击手，并且还敢丢掉即将到手的法国护照不要当了逃兵，去非洲丛林投身如火如荼的雇佣兵事业，并且在AO这个白人为王的雇佣兵公司还能成为小队的主管……这种货色绝对是有一套本事的，而且亦正亦邪，绝对的双刃剑，敌人倒霉，上司也倒霉。你很难说他对还是错，总之他桀骜不驯就是了。

而且有一天，AO也容不下他……但是那就是后话了。

不仅是军士长来送响尾蛇和Laila，蔡晓春也来了。

他跟首长一样趾高气昂地检阅惊恐万分的伊拉克平民车辆，还不时对着眼里满怀恐惧和仇恨的伊拉克平民用汉语高喊："同志们好！同志们辛苦了！"

雇佣兵们就用半生不熟的汉语回答："首长好！为伊拉克人民服务！"

坐在车里的张胜只能苦笑，Laila靠在他的怀里跟一只乖顺的猫咪一样。张胜揽着她的肩膀，却没有什么笑意。他看着外面掠过的伊拉克平原若有所思，好像心事重重。Laila看着他，轻声问："你怕CIA追究你擅自行动？"

这个张胜倒是不怕。CIA对于这种不公开的行动间谍其实是没有办法的，既然不是公务员就不能按照条例来制裁。而且这些没有任何身份的间谍大多身手不凡，也桀骜不驯，逼狠了给你一枪都算好的，扔一颗黄磷手雷也不是真的没有可能。所以只要说得过去，大家都睁只眼闭只眼拉倒。何况响尾蛇这次确实也完成了任务，还没花美国政府一分钱……花的是自己的钱。

张胜摇摇头，在想着什么。

Laila 纳闷儿地看着他："那你怎么了？告诉我……"

张胜转脸看着 Laila，想了一会儿："我跟你说过，知道了对你没好处。"

Laila 看着张胜，片刻明白了："你……怕我爱上你？"

张胜看着她不说话。

"我知道，你有女儿……"Laila 看着张胜，"我不介意的……"

张胜苦笑一下："我是个间谍。"

"那又怎么了？"Laila 说，"间谍怎么了？我不会问你任何事情的，你相信我。"

张胜犹豫了一下："我是个没有身份的间谍，Laila。"

"可是你是活的。"Laila 说，"我能抱着你，跟你在一起就很开心了……"

"我有爱人。"张胜终于说出来。

Laila 是真的被打了一下，脸色发白。

"是真的。"张胜说，"如果我们只是一夜情，玩玩就算了，我也不会说这些，我不是什么好男人。我是个间谍，Laila。跟女人逢场作戏是我的本能，我会让女人误认为这是爱情，然后利用她们的弱点去完成我的任务。但是……我知道，你不是那种女人，所以我不想让你爱上我，Laila。"

"你是说 Julie？"Laila 声音颤抖，"你们不是没感情吗？"

"不是。"张胜说，"是我在游骑兵认识的一个华裔女孩，我爱她……"

Laila 的眼泪一下子出来了，彻底晕菜了。

张胜内疚地："对不起，我不是故意想伤害你的。"

Laila 闭上眼，片刻勉强地笑出来："没事，没事……我也不是……故意想爱上你的，你告诉我……换了不是我，你也会这样去救她吗？"

张胜看着 Laila，点点头："我不想伤害无辜的人，制造更多的悲剧。我承认我杀人如麻，这是我的工作。但是……我杀人是有选择的，如果我杀了无辜的人……我就会想起小时候的悲剧，那一片血泊……我不想想起来，所以我会尽力保护弱者……"

Laila 看着张胜，脸上不知道是笑还是哭："……Mike，为什么你要告诉我……你可以不告诉我，不告诉我的……让我傻傻爱你，傻傻地……你是个间谍啊！你可以不来找我，不来看我，可以彻底消失在我的生命当中……你给我留着这个幻想，这个梦……不好吗？"

"因为我不想骗你。"张胜坦然说，"我每天都在撒谎，无数的谎言。所以我不想欺骗你，欺骗你这样无辜善良的女人。"

"可是我已经爱上你了！"

"对不起……我不是故意的。"张胜内疚地低下头。

Laila 看着张胜，慢慢地说："我不要你说对不起，是我自愿的！Mike，我不怪你……一切都是我自愿的，你救了我……我要报答你……"

张胜错开眼，不敢再看她。

车队到了科威特边境，蔡晓春摘下风镜："我操！好大的场面啊！"

科威特王室卫队、军警车队一字排开，上百保镖和军警站在边境线上等待 Laila。雇佣兵们下车，看着那些衣冠齐整的保镖和军警们打口哨。保镖和军警们目不斜视，等待 Laila 下车。

Laila 慢慢走下车，张胜也下车。满眼泪水的 Laila 看着张胜："你告诉我，你会来看我。"

张胜看着 Laila，不说话。

"我会等你……"Laila 扑上去抱住张胜，"我会照顾 Julie 和 Audemarie……你不用担心她们，好好的……我会等你……"

张胜慢慢推开她："Laila 公主，你该走了，他们在等你……"

Laila 扑上来抱住了张胜，强行吻着他的嘴唇。眼泪流下来，流在张胜的嘴唇里面，很咸很咸……

保镖和军警们还是目不斜视，仿佛什么都没看见。

Laila 慢慢松开自己的嘴唇，看着面前的张胜："我会一直等你，等下去……"

张胜不说话。

"再见，响尾蛇！"Laila 咬住嘴唇，转身跑向那些保镖和军警们。她跨过边境，捂住自己的嘴哭起来。女保镖迎上来给她披上毛毯，穿黑西服的男保镖们围住了她。

张胜默默看着 Laila 在保镖们的肩膀之间若隐若现。

蔡晓春站在车的天窗外面，张着嘴看傻了。

Laila 上了一辆加长奔驰 S600，挂着科威特国旗的奔驰轿车在车队护卫下开往科威特城。

车里的 Laila 捂着自己的嘴不停地哭着，女保镖想安慰但是不知道如何开口。

张胜看着车队走远了，怅然若失。他回头看着蔡晓春和那些看傻了的雇佣兵，笑笑："谢谢你们，我也该走了。"

蔡晓春在天窗外面站着看着他，用汉语说："这要是搁在咱们中国古代，那你就是驸马爷啊！"

张胜笑笑也换了汉语："我该走了，秃鹫。我们就此再见吧！"

"驸马爷，既然你瞧不上皇宫朝廷，干吗不落草为寇呢？"蔡晓春看着他半开玩笑半认真地说，"到我的队伍里来，一起出生入死！大碗喝酒大口吃肉，活得就是个痛痛快快，潇潇洒洒！什么他妈的 CIA，都是狗屁！你那才能拿几个钱？还都被我们兄弟给瓜分了！"

"秃鹫，我是美国人。"张胜笑着说，"我宣誓效忠我的国家和政府。"

"得了吧！那些都是狗屁！"蔡晓春说，"就你们那个狗屁国家和政府，有什么好效忠的？打烂了人家伊拉克，就得帮人家重建个伊拉克吧？看看这个倒霉伊拉克现在的倒霉样子，不都是你们国家和政府干的好事吗？那些倒霉孩子们，被折腾成那样，根儿是什么——还不是你们国家和政府把人家爹娘都给杀了，才沦落到孤儿院的！再说他能给你几个钱？你到我的队伍里来，马上就是二当家的！弟兄们谁敢不服你，我第一个不答应！怎么样？考虑考虑吧！"

张胜笑笑："我宣誓过的，我不想违背我的誓言！谢谢你了，秃鹫！"

"哎！我本有心向明月啊！"蔡晓春遗憾地说，"好了！人各有志，不勉强！什么时候想开了，给秃鹫来个电话！我这个话一百年不变！弟兄们——"

没想到这群雇佣兵还真的懂这句，立即回答："Yes, sir!"

"风紧，扯呼——"蔡晓春挥挥手又换了英语，"To Baghdad, forward march!（前进——巴格达！）"

雇佣兵们跟旋风一样上车掉头，呼呼啦啦开走了。蔡晓春还是耀武扬威地站在天窗外面戴着风镜，迎着风高喊："脸红什么？"

"精神焕发！"一大群雇佣兵们居然用相对标准的汉语回答。

"怎么又黄了——"蔡晓春拖长声调。

"防冷涂的蜡！"

……

张胜站在科威特和伊拉克的边境线上，看着这个亦正亦邪的乱世枭雄带着自己的小队耀武扬威地远去了。那时候他还不知道，自己早晚有一天也会走上这条乱世枭雄的道路。和所有的美国年轻人一样，他热爱祖国，并且甘愿为了9·11的死难者付出一切去报仇……如同那些在伊拉克陷入困局的美国大兵一样，单纯且善良。

7

赵小柱听得是惊心动魄，内心波澜起伏，但是脸上依旧保持着冷峻。他的烟叼在嘴里，烟灰已经很长很长，忘记了去捻灭。黑暗当中他的脸色很奇怪，Laila却没有注意。她擦着眼泪，抬头看着赵小柱："Mike……我没想到，还能见到你，我知道你经历了很多可怕的事情……你的大脑也许受了伤，但是……我永远记得，你背上有一处伤是为了我……我不知道到底怎么了，但是我……爱你……不管你发生了什么事情，也不管你到底是CIA的间谍还是职业杀手，我都爱你……"

赵小柱看着这个可怜的女人，声音嘶哑："你一直在关注我？"

"是的。"Laila幽幽地看着他，"我关注着你……你别怪我，我请了私人侦探……他们告诉我，你被迫离开了 CIA，并且被全世界情报机关和国际刑警追捕……我担心你，Mike……"

"所以你关注着她们……"

"是的，我怕她们遭到报复。你的仇家太多了，Mike……"Laila 流着眼泪说，"我去学习了武器使用和格斗搏击，我还买了武器……我想，总是有一天能用得上……我还请了保镖，欧洲最好的保镖……但是，他们不敢得罪 SDECE，所以没有保护她们……对不起，Mike……是我的错，我说过要保护她们的……"

"你这个傻女人……"赵小柱由衷感叹一句。

Laila 的眼一亮，笑着说："你看！你看！你的脑子没问题，那天晚上你就是这么说我的！"

赵小柱愣了一下，苦笑没说话。

门口车响，一辆丰田陆地巡洋舰开来停在门口。Laila 一把抓起 MP5 冲锋枪闪身在门侧，赵小柱也醒悟过来抓起 P228 一个闪身到了沙发侧面对准门口。有节奏的敲门声，Laila 放松了，长出一口气："是她们来了。"

赵小柱却开始紧张了，真正的考验才刚刚开始！

Laila 打开门，Severin 出现在门口："她们送来了。"

赵小柱站起身，手枪还垂在右手上。他不敢放松警惕，随时都准备拔枪射击。Severin 笑着看赵小柱："响尾蛇，这是你的女儿。"

Audemarie 被 Julie 拉着手，慢慢走进来。Julie 不敢抬头，她害怕响尾蛇是骨子里面的，而且这次确实是她不可饶恕的低级错误。Audemarie 走进来，看着赵小柱，眨巴着眼。这是一个非常漂亮的混血儿，漂亮得如同洋娃娃。

"那是你爸爸，Audemarie。"Severin 笑着说，"去啊！"

Audemarie 走进客厅。

赵小柱看着 Audemarie 慢慢走过来，脸上挤出来一丝微笑。

"你不是我爸爸。"

赵小柱全身的神经都紧张起来了。

Audemarie 看着赵小柱，声音清晰地用英语说。

"Audemarie，说什么傻话呢？" Severin 纳闷儿，"那不是你爸爸，难道我是你爸爸？去啊？"

Audemarie 咬住嘴唇："我没有爸爸。"

赵小柱还是保持冷峻看着她。

"我的爸爸不会丢下我不管的。" Audemarie 带着怨恨看着赵小柱，"他会保护我，在我身边，永远保护我……"

赵小柱低下头，不知道为什么在这一刻他真的觉得内疚。

"他自己说的……" Audemarie 的眼泪慢慢溢出来，"他不会让我置身于危险当中的，他爱我……"

赵小柱的眼泪莫名其妙地就出来了。他多想有这样的一个女儿啊！

"爸爸——" Audemarie 哭着跑过来。

赵小柱急忙关上手枪保险把枪丢到一边，伸出双手抱住了飞奔过来的 Audemarie，抱得紧紧的。Audemarie 抱着赵小柱的脖子，亲着他的脸颊："爸爸，不要再离开我……我害怕……"

Laila 擦着眼泪。

Severin 笑笑："我的任务完成了。"

Laila 笑着说："我马上派人打余款给你。"

Severin 点点头："再见，甜心！"

Audemarie 回头："再见，大个子！"

Severin 有礼貌地对 Julie 说："再见，女士。"

"谢谢……先生。" Julie 低声用法语说。

Severin 转身走了，门再次被带上。

Laila 看着 Julie，气氛有几分尴尬。Julie 先笑了笑："你好……"

"你好，我是 Laila。" Laila 跟她握手。

"你也是阿拉伯人？" Julie 问。

"是的，科威特人……"

"我是巴勒斯坦人，Laila。" Julie 说，"谢谢你救了我们……也谢谢你照顾他。”

Laila 不知道该怎么说，愣了一会儿：“明天我送你们去德国，我已经安排好了撤退路线。你们聊吧，我去给你们弄点吃的……”

赵小柱抱着 Audemarie，就是不敢说话。Audemarie 抱着他，哭着说：“爸爸，我害怕……不要再离开我……”

赵小柱拼命点头。

Julie 走过来，内疚地用阿拉伯语说：“对不起，是我的错……”

赵小柱是一句都听不懂的，他现在唯一能做的就是继续装酷。他抬起眼，冷峻地看着 Julie。

Julie 跪下了，泣不成声：“原谅我……”

赵小柱抱着 Audemarie，看着她的眼。Audemarie 也看着他的眼，幽幽地说：“爸爸，你的眼睛很奇怪。”

赵小柱笑了一下。

Audemarie 仔细看着他的眼：“你从来没有游离过，你也从来没有……害怕过……”她突然醒悟过来一把推开赵小柱跳下来恐惧地高喊：“你不是我爸爸——”

8

“露馅了！”

孙守江着急地起身抓起桌上的手枪。

“冷静！”

苗处厉声说。

孙守江看他：“我有孩子，我知道孩子是骗不了的！”

苗处戴着耳机：“再等等。现在里面只有四个人，两个女人一个小女孩——只有 Laila 有武器。就算出现问题，菜刀也对付得了。”

孙守江的手枪被苗处按到桌子上，看着苗处不容置疑的眼神，他只好松开右手。孙守江眨巴眨巴眼，苦笑一下：“可怜这个孩子了……”

别墅的客厅里面，赵小柱面对着指着自己恐惧高喊的 Audemarie 保持着冷峻，Julie 急忙抱住 Audemarie，用阿拉伯语说她："怎么了？怎么了？怎么能跟爸爸这样说话？"

"他是假的！" Audemarie 用阿拉伯语回答，"他不是我爸爸！"

Laila 也跑出来："发生了什么事情？"

赵小柱不吭声，这个时候开始后悔丢掉了手枪。看来自己这个间谍严重不合格，居然会在感情激动下丢掉武器。他看见 Laila 还挎着 MP5，心里一紧。Laila 纳闷儿地看着这对母女用阿拉伯语交流着，转眼看赵小柱。

赵小柱脸色冷峻。

Laila 仔细看赵小柱："Mike？这是怎么回事？"

Julie 在训斥 Audemarie。

Audemarie 还是害怕，尖叫着用阿拉伯语："他不是我爸爸！他是冒充的！我爸爸不会害怕的！他的眼里是害怕！"

Julie 挥手就给了 Audemarie 一巴掌，Audemarie 尖叫着倒在地上。

"妈的！"

赵小柱终于找到了突破点，用英语骂了一句，转身捡起来 P228 就上膛对准了 Julie。

Julie 急忙跪下："对不起，对不起！我不是故意的……"

赵小柱的额头青筋爆起，对着 Julie。他的眼睛余光却瞟着 Laila 和她肩上挎着的MP5，精神高度紧张。Laila 的双手都没有碰在枪上，现在他占据先机。屋子里面只有 Laila 一个女人有枪，自己一枪击毙她是很简单的事情……剩下这对母女，构成不了任何威胁。

但是……赵小柱的枪口在颤抖，呼吸也变得急促。

他下不去手。

Laila 慢慢走过来，柔声地说："Mike？"

赵小柱举着手枪对准抱着尖叫的 Audemarie 痛苦懊悔的 Julie，一动不动，只是急促呼吸着。Laila 的手放在他持枪的手上，慢慢往下按："Mike，她是你女儿的母亲……不要冲动，你的女儿会吓坏的……"

赵小柱的手枪慢慢被 Laila 按下去。

Laila 看着他："Mike，不要这样做……"

赵小柱长出一口气，显得很痛苦。

Laila 松了一口气，伸手慢慢去拿他的枪："你累坏了，把枪给我……Mike，你去休息一下……"

赵小柱的右手慢慢松开了枪，Laila 拿过手枪突然举起来对准赵小柱的太阳穴厉声怒问：

"Who are you?!"

赵小柱一下子傻在那里。

"孩子是不会认不出自己的父亲的！"Laila 怒视赵小柱，"就算是再怎么化装，孩子一眼就能认出来！父亲身上的味道，也是欺骗不了孩子的！我在孤儿院长大，我现在经营孤儿院——我一直在跟孩子打交道，这点我很清楚！你是谁？！你是 CIA 的人？！"

赵小柱不看她，内心高度紧张，表情却很松弛。

他长出一口气，淡淡地说："你这个笨女人……"

Laila 愣住了，这熟悉的口吻让她痴迷。她曾经一次一次地在响尾蛇的身体下面呻吟："是的，我是你的笨女人……我是你的……笨女人……来征服我……"

啪！

一记响亮的耳光扇在她的脸颊上，她的长发飞舞起来，手枪也掉在地下。Laila 在空中滑出一道弧线倒在地上，她捂着脸颊看着那个暴怒的男人……

响尾蛇！

"你居然敢用枪对着我？！"赵小柱发飙了，"你这个笨女人！"

"对不起，对不起……Mike……"Laila 哭着说，"我是笨女人……我太紧张了……"

赵小柱一把抓起地上的手枪对准 Laila，此刻他只要扣动扳机，轻松地就可以解决现在的困境。GIGN 会冲进来收拾残局，苗处和乌鸡会进来接走自己，女人和小孩会交给法国警方，Laila……

就是一具尸体。

赵小柱的手枪在颤抖，他从未面临过这样艰难的选择。他很清楚这个女人杀了数以十计的法国特工，无论按照哪个国家的法律都是罪不容赦！但是……他就是无法扣动扳机，因为……这是个笨女人……

赵小柱慢慢放下枪口，用冷酷的口吻说："Laila，你不要让我失望。"

Laila 哭着点头："对不起，我爱你……我错了……"

赵小柱疲惫地坐在沙发上，看着抱头痛哭的母女俩。他淡淡地说："Audemarie。"

Audemarie 恐惧地抬头，看着这个陌生的男人。

"我是你爸爸。"赵小柱的声音很平静，"我受伤了……"

Audemarie 一下子停止了哭泣，睁大眼看着赵小柱，眼泪还挂在脸上。

"我被出卖了，被我信任的人……"赵小柱看着 Audemarie，心口在疼。他实在不愿意欺骗这个可爱的小女孩，但是他只能这样做："你知道出卖是什么意思吗？"

Audemarie 愣愣地点头。

"被自己最信任的人，出卖了……"赵小柱真的很痛心，这个感觉不是伪装出来的。因为，他……正在出卖这个小女孩……还有 Laila，那个笨女人。

"我受伤了。"赵小柱指着自己的脑袋，"这儿，还有一颗弹头没有取出来……"

Audemarie 看着赵小柱，张开嘴唇："爸爸？你怎么会受伤呢？"

赵小柱知道谎言奏效了，他的内心确实极度痛苦。赵小柱缓缓地说："因为，我是一个间谍。我欺骗别人，别人也欺骗我……我的心很疼，有些人我不愿意欺骗，但是我不能不欺骗……我的心很疼很疼……"

Audemarie 扑上来抱住了赵小柱："爸爸！爸爸！我不要你心疼，我不要你心疼……"

眼泪慢慢流出赵小柱痛楚的眼睛，他看着这个可怜的小女孩。Audemarie 亲着他的眼泪："爸爸，爸爸，不要心疼！Audemarie 在这里！"赵小柱伸出左手抱住了她，表情还是很痛楚，他的右手这次再也没有松开打开保险的 P228，眼睛也没有离开身上还挂着 MP5 的 Laila。

Laila 擦着自己的眼泪，笑了："现在好了，大团圆了……我去给你们弄点吃的，都饿了吧？"

Julie 也起身："我跟你一起去吧。"

"好的。"Laila 和 Julie 走进厨房开始忙活。

赵小柱抱着 Audemarie，这个可爱漂亮的混血儿，心真的很疼。Audemarie 傻傻地看着他，擦去他的眼泪："爸爸，响尾蛇也会哭吗？"

赵小柱点点头："会的，响尾蛇……也有脆弱的时候……"

Audemarie 看着赵小柱，点点头："那爸爸……什么是间谍？"

赵小柱想了想，说："就是随时在准备出卖别人，那些信任自己的人，这样的一种人。"

Audemarie 眨巴眨巴眼："为什么会有间谍呢？为什么间谍要出卖别人呢？"

赵小柱长出一口气，左手紧紧地把 Audemarie 抱在怀里，右手还抓着 P228 手枪。Audemarie 靠在他的脖子上，抱着他粗壮的脖子："爸爸，间谍为什么要那么做呢？"

赵小柱很难回答这个问题，过了片刻他长出一口气：

"因为，他是一个间谍。"

9

"我他妈的不干了！"

这是赵小柱见到苗处的第一句话。

"嘿！嘿！冷静点！"苗处笑眯眯地打断他，"你是一个天才！菜刀，你是一个天才间谍！"

"我他妈的不干了！狗屁天才间谍！"赵小柱怒骂，"我他妈的抱着一个小女孩，她叫我爸爸！我他妈的骗了她，我告诉她说我是你爸爸！我受伤了……"

"不用重复，我都听到了。"苗处笑着说。

"可是我却在出卖她！出卖她对我的信任！把我当成爸爸的信任！"赵小柱怒吼，"这他妈的是什么工作？我不干了！不干了！你爱给谁干给谁干去！我不干了！我回去当片警去！"

苗处还是带着淡淡的笑意："你想让那个小女孩看见枪战吗？"

赵小柱愣了一下。

"子弹从空中飞过，打进 Laila 的脑袋或者心脏，血肉横飞！"苗处严厉地盯着他的眼睛，"让 Audemarie 眼睁睁看着 GIGN 冲进去，然后乱枪击毙负隅顽抗的 Laila？！在她的记忆里面留下一生不可磨灭的阴影——告诉我，是这样吗？！"

赵小柱语塞了。

"你不想看见吧？"苗处的指头点着他的心脏，"你不想让孩子目睹枪战吧？看见脑浆飞出来，甚至肠子都被打出来——你回答我，你不想看见吧？"

赵小柱的气焰被打下去了，他摇头。

"那你他妈的就滚回去继续工作！"苗处也暴怒地怒吼，"这就是我们工作的意义！也是你工作的意义——为了孩子们不看见枪战！不看见脑袋被子弹打爆！不看见血肉横飞，肠子流得满地都是！"

赵小柱不敢说话。

"为了他妈的更多的孩子不成为 Audemarie！"苗处缓和下来，"她的不幸不是我们造成的，不是我们！是她的父亲造成的！我们不能让更多的孩子有这样的不幸，菜刀。"

赵小柱长出一口气，他化装成一个白胡子老头，所以刚才的暴怒显得很不协调。在超市的仓库里面，孙守江站在门口抱着肩膀看着这里，苗处站在他的面前一脸严肃。赵小柱平静下来："你说……不让 Audemarie 看见枪战的……"

"我这么想，GIGN 可没这份好心肠！"苗处严肃地说，"他们就是为了枪战训练的！所以你必须想办法阻止枪战的发生，别让 GIGN 冲进去！他们不是警察，是宪兵，是军人！他们会用战争的方式解决现场，打爆 Laila 的脑袋还不够——还得往尸体上补枪！"

"我该怎么做？"赵小柱问，"去说服 Laila 投降？她不一枪毙了我？"

苗处淡淡地笑："你这样的天才间谍，还需要我教你吗？"

赵小柱还没明白过来，苗处转身随手拿起一罐牛奶塞在他手里："你女儿要喝的，每天早上！"

赵小柱拿着牛奶愣了一下。

"这个是你的！"苗处拿起一罐可乐又放在他的手上。

赵小柱看着可乐，可乐也看着他。

"回去吧，时间太久了 Laila 会起疑心的！"苗处淡淡一笑，推他到前面门口，"菜刀，记住我的话——Audemarie 是不是看见枪战，都靠你了！"

赵小柱捧着牛奶和可乐走到超市卖场里面，那些 GIGN 已经转移到楼顶或者别的什么地方。卖场恢复往日的营业，营业员换成了法国便衣女警。这是早晨，刚刚开门，所以没有什么顾客。赵小柱捧着牛奶和可乐举步维艰走向门口，女警喊住他，善意提醒："你没付款呢！对面能看得见这里。"

戴着墨镜的白胡子老头赵小柱异样地看着她，拿出一张一百元的欧元拍在桌子上："不用找了，国际刑警埋单！"

说完就推门出去了。

Laila 果然在窗帘后面担心地看着他进门，脸颊上还有五个指头印。她接过牛奶："Audemarie 吃完早饭，我们就可以出发了。"

赵小柱看着她的 MP5，还在身上挂着。她在打开牛奶，赵小柱走过去在后面抱住她。Laila 颤抖一下："别这样，孩子在餐厅呢，还有 Julie……"

赵小柱抱住她，抚摸她的脖子。Laila 闭上了眼睛，抬起头，双手伸到背后使劲抱着他。赵小柱吻着她的脖子，慢慢摘下她的 MP5。Laila 闭着眼睛伸开胳膊配合他，赵小柱拿着 MP5 放了厨房的台子上。

接下来怎么办？

赵小柱心一横，抚摸到了 Laila 的胸部。Laila 长出一口气，闭着眼呻吟着抓住赵小柱的双手，往自己的衬衫里面伸。赵小柱紧张得不得了，想出来一招。他一把抱起来 Laila 就放在了橱柜上，Laila 迷醉地闭着眼等待他撕开自己的衣襟。赵小柱咬住牙撕开她的衣襟，两个丰满的乳房就爆出来——这是赵小柱第一次看见除了盖晓岚以外的女人乳房，但是现在他可顾不得欣赏，他也没有这个勇气欣赏。

他撕开衣襟的动作很大，于是把锅给碰到了地板上。

咣当！

"爸爸——"Audemarie 喊着就跑进来。

赵小柱的动作戛然而止，Laila 急忙起身整理自己的衣服。Audemarie 眨巴眨巴眼，看见爸爸没事，转身就跑了。Laila 跳下来整理衣服，羞涩地："孩子没来的时候，你没心情；有心情了，又不方便了……"

赵小柱拿出一根万宝路点燃："没事，晚上我好好享用我的阿拉伯公主。"

Laila 脸一红，伸手去拿枪。赵小柱却笑着按住了，轻轻地说："还是我拿着吧，当心走火。女人——不要玩枪。"

Laila 更害羞了："你……脑子没坏……还是那么坏……"

赵小柱笑着在 Laila 的脸上轻轻抚摸一下："打疼了吗？"

"没有。"Laila 笑着说，"你打我，我不疼。"

"我心疼。"赵小柱轻轻地说。

Laila 一下子哭出来，抱住了赵小柱。赵小柱伸出食指挡住 Laila 的嘴唇："嘘——晚上，等我们到了德国。"

Laila 点点头，飞快地在赵小柱脸颊上吻了一下，转身去收拾凌乱的柜台，给 Audemarie 倒牛奶去热。

赵小柱看着橱柜上的 MP5，苦笑着挎在了自己的身上。

现在，他作为一个间谍，已经入行了。

第九章

1

赵小柱还是白胡子老头的造型，MP5 挎在风衣里面藏好快步进了别墅的车库。他打开车库的门，摘下脖子上的围巾。一队 GIGN 跟从地底下冒出来一样从两侧的灌木丛当中闪现出来，队长压低声音："菜刀，你离开这里。我们要进去清场，你的上司在那边车里。"

面目全非的白胡子老头看看路边那辆奥迪 A6 轿车，又看看他们这些全副武装的 GIGN，叹息一声："里面的人都是女人和小孩，她们没有武器。"

"我知道了，交给我们了。"队长拍拍他的肩膀，带着自己的小队快速进入车库，潜伏在虚掩的门边。

赵小柱回头看看他们，苦笑一下。他走向那辆奥迪轿车，车门打开。苗处微笑着看他："菜刀，任务完成得很好。"

赵小柱没有笑容，上车。从车窗里面，他可以看见两小组的 GIGN 正在靠近大门两侧，第一个队员都举着防弹盾牌，后面的队员手持 M4A1 卡宾枪和 MP5 冲锋枪虎视眈眈。他低下头："里面的人没有武器了。"

"他们是 GIGN。"苗处说，"这是他们的标准程序。"

赵小柱看看那别墅，可以看见窗帘拉着。Laila 应该带着母女俩收拾好了，准备等自己开车到了门口就出门上车。但是自己不会去了，因为自己把她们三个都出卖了……赵小柱不知道自己现在是什么心情，总之没有任务完成以后的轻松。

"开车吗？"孙守江在前面问。

"不，等 GIGN 任务完成。"苗处淡淡地说。

赵小柱撕掉自己的胡子，咬牙切齿："你他妈的故意的！"

"怎么？你是警察，不想亲眼看见罪犯被捕吗？"苗处反问。

赵小柱不说话。

苗处笑了一下，看着 GIGN 举起了撞门闩。

门却突然开了，GIGN 一下子闪到了两边持枪对准门口。Audemarie 抱着玩具熊走到门口，看着街道："爸爸？"

她没有看见爸爸，于是往外走了几步。

"Audemarie！"赵小柱一下子就伸手去抓车门。

苗处一把抓他回来："你要干什么去？"

赵小柱呆住了。

"你——是——警——察！"

苗处一字一句地说。

赵小柱呆在那儿，抬眼看见 Audemarie 目不斜视走到街道边，看着两边在寻找他。他张开嘴，却无声。他不知道自己到底是什么样子的心情……门两侧的 GIGN 看着这个小女孩的背影，都屏住了呼吸。

Laila 和 Julie 也往外走，Julie 先出来："Audemarie！你在那儿站着干什么？"

Laila 随后出来，她意识到不对劲，一转脸看见了黑衣的 GIGN。她刚刚张开嘴："Mike——警察——"

一个 GIGN 一拳打了在她的下巴上，随即两名队员抓住了她倒下的身躯，直接给她按在地上上背铐。Laila 发疯一样喊着："Mike——快跑——GIGN——"

Julie 回头惊呼，两个 GIGN 冲过来直接扑倒了她。一名队员搜身，另外一名队员持枪对准她的脑袋。

Audemarie 回头，高喊：“妈妈——”

一名 GIGN 飞跑过去，抱起了狂奔的 Audemarie 往 GIGN 的卫生组方向飞跑。玩具熊掉在了地上，掉在了奥迪车的跟前。Audemarie 绝望地叫着："爸爸——来救我——"

奥迪车内，赵小柱隔着茶色玻璃看着 Audemarie 被 GIGN 抱走，还在叫着"爸爸"。他的眼泪一下子出来了，捂住了自己的脸。

"回国我再跟你谈话。"苗处严肃地说，"乌鸡，开车！"

孙守江开车，高速离开现场。赵小柱抬起眼回头，看见现场已经一片 GIGN 的黑衣队员。天空中也有一架黑豹直升机在缓慢降落，GIGN 不敢冒险在地面带走响尾蛇的女人和女儿，他们必须快速离开这里。

Audemarie 还在绝望地高喊着：

"爸爸——救我——"

2

穿着三沙迷彩服的赵小柱坐在战术射击场的木头台阶上，靠着柱子抽烟。他又回到了"本宁堡"的游骑兵营区，手里抱着一杆沙漠迷彩色的 M4A1 卡宾枪，脚下是沙漠战斗靴。远远地，可以看见那些同样穿着三沙迷彩服的"战友们"在草丛当中奔跑着，叫嚷着美式英语，在打美式橄榄球。狼牙特种大队的美式橄榄球队是全军有名的，是一个去美国西点军校学习半年的干部带回来的。那个干部赵小柱认识，是三营的营长刘小飞，自己的营长。这次没有来，原因也许是一营长更适合这种秘密训练。

那些战友们在奔跑着，叫嚣着，投掷着橄榄球。

赵小柱掐灭烟头，目光忧郁。

在他身边的木板走廊上，整齐地摆着战友们丢下的头盔、M4A1 卡宾枪和战术背心等。他的胸条上写着"Mike Zhang"，这边是"US ARMY""RANGERS"的臂章……所有的一切都跟本宁堡的 2002 年或者 2001 年的夏季傍晚，那个孤独惆怅的美国陆军一等兵一样。

只是……他的内心很忧伤，无边的忧伤。

从未想过自己的间谍生涯会是这样的，虽然知道要不断去出卖别人对自己的信任，但是，在自己的概念当中，要出卖的是类似响尾蛇这样的杀手或者那些罪不容赦的毒枭，而不是 Laila 和 Julie 这样的笨女人，还有 Audemarie，那个还不到十岁的小混血儿。

内疚，负罪……一起涌上了谍报员菜刀的心头。

他拿起可乐喝了一口，这段时间他已经习惯了美军伙食。当时也是充满了热情和斗志，但是现在不知道为什么，充满了惆怅和迷茫，好像自己在做的事情不是一件正确的维护法律尊严的光荣使命，而是在违背自己的道德良知……

他低下头，在某种程度上，他真的希望自己成为响尾蛇……

走廊后面的观察室里面，穿着西服的苗处和穿着三沙迷彩的孙守江在喝咖啡看电视。孙守江看着电视上的录像，是调出来的 CNN 报道，画面上是那些被美军营救的孤儿。孙守江难以置信："是真的……"

苗处不为所动，冷冷看着电视画面。

"我开始重新认识这条响尾蛇了。"孙守江苦笑一下，"看来他有时候还很善良……"

"我从来没说过他是绝对的丧心病狂。"苗处喝了一口咖啡，"你也是老警察，很多时候违法犯罪的人并不都是丧心病狂的。这种事情你该见得多了，怎么还会有这样的心态？"

"他救了 121 个孤儿。"孙守江低下头，"我实在不知道该如何评判他，他花光了自己的积蓄……三百万美元，对于当时一个入行没多久的行动间谍来说，不是个小数目。他为了一个一面之缘的女人，还有 121 个濒临死亡的孤儿……说实在的，我都不知道自己能不能做到。"

"法不容情，乌鸡。"苗处的声音还是很冷峻，"如果说他还是一个 CIA 的外勤特工，那跟我们没关系。那是另外一个世界的事，我们没权对他作出评判。但是他现在是职业杀手，游走在贩毒网络和恐怖网络的危险分子。他还杀了我们的人，从哪个角度说——我们都会死追他到底！国际刑警和各国的情报机关，也会死追他到底！"

孙守江点点头，回头看赵小柱的背影："他……好像很难过……"

苗处回过头，没有说话。

"他对 Audemarie，是真的有负罪感。"孙守江同情地说，"他爱那个孩子，好像对 Laila，也动了点感情……"

"这是好事，乌鸡。"苗处淡淡地说，"他不再是伪装出来的感情，他的感情是真的……也就是说，在执行任务的时候——他不再是伪装响尾蛇。"

孙守江心有余悸地看他。

苗处注视着赵小柱的背影："他就是响尾蛇！"

赵小柱默默看着远处那些游骑兵的战友们玩着橄榄球，叫嚷着，冷峻的脸上浮起一丝会心的微笑。

这个表情，跟某个人一模一样。

3

游骑兵酒吧里面，赵小柱穿着三沙迷彩服坐在桌子边，看着舞台上的投影。满墙都悬挂着游骑兵各个时期的照片，还有参与作战行动的历史地图。那些白人、黄人、黑人小伙子们悬挂着狗牌，笑呵呵在不同时期的不同地点用几乎相同的姿势合影，缅甸山地、越南丛林……苗处把这些能够找到的资料全部悬挂出来，希望可以深深刻进赵小柱的记忆深处，让他不仅掌握响尾蛇的作战技能，也能够有一颗响尾蛇的心……

赵小柱的脸上却没有一丝笑容。

因为，他已经在用响尾蛇的思维在思考。

投影上是 1990 年海湾战争，以及 1991 年的沙漠风暴行动……

穿着西服的苗处走进来，站在他的身后。

赵小柱抽了一口万宝路，没有起立，也没有看他，还是看着投影。

苗处轻轻地："Mike?"

赵小柱吐出一口烟，用英语淡淡地说："You lied to me.（你骗我。）"

苗处不说话，只是看着他那独特的游骑兵发型。

赵小柱把穿着沙漠战斗靴的双脚从椅子上放下来，站起来拿着可乐盯着苗处，目光冷峻。

苗处没有躲闪，就是那样看着他。

赵小柱喝了一口可乐，把罐子丢到很远的地方，怒吼："你骗我——"

苗处看着他，淡淡一笑，还是没有说话。

"Nobody was going to fire at Laila, nobody dare! Cuz she is a princess of the royal family of Kuwait. Her father is holding that petroleum pipe line.（GIGN 根本就不敢开枪！如果 Laila 手里有枪，他们也根本就不敢进攻！就算进攻了，Laila 打死了他们的人，GIGN 也根本不敢对着她开枪！因为她是 Laila，她是科威特王室的公主！GIGN——甚至是全欧洲的特种部队加起来，也根本不敢去打死一个阿拉伯公主！因为他们需要石油！除非是他们打算从俄罗斯进口石油了，否则他们根本不敢开罪任何一个阿拉伯石油国家！）"赵小柱怒吼。

苗处还是平淡地看着他。

"You cheated me to sell her into the jail, but guess what? Franch will release her right away if they still want petroleum. What you really wanted was Rattle's daughter.（所以你他妈的骗我！你骗我去亲近 Laila，你骗我去出卖她——让她住进牢房去！可惜你这个如意算盘打砸了，因为 Laila 根本就不会坐牢——法国总统必须给她特赦，否则他妈的再也别想从阿拉伯半岛得到哪怕那么一加仑石油！你要的是响尾蛇的女儿，因为你知道他爱他的女儿！）"赵小柱怒吼道。

苗处看着距离自己很近的那张怒吼的脸，带着淡淡的笑意。他发现了某个人的灵魂已经进入了赵小柱的灵魂深处，两个灵魂纠结在一起，即将化为一体。

"GIGN would have aborted the mission if Laila had a gun.（如果 Laila 手里有枪，GIGN 也许根本就不会发动进攻！）"赵小柱揪住了苗处的衣领子，

"Because they can't take the risk of Laila suiciding and their government be held responsible. Laila could have taken the mother and daughter to Kuwait,you were losing the whole thing. So you lied to me, you made me to get her gun!（因为他们没把握 Laila 会不会自杀，如果 Laila 自杀了，这笔黑账会被记在法国政府甚至是欧盟脑袋上，他们吃不了兜着走！母女俩会被 Laila 安全护送到科威特，然后保护起来！而你得不到她们当中的任何一个！所以你骗我！你骗我去跟她亲热，去骗过她的枪！）"

苗处还是很冷峻地看着他，用唯一的一只右眼。

"You dirty son of a bitch, give me one reason not to jump all over you!（你这个卑鄙的狗杂种，我恨不得把狗屎塞进你的嘴里去！）"赵小柱盯着苗处的眼，一字一句地用英语说。

苗处看着他，用汉语说："响尾蛇。"

赵小柱愣住了，随即用汉语回答："我不是响尾蛇，我是菜刀！"

"你就是响尾蛇！"苗处淡淡冷笑，"你现在的做法，就是响尾蛇！只有响尾蛇才会威胁自己的上级，而菜刀不会！他是一个规矩的片警，走路都怕踩死蚂蚁！"

赵小柱的脸上和内心深处，什么东西在裂变。

苗处推开他的手，整整自己的衣服。

赵小柱的双手无力地松开了，表情木然。

苗处指着他的鼻子："你看看你自己，你哪里还有菜刀的影子？！你桀骜不驯，反抗上司，甚至还威胁我——你不是响尾蛇是什么？你告诉我，你不是响尾蛇你是什么？"

赵小柱的表情逐渐痛楚起来。

"我看你都忘了自己是一个人民警察了！"苗处严厉地说，"都忘了你是干什么的了！你到底想干什么？威胁我？来啊，把狗屎塞到我嘴里来！让我这个老警察亲身体验一下，什么是狗屎的味道？这还有两根手筋，你也一起挑断了算了！"

苗处举起自己的双手。

赵小柱疲惫地坐下了，捂着自己的脑袋："是你教我的……"

"不错！"苗处冷冷地说，"是我教你的，也是我逼你的！但是你不光要学会'入戏'，还得学会'出戏'——这是间谍的基本功！光进去了，出不来了！你就是个废物！甚至会走向深渊，走向监狱和刑场！"

赵小柱捂着自己的脸无声抽泣："对不起……"

"不用说对不起！因为这是我的选择，也是你的选择！"苗处冷冷地说，"你是一个人民警察，人民公安！你要是做点什么混账事儿，对不起的不是我，也不是你自己——是祖国，是人民，是法律！"

赵小柱长出一口气："我还像个人民警察吗？"

"人民警察有很多种，只是你没接触过罢了。"苗处的声音还是很严厉，"我不再跟你多说什么，收拾一下出发。"

赵小柱松开手，脸上都是眼泪："去哪儿？"

"跟乌鸡走，他会带你去看看——什么是真正的人民警察！"苗处的声音很冷。

"你不带队吗？"

"我要去法国。"苗处平静地说。

赵小柱看着他："你要去找 Laila？"

苗处看着他："这是你可以问我的最后一个问题——对！"

赵小柱不再问了，虽然他的心很疼。

苗处看看他，转身出去了。

赵小柱坐在酒吧幽淡的光影里面，表情很痛楚也很复杂。

一半脸在黑暗当中，一半脸在光亮当中。

4

早晨，穿着齐整警服的赵小柱站在镜子面前。在这个瞬间，他突然觉得昔日熟悉的警服变得如此陌生，以至于不敢相信这是属于自己的制服——仅仅两个月以前，自己每天都要穿的制服——黑色的警服，银色的领花、警衔、警号、帽徽……曾经熟悉的一切，现在却变得这样的遥远和缥缈，橘子胡同派出所、那些善良的面容……甚至是自己的妻子盖晓岚，都变得那么的陌生、遥远、缥缈，不可触摸。

仿佛那些不是自己的生活一样。

难道……一切都真的如同一场梦幻吗？

赵小柱看着镜子里面的自己，好像在看一个陌生人。

外面的喇叭在响。

赵小柱拿起桌子上的公文包转身出门，等待他的不是悍马越野车，而是一辆白色的丰田陆地巡洋舰。这辆车是警车，涂着中国公安标准的颜色和花纹，门上喷涂着警察的盾牌标志，连车顶上都是一盏长条警灯。

赵小柱在这一瞬间愣了一下，仿佛本能地想躲避什么。他的心真的感觉到一刹那的紧张，同时冷汗从额头冒出来……

穿着警服的孙守江下车，好像这是第一次看见他穿警服。他看着赵小柱，笑了一下："看什么呢？上车，你不用戴手铐！看你吓成那样，我还不知道你是谁啊？"

赵小柱苦笑一下，上了警车的副驾驶座位。

孙守江上车，发动越野车开过 SERE 基地的宿舍楼和基础训练设施。赵小柱穿着警服，看着外面，越发觉得自己的生活充满了怪诞……到底哪个是真实的？是响尾蛇？还是菜刀？是 ABC 张胜，还是片警赵小柱？是巴黎的硝烟弥漫，还是北京的平淡琐碎？是阿拉伯公主 Laila，还是民警偶像盖晓岚？……

一切都变得乱七八糟。

孙守江开着车，看了他一眼："怎么，你不问去哪儿吗？"

赵小柱奇怪地看他，差点就开口英语说出"军士长"。

孙守江笑笑："咱们现在已经在靠近边境的地区了，苗处让我带你去散散心。去几个地方看一看，那里有我们的战友。你以前是片警，没有深入接触过缉毒警察。你出完任务，该给你放松一下。"

赵小柱看着他，又看前面的公路。

"其实我知道，这对于你是很残忍的事情。"孙守江的声音很低沉，"但是，也许有一天你会理解他的，他内心承担的痛苦……是你想象不到的。无数和你一样年轻的缉毒警察，投身在这个工作当中，牺牲了……更惨的不是牺牲，是生不如死，他也是人，他也有感情。他的心也疼、也痛。菜刀，你慢慢就知道了，他是一个好人。"

赵小柱不说话，他现在的脑子很乱。

孙守江打开车上的 CD 机，一声歌飘出来，是《少年壮志不言愁》。

刘欢的歌声一点一点撕开了赵小柱内心破碎的壳，把鲜红的血肉暴露出来。在警校，他们那些年轻的学员们经常在 KTV 高唱这个歌。都是学员衔的预备役警察，却拼命要装得无比沧桑，好像承担了很多苦难似的……

为赋新词强说愁……

现在才知道这句话的含义，只有当你真的走上工作岗位，真的要历尽苦难，才知道痴心不改的真实含义。

眼泪一点一点流出赵小柱的眼睛，好像一种已经变得陌生的情感在内心深处被唤醒。孙守江没有说话，专心致志地开着车。也许这个歌是他故意放的，也许这个歌是他无意放的，但是这些已经不重要了。

重要的是，赵小柱流泪了。

5

第一站居然是个鸟语花香的疗养院，这是赵小柱没有想到的事情。当警车开到中国古典风格的门口停下，他还没从歌中回味过来。他跟着孙守江下了车，左右看看，这真的是一块风景优美的地方。孙守江对他笑笑："其实，这是一个戒毒所。"

赵小柱睁大了眼睛，一点也没看出来这是戒毒所。

但是当他走到大门口就发现了，这确实是戒毒所。跟看守所一样，门禁严密。孙守江跟里面传达室的民警认识，也少不了要登记证件。赵小柱也拿出自己的证件，登记的民警打开一看，愣了一下："北京来的？"

赵小柱点点头。

民警利索地登记好，没再问什么。不该他问的，他永远也不会问。小铁门打开，赵小柱跟着孙守江走进去。他看见的还是一个疗养院，只是穿着白大褂的医护人员里面穿的是黑色的警服。戒毒所的所长快步走过来，露出笑容一口云南普通话："小孙，你怎么有空过来了？"

孙守江跟所长握手："我们路过，顺便来看看。"

"这位是？"所长好奇地看着赵小柱。

赵小柱一个立正，利索敬礼："您好，我是民警赵小柱。"——他自己都觉得奇怪，这次居然不是下意识的美式军礼？而是标准的人民警察的敬礼。

所长笑着还礼："这突然一敬礼，我还真的不习惯了！你好你好，我姓劳——劳动者的劳，天生劳动者的命！"

赵小柱跟劳所长握手："很高兴认识您。"

"我们想来看看刘强，他怎么样了？"孙守江问。

"哦，情况不是很稳定……他的意志力很坚决，但是罪犯给他注射的是纯度很高的四号海洛因……一时半会儿，恐怕还摆脱不了药物治疗。"劳所长忧心忡忡地说，"不过我相信他能戒掉，只是时间问题。"

孙守江点点头，赵小柱很纳闷儿。

"我带你们过去？"

"不用了不用了，您忙。"孙守江忙说，"都熟了，我来好多次了。我们自己去就可以了！"

劳所长点点头："那好，一会儿中午吃饭？我招待！"

"别客气了，劳所。"孙守江笑着说，"我们还有任务，一会儿要去前面。"

"哦，"劳所长的脸色凝重起来，"注意安全啊！你们去吧，我就不耽误你们时间了。"

孙守江带着赵小柱往里走，穿过小桥流水。赵小柱不敢问，孙守江在前面头也不回地说："我们要去看的，是一个自己的同志。"

赵小柱想到了，还是不敢问怎么回事。

"就是他。"孙守江站住了。

远远可以看见草坪上，一个坐在轮椅上的眼神呆滞的年轻人，长得很英俊，但是两眼无神，看着远处的燕子发呆。

"他曾经是我的同事。"孙守江回头，"刘强，一个很优秀的警察，今年才27岁。他是从基层警队调上来的，是年轻的缉毒神探。半年前，他在边境地区跟线人接头的时候，被跟踪线人的毒枭手下抓住了。他被毒枭强行注射毒品长达一个月，从此染上毒瘾。一个月以后，他被丢到了边境我方一侧，我们的边防武警找到了他，已经不成人形了。本来已经打算结婚了，他的女朋友是个大学老师，叫孙燕，很漂亮的一个女孩子……这下不可能了，谁的家长愿意把女儿嫁给一个瘾君子？"

赵小柱默默地看着刘强，那个昔日意气风发的年轻警察。

"他的大脑……被大剂量的毒品搞坏了。"孙守江真的很痛苦，"我们谁也不敢去见他的父母，我们不敢面对他们的眼泪。他曾经是警校的毕业生，成绩第一名，多才多艺，除了是个好警察，还是个小有名气的诗人……也许你看过他的诗，《人民警察报》上登过，有一首诗叫《我愿意——一个缉毒警察的心声》，还拿了公安部的一个文艺奖……"

赵小柱的呼吸一下子几乎停止了。他何止看见过，盖晓岚曾经一次一次地给他朗诵过……甚至盖晓岚被选中当警务节目的主持人，也是因为朗诵了这首诗……

赵小柱看着这个神情呆滞的年轻人，嘴唇翕动着：

我愿意，是一把利剑

斩断罪恶的毒手

还给祖国一片纯净的天空

我愿意，是一面盾牌

用我的血肉之躯

挡住毒箭，哪怕

我在死亡当中涅槃

我会化成一缕朝霞

迎接黎明

我愿意，是一阵风

即便是消散

也消散在祖国的边境线上

为潜伏在热带丛林的战友

带去一阵清凉

我愿意，是一块界碑

血肉铸成的界碑

守护在祖国的边境线上

从白天到黑夜

从现在到

永远……

孙守江看着赵小柱背诵完了，点点头："不错，是他写的。"

赵小柱呆呆地看着这个曾经才华横溢的年轻警察，不知道自己的心里是什么滋味。孙守江拍拍他的肩膀："在他的面前，不要提起这首诗。他虽然脑子糊涂了，但是有些事情还是明白的。不要让他心里难过，明白吗？"

赵小柱点头："嗯。"

刘强坐在那里看着那只燕子落在枝头上，露出孩子一样的笑脸。

孙守江带着赵小柱走过来，他蹲在刘强身边："短剑。"

刘强的笑容呆滞了，他慢慢转过脸来，还是笑了："乌鸡？"

孙守江笑笑："恢复得不错嘛？猫头鹰让我来看看你，这是新人——

菜刀。"

赵小柱急忙立正，敬礼，却咬住嘴唇什么都说不出来。

刘强笑了一下，继续看那只鸟："看见了吗？那是我的爱人。"

"别逗了，那是燕子。"孙守江笑，"又糊涂了吗？"

"我的爱人，就是一只燕子……"

刘强缓缓地说，他没有跟任何人说，只是在自己对自己说。

赵小柱默默看着他，看着这个昔日年轻英俊的警察，可以想象他当年的机智和果敢……他曾经是一把短剑，一把缉毒警察的短剑，一把祖国和人民的短剑……

刘强看着那只燕子，缓缓地继续说：

燕子，飞来飞去，飞去飞来
是带来了你的信吗？
如果不是，为什么
在我的梦境徘徊

燕子，飞去飞来，飞来飞去
是带走了你的心吗？
如果不是，为什么
我的心会痛，燕子

燕子，你在哪里
你不知道，我在声声呼唤你
燕子，你在哪里
你知道，我多想去找你……

孙守江低头，不说话，握着刘强的手。赵小柱站在他的身后，咬住自己的嘴唇。刘强朗诵完了："乌鸡，这是我新写的。你帮我带给燕子好吗？"

孙守江点头："嗯，你放心吧。"

"她出国交流讲学还没回来吗？"刘强失神地问。

"没有，要一年呢。"孙守江说，"她让你安心治病。"

刘强的脸上露出一点欣慰的笑容："我知道，你在骗我。"

"我没骗你。"孙守江嘴硬。

"她不要我了，"刘强失神地说，"燕子飞走了……"

那只燕子真的飞走了，刘强一下子喊出来："燕子飞走了！燕子飞走了！"孙守江急忙抱住爆发出来的刘强，高喊："医生！医生！"

刘强真的爆发出来了，一个娴熟的擒敌动作就把孙守江给摔到草地上。他在草坪上跳着、喊着："燕子飞走了！燕子飞走了！"

赵小柱目瞪口呆地看着他。

"你傻站着干什么？"孙守江爬起来，"抓住他！他有武功，会伤人的！"

赵小柱反应过来，摘下帽子丢到一边，飞跑过去，他跟孙守江两个人在后面追着光脚飞奔的刘强。孙守江高喊着："短剑！短剑！猫头鹰有任务给你！你站住——"

"燕子飞走了！燕子飞走了——"刘强高喊着哭着笑着，"她不要我了——"

赵小柱飞身起来，抱住了刘强的腿。刘强被他绊倒了，抬腿就是一脚踢在赵小柱胸口。这一脚的力度真的很大，赵小柱差点没背过气去。孙守江也扑上来死死按住了刘强，赵小柱抱住刘强的双腿，给他按在地上。刘强还在挣扎着：

"燕子飞走了！燕子飞走了——"

两个医生跑过来，拿着镇静剂直接就扎进刘强胳膊的血管上。刘强喊着喊着，逐渐声音弱了，不再那么声嘶力竭。他的眼失神地看着赵小柱："燕子……飞走了……"

赵小柱看着他，看着这个昔日意气风发的兄弟。孙守江起身拉起赵小柱，对他说："我们改天再来看他吧……"

赵小柱还是看着已经昏迷的刘强，没有动。

"我跟你说了——苗处的心里积累着太多的痛！"孙守江说，"短剑——只是其中一个，我告诉你了——最惨的不是牺牲，是生不如死……现在，我们都不知道该怎么给他请功。"

"为什么？！"赵小柱很愤怒。

"因为……他是个精神失常患者，是个瘾君子……还有那一个月，他到底跟毒枭都说了些什么，是不是说出我们的秘密……我们都不知道。"孙守江痛楚地说，"整整一个月的折磨啊！除了严刑拷打，还有毒品的摧残和诱惑，他真的能保守警队的秘密吗？我们谁也不知道……"

赵小柱看着被抬走的刘强，脸上很复杂——愤怒，带着仇恨，还有些许的惺惺相惜……

"我们不知道那一个月发生了什么，因此不能给他请功。"孙守江低声说，"这就是一个缉毒警察的牺牲！我不管别人怎么看他，但短剑是我的兄弟！或者说，即便他没有挺住，说出来什么都不重要了！因为在那样的情况下，他……"

赵小柱急促呼吸着，眼睛在冒火。

"他就这样结束了自己的缉毒警察生涯，而且，我们都不知道怎么给他定论。"孙守江说，"你以为只有你在牺牲吗？只有你在承受痛苦吗？菜刀，赵小柱——你太年轻了！别说苗处说你年轻，我都说你太年轻了！太年轻了，你不知道什么是真正的痛楚！我们这些短剑的战友，看着他变成这样，连个身份都没有！你告诉我，这样的痛楚……不比你所承受的那些更……"

赵小柱低下头，咬住嘴唇戴上了自己的帽子。

"我们下面去哪儿？"

孙守江看着他，淡淡地说："前线。"

6

陆地巡洋舰在山路上穿行，外面下起了蒙蒙小雨。正是热带丛林的雨季，所以空气当中都是潮乎乎的味道。赵小柱坐在副驾驶的位置上，脸色凝重地看着窗外，景色很美，但是他已经无心欣赏。他开始内疚于对苗处的愤怒和仇恨，原来自己根本就不懂他那仅存的一只眼睛里面饱含着多少痛楚和无奈，他棱角分明的脸庞下面隐藏着多少忠诚和奉献……而短剑，只是他承载的无数不为人知的痛楚当中的一个，那么还有多少故事，是自己不知道的，也想不到的呢？

民警赵小柱、代号菜刀的特情、一个 25 岁的年轻人，陷入了深深的内疚。在这一瞬间，他的为别人着想的本能再次翻涌出来……自己真的有那么痛苦吗？自己难道比短剑还痛苦吗？还是比那些还不为自己所知的无名战友们痛苦？

自己算得了什么呢？

赵小柱摘下警帽，在后视镜里面看见自己的"High and Tight（高且硬）"游骑兵专用发型。这样一个发型的人民警察显得特别怪异，好像是美国好莱坞电影里面的中国警察，自己的脸庞也变得更加消瘦，脸上带着一种冷峻和坚毅。他不知道晓岚见了现在的自己会怎么想，也许……会觉得自己的变化让人难以置信？

赵小柱戴上帽子，拿出公文包里面的万宝路，抽出一根点燃了。他打开小半扇窗户，小雨细密地洒在自己的脸上，很惬意……赵小柱吐出一口烟，烟立即被风吹散了，无影无踪。也许自己和无数的缉毒警察都跟这烟一样，会消失得无影无踪。

是这片美丽的丛林，美丽的城市，还有无数个美丽的家庭……

"整个的西南边境长达数千公里，地形地貌非常复杂。"孙守江开着车缓缓地说，"境外就是著名的金三角，世界三大毒品源头之一。虽然坤沙集团已经土崩瓦解，但是局势还是不容乐观，境外毒枭不仅有手枪冲锋枪，还装备了40毫米火炮，甚至是无后坐力炮，有时候还动用直升机参与贩毒行动……我们的缉毒民警和边防武警，就是在这样环境险峻的前线，与毒枭进行生死搏斗。我现在带你去的，是一个普通的边防派出所，他们驻守的地点，恰巧是中缅边境的要害，几条交通要道都从那里经过。那里的战士，平均年龄只有19岁，干部也都很年轻，他们来自祖国各地，常年战斗在祖国禁毒工作的最前沿，几乎每年都会有官兵牺牲，或者伤残，所长和指导员的人头，境外毒枭叫到了五十万人民币一颗，班长的人头是十万一颗，就连普通战士的人头都价值五万人民币，在西南边境有无数这样的边防派出所，他们只是普通的一个。"

赵小柱默默地听着。

"他们没有接受过你这样的训练，也没有你这样的装备和后援，但是他们一样冲杀在缉毒工作的第一线。"孙守江低沉地说，"他们是军人，工资待遇也不如我们这样的公务员，转业或者复员也面临着就业、安置的难题。但是他们从未有过退缩。我们的缉毒工作，就是这些缉毒民警和边防武警默默无闻地冒着风险在奉献、在拼命……这是我们缉毒长城的坚强基石，没有他们，我们什么也做不成。"

赵小柱抽一口烟，不说话。

"他们和你一样，都是有血有肉的年轻人啊！"孙守江感叹，"而且也有爱情的渴望，家庭的渴望……可是他们的青春甚至是生命，就留在这条绵延起伏的边境线上，留在这片充满危险的热带丛林里面……苗处从陆军转业以后，就在边境公安缉毒侦查单位工作，对这片山山水水，对这些普通民警和官兵，有着特殊的感情……"

赵小柱低下了头。

"到了。"孙守江把车拐进一个院子，"这是查猛派出所，海拔2120米，共有官兵35人……错了，是34人，上个月刚刚牺牲了一个班长，是炊事班长，去镇上买菜的时候，被人给暗杀了……"

赵小柱浑身震了一下，炊事兵……都没有逃过暗杀的厄运。

赵小柱跟着孙守江下车，所长迎接出来了。所长是个黑脸少校，笑着说："你这只乌鸡，怎么电话都不打一个就来了？刚才观察哨报告，我还纳闷儿呢！车号是你们的，但是也不打个招呼就直接闯来了？苗处还好吗？他怎么没一起来？"

"苗处出差了，我带新人来这里学习学习。"孙守江说，"这是菜刀，我们新来的同志。"

赵小柱举手敬礼："首长好。"

所长就笑着还礼："你好，菜刀同志。"

所长穿着迷彩服，挎着手枪，显然是要准备出发。他拉着赵小柱和孙守江走进办公室关上门："今天晚上，我们有行动。你们来的不是时候，要是不着急走，就先住下。明天咱们再聊，我得带队上去了。"

赵小柱看着所长，也看见了对面食堂里面在作准备的战士们。他们穿着武警的迷彩服坐在小板凳上，没有戴红色的警衔（夜晚会暴露目标），脸上抹着迷彩油，穿着胶鞋，都是很年轻瘦弱的男孩子们。他们在往81-1自动步枪的弹匣里面压子弹，好像这是司空见惯的事情，一点都没有觉得有什么危险，还在互相开着玩笑。

"所长！"赵小柱突然说，"我……"

所长看他："怎么了？"

"我能一起去吗？"赵小柱的血都涌到了脑袋顶上。

所长看孙守江，孙守江看看赵小柱："他们是实战，不是演习，也不是训练。"

"我也从枪林弹雨爬过来的！"赵小柱激动地说，"我……我……"

孙守江想想，看看所长："他是外勤，受过严格的训练。"

所长也很为难："菜刀同志，不是不信任你的作战技能。只是这真的太危险了，根据我们的线报——今天晚上，境外毒枭是货真价实的武装押运。他们可都是丛林战的老手，我们的战士也还算有经验……"

赵小柱突然手晃了一下，所长就觉得腰带上风声一过。

赵小柱双手举起那把54手枪，以飞快的速度拆卸开，然后又以飞快的速度装上。所长还没看清楚的时候，那把手枪已经完璧归赵，稳稳插在自己的枪套里面，连扣都扣上了。

所长目瞪口呆。

孙守江只是笑笑。

赵小柱看着所长："首长，能批准我上去吗？"

所长看看孙守江，又看看赵小柱，对着外面喊："一班长！"

"到——"一个四川兵从对面食堂跑出来，"所长，叫我啥子事情？"

"你的身材跟这个同志差不多，给他拿一套迷彩服来！"所长说，"然后去枪库给他领一把81-1和一把54，他今天晚上跟咱们上去！"

一班长就看赵小柱："你？跟着上去？"

赵小柱点点头，目光很坚定。

"他在接应组，你负责他的安全。"所长强调。

一班长看着赵小柱，其实是不愿意带："所长，咱们的人可丁可卯，我可负责不了！"

"班长，我不会拖累你们的。"赵小柱说，"我不用你们负责我的安全。"

"去吧，执行命令！"所长挥挥手，"菜刀同志，你也跟他去——记住，你要听从一班长的指挥！"

"是！"赵小柱敬礼，转身跟着一班长跑步走了。

孙守江看着赵小柱跑走了，笑笑："我做四个小时的思想工作，也不如带他来你这儿来一次。怎么样？我看咱俩身材差不多，你的迷彩服呢？给我找一套？"

所长喜出望外："马上马上！——二班长，去领一把狙击步枪！今天晚上，咱们有乌鸡当狙击手了！"

7

赵小柱跟着一班长来到一班宿舍，整洁的部队宿舍让他愣了一下。在游骑兵的宿舍住习惯了，这一进来还真的有点不适应，好像这辈子当了两次兵一样。一班长可没想那么多，老大不愿意地打开自己的柜子，拿出一套破旧的迷彩服扔到他手里："换上吧。"

赵小柱开始脱警服，摘领带，换武警迷彩服。他脱掉衬衫，只穿着一个黑色的小背心，俩胳膊和胸脯上练出来的李小龙式的肌肉恨不得从皮肤里面崩出来。

一班长看着那一身硬邦邦的肌肉，眼睛一亮："哟！小看你了啊？不是个机关干部哈？是个练家啊？"

赵小柱不好意思地笑了笑："跟你们比，我就是个坐机关的。"

"你多大的鞋？"

"43 的。"

一班长从自己柜子里面拿出一双新的迷彩作训鞋甩给他："换上吧，你不是打算穿着皮鞋爬山吧？"

"这是新的。"赵小柱说，"是你刚发的吧？"

"咳！你们干部仔细，鞋不能乱穿。"一班长憨厚地笑着说，"瞧你那身板，就知道不是那种跟我们上去镀金的！公安特警队的吧？跟着我就是了，到时候别紧张，我让你打就往死里面打！有过实战经验没有？"

赵小柱想想，点点头。不知道巴黎的亡命街头算不算，目睹了雇佣兵的血腥屠杀算不算……应该算吧？

"打死过人没有？"一班长又问。

赵小柱这次想都不用想，摇头。

一班长笑笑："没那么可怕，你别想着那是人——那就是个目标！一枪就倒！看你的右手，还有你这个右肩窝，练枪练的吧？都是茧子，应该枪法不错！"

赵小柱不敢说自己枪法好，笑了一下。战士就是这样淳朴，只要你不是来镀金的，给他们添麻烦的……他们会真心照顾你的，对你好，也会拿性命保护你。这情感，赵小柱很熟悉，在这个瞬间他有点感动。

"你不用怕！"一班长拍拍他的肩膀，"我们会保护你的！你叫什么？"

赵小柱想了想，说："菜刀。"

"菜刀？这是什么名字？"一班长纳闷儿，"还有叫菜刀的？"

"这是我的代号。"赵小柱说。

"哦，不问了。"一班长笑着说，"快换上吧，跟我去领枪。"

赵小柱换上了中国武警部队的迷彩服，还算合身。他拉上拉链，觉得确实感觉陌生了。穿习惯了美国游骑兵的迷彩服，那在国内都能卖到一千多人民币一套，而这套最普通的基层部队迷彩服，价格不过几十块钱，可是穿上以后却感觉那么的踏实。

找到根的感觉。

他换上了迷彩作训鞋，这跟美军游骑兵的丛林作战靴或者沙漠战斗靴也没办法比，无论从价格还是舒适度上。但是……他站起来踩了踩，觉得很踏实。好像这双鞋让自己重生了一样，他露出了当新兵似的憨笑："谢谢班长。"

一班长带着他到了枪库门口，文书拿出来一把81-1自动步枪，一把54手枪和枪套。赵小柱接过长枪挂在身上，短枪挂在腰带上……没有三点战术枪带，没有腿部快枪套。也没有作战背心，文书递给他一套胸前的弹匣袋，就是在后面交叉的那种。赵小柱笨拙地往身上套，一班长利索地给他紧好，拴住，拽拽前后衣服："咱们要在山里跑几十公里呢，可不敢松了！"

赵小柱第一次被人帮忙收拾身上的装具，他的鼻头一酸，但是没哭。他"嗯"了一声，提起81-1自动步枪检查着。没有红外线瞄准具，没有战术手电，没有改装配件，没有导轨，没有……什么都没有，就是一把枪。

一把普通的中国军用81-1自动步枪。

赵小柱提着这把自动步枪，端详着，好像一个世纪没有见过了一样。一班长纳闷儿地问："你在警队用的什么枪？不也是81吗？"

"M4A1。"赵小柱回答。

一班长没听明白，正在看《兵器知识》的军事爱好者文书睁大眼："M4A1卡宾枪？！"

"啥子？"一班长问文书。

文书嘴唇都颤抖："你……你是中国警察吗？"

赵小柱看着他，点点头。文书盯着他的"高且硬"游骑兵发型，盯着他持枪的姿势，咽下一口唾沫："怎么那么像电影里面的老外特种兵呢？"

赵小柱笑笑，接过一班长手里的80钢盔戴上了："今天我很高兴，因为我知道——我是中国警察！"

文书眨巴眨巴眼，没明白他话里面的意思。赵小柱跟着一班长已经转身去食堂了，那里作战分队正在进行战斗准备。

食堂里面，20个作战分队的官兵正在压子弹，一箱子一箱子的子弹打开了。他们娴熟地往弹匣里面安着7.62毫米的步枪子弹，不时开着轻松的玩笑。赵小柱跟着一班长走进来就愣住了，倒不是被这种视死如归感动，而是迎面的一张照片。

一个武警二级士官凝视着他，带着憨厚的笑意。

只不过是黑白的，旁边还挂着黑纱。

"是我们炊事班长。"一班长低声说，"特好一个山西兵，做得一手好菜……"

赵小柱点点头，转开眼不敢再看。这个山西炊事班长跟所有的炊事班长一样，憨厚，总是乐呵呵的。他相信这个班长也是做得一手好菜，蒸得一手好馒头……他找个马扎坐下，拿起空弹匣，开始咬着牙安子弹。他的脑袋后面热热的，好像那个炊事班长一直在凝视自己，眼泪不由自主地流出眼眶，他本来就是个心软的人。

眼泪滴答滴答掉在了手里的子弹和弹匣上。

旁边的武警战士好奇地看着这个陌生的男人，能参加作战行动的肯定也不会是外人。一班长就说："这是公安的同志，代号菜刀。今天晚上跟接应组一起上去，大家照顾好他。"

赵小柱擦擦眼泪，跟大家笑笑。

兵们都好奇地看他，然后又开始干自己的事情。赵小柱也在压子弹，他的动作开始生疏，毕竟不是一种步枪，但没几下就开始很熟练了，压得噌噌的，几分钟五个弹匣就压好了，装在自己胸前四个，还有一个不敢上枪，别在胸前弹匣袋里面。他开始检查手枪，娴熟地拆卸手枪，然后组装上，拉了几下枪栓，没有问题插入枪套，两个手枪弹匣也很快装好。接着就是检查81-1自动步枪，这枪都保养得不错，所以他很快就检查完了。

士兵们都在好奇地偷看他，知道这是个玩枪的高手。

赵小柱也顾不上不好意思，因为晚上就要干仗，是真枪实弹。他站起来把81-1自动步枪挂在胸前，从右肋下穿过去。在没有三点战术枪带的情况下，他只有缩短枪背带，让枪可以与自己连接为一体。他尝试了几下快速出枪，战术搜索射击动作，武警战士们都看得有点傻。

一个小战士嘿嘿笑着："他玩得真好看，跟咱们练的不一样。看他玩枪像看电影！"

"那是，人家公安嘛！"一班长大大咧咧地说，"咱是边防武警，练的不一样！"

赵小柱对着那个小战士笑笑："你多大了？"

"十八。"小战士笑着说，"我是唐山人，你是哪儿的？"

赵小柱差点脱口而出"华盛顿特区的"，话到嘴边改成"北京的"。

"北京好地方！"小战士笑着说。

"你叫什么？"

"叫我小唐山就行了！"小战士说。

赵小柱点点头，抬头又看见炊事班长的笑脸，真的有点受不了。他看见俩兵在厨房忙活，习惯让他走了过去，推开厨房的门。俩兵在努力想把菜切好，看见他进来都不好意思，因为菜切得跟狗啃的一样。赵小柱默默看着他们，他俩尴尬地说："公安同志，我们都不会做饭，林班长……"

"我来吧。"赵小柱挽起来袖子，去水管洗洗手。俩兵纳闷儿地看着他，看他真的走过来了急忙拦住："这可不中！这可不中！咋能让你下手呢！我们所长派人去镇上买了，专门给你们买的……"

赵小柱不说话，只是一使劲就给这两个小兵推开了。他走到案板前，看着那把菜刀。

一把普通的菜刀。

好像一个世纪都没碰过的菜刀。

他慢慢伸手，抓住菜刀，眼眶有点发湿。一班长刚刚跟进来，他已经举起菜刀开始切菜。动作是行云流水，节奏飞快，菜切得是井井有条……一班长傻眼了："你真的会玩菜刀？！"

赵小柱不说话，继续切菜，完了切肉。俩兵都傻站着，挎着81自动步枪的赵小柱厉声说："刷锅！倒油！准备葱姜蒜！"

一班长是真的傻眼了，俩兵急忙开始忙活。赵小柱仿佛回到了在狼牙特种大队当大厨的日子，他忙活着，挎着自动步枪忙活着。在这个瞬间，他仿佛回到了当年的炊事员赵小柱，那个憨厚的不多说一句话的二级厨师，那个……做梦的赵小柱。

8

"好吃！好吃！"

孙守江对赵小柱的厨艺赞不绝口，好像回到了自己当兵的时代。狼牙特种大队每个连队炊事班都要有一个二级厨师，这是部队的规定。赵小柱就是三营五连炊事班的二级厨师，所以这手好菜是肯定的。战士们肯定也觉得好吃，这可是真的大厨烧出来的饭菜，连着好些日子了，都是吃半生半熟的东西。

赵小柱坐在桌子边，战士们都笑着看他，吃得很开心。赵小柱也笑了笑，但是这笑容稍瞬即逝。他不在作战班，虽然曾经给出任务的作战班战士烧过饭菜，送他们出征，但是这样亲密地坐在一起，还是第一次……他也第一次有了这样切身的感受。

因为这些还不满二十岁的年轻的脸，可能在这个夜晚，就有一个甚至几个看不到了……

他吃了几口，吃不下了。就拿出万宝路来，点着一根。中国军队规定食堂吃饭是不许抽烟的，但是在这个地方没人说他。因为他不是自己的人，而是公安的同志。孙守江也没说他，知道他已经养成了这个习惯，这是工作需要。所长也没说他，因为知道他肯定不是简单人物，能玩得一手好枪，烧得一手好菜——这样怪诞的组合，能是简单人物吗？

剃着游骑兵发型的赵小柱看着这些年轻的战士们，抽着万宝路。他沉默无语，好像很多事情都在心中涌动，又好像什么都没有想，一片空白。一直到所长宣布晚饭结束，他才慢慢站起来，跟着战士们去作最后的战斗准备。

他看着这些战士。

没有防弹背心，没有凯夫拉头盔，没有无线电耳麦，没有战场传输系统，没有单兵夜视仪，没有水袋……

除了这杆枪和这个血肉之躯，还有 80 钢盔，什么都没有了。

就是要靠这血肉之躯去拼命吗？已经习惯了游骑兵战术的赵小柱鼻头真的有些发酸，但是不敢说出来。因为这不是游骑兵 75 团三营 B 连，这是中国边防武警查猛派出所；这里也不是伊拉克巴格达，这里是中国云南中缅边境线……这就是现实，现实就是这些年轻的战士们要靠自己的血肉之躯和忠诚勇敢去面对贩毒武装的枪口。

赵小柱看着他们互相涂抹着迷彩油，一班长走过来递给他三盒油彩。一盒是黑色的，一盒是绿色的，还有一盒是棕色的。赵小柱接过来，愣了一下。

这不是部队的制式装备……是京剧油彩。

他抬眼看一班长："怎么连伪装油彩都没有？"

一班长笑笑："国产的没有，进口的太贵。这个一样能用，我们都用了好几年了。这个还算好的了，再以前都是鞋油，锅底灰！这还是所长爱人专门在昆明给我们买的呢，这里都买不到！"

赵小柱颤抖着手打开京剧油彩，看着这些战士们的脸。现在他才明白，为什么刚进来的时候觉得大家都满脸油光了——就是京剧油彩，能不是满脸油光吗？在 21 世纪，世界上最发达的美军士兵可以做到连一瓶水都从国内空运来的时候，我们的战士，在一线作战的战士……居然还使京剧油彩，来进行最基本的迷彩伪装。

他在一刹那明白了，苗处为什么对这些缉毒民警和边防武警有着非常深厚的感情……因为，他们真的是最可爱的人！即使什么都没有，也要去拼命，而且无怨无悔……赵小柱的内心觉得惭愧，深深的惭愧。

跟这些可爱的战士们比起来，自己算得了什么呢？

他忍着自己的眼泪，开始对着一面小镜子画京剧油彩。一道一道地画上去，他的迷彩伪装涂抹方法是游骑兵的，所以画完以后显得很专业。但是他没有对那些画得并不专业的战士们表现出丝毫瞧不起，相反怀着深深的敬意。他看看自己的美军特种部队卡西欧 G-SHOCK DW6900 手表，对一班长说："现在时间还早，我来给大家修一下妆吧！"

一班长就笑着说："好啊好啊！我们还都纳闷儿呢，怎么也不如你画得好看！来来来，咱们爷们也补妆了！"

赵小柱就一个一个给战士们修妆，让他们的隐蔽性更强……也许他能做的，就是这些了。

孙守江抱着狙击步枪坐在门口的马扎上，抽了一口烟。他不需要赵小柱帮忙修妆，只是默默地看着，一直一言不发，好像这些是他早就预料到的一样。

所谓的感动，往往身在其中的人是感觉不到的，只有初来乍到，才会被自己所从未见过的事物所震撼、所感动。这些对于孙守江来说，已经见怪不怪了。中国的现实就是这样，也许很长时期内还会这样。中国的基层缉毒民警和边防武警，没有那么好的训练和装备，却要承担着非常艰巨的一线作战任务。

所谓的伟大，也往往蕴含在这样的平凡当中。

赵小柱细致地帮战士们修妆，很仔细，用自己全部的智慧。战士们笑着互相看着，好像今天真的觉得自己够酷了。有个战士照着镜子说："拿照相机来，我给我对象看看！哥们今天也是特种兵了！"

赵小柱鼻头一酸，你知道特种兵是什么装备吗？他不敢说，还是继续做着自己能做的分内工作。他轻轻对一班长说："记住我今天的方式……这是 Ranges 的战争经验，我想你们以后肯定用得上。"

一班长眨巴眨巴眼："啥子斯？"

赵小柱笑了笑："是外军的一支特种部队……没什么，记住就是了。"

天黑下来，战士们跑出去集合。赵小柱跟孙守江也站在队伍里面，看着面前的所长。所长现在不客套了，利索讲话：

"今天晚上，境外贩毒集团要进行武装贩运！情报你们都知道了，是绝对可靠的！我们分成三个小组——突击组、接应组、火力支援组！在798号界碑一线设伏，一定要全歼贩毒武装！把他们放进来，关门打狗！兔崽子一个都不能给他放跑了！"

战士们都目光炯炯。

所长咬着牙："给林班长报仇！"

"给林班长报仇！给林班长报仇！给林班长报仇！"

战士们连续吼了三声。

赵小柱也跟着吼了三声，也许这质朴的语言不如游骑兵的誓言动人，但是却流淌着一种质朴的感情，血肉相连的感情……

"出发！"所长一挥手。

二十多名作战队员跳上了两辆民用卡车，篷布放下来。所长拉住要上卡车的赵小柱："你跟乌鸡，坐小车！"

赵小柱一把甩开所长的手，往卡车上爬。一班长伸出手，赵小柱抓住了他的手，脚下一使劲就上去了。

孙守江笑眯眯抱着狙击步枪过来："走吧！我跟你坐小车去！"

所长苦笑一下："你们这个同志怎么了？好像一直心事重重的。"

孙守江笑眯眯地："他啊？没事，魂丢过，现在找到魂了！走吧走吧，我不受那罪！我跟你坐小车，我魂没丢！"

9

一辆越野车和两辆卡车组成的车队在山路上急驰。车都是民用车辆和民用牌照，在这里的山路不算稀奇，因为什么时候都有运输车队经过。擦肩而过的车辆和边民不会想到，车里是二十多个全副武装的武警战士……当然，还有我们的谍报员菜刀同志，他也是其中的一员。

赵小柱跟其余的战士一样，都把钢盔摘下来坐在屁股下面。一班长在抽烟，打开了一点篷布。赵小柱借助外面的一点点光亮，把一个手枪弹匣取出来，插进手表的改装表带的套环里面。别说，还真的挺合适。小唐山好奇地看着他："你这是作啥？"

"换弹匣的速度会快点。"赵小柱笑笑拿出手枪，比画了一下。他的右手持枪，手腕稍微一转，左手反手就拔出手表表带上插着的手枪弹匣。随即右手稍微一翻，左手的弹匣就进去了——枪弹合一，但是没有上膛。战士们都看得眼花缭乱，很是新奇。

一班长看着感叹："现在公安就是不一样啊，一个换手枪弹匣都这么多名堂！"

赵小柱不好意思地笑笑："我这都是纸上谈兵，没有过你们的实战经验。"

"还有什么新鲜的，给我们看看？"小唐山好奇地问。

"没了没了，我这是瞎胡闹。"赵小柱赶紧说。

"给我们看看吧！"战士们都围着他。赵小柱为难地看看大家，一班长也很好奇地看他："菜刀！你就别谦虚了，给我们来两手瞧瞧新鲜！你肯定不简单，在国外受训过吧？"

一个多小时以后，车到了目的地。这是一片丛林边的荒野，战士们纷纷下车。月光下，所长惊讶地看见战士们的自动步枪上的弹匣都变了个样儿——两个弹匣用迷彩服割下的布条紧紧上下捆绑着，显得很厚实，方便在战斗当中更换弹匣。而且跳下车的时候也没有跳上车的时候浑身响了，好像也没月光下通常的反光了。所长纳闷儿，抽出一个战士的弹匣看看——原来他们把报纸揉成团，塞进弹夹袋底部垫死，然后再塞入弹夹，扣好扣；冲锋枪和电台上反光的地方，也用迷彩服领子边缘割下的布条缠好了；原来没有钢盔罩的80钢盔，都被泥巴厚厚裹了一层，也就不反光了。

想都不用想是菜刀同志传授的秘笈。孙守江只是对着赵小柱笑笑，赵小柱也是不好意思地笑笑。所长对着赵小柱由衷地说："你要不是苗处的人，我就给你要来当副所长！专抓训练和作战！"

"就他那两把刷子，皮毛！"孙守江眨巴眨巴眼，"嫩得很！还是让我们再捶打捶打吧！"

"舍不得给我就明说吧！"所长苦笑，"知道这是你们花大价钱大力气训出来的，舍不得给我们哦——"

赵小柱很不好意思。所长没再说什么，挥挥手："进山！"

作战分队按照三组序列，踏上了征途。茫茫山林湮没了他们身影，黑暗当中他们就是一把锋利的尖刀，准备时刻刺入敌人的心脏。为了保密起见，他们没有从派出所直接到10公里外的798界碑，而是迂回到距离派出所30公里以外的老黑山下车。这里距离798界碑直线距离21公里，当然，中间可不是公路，而是渺无人烟的猎人小道。

按照赵小柱特训的游骑兵作战原则，游骑兵在丛林山地的行进通常是四人侦察巡逻编队：尖兵、队长、无线电兵、机枪手，采用纵队行进，如果与敌人遭遇有两个选择：1.己方占先机，改横队，各自负责一定杀伤区；2.敌方占先机，尖兵压制射击，其他后撤，随后依次掩护队友撤退。

如果人数较多的分队行进，采用类似原则四四编组，依旧是纵队行进。说实话，美军特种部队比较讲究科学战术研究，而且由于不断在实战当中摸索前进，这个战术还是比较先进的，否则林锐也不会下大力气去研究了，因为熟悉并且体验外军特种部队细微的战术需要大量的时间。

但是这不是美军游骑兵丛林突击队，而是中国边防武警作战分队。所以轮不到赵小柱说话，他也不敢说话。他只是默默跟着一班长前进，手里的81-1自动步枪始终在肩上。其余的战士就不是这样了，有的背在后背，有的挎在胸前，也有扛在肩上的，这也是部队没有进行过正规的丛林山地特种作战训练导致的。其实，最应该得到第一流训练和装备的是他们——这些驻守在祖国缉毒第一线的斗士们。边境缉毒，常常是和贩毒武装正面交锋，其实就是真正的丛林山地特种作战。

赵小柱默默地想，却什么都不说。他能说什么？轮不到他说一句话，说半个字都是该挨耳光的。他对这些没有得到第一流训练和装备的战士们充满了敬意，由衷的敬意，这才是真正的中国勇士。

因为他们随时在准备投入战斗，在准备和死神搏斗！

因为他们都很年轻，很多人都十八九岁，刚刚走出高中校门，刚刚走出母亲怀抱……却要在缉毒第一线和武装到牙齿的贩毒武装进行生死搏斗。

而且是在缺乏经费、缺乏装备、缺乏训练的情况下……

就是这些年轻的战士们，他们扛起中国边境缉毒第一线的重担。用他们的忠诚、勇敢，用他们的青春、鲜血，捍卫着国门的尊严，捍卫着祖国的纯洁。

赵小柱的鼻头发酸，好像从未有过这样的感叹。走在他们中间，他想起一句话，一句美军 101 空降师的老兵在回忆录当中写的话：

"孙女问我：爷爷，你是英雄吗？我回答：不是，但是我曾经和英雄一起服役。"

是的，我非英雄……你们才是真正的英雄。

夜色中，作战分队在山间默默穿行。一言不发，只有轻微的喘息声。

走在队中的所长看着天空，在队伍最前面举手示意停下。队伍迅速地散开了，各司其职原地警戒。赵小柱手持自动步枪抵肩半蹲，警惕地环视四周。所长取出地图和指北针，另外一个战士用布罩住小手电，所长在地图上找到了位置：

"就在这里了，我们潜伏下来。"

按照预案，突击组由副所长带领，潜伏在 798 界碑西侧 200 米处的一条猎人小道两侧树林当中，每侧有四名队员，都是士官。他们的任务是等到贩毒武装过去以后，从后面发起攻击，兜住敌人的退路，直接卡死在边境以内。

接应组由一班长率领，潜伏在猎人小道中间的一个小山头上。他们的任务是当突击组从后面发起攻击后，拦腰卡断贩毒武装，对敌实施强有力的杀伤。赵小柱跟随接应组在一起，潜伏在树后面，借助庞大的树根构成射击掩体。接应组都是射击说得过去的战士，要给敌人最大程度的杀伤，好让突击组可以在卡死退路以后收拾残局。

火力支援组由所长率领，在猎人小道纵深的一片山坡上潜伏。一班用轻机枪实施火力掩护，吸引和压制贩毒武装的火力。狙击手是孙守江，他潜伏在火力支援组东侧的一个山头上，这里居高临下并且枝繁叶茂，可以掩盖他的踪迹。

按照情报，贩毒武装有十五人左右，携带冲锋枪和手榴弹。所以还是比较危险的，热带丛林是全世界特种部队都头疼的作战地域，而这些贩毒武装都是多年走私贩毒的马帮和武装护卫，有着丰富的丛林山地作战经验。

赵小柱卧在树根后面，双手握紧步枪。手心都是汗，他不能不流汗。虽然在 SERE 基地有过很多次的丛林作战训练和对抗演练，但是毕竟不是真的——而这一次，是真的。一旦发生战斗，将会是你死我活。

"一班长……"赵小柱低声说。

一班长转脸："啥子？"

"有没有地雷？"赵小柱指着面前 60 米左右的小道，"只要埋下两颗地雷，他们走到这儿基本就废了。"

"我们是边防武警，不是解放军。"一班长一本正经地说，"部队没发那玩意儿。"

赵小柱苦笑一下。没有地雷，没有手榴弹……这个丛林战，怎么打呢？但是这个念头很快就压下去了，因为人家边防武警这么多年也打过来了。就跟美军装备再好，在朝鲜战场一样被志愿军打得屁滚尿流一样。苗处说得很对，自己不仅要会"入戏"，也得会"出戏"。不能什么事情都下意识地从游骑兵的角度去考虑，毕竟这里不是游骑兵的战场，是边防武警的战场。

而且自己此刻的身份不是响尾蛇，是中国警察——赵小柱。

这么一想，他的心里释然了。长出一口气，手上也不再出汗了。他把步枪握在手里，眼睛睁大，全神贯注地注视着黑夜当中的丛林。能见度很低，所以他多少有点后悔没有好意思去陆地巡洋舰里面拿自己的工作背包——那里不仅装着全套的战术背心、军靴，还有 GPS、两个无线电耳麦和两部大功率单兵电台，战术折刀，等等。

最关键的是——一部以色列造的单兵夜视仪。

如果有那部夜视仪，也真的能帮上兄弟们的大忙了。看来不好意思也不是什么时候都合适的，这是打仗。自己可以不穿战术背心，可以不穿军靴，可以不戴耳麦，但是夜视仪，确实是该拿出来的，为了今天晚上的战斗可以顺利进行，为了这些年轻的战士们不牺牲，或者少牺牲。

赵小柱懊悔了一下，但是随即只能压下去。他知道，战场是不能分神的。

远远的，有人影若隐若现，看来情报很准确。没等一个小时，他们就出现了，而且真的是沿着情报当中的猎人小道走向798界碑，准备进入中国境内。

但是赵小柱随即眯缝起眼——这他妈的哪里只有十五人啊！

第十章

———★———

1

战后，边防武警部队进行总结经验教训的时候，情报调研部门才发现——境外线报出了点小差错。打进毒枭集团内部高层的线人在编写密语的时候，把密语当中的"五十"写成了"十五"。为了严谨起见，情报调研部门规定：密语编写情报都不采用阿拉伯数字，而是汉字的数字组合。没有想到这个本来为了严谨而拟定的习惯，恰恰因为其严谨性导致了不可挽回的失误——假设线人编写密语的时候，把"50"写成了"05"，那么情报参谋会轻而易举判断出来：错了，应该是"50"。于是作战部门就要按照50人的贩毒武装入境，进行作战预案准备，那么上去的就不仅仅查猛派出所的二十人作战分队，还会抽调边防武警机动中队的有生力量五十到八十人，构成优势兵力，保证作战的成功。

但是汉字的"十五"和"五十"，谁能判断出来是错了呢？

十五人变成了五十人。

汉字的组合千变万化，每一次的变化都代表着不同的含义。"十"和"五"，只有两种组合——"十五"和"五十"，但是这两种组合，结果却截然不同。

于是查猛派出所的二十人作战分队，就直接面对了五十多个人的贩毒武装。

五十余人的庞大贩毒武装，在黑暗当中，几乎是浩浩荡荡地走向798

界碑。

潜伏的武警官兵都屏住了呼吸，这个情况太意外了。打击贩毒武装入境，在某种程度上要依靠准确的情报。绵延数千公里的边境线，没有准确的情报，谁知道贩毒武装从哪里入境？所以边境缉毒警察和边防武警部队一向很重视情报工作，而且也有着丰富的经验，查猛派出所的官兵们也都对这套程序驾轻就熟……万万没想到，十五人变成了五十人，力量对比变得如此悬殊。

而且连赵小柱都能借助月光的剪影隐约发现，他们携带的都是 56 冲锋枪或者 M16 步枪……而且肯定还有手榴弹，至于有没有机枪还不得而知。

所长瞪大了眼，看着这个庞大的贩毒武装通过了边境线，护卫着马帮走在猎人小道上。他手里的 79 微型冲锋枪始终没有扣动扳机，这是战斗开始的信号。他在紧张地做着判断，因为这个决定实在是太难下了！

孙守江抱着狙击步枪，靠在山头的树上跪姿观察。他的鼻尖都开始冒汗，因为知道这肯定是一场空前的恶战。他开始后悔因为嫌沉，没有再携带一把 81-1 自动步枪和备份弹药。15 人的贩毒武装，20 人的作战分队，又是事先设伏——开玩笑，怎么都搞定了！但是这次他失算了，除了这把 85 狙击自动步枪和身上的 92 配枪以外，他再也没有别的武器。

赵小柱盯着这些贩毒武装逐渐走近接应组的潜伏位置，手心再次开始冒汗。他没有想到情报会有这样的误差，因为自己就是搞情报的，所以他很难想象准确的地点、时间，会出现截然不同的敌人兵员数量。他握紧自动步枪，一动不动。

怎么办？

这三个字闪现在每一个人的脑海当中，当然最后的决定者只有一个——所长。

所长看着这股远远超过作战分队人数的庞大贩毒武装一拨一拨走过边境，全部进入中国境内。他就这么看着，在做着艰难的选择——战，还是不战？所有的参战官兵都在等待他的命令，他的 79 微型冲锋枪显得沉甸甸的。

只有短暂的一分钟，却显得比他妈的一个世纪还要漫长。

所长咬住牙关，举起微型冲锋枪："干他狗日的——"

嗒嗒嗒……

机枪手抱紧81班用机枪，嗒嗒嗒嗒扫过去一个扇面，曳光弹的弹道在黑暗当中非常好看。

副所长带着突击组从后面开火了，九把81-1自动步枪组成的交叉火力从贩毒武装身后兜过去。立刻有几个武装分子栽倒，其余的紧张躲避，四处盲目射击。

接应组也开火了，一班长带着战士们据枪射击。赵小柱顾不上紧张了，据枪在肩部，通过缺口和准星三点一线瞄准一个奔跑的武装分子头部，果断扣动扳机。

砰！

打响了他的警察生涯当中，实战的第一枪。

那个武装分子头部中弹，半个脑袋被打爆了，但是居然还奔跑了几步才栽倒——其实这是惯性，但是赵小柱已经看得惊心动魄。

但是弹雨已经覆盖过来，他急忙俯下身子藏在树根后面。贩毒武装都是经验丰富的丛林战老手，在短暂的晕头转向以后反应过来，开始组织还击。他们显然做好了被伏击的预案，所以迅速展开了防御反击的队形，有条不紊地开始进行火力反制。

突击组的环境最为险峻，他们本来的意图是打敌人个措手不及，然后直接扑上去人赃并获。如果确实只有15人，毫无疑问这个战术是奏效的，但是面对数十人的强大火力反击，他们本来就在树林当中无险可守，所以枪声很快就被对方的枪声所淹没。两名突击组员中弹牺牲，其余的被打散了队形，在树林当中各自找掩护进行还击。

赵小柱缩在树根后面，抱着枪。对方子弹密集地打在树干和树根上，树叶也被纷纷打落。一班长趴在他的身边，对着身边的兄弟们高喊："不能让他们把突击组给灭了！我们上——"

"不要冲动！"赵小柱高喊着拉住一班长，"现在敌人火力太猛！出去就是送死！"

"你怕死我不怕！"一班长红着眼睛，"突击组是我们的兄弟！他们马上就没命了！"

赵小柱被一班长一把推开，他再抓一把没抓住。一班长已经跳出原来的掩体，持枪冲过去："啊——龟儿子，老子让你们尝尝厉害！"

赵小柱身边的小唐山也咬牙一跃而起，赵小柱一把拉住他的衣服给他拉下来。小唐山瞪着他怒吼："你干什么？"

"我们兜到后面去——"赵小柱高喊，"不要从他们发现的火力点出击！"

"你怕死你到后面去！"小唐山毫不留情给了他一枪托就站了起来。

赵小柱高喊："卧倒！"

但是已经来不及了，两发子弹打在小唐山的身上。一颗打在胸口，一颗打在腹部，他仰面倒下。赵小柱急忙拉着他的弹匣袋给他拉回掩体，小唐山抽搐着，胸口和腹部都在往外冒血。赵小柱红着眼睛，拿出急救包给他止血。小唐山看着他，哆嗦着嘴唇："班长……在玩命……"

说完，头一歪，停止了呼吸。

赵小柱急救的双手停止了，这是他如此近距离目睹的第一个死人，而且是刚刚吃过他做的饭的战士，刚刚十八岁。他头顶的血都要爆炸出来了，眼睛血红，捡起自己的自动步枪就要冲出去。

但是在他即将一跃而起的时候，停住了。

周围的战士们陆续在往外冲。

赵小柱停住了。

他转身对着身边的战士们高喊："不要出去送死！跟着我，绕到他们侧翼去！"

没有人理他，直接都冲出去了，去跟武装分子搅在一起。赵小柱心如刀割，但他还是握紧自己的步枪，往后面走，滑下山头，向着相反的方向跑去。在所有武警战士的眼里，这是个怕死鬼。枪玩得好又如何？会点小技巧又如何？

在枪林弹雨当中，他不还是怕死了吗？还不是朝着后面跟兔子一样吓跑了吗？

如果这不是公安的人，而是武警的人，恐怕……任何一个战士都会开枪把他给毙了。

2

情报出现了误差，这是谁都没有想到的事情。但是现在所有参战官兵只有一个选择——战，而且是战到底！绝对不能放贩毒武装入境，那不是打自己嘴巴吗？！于是参战官兵全力以赴跟他们纠缠在一起，并且死死地卡住边境线——如果让他们大摇大摆地进来了，还能大摇大摆出去，还要我们干什么？！

电台兵对着电台呼叫着："1112呼叫请回答，1112呼叫请回答！遇到大股贩毒武装，已经发生激战！请立即支援798界碑方向，请立即支援798界碑方向……"

所长红着眼睛："缠住他们！顶到援军到来，不能让他们走了！"

机枪手对着密林当中嗒嗒嗒嗒扫射过去。对方显然不是一般的贩毒武装，是受过训练的军事化编制。在短暂的混乱以后，已经恢复原来建制。在密林当中，他们身影灵活，枪声的节奏也控制得很好，不是盲目的连发，基本上都是点射。

突击组剩下的六名士官在副所长的带领下，死死地卡住798界碑一线。他们分成两个小组，互相提供火力支援，借助树林和岩石作为掩护与敌纠缠。双方的火线距离非常接近，相隔只有十几米远。副所长曾是军事干部，他带的这几个士官也都是军事骨干，所以敌人一时半会儿还很难占到便宜。

曳光弹在空中飞舞着，这根本不是一场缉毒行动的概念。

而是一场真正的战争。

一班长军事技术非常好，他依托各种随处可见的掩体与敌人纠缠。敌人摆开了环形防御阵地，武装分子在外围，里面是马帮。显然他们不肯放弃毒品，如果入境失败，他们无论如何是要带走毒品的。

"打马——"一班长高喊，"把马都打死！"

跟在他周围的战士们反应过来，举起自动步枪对准那群马开始射击。交叉火力覆盖过去，几匹马惨叫着倒在地上，但是武装分子也同时发现了他们的位置。自动步枪的枪口烈焰在黑暗当中很明显，于是他们的火力反击也马上过来，一个战士躲闪不及中弹倒地。他栽倒的时候还保持着前进的姿势，右手还紧紧握着81-1自动步枪……

副所长带着突击组紧紧封锁住边境线，往边境线突进撤退的第一拨武装分子无法突破。他们与突击组火力纠缠着，一个武装分子居然拿起单兵电台开始哇哇哇哇呼叫什么。副所长大惊，拿起对讲机："狗日的有电台！狙击手——打掉他！"

"收到，我锁定目标了！"

山头上的狙击手孙守江意识到遇到了劲敌。他瞄准那个电台兵，果断扣动扳机。弹头脱膛而出，打在敌人的头部，半个脑袋被掀开了。孙守江咬牙切齿，再次寻找自己的目标。

突然，他的瞄准镜里面看见边境外侧的山头有什么东西开始冒火。

"我操——"

孙守江一个鱼跃起身滚下山头。

嗒嗒嗒嗒……

12.7毫米的高射机枪子弹扫射过来，打在他刚才盘踞的位置。四联12.7毫米高射机枪打过来的都是弹雾，树干都被拦腰打断。孙守江滚到半山腰的岩石后面卧倒，他意识到这次贩毒武装确实不同往常，居然还动用重武器在境外山头实施火力掩护！

弹雾扫射过去了。孙守江探头举起狙击步枪——两千多米开外的山头有一挺隐没在丛林当中的四联高射机枪！奶奶的，在狙击步枪射程以外！他缩回去拿起对讲机高喊："乌鸡报告！敌四联高射机枪在境外，2000米以外的山头面对我方一侧！他们有重武器！"

所长也看见了，他高声命令："机枪手——转移阵地！他们马上要扫射过来了！"

话音未落，弹雾扫射过来。机枪手阵地被覆盖住了，一片烟尘泥土飞起，伴随着机枪手和副射手的血肉之躯……

所长高喊着："火力支援组——转移阵地——"

火力支援组的剩余战士顾不上悲伤，提起武器撤离刚才的阵地。弹雾紧跟过来，刚才的阵地乱石横飞，树干纷纷被拦腰砍断。

"他妈的！这不是一般的贩毒武装！"所长怒骂着，"电台兵——呼叫支援，我们需要尽快支援——"

但是没有人回答他。

所长拉过身边的电台兵："怕死我就毙了你——"

但是不需要他毙了，因为电台兵已经牺牲了。他的耳机还戴着，胸部打开了一个大洞，血汩汩流出来，腹部也被打开了，肠子都流了出来，整个上半身都被刚才的弹雾扫射过，变得支离破碎……

所长张嘴说不出来话，哆嗦着手合上电台兵还睁着的眼。他摘下耳机，开始呼叫："1112 呼叫请回答……"

没有无线电的静电杂音，电台已经被打烂了。

所长丢开耳机，血往上冒："他奶奶的！我们跟他们拼了！无论如何不能让他们撤出去！"

但是根本没有拼的余地，12.7 毫米的四联高射机枪占据制高点，对着这边实施有效的火力控制。2000 米的距离不仅在自动步枪的射程以外，也在狙击步枪的射程以外，所有的参战官兵只能干看着，眼睛冒火但是无可奈何。

因为隔着一条边境线，那是不可逾越的红线。

798 界碑无奈地注视着自己这些奋战的孩子们。

3

这确实不是普通的贩毒武装，不是那些单兵作战能力强但是协同作战能力等于零的乌合之众，而是受过正规军事训练的"军队"——缅甸边境某特区的某"民族军"的某个加强营。营长高云春还是个 20 世纪 90 年代初期跑到境外的中国人，在部队混过，有侦察连的军事背景，再后来就跑到"民族军"混事。他利用加强营营长的身份，在我们的边境一线活动，组织贩运毒品、军火等。2001 年起就被中国警方列入了毒枭名单，但是一直未能抓获归案。

缅甸的社情民情和中国不一样，有着特殊的历史渊源。因为高云春所在的地方并不是在缅甸政府的实际控制辖区，而是在缅甸的民族地方武装的控制区，缅甸警方可不是说想抓就抓的，而且他还是一个加强营的营长，他身边还有四五百全部武装真枪实弹的士兵。所以就增加了中国警方和缅甸警方抓捕他的难度。高云春在国外不仅策划贩运毒品，他和当地毒枭联合起来，通过贩毒获取的暴利招兵买马，购买装备，组建武装，他的加强营就达到了 500 人之多，配属了防空高射机枪排和炮兵排（使用 60 迫击炮和 82 无后坐力炮），可以说装备精良，在边境地区成为贩运毒品和军火的一颗大毒钉。

高云春就在境外对我方一侧的高射机枪阵地上，红着眼睛指挥高射机枪进行火力压制和掩护，不惜一切代价让贩毒武装撤回来。之所以这样玩命，敢跟中国边防武警对着干，是因为那批毒品的数量不是几十或者几百公斤，而是———一吨。

中国警方在近年来加强了禁毒缉毒工作，增加经费、人员和装备，同时开展了禁毒缉毒人民战争路线。毒品对边境地区老百姓的生活危害非常大，酿成了无数的悲剧，因此老百姓支持政府和警方禁毒缉毒的决心特别强烈。在这样的警方围剿和群众路线的双重打击下，境外毒枭们一时间积压了大量的毒品无法贩运出去。贩毒在毒枭眼里是生意，任何一种倒买倒卖的生意，积压货物都是很讨厌的事情。所以这次毒枭们联合起来，重金聘请高云春武装进行北上押运，高云春自己也有一批大概 200 公斤的海洛因急于脱手，就加在一起组成了一个毒品数量达到一吨的超级马帮。他精心抽调了五十多名军事素质好的精兵强将，派了一个连长带队，自己还亲自来到距离边境 2000 米的山头上面对中国境内一侧展开了高射机枪阵地，担任火力掩护，如果不成就赶紧撤回来，再想别的途径，万万不能血本无归——被中国警方截获，先不说自己的损失，那八百公斤四号海洛因，就足够他赔钱赔到裤衩当掉！

所以高云春红了眼睛，命令机枪手不断扫射，对中国警方设伏分队实施火力覆盖。

高云春不仅是残忍的，还是狡猾的。2000米的距离，在他高射机枪的有效射程以内，但是却超出中国边防武警任何一种单兵武器的射程。他们穿山越岭设伏，不可能携带重武器，所以根本不用担心会遭到对方火力反击，并且那条边境线，也是中国缉毒警察和边防武警不可逾越的一道红线，他们只能眼睁睁干看着自己挨揍，一点办法也没有。

"打！给我朝着他们在边境阻击的小组打！"高云春高喊着，"把他们都灭掉，让我们的人撤回来！"

嗒嗒嗒嗒……

双联高射机枪扫出去一片弹雾。

副所长刚刚从岩石后面伸出81-1自动步枪，一片弹雾就从背后覆盖过来。他的上半身跟那块岩石的上半部分顷刻就化为粉末，弹雾带着血雾在空中飘散……

"副所……"

突击组副组长、三级士官山东班长刚刚喊出两个字，弹雾覆盖过他潜伏的旱沟。他惨叫一声，半条右腿随着弹雾过去没了。他忍着剧烈的疼痛对着冲过来的人影扣动扳机，打出最后一个扇面以后，疼得晕了过去。

入境的贩毒武装在优势火力掩护下，开始逼近边境线。剩余的突击组战士们的抵抗变得零散，虽然还很顽强，但是指挥员和班长的损失肯定是造成了不可估量的影响。他们在林间和沟壑间奔跑着，叫嚷着互相掩护，坚持阻击敌人。副所牺牲了，跟所长失去了联系，他们再也得不到任何来自上级的命令。在这种情况下，也许真的是到了实践自己入伍誓言的时候了。

五个士官都没有丝毫的恐惧，对于军人来说，战友的血就是比什么都管用的强心针。所有的恐惧和紧张，都会因为战友的牺牲而消失得无影无踪，变成了一股发自骨子里面的仇恨。他们在林间穿梭着，在来自两侧的火力覆盖下顽强地进行着抵抗……

"手榴弹！手榴弹！"

贩毒武装叫喊着，甩出去几颗手榴弹。

"轰！轰！"

一片烈焰在丛林当中炸开，没有炸到突击组的战士们。但是显然贩毒武装准备用手榴弹炸开一条血路，逃出中国边境。

贩毒武装的突击排正在全力以赴往边境冲击，一道黑影突然从他们背面的斜刺丛林深处闪出来，手里的81-1自动步枪发出清脆的鸣叫。随着单发的快速射击，几个武装分子被来自斜后方的子弹打倒，袭击者的枪法非常好，基本都是爆头。突击排的进攻阵脚被打乱了，排长哇哇叫着拿着手枪组织剩余的人寻找袭击者。

"砰——"

孙守江扣动扳机，一枪爆了这个狗屁排长的脑袋。

赵小柱跟幽灵一样从距离他们很近的灌木丛当中闪现出来，对着他们的后背连连射击。他们没有想到会有这样的丛林战高手，而且居然敢在双方枪林弹雨之间出现在距离自己只有几米远的交锋阵地上。这是绝对被打了一个措手不及，等到他们反应过来，这个手持上了刺刀的81-1自动步枪的袭击者已经出现在他们的阵营当中。

"Rangers——"

赵小柱扭曲着脸，嘶哑着喉咙高喊出自己受训期间无数次喊过的口号：

"Lead the way!"

他举枪在肩上快速射击着不同方位的运动目标，以最快的速度通过敌人阵地。在这个瞬间，他好像回到了"本宁堡"，在B连军士长的督导下快速跑过战术射击场，对着不同方位跳出来的运动目标实施精确射击……

其实一班长说的没错，你别想那么多，那就是个目标而已。

赵小柱的眼睛冒火，他也确实没想那么多。两个月的强化训练已经让他具备了游骑兵突击队员的基本战术素质，他怒吼着直接从武装分子的突击峰线后面穿插过去。当一个弹匣打完，他已经消失在另外一侧的丛林当中。

武装分子目瞪口呆，还没看清楚到底是什么人，有多少人——已经没了！

突击组得到了整顿的机会，重新集结起来组织防线。而由于战斗在贩毒武装阵地内发生，所以高射机枪一时间难以开火。突击组的五名士官都打红了眼睛，对着慌张的贩毒武装一阵射击。

那个幽灵又出现了！

这次武装分子根本没搞清楚攻击者的方位，已经三个人挂了。还是一枪打在运动当中的武装分子头部，脑浆一下子炸裂开来，合着鲜红的血液在黑暗当中分外夺目……

"在树上！"

随着一个武装分子的高喊，十几把冲锋枪扫射过去。一片枝叶落地，但是没有人掉下来。也许刚才在树上，但是在这声喊当中……丛林幽灵，已经没有了。

一个武装分子手持56冲锋枪，慢慢后退到树干位置，希望找到一点依托物。他靠在树干上，却觉得叮当一声响。他刚要回头，一只左手捂住了他的嘴，紧接着一把匕首慢慢地滑过他的喉咙。

赵小柱血红着眼睛，拖着他到了树后。现在他距离武装分子已经近到了就在眼前的地步，他之所以要如此深入——是要用手榴弹。他拔出那四颗67木柄手榴弹，插在自己的弹匣袋里面，提起自己的自动步枪快速跑过敌人的后方空地，跳入丛林当中。

现在，该你们尝尝厉害了！

赵小柱靠在树后，均匀地呼吸着，慢慢旋开木柄手榴弹的盖子，套环套在了小拇指上。他的脸上都是被汗水冲开的油彩和新鲜的血迹，身上也是，这是割喉必然的结果。他在黑暗当中伸出脑袋，眼睛冒着愤怒的火焰，盯着那些武装分子，好像在这个瞬间……

他和某个人，一模一样。

一条丛林当中的响尾蛇。

4

虽然战前战后都反复强调了保密纪律，但是所有参战官兵都无法将那一幕从记忆当中抹去——一个浑身是血和泥的幽灵战士，在丛林当中好像一个鬼影一样穿插。他总是在敌人和自己都想不到的地方出现，总是用敌人和自己想不到的方式袭击，也总是在敌人和自己看不到的黑暗消失……参战官兵可以不跟任何外人提及，但是他们自己相聚在一起的时候，总是会感叹：原来《第一滴血》当中兰博那样的孤胆英雄，在现实当中是真实存在的；原来那个玩得一手好枪和做得一手好菜的菜刀同志，是公安特训出来的特别情报员，007那样的神秘人物，难怪……

一颗手榴弹旋转着从黑暗当中飞出来，没有飞向敌人，却飞向被马夫紧紧拽住缰绳的马帮。随着一声剧烈的爆炸，马夫和马的肢体伴随钢珠和弹片飞出来，被烈焰燃烧起来飞上天空，好像点燃了一颗巨响的礼花。

在敌人和自己都还目瞪口呆的时候，那个幽灵闪电一般出现了。

他高叫着敌人和自己都听不懂的英语，好像这不是在战场，而是像在训练场一样来去自如。他的身影就是一道黑色的闪电，他的动作就是一把黑色的利剑，他在敌人之间来回穿梭，他在生死当中反复冲杀……

追逐他的敌人还没抓住他的影子，就看见了甩过来的手榴弹……

"轰！"

又是一团烈焰在边防武警官兵眼前升起。

所长看着那些飞起来的敌人残肢，张大嘴："他们上哪儿找来这么个超级战士……"

山腰岩石旁边的孙守江看着瞄准镜里面穿梭过去的黑影，他还在不时地短促射击跳出来的敌人，高喊着受训期间灌输到脑子里面的口号。他的嘴角露出笑意："哟！哟！真的让苗处说着了，这是个天才——"

赵小柱跳出丛林的时候，总是伴随着嘶哑的怒吼。这不是伪装某个别人的怒吼，而是发自他内心的怒吼。仿佛新兵营、空降兵学校、突击队学校、菲律宾丛林战训练基地、阿富汗高原的森蟒行动、伊拉克自由行动……一切都是自己的真实体验，而自己也不再是那个橘子胡同派出所的民警赵小柱，而是美军游骑兵75团三营B连陆军一等兵Mike Zhang、CIA影子行动间谍和黑暗世界的单干杀手响尾蛇……

仿佛一切都不再是拼命想伪装出来的假象……

仿佛自己就是一个战争的恶魔……

自己，是真的响尾蛇。

赵小柱射击着杀戮着，伴随着弹壳的飞落和枪口的烈焰，他布满血污的脸扭曲着，怒吼着那些从心底呐喊出的游骑兵誓词：

"Energetically will I meet the enemies of my country... I shall defeat them on the field of battle for I am better trained and will fight with all my might...（我将精神抖擞地面对敌人，并在战场上将他们打败，因为我训练更有素，战斗更勇猛。）"

"Readily will display the intestinal fortitude to fight on to the Ranger objective and complete the mission, though I be the lone survivor...（在战斗中表现得像一个游骑兵那样坚韧顽强，即使只剩下我一个人幸存，也要完成任务。）"

"I will never leave a fallen comrade to fall into the hands of the enemy and under no circumstances will I never embarrass my country.（我永远不让受伤的战友沦落入敌人手中，并且无论多恶劣的环境下都不会让祖国因我蒙羞。）"

……

伴随着他的出现，他的怒吼，或者是枪击，或者是刺刀，有的时候还会是匕首甚至是石头，总是会伴随着敌人的惨叫和惊呼。

他就像一个幽灵战士一样，在林间飘荡着，成为死神的使者。

连对面山头高射机枪阵地的高云春都看傻了眼，机枪手也看傻了眼，高射机枪也暂停了射击。

仿佛这不是在进行一场战争，而是在观摩一场精彩的军事表演。

一场丛林游骑兵的精彩军事表演。

"响尾蛇"个人的表演。

5

"啊——"

赵小柱扭曲着脸从胸腔里面发出怒吼,把打光子弹的81-1自动步枪连着刺刀扎进一个敌人的肋骨缝隙。在"本宁堡"他已经练习过太多次这个动作,所以他轻易地就能把刺刀从坚硬肋骨的缝隙扎进去。随即他拔出刺刀,反手就是一枪托,砸在侧面敌人的下巴。那个敌人仰面摔倒,赵小柱飞起一脚踢在第三个人的脖子上。

随着咔吧的一声,人类脆弱的骨骼被折断了。

两个敌人在他侧面举起了冲锋枪。赵小柱一个鱼跃就翻滚到倒下的马匹后面,子弹嗒嗒嗒嗒打在了马身上。赵小柱右手拔出手枪的同时左手一滑上膛,起身就是一串急促射。两个敌人都被打倒了,赵小柱右手拇指按下枪身上的退匣键,同时手腕一翻,左手已经从手表表带上取下了备用弹匣,随即就是利索的上膛射击。

又是一个敌人倒下了。

所长反应过来:"上刺刀——拼了——"

"杀——"

官兵们一跃而起,手持上了刺刀的步枪冲向那些残余的贩毒武装。已经被丛林幽灵打蒙了的贩毒武装措手不及,武警官兵们如同旋风一般杀过来,刺刀都准确地扎进了敌人的身躯。俗话说:人人都怕死,所以不怕死的人,人人都怕。当两军对垒到最艰苦的时候,有一方发起了不怕死的进攻,另外一方基本就废了。因为打仗除了靠武器装备和训练水平,还有一点很重要——精气神。被打掉了精气神,基本也就是兵败如山倒了。

朝鲜战场上,美军第八兵团有着当时世界上最现代化的装备,但是还是被小米加步枪的志愿军打过了三八线,差点被逼到海里去。一个重要的原因,就是第八兵团的精气神被打散了，所以李奇微到了朝鲜第一件事就是重振军威，为的就是凝聚部队散掉的精气神。联合国军最后能够顽固地跟志愿军胶着在三八线一带，跟李奇微有直接关系。

但是这里不是朝鲜战场，敌人也不是武装到牙齿的美军第八兵团。他们只是一支拿着最基本的自动步枪经过少许训练的游击队，所以他们不可能在这样的情况下凝聚起什么精气神，因为本来也就是为钱卖命罢了。

当红着眼睛的武警官兵手持上了刺刀的步枪冲过来的时候，第一个转身就跑的武装分子成为整个贩毒武装的"典范"。他们再也顾不得什么毒品白粉，再也顾不得什么黄金美钞，几乎是在一瞬间集体掉头就跑。这种游击武装逃命都很有一套，所以速度飞快。但是他们还是觉得不够快，都恨不得自己能长出四条腿，好快点跑过那条边境线。

那是中国边防武警不会逾越的红线。

突击组剩下的五名士官人数太少，面对二十多个狂奔过来的贩毒武装，只打倒了五六个。那些几乎是擦肩而过的武装分子根本没有对他们展开任何攻击，都是慌不择路撒丫子就跑，跑过了798界碑。

所有的边防武警手持上了刺刀的步枪，都在边境线以内戛然而止。

他们没有任何权力跨越这条红线，因为那是缅甸领土。他们是全副武装的中国武警，只要跨越这条红线，就构成对邻国的入侵，将会引起外交争端。

所以他们只能眼睁睁看着那十多个败兵溃散过去，钻入丛林。

战斗好像到这里就结束了。

但是对面山头的高射机枪再次喷出烈焰，密集的弹雾再次席卷过来。高云春红了眼睛："枪毙他们！"

刚刚跑上山坡的败兵被密集的弹雾拦腰砍断，好像在一瞬间都没了上半身猝然倒地。

边防武警急忙隐蔽，到处找掩护。所长高喊："快快快！敌人要报复射击了！"

弹雾笼罩过来，一片枝叶乱飞。赵小柱飞跑着跳入一个旱沟，子弹从很近的头顶打过去，他的脸上都是泥土和树叶。

但不只是报复袭击，而是紧接着一个加强连的敌人呐喊着冲下山坡。他们要从中国边防武警设伏分队手里抢回毒品，贩毒武装的眼里可是没有什么红线白线的，他们眼里只有这些毒品。高云春红了眼，在高射机枪边高喊着："抢回毒品，每个人黄金十两——"

面对一百多冲过来的贩毒武装，所有官兵都意识到原来战斗没有结束，只是刚刚开始！所长的声音都哆嗦了："快！捡地上的弹药！"大家赶紧在弹雾过去的间隙到处去找枪支弹药，因为自己带来的在刚才的激战当中都所剩无几了。

孙守江快步跑过来蹲下拉所长："不能在这儿守着！这是绝地！我们到上面去，跟他们周旋！"

"他们会把毒品抢走的！"所长高喊。

"废话！都他妈的被打死了，毒品一样会被抢走！"孙守江一把拉起来所长，"无非是他妈的多了几个烈士罢了，有屁用？！都给我走——上山坡，阻击这里！重点搜集手榴弹，实在不行就把这些毒品都炸毁！"

战士们按照乌鸡的命令去做了，到处找手榴弹准备炸毁毒品。

"Sarge.（军士长。）"

孙守江愣了一下，没想到冒出来一句嘶哑的英语。

赵小柱从旱沟里面蹲起来，眼睛血红。他用英语说："Give me three buddies, we will take out that machine gun.（给我三个手足，我带他们去搞掉那个火力点。）"

孙守江眨巴眨巴眼，看着他。

"Sarge!（军士长！）"赵小柱怒吼，"We must take them out before it's too late! Give me three buddies and cover us so we can flank them!（来不及了！我要去占领那个火力点，从背后袭击他们！给我三个手足，我带他们从侧翼包抄过去！你们在山上阻击住，我一定会攻占那个火力点！我们可以把他们全歼在这里，军士长！）"

孙守江好不容易才转换过来思维，他看着赵小柱张开嘴，想了想用英语说："菜刀……"

"Who the hell is cleaver! Only Rattle here! (没有菜刀，军士长！我是响尾蛇！)"赵小柱怒吼，"It's now or never! Damn it, let me take them out! (我们现在在生死关头！你难道忘记摩加迪沙的悲剧了吗！该死的，我要去占领那个火力点！)"

所长纳闷儿地看着他们俩用英语对话："怎么了？你们在吵什么？"

孙守江知道这个时候不能直接刺激赵小柱，他抓住赵小柱的胳膊用军士长的声音怒吼："Do not cross the border! That's a direct order from pentagon! Is that clear?! (那是国界，明白吗？我们接到五角大楼的命令，不能越界作战！响尾蛇，这也是参谋长联系会议的命令！)"

"Fuck the pentagon and chief of staff! (去他妈的五角大楼！去他妈的参谋长联系会议主席！)"赵小柱一把推开军士长，"Rangers always lead the way to cross the border! (游骑兵从来都是越界作战！)"

"Mutiny! Rattle! Mutiny! (响尾蛇，你不要乱来！)"孙守江着急地说，"They will put you on the court-martial! (你会上军事法庭的！)"

"Scary! (让他们都去吃狗屎！)"赵小柱捡起地上的一把56冲锋枪检查一下。

孙守江满头是汗，知道坏了："We are soldiers, we have orders and discipline! (响尾蛇，这是军队！我们有严格的纪律！)"

"Bullshit! (狗屎！)"

赵小柱鄙视地吐出一个词，转身就飞也似的消失在侧面的丛林当中。孙守江真的毛了："坏了！坏了！他出不来了！"

"什么出不来了？"所长问，"他去干吗？"

"别问了，你们什么都没看见！"孙守江声音都颤抖，"赶紧收拾弹药，我们凭险据守！这下我乌鸡完蛋了，苗处非得把我清炖了不可！我的警察当的是到头了……快快快，收拾弹药我们到山上去！"

战士们跟着所长和孙守江收拾好弹药。孙守江把搜集来的几颗手榴弹放在毒品堆里面作不时之需，转身跟着战士们往山上撤离。他满脑门都是汗——赵小柱说得没错：游骑兵从来都是越界作战！所以应该去攻占那个

314

火力点!

但是问题是——

我们不是游骑兵,而赵小柱也不是响尾蛇啊!

6

赵小柱穿着几乎撕碎成条的迷彩服,手持 56 冲锋枪在林间飞跑着,敏捷地跳跃过所有的障碍。好像在很久很久以前,在本宁堡的密林当中,达比营突击队学校接受残酷选拔的时候一样……

……

"Quit, puke! You are not gonna make it! You useless piece shit! Quit!(放弃吧,渣子!你不可能通过的,你就是摊没用的屎!)"

穿着游骑兵 T 恤衫的军士长戴着很酷的墨镜,拿着高音喇叭对着年轻突击队学校新丁 Mike Zhang 高喊。

套着沉重装备斜挎 M16A2 步枪的 Mike Zhang 穿着迷彩 BDU,跟一只疲惫的狗一样,在达比皇后障碍场的障碍前做俯卧撑。

军士长蹲下,拿着高音喇叭对着他的耳边怒吼:"You are lower than whale shit, and whale shit is at the bottom of the ocean!(你比鲸鱼屎还下贱,而鲸鱼屎还沉在海底呢!)"

Mike Zhang 疲惫地做完俯卧撑,跑向障碍拼命想爬上去。

……

"Who are you!"

本宁堡基地的公路上,带着游骑兵 75 团三营 B 连跑步的 Matt Eversmann 上尉怒吼。

"Ranger!"

跟 Matt Eversmann 上尉一样装束(上面土黄色的军队体能训练 T 恤,下身三沙迷彩服,脚蹬沙漠战斗靴),剃着"高且硬"的年轻游骑兵们一起高喊。

"How far! "

Matt Eversmann 上尉再次怒吼。

"All the way! "

在手足们之间跑步的年轻游骑兵 Mike Zhang 跟着大家声嘶力竭高喊。

……

"Rangers, lead the way——"

菲律宾的热带丛林当中，站在旋转机翼的 UH-60 直升机跟前的 Matt Eversmann 上尉高喊。

"Hoo-ah! "

陆军一等兵 Mike Zhang 跟着自己的手足们举起手里的 M4A1 卡宾枪一起回应，随即跟着 Matt Eversmann 上尉上了那两架直升机。

……

"Black Hawk Down! Black Hawk Down!..."

无线耳麦当中传来飞行员绝望的呼叫，还有密集的高射机枪声，机舱里面三角洲突击队员的惨叫声……

全副武装穿着三沙迷彩服的 Matt Eversmann 上尉怒吼："Take off now! Let's get them!（立即起飞！我们要去救他们！）"

"We can't reach them, can not take off!（我们联系不上他们！我们不能起飞！）"

飞行员苍白脸色高喊。

Mike Zhang 叼着一根点燃的万宝路，在旁边跟手足们一起站在阿富汗"森蟒行动"的特种部队出发基地。他们都没戴头盔，都是"高且硬"，而且都是冷冷地看着那个辩解的飞行员。

Matt Eversmann 上尉一把把他按在身后停在机场的 UH-60 直升机上怒吼："Fuck that shit! There are only ten soldiers out there, they'd be run over if we don't get down there ASA fucking P.（我可不管你们的问题是什么，混账！'剃刀'上只有十个三角洲，该死的那只是执行此次特种作战任务的一半人数！他们现在还被击落了！立即起飞！）"

316

飞行员辩解："Negative. The LZ is too hot, it'd be suiciding to go in.（塔利班的防空火力太猛了！我们无法接近那里，会被击落的……）"

"Listen, asshole, you are goddamn deliveryman! You can not leaver half cargos here!（听着，你他妈的只是个运送勤务员！明白吗，该死的运输工？你们只运进去一半的部队，该死的只有一半人！我们是让他们完整的另一半！）" Matt Eversmann 上尉的眼睛都在冒火，"It'd be suiciding if you don't get hot right fucking now!（我们跟那些同样该死的三角洲是他妈的一个编组的突击队！我们是他们的另外一半！你明白没有？！如果他们死，我们要跟他们一起死！）"

"But I have orders...（但是我得到命令，如果遇到危险，我们可以不起飞……）"飞行员还是在辩解，"We must acoid more casualtys.（这样可以少损失一半人……）"

Mike Zhang 一把拔出匕首扎向飞行员。

匕首带着风声，飞行员惨叫一声闭上眼。

啪！匕首准确地紧贴飞行员的耳边扎进机身大半个。

飞行员睁开眼，不敢相信自己还活着，嘴唇都在哆嗦。

"I'm giving you new orders!（让我们跟那些三角洲死在一起！）"

Mike Zhang 左手抓起飞行员的下巴，盯着他惊慌的眼睛，对着他的脸吐出一口烟，一字一句地说："Left no man behind, dead or not, don't fuck with me anymore, sent us there to die!（我们宁愿死在一起，也绝不丢弃任何一个战友！这是我最后的忍耐限度——送我们去死！）"

飞行员匆忙点头。

"Let's go!（我们走！）" Matt Eversmann 上尉怒吼，"Lock up ready rock!（那些该死的三角洲需要我们，让我们去把他们从塔利班的狼嘴里面捞出来！我宁愿他们死在跟游骑兵的橄榄球赛，也不愿意他们死在塔利班手里！）"

游骑兵们哗啦啦上直升机。

Mike Zhang 恶狠狠地拔出匕首，把自己嘴里的半根烟塞进飞行员的嘴里拍拍他的脸："Let's roll!（出发！）"

……

那些零散的记忆，仿佛在一瞬间都连接起来了。曾经是静止的画面，也逐渐连贯起来，成为完整的心路历程。

此时此刻，Mike Zhang……

我们昔日的橘子胡同派出所片警赵小柱，那个一向乐于助人、胆小谨慎得连交通规则都不肯违反、婚前性行为都不肯发生的赵小柱。

从丛林当中飞奔出来，黑暗当中的他狰狞着脸，眼睛瞪得血红。

他的迷彩服上衣已经彻底被挂掉了，赤裸着上身，露出一身黑黝黝的腱子肉。双手紧握56冲锋枪，如同原始部落的战神一样彪悍勇敢。

他迈开长腿，一步就跨过了那道无形的边界线。

那道——不可逾越的红线。

7

在14.5毫米双联高射机枪和两挺56轻机枪的掩护下，一百多贩毒武装组成的加强连叫嚣着闯过了798号界碑。强大的火力压制让所长率领的正面阻击小组无法抬头，孙守江则带着三名枪法较好的战士快速运动到侧面的一个山窝。这里对着边境的山头可以挡住高射机枪的射界，而且可以控制住毒品堆积地。孙守江指挥三名战士展开交叉火力："不要浪费子弹，放进去再打！让他们扛上东西，那就没办法还击了！"

战士们按照他的命令，等待冲过来的十几个武装分子扛起毒品包的时候一阵点射。孙守江爬到山头上，趁着高射机枪没有覆盖过来的时候，抓住机会干掉了那两个轻机枪手。随即他立刻滑下山头，狙击步枪的枪口火光暴露了他的位置。高射机枪的弹雾随即覆盖住了他刚才的山头，树干被拦腰折断，差点砸在他的身上。孙守江后退到安全的地方，吐出嘴里的泥土。

那三个战士的阻击位置选择得很好，不会被高射机枪射界覆盖，也不会被冲过来的武装分子发现。他们借助山头，盘踞在半山的洼地，借助枯树的树干作为掩体。而武装分子红着眼睛冲过来的目的就是毒品，他们等于是把毒品当作诱饵，做了个老鼠夹子。当然这个夹子不是铁丝做的，而是子弹。

孙守江在带战士们上来的时候，已经招呼他们携带了十几颗手榴弹。如果情况不妙，那就一起扔下去。这样毒品就完蛋了，贩毒武装会蒙受巨大的损失，也就挫败了他们的行动。但是不到万不得已，他不想这么做。那是边防派出所的战利品，是人家拼了性命缴获的战利品——或者说，那些烈士们的身后事，还有这些玩命的官兵们的荣誉和军功章……可真的是指望那些毒品的。不然怎么说得过去呢？激战一场，双方死伤几十，一克毒品都没缴获？哪个上级都很难跟自己的上级交代，闹不好功还会变成过。

所以孙守江真的是不想那么干。

而且不光如此，现在孙守江的心里可是跟猫抓似的。这个狗日的菜刀真的把自己当作响尾蛇了？！作为一个老缉毒警察，孙守江可是对这里面的利害关系门清——边境线绝对是不可逾越的红线，那是一个国家的领土和主权！在事先没有征得对方同意的情况下，擅自越境行动，就算是有道理也是没道理的，因为外事无小事。菜刀可是真的惹了大麻烦了，孙守江不知道能不能帮他掩盖住——如果掩盖不住，就不是处分的问题了，也不是开除警队的问题了……

可怜的菜刀，会被引渡到缅甸警方并被法庭宣判死刑的！

边境线为什么是反复强调不可逾越的红线？

因为你在红线这边，就是中国缉毒警察，你的战斗就是执法行动，而一旦跨越红线，后果不堪设想！因为当你跨越边境线，你的身份将从中国缉毒警察变入侵者，如果还在那边战斗打死了人……毫无疑问你就是杀人犯，在邻国领土杀人的罪犯……

武装入侵者，加上持枪杀人犯。

一百个赵小柱都死掉了。

他现在唯一的希望就是菜刀赶紧在那边干掉高机，然后战斗在援军到来以前结束，他安全返回，然后自己跟所长商量好，此事不再扩散。菜刀搞掉高机，就等于救了全体参战官兵的性命。作为战场上的军人，患难与共出生入死，还会出卖救了自己的战友吗？他充分相信这些官兵，这会成为不会提及的秘密。而自己当然也要向苗处汇报，硬着头皮挨骂，但是苗处也绝对不会出卖菜刀和自己。因为……毕竟我们是提着脑袋在卖命！苗处是基层上来的，他绝对会理解和包容——当然，也绝对是下不为例！

但是万一菜刀把自己幻想成响尾蛇，结果学艺不精，在境外出了事……那可是真的麻烦到家了。从苗处到下面，没有一个干部会逃掉处理。而带他来边境并且同意他参战的孙守江，可就真的完蛋了……脱警服，离开警队，想都不要想。菜刀不明白，难道你还不明白？

结果就是自己滚蛋了。

所以孙守江的心情真的不是一般的闹腾，既要操心打仗，也要操心菜刀的安危。

越来越多的敌人越过了边境，所长带的正面阻击小组被迫后撤。敌人开始转换战术，往黑暗当中不断甩手榴弹。丛林战当中，手榴弹是非常有效的武器，因为黑暗当中的密林你看不见敌人，只要你不开枪，敌人也同样发现不了你。这个时候，手榴弹就是最有效的武器。嗖嗖从黑暗当中扔出来，对对方可以构成强大杀伤。

敌人采取三三编组的尖刀队形，越来越逼近毒品。而所长带领的阻击小组又出现了新的损失，本身敌众我寡的态势变得更为险峻。

一班长被手榴弹的弹片炸断了腿，他惨叫一声倒下了。

"班长！"两个战士冲过来。

"别管我，往后撤！"一班长高喊着，"阻击敌人！"

几个贩毒武装冲过来，抓住了一班长。一班长二话没说，拉开了手里的手榴弹拉环。手榴弹嗤嗤冒烟，贩毒武装急忙四散。但是来不及了，一班长高声笑着："你们这帮胆小……"

轰！

一班长和周围的贩毒武装一起化为灰烬……

所长忍住眼泪，高喊："乌鸡，准备炸毁毒品！我们战死在这里——"

孙守江哆嗦着嘴唇，三个战士都看他。他们多少都挂花了，眼睛血红。孙守江心一横："上刺刀！"

三个战士上刺刀。

孙守江也把刺刀安在85狙击步枪的枪管上："准备手榴弹！"

三个战士拿出手榴弹，一个一个打开后盖，放在自己面前。

孙守江长出一口气："听我命令，扔掉手榴弹炸毁毒品以后，我们冲下去跟阻击小组在一起，死战到底——"

三个战士都拿起了一颗手榴弹，目光坚毅。

孙守江正要下令投弹，突然他的眼睛一亮。

对面的高机在短暂的沉默以后，又开始射击了，黑暗当中，那烈焰分外夺目，再次喷出死神的弹雾。但是这一次不是笼罩边防武警，而是……

笼罩了贩毒武装。

8

赵小柱眼睛血红，操作高射机枪对着那些狂奔的贩毒武装屁股后面就是一阵连续扫射。

嗒嗒嗒嗒……

"啊——"

赵小柱怒吼着扫出去一片弹雾……

敌人被打蒙了，在弹雾当中不需要任何反应就被拦腰折断……

赵小柱不断地扫射着，怒吼着，在他的身边躺下了一片尸体，这里曾发生过一场恶战。

穿越热带丛林的赵小柱绕过加强连进攻锋线的侧翼，快速穿插过丛林，动作非常快，也非常轻。严酷的丛林训练在这个时候起到了作用，他的眼睛血红，却没有丧失理智。游骑兵75团虽然经常出现在阿富汗和伊拉克战场，但是他们的热带丛林作战技能是非常出色的。这是游骑兵部队的传统强项，因为他们就是在丛林战打出威风的。

作为熟悉各国特种部队历史和传统的"菜刀项目"特训总教官林锐肯定是不会放松在这方面的训练的，加上赵小柱是真的用心在琢磨响尾蛇，所以……很多东西复杂地作用在一起，赵小柱就是响尾蛇了。

在林间穿行的赵小柱并没有因为远处战友的惨死而丧失理智，还是保持着一贯的冷峻。因为，响尾蛇从来不会因为冲动而丧失战斗的理智。

赵小柱在山林当中穿行，终于到了那挺高机阵地附近。高云春压根儿没想到会有人越过红线作战，还在那里叫嚣着："——打！给我狠狠地打！"

哐当！

一个人头丢到了阵地的空地上。

高云春和周围留下的七个保镖都傻眼了。虽然那个人头血糊糊的，但是可以清楚地辨认出来——这是警戒哨兵班长的人头！

高云春猛地抬头。

一个血人慢慢地从阵地的后方站起来，在他的周围密林和红土地上，是躺倒的整整一个警卫班！

全部都是割喉，所以没有发出一点声响。

这个血人手持 56 冲锋枪，浑身上下已经看不见任何肤色和衣着，只有满身黏稠的血在滴答着……

"啊——"

高云春惊恐地高喊着，躲到了保镖的身后。保镖们急忙要抄起 56 冲锋枪，他们没有想到会有人过来，所以枪都在肩膀上挂着。但是这个血人根本不给他们任何反抗的机会，手里的冲锋枪嗒嗒嗒嗒扫出去一个扇面。

七个保镖在弹雨当中抽搐着，全部倒地。高云春被保镖压在了身体下面，他急忙装死，大气都不敢出一声。

血人走上阵地，对着地上的尸体又是一阵扫射，打光了所有的弹匣。高云春闭着眼睛，居然躲过了弹雨，身上的两个保镖不断被弹着，却没有直接命中他。

高云春是怕死的，所以他无论什么时候，除了洗澡睡觉玩女人，身上都穿着美国出品的高级防弹背心。这次防弹背心起到了关键性的作用，7.62毫米的冲锋枪弹头打穿了保镖的身体，防弹背心却阻挡了已经失去大部分能量的弹头。高云春虽然疼，但是知道没有打穿防弹背心，只要自己不吭声，还能活着。他闭着眼睛，继续装死。

那个血人丢掉打光子弹的56冲锋枪，快步跑过去推开死在机枪跟前的机枪手，驾驭起14.5毫米的高射机枪，压低枪口，怒吼着对着黑暗丛林中奔跑的贩毒武装喷射出一片片弹雾……

"啊……"

赵小柱扭曲着血糊糊的脸，操纵高射机枪对着黑暗当中仓皇躲避的身影扫射出去一片又一片的弹雾。

这个火力点居高临下，可以覆盖整个战场。而那些贩毒武装显然没有想到会遭受到来自背后的攻击，忙乱不堪且无处藏身。密集的弹雾好像一个铁扫把，清扫着整个战场。

孙守江高喊："得手了！我们把他们歼灭！"

所长带着正面阻击小组一下子从隐蔽处跪起来，手里的56冲锋枪开始密集火力射击。孙守江带着侧面阻击小组从山头上占据新的阵地，对仓皇逃窜的残敌进行火力覆盖。十几颗手榴弹几乎是一片一片扔下去，炸得残敌鬼哭狼嚎。

战场在几分钟之后就平静了。

只剩下重伤残敌的断断续续的哀号声，到处都是硝烟弥漫，血流成河……

孙守江慢慢站起来，注视着对面山坡上的密林。天色已经渐渐亮起来，援军肯定也快到了，菜刀你个浑小子……

赶紧回来啊！

9

赵小柱缓缓松开了高射机枪，站起身来。

他注视着杀戮过的战场，神色冷峻。这个场面，仿佛他并不是第一次看到，而是早就在记忆当中出现过无数次的了。受训期间看过的大量录像、照片等资料，在战斗爆发的瞬间被刺激起来，成为活生生的记忆，而不再是遥远的影像。

他看着那片晨雾当中血流成河的残肢，露出鄙夷的冷笑："狗屎！"

接着居然从裤子口袋里面取出一个塑料袋。撕开上面的胶带，里面是一盒万宝路和一个ZIPPO打火机，没有受潮，也没有沾染上血。他打开硬烟盒，用嘴唇叼出其中一根。操纵高机并不是一件轻松的事情，所以他的双手都在微微颤抖。

颤抖着的右手打着了打火机，火焰映亮了他的眼。

他点着烟，深深地吸了一口。

现在，游骑兵在缅甸的土地上，俯瞰着那片尸体。

咔嚓。

赵小柱听到背后传出的清脆声音，他不用看都明白，是手枪打开保险的声音。

高云春举着一把54手枪，颤巍巍对准那个血人的后脑："你……他妈的毁了我的部队……"

赵小柱没有紧张，他反而微笑一下，抽了一口烟。

高云春盯着他的"高且硬"的发型，那上面跟身上一样都是鲜血："你不是边防武警！你是谁！"

赵小柱淡淡地说："Ranger。"

高云春多少是有点军事常识的，他难以置信："美军？！"

赵小柱低下头，好像是随手系鞋带，却突然向后转身，右手一甩，匕首嗖地飞出去。

匕首准确扎在高云春的咽喉，他连叫都没有叫一声就倒地了。他睁着眼睛难以置信，右手的手枪随着惯性扣动扳机。

砰——

枪声打破了保持了几分钟的宁静。

刚刚回巢的飞鸟被惊起来，漫天乱飞。

孙守江睁大眼，边防武警也睁大眼。

他们站在边境线上，站在798界碑跟前，睁大眼注视对面的山坡，都是心急如焚。但是谁也不敢越过边境线哪怕一步，因为……那是中国警察不可逾越的红线。

"菜刀……"所长翕动嘴唇，眼泪流下来。

孙守江哆嗦着说："不会的！那小子命大着呢！他不会死的……"他咧开嘴，哭出来："他不会死的！他怎么能死呢？几十个最好的特工都想要他的脑袋，他都没有死！他怎么会死在这儿呢？死在这帮杂碎手里……"

经过血战的战士们默默无语，看着那边流着眼泪。

"响尾蛇"当然没有那么简单就死，他此刻正抽着烟，冷酷地走到了那具尸体跟前。高云春的咽喉扎着匕首，眼睛还睁着，显然是难以置信。

赵小柱冷峻的血脸上笑了一下，叼着烟蹲下拔出那把匕首。他用匕首挑开高云春的衣服，看见了里面的防弹背心。他知道这是美国高官使用的高级防弹背心，是高档货，需要不少钱。看来这个家伙是个头儿，还是个人物。

赵小柱把烟头丢在地上，举起了匕首……

援军是一个中队的机动武警，他们来到这里也并不容易。同样需要穿山越岭。边防武警没有装备直升机，所以在没有公路的地方必须要爬山路。战士们气喘吁吁地跑到边境线上，看见的是一片杀戮后的战场，到处都是残肢断臂，血流成河……

那些血战过的战友们都成了血人，提着自己的武器，站在798界碑己方一侧背对他们。

好像是一排血的雕塑，一动不动。

战士们手持武器，大气儿都不敢出。

中队长小心翼翼走过去，站在血糊糊的所长跟前。所长脸上流着眼泪，冲开了脸上黏稠的血。

中队长小心地问："你们在看什么？"

没有人回答他，仿佛他压根儿就不存在。

所有参战斗的官兵都在默默注视着那片异国的丛林山地。跨过一步就是外国，这是他们从军以后不断被灌输的纪律观念。宁愿死也不能越界作战，也是他们在边境派出所执勤多年的铁打纪律。

男儿流血流汗不流泪，这是所有中国军人的信念。

但是……

此刻，他们为了那个严重违纪的菜刀……却流下了眼泪。

突然，孙守江的眼睛睁大了："菜刀——"

所长和官兵们的眼睛睁大了。

晨雾当中，一个血糊糊的人影，蹒跚着走向这边，走过那片血泊的杀戮战场。

他的脸色冷峻，浑身的血都凝固了，只有眼睛还是黑白分明。

赵小柱手里提着什么东西蹒跚地走过那些尸体，鞋踩在血泊当中啪唧啪唧作响，但是却浑然不觉。

他走到 798 界碑前，跨到了己方一侧，把手里的血糊糊的东西丢到了孙守江面前。

咣当！一个人头落地。

毒枭高云春的人头。

孙守江一下子傻眼了，所有官兵也都傻眼了。

"Sarge...（军士长……）"

赵小柱举起右手颤巍巍敬了一个美军的军礼，声音嘶哑地用英语说："Mission accomplished.（任务完成了……）"

孙守江嘴唇颤抖，点点头还礼："Rattle..."

"Yes, Sarge."赵小柱的身形摇摇晃晃："Mission accomplished."

"MP wants you.（宪兵要拘捕你。）"孙守江强忍内心的悲伤。

赵小柱睁大眼睛："Why?"

"Because you've crossed the line, soldier.（因为……你越过了红线……）"孙守江长出一口气，"Hand over your weapon, and follow him.（交出你的武器，跟他走。）"

赵小柱难以置信地看着孙守江："Sarge!"

"This is an order!（这是命令！）"孙守江含泪说。

赵小柱拔出自己的匕首，上面都是凝固的血，往地上一甩，插进去大半。他含着眼泪，举手敬礼："Yes, Sarge!"

支援的中队长看着他们，不知道他们在说什么。

"逮捕他。"孙守江低声换了汉语，声音嘶哑。

中队长默默拿出手铐。

赵小柱伸出双手，含泪看着孙守江，也看着大家。

官兵们都低下头。

手铐咔嚓铐在了他的双手手腕上，合住了铁钳子。

第十一章

———— ★ ————

1

波音 747 客机呼啸着降落在昆明国际机场。

舱门打开，戴着墨镜的苗处第一个出现，匆匆走下舷梯。

那辆丰田陆地巡洋舰警车已经旋转警灯在等待他，孙守江站在车下面，脸上充满内疚。他走过去伸手去接苗处手里的公文包，苗处一把把公文包摔到他的脸上。孙守江不敢吭声，弯腰捡起公文包。

苗处看都不看他，匆匆走向警车。

孙守江在后面跟着，小心地："菜刀……在看守所的生活得到了边防总队的照顾……他的身体没事，精神状态也还好……"

苗处转身摘下墨镜，唯一的右眼怒视他："你毁了他！明白吗？！你毁了他，毁了警察赵小柱的一生！"

孙守江不敢说话。

"谁让你批准他去边境参战的？！"苗处瞪着他，"你有这个权力吗？你有这个资格吗？你知道不知道，你毁了一个孩子的一生！不管处理的结果是什么，他都不能再穿警服了！他不再是个警察了！他的警察生涯，完了！"

孙守江低下头，恨不得自己一头撞死。

苗处长出一口气："给我联系家里，我要找最好的律师！最好的，不管花多少钱！经费里面如果不出，我自己出！"

"是……"

苗处不再说话，面色冷峻地上了副驾驶的座位。孙守江转身上车，开动警车。陆地巡洋舰旋转着警灯，高速离开机场。

苗处注视着春城昆明的街道，脸上是悔恨的表情。他万万没想到，自己刚刚去巴黎几天就会出现这样的事情。而且这个事情是那么的麻烦，已经超出了自己能够解决的范围。他是一个经验丰富的老缉毒警察，而且是从边境缉毒队伍基层调上去的，所以非常清楚出现这样的事情会如何处理。

赵小柱……难逃法庭的审判。

此事被边防总队写了详细的报告，各级领导都没有表态。于是一级一级上报到高层，某位主管政法的领导在认真看完整个报告以后，久久不能作声。第二天，边防总队的报告被转送回来。那位领导用红色的笔只写了八个字：

"情有可原罪无可恕"。

没有任何标点符号，谁也不知道那位领导在写下这八个字的时候是什么心情。但是力透纸背，显然内心也是波澜起伏。我们的边防官兵在流血牺牲，在被贩毒武装屠杀，但是，那道边境线是不可逾越的，那是每一个中国警察和边防武警内心的红线。换句话说，我们必须尊重邻国的主权，发生在别人国土上的任何事情我们都不能干涉。

是的，我们是中国警察。

我们是中国法律的捍卫者，同时也是国际法的义务保护者。

我们不能知法犯法，执法犯法。

如果赵小柱越界作战的行为不得到严惩，那么岂不是表示我们支持这种越界作战行为？那么以后我们的边防武警执行缉毒缉私任务，那道红线还要不要考虑？是不是说，邻国警察也可以跨越我们的边境线，到我们的境内执法？我们是不是也认可这种行为？

赵小柱是国际刑警的特别情报员不假，但是他当时是在执行国际刑警交付的任务吗？他是在卧底吗？谁给了他命令和许可，可以进行越界作战？可以到邻国的领土上大开杀戒？最后还带了一颗人头回来！

这已经不能说是违规执法了，而是滥用私刑！

退一万步说，就算你得到了国际刑警的许可，可以采取跨国界行动去抓捕高云春，但是谁给了你权力，让你砍下高云春的人头带回来？他就算是国际刑警组织和中国警方、缅甸警方的通缉要犯，上了国际毒枭排行榜前100名的大毒枭，够判100次死刑的，也必须按照法律进行制裁！否则还要法律干什么？还要警察干什么？还要国际刑警干什么？干脆大家杀来杀去好了，都当黑帮得了！还要什么法律的公正和道义呢？还要《警察法》和人民公安誓言干什么？

现在缅甸警方还在调查此事，并且对中国警方表示了理解的态度，两国警方在缉毒问题上一直合作很好。所以这个小事并不能影响两国警方的关系，警察都是理解警察的，但是……一旦缅甸政府正式提出引渡，赵小柱死定了！

所以，苗处的心里不能不沉甸甸的，也不能不懊悔。他是真的懊悔，为什么非得把赵小柱招来当特情？为什么非要破坏那个小片警的幸福生活？为什么非要把他从一个天使训练成一个魔鬼？……如果赵小柱没有被他招募，虽然可能生活很平淡，没有这种紧张和刺激，但是却是一种求之不得的平淡幸福！他还有那么漂亮的一个老婆……

想到盖晓岚，苗处心里就一紧。

自己怎么向赵小柱的老婆交代？

本来苗处的巴黎之行大有收获，满心欢喜地踏上归途。没想到在首都机场一下飞机，就得到了这个噩耗。他连机场的门都没出，就直接上了最快飞昆明的航班。一路上他都在懊悔不已，但是事情已经发生了，他就必须往最好的方向努力。

那就是无论如何不能让这个孩子真的被缅甸法庭判处死刑……他明明是一个规规矩矩的片警，却真的因为苗处的训练上了异国的刑场……苗处一辈子都不能原谅自己，那将是自己犯下的不可饶恕的罪！

对这个孩子犯了罪……

苗处长出一口气，心急如焚。

几天前，他秘密前往巴黎，是为了能够在 Laila 离开法国以前对她进行询问。赵小柱说得没错，法国压根儿就不敢得罪阿拉伯石油国家。总统签署了秘密特赦令，Laila 被释放，条件是必须离开法国，并且自动放弃法国国籍，不得再踏上法国的领土。这一点并不出乎苗处的意料，国际关系纷繁复杂，有石油就是硬道理。给欧盟一百个胆子，他们也不敢得罪阿拉伯石油国家。

所以他要赶在 Laila 离开法国以前，去会会她，知道自己想知道的东西。

Laila 住在法国卢瓦河流域古堡区当中的一个古城堡，这是她父亲的产业。卢瓦河上的古堡林立，举世闻名，它们是法国最古老的一批文物，以其优美的风景、古老的建筑、丰富多彩的历史和传说吸引着法国和来自世界各地的旅游者。

中世纪法国贵族和皇室为了躲避连年的战争，纷纷在沿卢瓦河中游地区兴建古城。如今从奥尔良（Orleans）经图尔（Tour）到昂热（Anger），沿河两岸有大小城堡和庄园数百座，很多被列入世界文化遗产名录，是法国著名的文化旅游区。

卢瓦河谷的城堡从最初单纯的以防御为目的逐渐过渡到奢华的王家居室，经历了几百年的风风雨雨，沧桑变化，最终沉淀为人类共享的文化遗产（Cultural Heritage）。

从布罗瓦堡（Chateau de Blois）到歇维尼堡（Chevenry），卢瓦河谷见证了法国王室几个世纪的兴衰荣辱，跌宕起伏：伯爵与骑士的追名逐利，国王与妃子的浪漫爱情，宫廷内院的钩心斗角……都在这里得到了淋漓尽致的演绎，使得一贯平静的卢瓦河谷活力四射。当然最值得一提的还是城堡中不计其数的收藏品，大都出自名家之手，为这里的文化底蕴奠定了基础。正是由于法国国王对艺术文明的疯狂热爱，使得这里汇集了从各国掠夺来的无数珍贵藏品，也因为法国王室将周边邻国的文化精髓悉数吸收，发展成为后来法国特有的艺术形式，并被其他各国广泛效仿。

卢瓦河的支流歇尔河（Cher）上有一座美得惊人的古城堡：雪侬瑟堡（Chateau de Chenonceau），她一向有"贵妇之宫"的美名。

女人，曾经是雪侬瑟的灵魂，因风华绝代，也因爱恨情仇，赋予了这建筑以委婉旖旎的气质。

这里是 Laila 稍事休整、离开法国之前的避风港。法国政府给了她一周的期限，让她可以从容地离开生活将近二十年的法兰西。毕竟，生活了二十年，不仅有很多东西要收拾，而且是有特殊感情的。

来自科威特的王室保镖们和雇佣来的西方保安公司的职业保镖们，借助现代化的高科技监控和自己的优良保镖技巧，把这里团团围住，围得水泄不通。

所以陪同苗处前来的 Cameron 一路上都在质疑他的这个想法："你怎么想到去找 Laila 询问情况的？你压根儿都不可能见到她！那是私人领地，她有法国总统的特赦令，没有她的允许，任何人都不能进去！"

"那我就想办法得到她的允许。"苗处笑了笑。

Cameron 开着车，看看他："或许你得到的是她保镖们的一顿臭揍！好在这里不是美国，否则你擅入私人领地，就要挨枪子儿了！"

苗处还是笑笑，没说话。

雷诺轿车到了公路旁的一个林间柏油马路入口停住了，Cameron 指着林间马路里面的树林："从这个入口开始，都是私人领地。我们不能进去了，你要打算怎么让 Laila 见你？到城堡起码还有五公里！"

苗处探出脑袋看看，戴上墨镜："你在这里等我。"

"你要干吗去？"

"我去得到她的允许啊！"苗处说，"她怎么知道我来了？"

"可是她不会允许的！"

"我不试试怎么知道？"苗处笑了笑，拿起自己的公文包下了车。Cameron 在车里无奈地看着他的背影："这只倔强顽强的亚洲虎！"

2

苗处戴着墨镜，悠闲地走在林间小路上，好像这里是一片公开的旅游景点。树林当中的摄像头在扫视整个小路，停在了他的身上。

监控室里面的白人保镖拿起对讲机："B 区，有可疑目标出现。B2 小队去查看一下，他或许不知道这里是私人领地。不要先动手，如果对方执意不肯出去，擒获他。完毕。"

"B2 收到，我们在路上。完毕。"

随着无线电噼啪的静电声，一辆路虎卫士越野车高速从路拐角出现。苗处笑了笑，好像没有看到，继续走着。路虎卫士越野车一个急刹车卡住了苗处前进的道路，穿着西服的白人保镖们跳下车拔出手枪用法语高喊："先生，这里是私人领地，请你立即离开，否则我们要采取果断措施！"

苗处摘下墨镜，笑了笑说："我找 Lalia ！"

"对不起，她不会客！请你立即离开，这是我们最后的警告！"

苗处笑着说："那你告诉她，我有她关心的人的消息。"

"对不起，我无权转告！"保镖高喊，"如果你再不离开，我们要对你采取强制措施！"

苗处拿出一张照片："那你能不能把照片交给她？"

"先生，我说过了——我无权转告，也无权转交任何东西！"

"怎么碰到这么个洋门神！"苗处苦笑，一下说出一句汉语，他把照片举起来对着摄像头高喊："Laila——我知道你能看见，你看看这是谁——"

"先生，请你立即离开！"保镖们举着手枪包围了苗处。

"Laila，你看见了吗？"苗处举着照片高喊，"是他——"

照片上是神情沮丧的响尾蛇——其实是赵小柱。

保镖们不再客气，围上来按倒苗处，苗处高举双手，没有反抗，任凭他们按在地上搜身。一个保镖从他的胸部口袋拿出一个徽章，仔细一看："国际刑警？"

苗处的脸贴着地面艰难地说："我老了，对我温柔点……我现在代表我个人，不代表国际刑警组织。我来找 Laila，谈谈我们都认识的一个熟人……"

保镖们松开他，但还是围着他虎视眈眈。保镖组长还是怒吼："立即离开这里！如果没有相关文件，你无权进入这里！"

他的耳麦响了，他扶着听了几句点头。苗处微微笑着看那个摄像头，随即保镖组长还是面无表情："先生，请你上车。Lalia 要见你。"

苗处并不意外，拍拍身上的灰跟着他们上车。他坐在后座，一边一个洋人保镖。他戴上墨镜，路虎卫士高速开走了。

经过了严格的安全检查，苗处进入了雪侬瑟堡的大门。他没有携带任何武器，因为用不着。这个私人领地的保镖数量几乎赶上了这片林子里面鸟的数量，所以这里是绝对安全的。他笑眯眯地接过自己的公文包，把被保镖翻腾出来的东西逐一放进去，一点儿也不生气。

他收拾好公文包，开始打量这座古堡。

雪侬瑟堡的主堡完全对称，四边小巧的角堡和高大的斜屋顶，保留了此堡建筑上少有的中世纪法式传统风格。其装饰简洁的外墙，以舒展的线条和优美的造型比例取胜，整体面积不小，但在河上显得轻巧匀称。

面对河道的两侧都有很大的窗子可以俯瞰河景，装饰性石拱更将古哥特式元素和文艺复兴时期的线条融为一体。堡内一侧的楼梯，则有威尼斯建筑的特色，是同一时期法国建筑所没有的。在主堡朝向河岸和花园的一面，有造型极美的露台，与视线中的自然情趣和谐呼应，营造出雍容悠闲的私家氛围。雪侬瑟堡曾是法国上流社会最著名的文艺沙龙所在地，卢梭、伏尔泰、孟德斯鸠等人是此地常客。后来雪侬瑟堡再次被有计划地整修，成为卢瓦河谷中最完整、最具文艺复兴风格的代表性城堡之一。

苗处欣赏着雪侬瑟堡的美丽造型，一个彬彬有礼的阿拉伯女侍卫走过来，用法语说："先生，这边请。Laila 公主在等你。"

苗处跟着这个侍卫，穿过层层的警卫，通过露台外的露天台阶走到上面，脸色苍白的 Laila 坐在躺椅上，穿着白色的休闲服，注视着远处的大海一动不动，仿佛一座海的女儿雕塑。她真的很美，美得可以让人忘记世俗的一切。只是她的双手手腕还有着瘀青，好像两个手镯一样明显，那是手铐压紧留下的痕迹。虽然政府可以特赦她，但是显而易见，法国警察并没有让她在拘审期间好过。

她杀害了 SDECE 五局数名别动队员，而情报机关和警方总是有着扯不清的关系的，且 GIGN 也跟那些别动队员是惺惺相惜的，说不准那就是退役后的自己。事实上，阵亡的 SDECE 五局行动队员当中，有几个真的是 GIGN 退役的老兵。所以 Laila 在短暂的拘审期间没有过好日子是肯定的了，未必会严刑拷打，但是言语的凌辱和强光灯的照射是免不了的。

苗处站在露台上冷冷地看着她，在他的眼里可看不到什么美不美的，也看不到 Laila 的爱情是不是可以泣鬼神。他的心里只有"法律"二字，任何人只要违犯了法律，就是他的敌人，也是社会公敌。所以他对 Laila 并没有什么好脸色，也不需要任何好脸色。自己又不是需要阿拉伯的石油，那是政治家考虑的问题，自己去加油站买就得了。

"你们抓住他了？"

Laila 不看他，但是声音却很缥缈，嘴唇哆嗦，显然内心在做激烈的活动。

苗处冷冷地看着露台上的几个保镖，淡淡地说："我要和你单独谈谈。"

Laila 点点头，挥挥手用阿拉伯语命令："你们下去吧。"

保镖队长看看苗处，低头对 Laila 说着什么。Laila 的声音果断："下去！"

他起身，恶狠狠地看了苗处一眼，带着保镖们下去了。整个露台上只剩下 Laila 和苗处，苗处左右看看，没有发现摄像头。他拿出公文包里面的手机，打开一个特殊功能键按下去。监控室里面的监听保镖差点被耳机里传来的尖锐金属鸣叫声震破耳膜，他急忙摘下耳机来。

苗处淡淡笑着，把手机放在了桌子上。在他跟 Laila 周围五米的地方，已经形成了无线电信号屏蔽，他们的谈话不会被录音。

苗处把照片丢在 Laila 跟前。

照片上是沮丧的"响尾蛇"，化装已经去掉，穿着干净的衣服。他的眼神迷茫，神情懊恼。其实这是赵小柱被苗处接出来以后，在秘密安全点休整的情况。

Lalia 看着照片，眼泪慢慢溢出来。

"任何人都不能逃脱法律的制裁。"苗处的声音很冷酷，"也许他曾经是个好人，但是只要违犯了法律——他就是犯罪嫌疑人，是国际刑警红色通缉令上的要犯！"

Laila 擦去眼泪，看着远方："你都抓住他了，来找我干什么？"

"我要知道关于他的一切！"苗处盯着她的眼睛，"一切的一切，什么都要知道！"

"哈！"Laila 冷笑，"真天真，你觉得我会告诉你吗？"

苗处也是冷笑："你可以不告诉我，我也确实拿你没办法。"

Laila 鄙夷地说："那你还不快滚！趁我还没打算让保镖暴揍你一顿之前！这是私人领地，我有权对擅自闯入者采取措施，直到叫警察，带走被打成肉泥只能喘息的你为止！"

苗处还是冷笑："你是可以那么做，我也无可奈何。"

"那你还留在这儿干什么？！"Laila 拿起桌上的一杯橙汁，直接泼到苗处脸上。

苗处还是保持着冷笑："Audemarie……"

Lalia 愣住了："什么意思？"

"我是拿你没办法，但是我有权审问 Julie！"苗处严厉地说，"那个孩子的母亲！她涉嫌犯罪，知情不报，包庇罪犯！按照法国的法律，足够她去坐牢了！而且时间不会短，不信你可以去问问你的律师！"

Laila 瞪大眼看着他。

"然后，"苗处冷笑，"Audemarie，那个刚刚十岁的小女孩会成为孤儿！她的母亲在监狱，她的父亲也在监狱——于是法国福利机构会如何去做呢？会把她送进孤儿院！我没权审问你，但是我可以安排 Audemarie 去哪个孤儿院！"

Laila 的呼吸困难，扶住了桌子。

"你比我要清楚，法国有很多涉嫌虐待孩子的孤儿院！"苗处冷酷地说，"我相信法国警方和情报部门也不会反对我的建议，因为他们有不少人死在响尾蛇手里。"

"你卑鄙！"Laila 怒吼。

"但是我没有犯法！"苗处也怒吼，"我只是在我的权限范围里，做我可以做的事情！"

"你威胁我？！你跟那些恐怖分子有什么区别？！"

"区别就是——"苗处目光冷峻，"不是他死，就是我亡！这是战争，而战争是没有道理可讲的！我是军人出身,只要在法律许可的范围里行事，我的良心就受不到谴责！因为，我在保护更多的人！让更多的孩子们不成为 Audemarie！"

Laila 看着他，嘴唇颤抖："我会雇人杀了你！"

"你可以。"苗处冷冷回答，"但是你无法改变 Audemarie 的命运！而且我发誓，我不会让你把 Audemarie 偷渡出去！因为这是法国，欧洲治安最好的国家！是国际刑警的总部所在地！"

Laila 的眼泪流出来。

"我没有和你开玩笑！"苗处冷峻地说，"我也没有时间跟你开玩笑，我很忙！所以我给你五秒钟的时间考虑——说，还是不说！"

Lalia 的内心波澜起伏，她好像看见了 Audemarie 的悲惨命运……

"时间到！"苗处转身就走。

"等等！"Laila 喊住他。

苗处站住了，没有回头："我说了——时间到！"

"我什么都告诉你！我什么都告诉你！"Laila 哭着说，"求求你，不要伤害 Audemarie……不要伤害她……她是无辜的……"

苗处回头，没有说话。

Laila 跪下了，泪流满面："求你了，我错了……不要伤害 Audemarie……"

苗处不为所动："那要看你能告诉我什么了。"

Laila 讲了两个多小时，讲述了和张胜短暂相聚的所有细节。苗处听着，没有任何表情。最后，Laila 抬起头祈求他："我什么都告诉你了，你可以不伤害 Audemarie 吗？"

苗处还是没有任何表情。他绕了这么大的弯子，其实是想知道下面的细节：

"告诉我——响尾蛇的身上都有什么特征？"

Laila 纳闷儿地抬起头："你们不是已经抓住他了吗？"

"我想核实一下，"苗处淡淡地说，"看看抓住的是不是他。这个时代是高科技的时代，也是科幻的时代，什么事情都可能发生。我老了，要跟上形势。"

Laila 仔细地看着苗处唯一的右眼。

苗处没有任何表情。

Laila 的脸上浮现出来仇恨，咬牙切齿："你这个狗杂种！"

苗处还是没有任何表情。

"你们根本没有抓住他！"Laila 爆发出来，"那是个假的！是个假的！你这个狗杂种，你居然弄出来一个假的 Mike！真主啊，世界上怎么会有你这么卑鄙的人？！你简直就是撒旦！你比撒旦还恶毒！还恶毒！"

苗处照样没有任何表情。

Laila 咬牙切齿看着他："我说怎么那么奇怪呢！怎么就跟脑子被门挤了一样，什么都违反常态！你真的是太恶毒了，居然制造出一个 Mike 的复制品！你这样会下地狱的！"

"下地狱，还是上天堂，我从未想过。"苗处冷冷地看着她，"只要我还活着一天，我就不会让响尾蛇这样的恶魔好过一天！为了达到这个目的，我会采用任何法律允许的手段！"

"你别想在我这里再骗出一个字来！滚——"Laila 暴怒地喊。

"Audemarie。"苗处冷冷地提醒她，"Audemarie 在我们手里是真的，Laila 公主。"

Laila 看着他，咬住嘴唇，愤怒不是一点半点——而是可以燃烧自己的

338

愤怒。

"我不仅不会告诉你，我还会告诉响尾蛇——有个假的响尾蛇！"Laila怒吼，"我会让他去抓住他，让他死无葬身之地！"

"恐怕这个消息传出去，死无葬身之地的不是我的人，而是响尾蛇。"苗处冷峻地提醒她，"一旦江湖上传言，有真假响尾蛇在活动，后果可不是我的人会死。我可以让他不出任务，可以让他安安稳稳待在我的总部机关办公楼里面，上班下班。但是——真的响尾蛇一定会死。"

Laila看着他："为什么？"

"因为所有江湖人物都担心，"苗处厉声说，"他们担心，自己在被国际刑警卧底！这条假的响尾蛇要引诱他们出洞，然后被我们抓个正着！他们可不是警察，采取行动还需要证据！贩毒集团和恐怖组织需要什么证据？他们杀人还需要履行什么手续？你告诉我。"

Laila不说话，只是看着他。

"响尾蛇——死定了！"苗处冷酷地说，"不用我们动手，贩毒集团和恐怖组织自然会动手。我承认他很出色，是暗杀和反暗杀的大师级人物，江湖少有——但是，他能躲避过全世界的贩毒集团和恐怖组织的联合追杀吗？他有那个能耐吗？别说他的生意做不了，他连活命都不可能！"

Laila怒视他："你卑鄙！"

"我不卑鄙！这是警方经常采取的措施！"苗处抬眼看她，"我可以告诉你，现在只有我可以救他——救那条响尾蛇！因为我的目标是把他活着抓捕归案，把他送上刑场或者监狱！但是我内心很清楚，多半我无法把他送上刑场——因为他肯定不会傻到在中国出现，他会在欧洲或者美洲被捕！。

Laila看着他，呼吸急促。

"我如果想杀他，根本就不用费劲！"苗处站起来，"我只要把这个假的响尾蛇跟我在一起喝茶的照片发到江湖上去——我告诉你，他活不过三天！但是我不能那样做，因为我是警察！我的职责是抓捕人犯归案，交给法律制裁，而不是借刀杀人！"

Laila怒吼："你又想骗我！"

"我是警察！"苗处也怒吼，"你觉得我说得不对吗？！我更关心的是活着抓住响尾蛇，而不是杀了他！当然，你也可以逼我去借刀杀人！当我没有办法的时候，我一定会借刀杀人的！因为我没有违反任何法律，无非是我作为警察的遗憾罢了——但是我一定会笑着看到响尾蛇被乱枪击毙或者斩首或者活埋的情报，而我的人就坐在办公室里面舒舒服服喝茶！我们会带着遗憾，但是我们一样会庆祝，会欢呼，为了响尾蛇的终结！"

Laila 的脸色发白。

"我跟响尾蛇不共戴天！"苗处咬牙切齿，"但是，我却是唯一可以救他性命的人！因为我更想把他活着抓住交给法庭审判，而不是宰了这个狗日的！到那天，你可以去花钱，反正你也有钱。你在院子里面挖个洞，就能往外冒石油！你可以拿着石油卖钱，然后去这些西方国家找最好的律师！也许他会从三百年徒刑变成一百年，但是他一定会老死在监狱里面，我发誓！"

"那我为什么要帮你？！"Laila 声嘶力竭地怒吼，"我比你了解他，他宁愿死在枪林弹雨当中，也不愿意在牢里面度过他妈的余生！苟延残喘，那不是他！不是响尾蛇！"

"你怎么还不明白？"苗处纳闷儿地反问，"Audemarie！ Audemarie 的父母不会双亡，好歹还活着！而且我可以告诉你，一旦响尾蛇抓捕归案，我可以帮你一个忙！"

"什么？"

"Audemarie，和她的母亲。"苗处平静地说，"我把她们交给你，我说服法国警方。她们会得到出境允许，你可以照顾她们。Audemarie 的父亲虽然在坐牢，但是总好过死于非命吧？好歹 Audemarie 还能去监狱看看父亲吧？好歹她们母女还能见面吧？好歹响尾蛇还可能会有假释的机会吧——如果那个狗杂种脑子想通的话，他的智商足够制造让司法部门给他假释的机会！也许他也会改邪归正吧？有你的爱，有 Audemarie 的爱，他不可能一辈子都是个浑蛋吧？做人，要看长远！"

Laila 看着苗处："你在和我做交易？用我爱的人的自由？"

"对，就是交易。"苗处冷冷地说，"这是法律给予我的权限。"

Laila 咬牙切齿："我凭什么相信你？"

"因为，我是警察。"苗处冷笑一下，"我是个顶天立地的警察，也许你瞧不起我——但是，我说话是算数的！"

Laila 盯着他："你如果骗我呢？"

"你不是有的是石油、有的是钱吗？"苗处反问，"你随便花点儿钱，世界上有的是响尾蛇的后继者！我老苗也从不带保镖，取我的人头就是了！"

Laila 看着他，好像想挖出他心里的东西似的。

苗处很坦然："Laila，我拿我这颗人头跟你赌！"

Laila 的眼泪流下来："那你要答应我……不要杀他……"

"我是警察，不是黑帮。"苗处淡淡地说，"我关心的是人犯归案，而不是以牙还牙！这个世界，还是有法律的！"

Laila 疲惫地坐下来，捂着自己的脸。她的眼泪哗啦啦流下来，这是她一生当中最痛苦的时刻。

苗处看着她，没有追问。

Laila 不看他，抽泣着低声说："他的左臂有一个文身，游骑兵的臂章，在这个位置……身上有七处伤疤，分别在……"

3

Cameron 在雷诺轿车里已经睡着了，打着呼噜。有人在敲车窗，他一下子抓起手枪上膛："谁？！"

他睁开眼一看是苗处，打开车门："上帝啊！她是邀请你吃晚饭了吗？你去了一个下午，现在都晚上……七点了！"

苗处上车："你就这个警惕性，脑袋被匪徒割了都不知道！居然还带枪，你不怕丢失配枪吗？"

"这是法兰西，猫头鹰！"Cameron 笑着开车，"不是黎巴嫩伊拉克，这里是安全的！"

"那你为什么还配枪？"

"因为我是警察。"Cameron 回答。

"安全的地方为什么还需要警察？"苗处笑着问。

Cameron 眨巴眨巴眼："因为我要混饭吃！"

两人哈哈大笑。Cameron 好奇地问："她都跟你说了什么？"

"她说——"苗处想想，"邀请我们去阿拉伯半岛旅游！"

"哦——"Cameron 欢呼，"是免费住进王宫，免费游艇，免费大餐，免费……"

"对，还有免费的阿拉伯女孩！你这个老不正经的 Cameron ！"苗处笑着喝了一口矿泉水。

"那是因为，我有一颗年轻的心！"Cameron 一本正经地说。

苗处淡淡地笑着，心情很爽。他不能不爽，单纯的 Laila 根本就不是他的对手。攻心战术，利用语言技巧征服对方——这些都是他的专长。至于说 Audemarie 到底是不是会被送进孤儿院……那还是交给法国警方和法庭来处理吧，按照欧洲各国的人性化惯例，似乎 Julie 这样的单亲母亲不会被送进监狱的。只是这一点，Laila 知道的时候也已经晚了。

但是苗处也相信，Laila 真的单纯，也很聪明。她不仅很快会醒悟过来他在骗她，而且也能明白，他说的什么是真话。那就是真假响尾蛇的消息一旦泄漏出去，死的必定是真的响尾蛇！ Laila 并没有响尾蛇任何联系方式。响尾蛇也许已经把她给忘了，因为他跟很多女人都有过一夜情。所以 Laila 注定只能吃这个哑巴亏，只能乖乖等着响尾蛇被抓捕归案。

能够让一个女人，心甘情愿去出卖自己所爱的男人，而且还对他心存感激。

这是苗处擅长的谈话技巧，而单纯的 Laila、养尊处优的 Laila——怎么可能是这条老油条的对手呢？

所以苗处的心情不是一般的爽，他喝着矿泉水。谈话需要消耗大量的水分，所以他必须补充。而"菜刀计划"也会按部就班继续开展，自己已经获得了更准确的关于响尾蛇的贴身情报，赵小柱显然也是个优秀谍报员的苗子……他似乎已经看见胜利在望，似乎已经看见响尾蛇被戴上手铐，沮丧地站到了法庭上，如果走运的话，会被推上刑场……

但是，他万万没有想到，如今，要站到法庭上并且走向刑场的不是响尾蛇，而是菜刀！

是自己一手培养出来的天才谍报员菜刀！

这让满心欢喜的苗处回到北京，就一下子跌入痛苦的深渊当中。事情的来龙去脉，他在飞机上就已经琢磨过来。"入戏"，"出戏"——说起来容易做起来难啊！赵小柱是个天才谍报员，却不是一个成熟的警察！这是他所深深懊悔的一点，赵小柱太嫩了！他只是在警校大专班接受过简单的警务训练，只是在橘子胡同派出所当过三年的片警，他没有执行过哪怕任何一个重大刑事案件！他还很嫩，他没有具备成熟刑事警察、缉毒警察所要具备的坚强信念……

两个多月的强化训练、非人折磨，是可以激发出他跟响尾蛇相似甚至是相同的一面——但是，却不能激发他成为一个成熟的经验丰富的警察。他距离成为一个成熟警察，还欠缺很多很多，这是自己原来想过但是没有多想的事情。他觉得在自己的监控和指导下，赵小柱的任何行动都可以得到有效控制，而经验也会随着他的成长与日俱增。他是个聪明的孩子，充满正义感的好孩子，他会逐渐成长为一个成熟警察的。到那个时候，就不用自己再跟看孩子一样看着他了，因为他已经成熟到可以独当一面了……他有天分，不光是能够完成这个任务，也能继续在国际缉毒战线上发挥作用——这是个多么好的后备力量啊！

但是，所有的一切都被打乱了。

最没有预料到的事情发生了，那就是……菜刀出事了。

一次计划当中的新人思想教育，却出现了计划外的越界作战。边境线意味着什么，苗处太清楚了……这次不仅他救不了赵小柱，他的上级也救不了赵小柱，或者说整个公安口上没有人能救他。因为外事无小事，持枪越界作战，在别国领土杀人不算，还把人头带回来了……从哪个国家的法律来说，都是罪无可恕。

苗处还在懊悔着，思考着，车已经到了昆明第一看守所。他心情复杂地下车，看着看守所的大门。无论是在边境缉毒警队还是在国际刑警，他都曾经多次来过这里，交接人犯、提审人犯……万万没想到，自己这次来到这里是为了探视自己的部下。

看守所的领导跟他很熟悉，所以省却了很多麻烦。苗处没有在接见室等待，而是直接去了监所。执勤警察打开了走廊的铁门，是一个整洁的走廊，警察带着他走到走廊尽头的一个房间门口："他就在里面。"

苗处点点头。

警察看看手表："所长说，可以给你半个小时时间。"

苗处再点点头。

警察不再说话，拿出钥匙打开了铁门。

铁门慢慢在苗处的眼前拉开，赵小柱出现在苗处眼前。

他穿着看守所的号服，"高且硬"的头发已经被剃成了光头，盘腿坐在床板上，脸色木然。边防总队和看守所都给了他很大的优待，他不仅住了单间，还没有戴手铐脚镣。甚至是吃饭都是干警食堂送来的小灶……他刚进来的时候，查猛派出所的官兵们集体出钱，要给他改善伙食，总队领导听取了汇报，叹息一声："这个饭钱，我们还是出得起的……"但是那些可口的饭菜，他一口都没有吃。

赵小柱瘦了，很瘦，脸色憔悴。仿佛一下子老了十岁一样，脸上没有什么表情。

苗处忍着内心的忧伤，走了进去："小柱……"

赵小柱回过神来，急忙下床起身："苗处……"

苗处拍拍他的肩膀："坐下，坐下……"

赵小柱苍白的脸上露出一丝笑容，坐在床板边上。

苗处看着赵小柱，千言万语不知道如何说出口。他的内心非常复杂，看着这个变成看守所囚徒的孩子。赵小柱则看着他那唯一的右眼，内疚地说："对不起，苗处。都是我不好，我不能继续完成任务了……"

苗处鼻头一酸，眼泪慢慢从唯一的右眼溢出来："别说那些了，真的，是我对不起你……"

"是我不争气。"赵小柱低下头，"你批评我批评得对，我光能'入戏'，不能'出戏'……我的心里没数，完全没有控制力，我忘了，我是一个人民公安。当然，我现在也不是公安了……"

苗处抚摸着他的肩膀："你是个好孩子，都是我不好……"

赵小柱抬头笑了一下，眼中在慢慢溢出眼泪，嘴唇抖动："可我不是个好警察……我……我给组织上、给国家，带来多大的麻烦……"

"你是个好警察。"苗处打断他，内疚地说，"只是你不成熟，你还年轻，这都怪我，我太想抓住他了，我没有考虑到你的接受能力，我拔苗助长，我把你承担不了的担子压在了你的肩膀上，把你给压垮了。对不起，真的对不起……"

眼泪从他唯一的右眼吧嗒落下。

赵小柱的眼泪流出来："苗处，都是我不好……我不懂事，我闹脾气……如果我一直听你的话，我想我今天不会走到这步……我再也不是警察了……我不配当个警察……"

苗处擦去他的眼泪，把他抱在怀里。

赵小柱哇的一声哭出来："可是我……真的想当个好警察啊！"

苗处闭上眼，泪珠滑落。他紧紧地抱着赵小柱，抱着这个让他充满内疚和悔恨的孩子。

"我爱我的警服，我爱我的职业……"赵小柱哭着，"我没想到我会犯法……我不是故意的，苗处……都是我不好，我的组织纪律观念淡薄……我给国家带来了麻烦……"

"别说了，别说了……"苗处闭着眼默默流泪，"是我的罪，我的罪……杀了我的头，也弥补不了我的这个罪……我毁了你，毁了你的生活……"

"是我不好，苗处……"赵小柱痛哭流涕，"我不配做一个警察……我违背了我的从警誓言，我不遵守纪律……我还犯罪了……都是我自己不好，我不能帮你去完成任务了……都是我不好，都是我不好……"

苗处拍着他的后背："别说了，别说了……我欠着你的，小柱……"

说着说着，历尽苦难痴心不改的老警察苗处居然也哭出声来，扭曲着脸哭得很难看："我欠你的，小柱……我还不起你……我下辈子给你当牛做马，慢慢还……"

　　赵小柱伤心地哭着，伤心地哭着……

　　从他被援军的中队长戴上手铐的那一刻起，他除了懵懂和醒悟，还有悔恨以外……

　　我们的片警赵小柱，没有掉一滴泪。

　　而那天的下午，他在这个独眼老警察的怀里，整整哭了一个小时。

　　没有人来打扰他们，所长听到看守的报告，什么都没说。他只是挥挥手，看守就出去了，再也没有来问过他。整个看守所的二楼走廊里面回荡着赵小柱伤心的哭声，很大的哭声，他在哭自己不能再穿警服，他也在哭自己不能再对着警徽庄严宣誓……还在哭，自己不能再帮助苗处完成任务……好像压根儿就没想到自己会被判刑，会坐牢，跟那些小偷流氓杀人犯强奸犯关在一起，而且自己刚刚组建的家庭也会支离破碎。盖晓岚……还能不能接受一个不再是警察的赵小柱，而且是一个监狱的囚犯赵小柱？这些，他好像还没有考虑到，因为他的哭泣当中没有提到。

　　因为，我们善良的片警赵小柱，从来都是只会为其他人着想。

　　他唯一为自己哭泣的，是自己不能再穿警服了，而且不再是一个警察了。

　　也就是说，自己被深爱的警队——开除了。

4

　　下午赵小柱得到放风的机会，管教没有给他戴手铐。按照国际刑警的请求，他没有跟别的犯人一起放风，而是独自来到了院子里面。他坐在地上，晒着太阳，眯缝眼睛。阳光很刺眼，他露出了笑容。

　　在这个憨笑的瞬间，他好像又回到了橘子胡同派出所，回到了那些亲人们的身边。他不知道他们现在如何了，是不是也在想着他，那个整天笑呵呵的小片警。好像又看见了盖晓岚美丽的笑脸，还有娇嗔和妩媚……他也不知道她现在怎么样了，快三个月没有联系了，真的不知道她现在过得好不好，是不是想着自己……

武装入侵，连环杀人……

按照赵小柱的法律常识，他很清楚要面对什么样的后果。

只要引渡给缅甸警方，他只有死路一条。

死刑，就那么接近自己，生命好像真的只有一次。

一切都不能重来……赵小柱拿起手里的可乐，凝视着这个红色易拉罐汽水。

可乐也在凝视着他。

赵小柱伸出右手，打开了可乐。

这次他看了一眼拉环，没有中奖。

赵小柱苦笑一下，拿起可乐一饮而尽。

可乐的味道，永远是那么怪怪的。

人生有时候也像可乐，怪怪的，不知道什么滋味，喝下去也说不出来。

现在的赵小柱，人人都羡慕他，他却羡慕所有人。

图书在版编目（ＣＩＰ）数据

危机四伏 / 刘猛著 . — 北京：北京联合出版公司，
2015.6（2023.8 重印）
（狼牙系列）

ISBN 978-7-5502-4999-8

Ⅰ . ①危… Ⅱ . ①刘… Ⅲ . ①长篇小说－中国－当代
Ⅳ . ① I247.5

中国版本图书馆 CIP 数据核字 (2015) 第 065333 号

危机四伏

作　　者：刘　猛
出 品 人：赵红仕
责任编辑：丰雪飞
封面设计：易珂琳

北京联合出版公司出版
（北京市西城区德外大街83号楼9层 100088）
北京新华先锋出版科技有限公司发行
三河市新科印务有限公司印刷　新华书店经销
字数217千字　787毫米×1092毫米　1/16　22印张
2015年6月第1版　2023年8月第6次印刷
ISBN　978-7-5502-4999-8
定价：59.00元